Vladimir Nabokov

1899—1977

Lolita in the Afterlife

Jenny Minton Quigley

On Beauty, Risk, and Reckoning
with the Most Indelible and Shocking
Novel of the Twentieth Century

洛丽塔重生

再读二十世纪最骇丽小说的冒险

[美] 珍妮·明顿·奎格利 编
刘海平 秦贵兵 译

人民文学出版社
PEOPLE'S LITERATURE PUBLISHING HOUSE

献给

我伟大的母亲
玛丽恩·明顿
(Marion Minton)

并

纪念

我的父亲
沃尔特·J.明顿(Walter J.Minton)
他对我来说就是
《伟大的桑蒂尼》(*The Great Santini*)里的
罗伯特·杜瓦尔(Robert Duvall),
《草原小屋》(*Little House on the Prairie*)里的
老爸,
以及几乎一切里的
杰克·尼科尔森(Jack Nicholson)。
我的爸爸
是在美国出版了《洛丽塔》的
勇敢出版商。

1958年，我父亲在普特南出版社的初版《洛丽塔》（有我父亲的亲笔签名：献给薇拉）。2002年10月，这本书在佳士得拍卖行以163,500美元的价格售出，是当时最高估价的两倍多。卖家和买家不详。

“《洛丽塔》是一本恶心的书。而且，它不恶心的那天永远不会到来。”

——史蒂芬·梅特卡夫（Stephen Metcalf），*Slate*自由评论家，2005年

“（《洛丽塔》是）一部完美的小说。”

——德博拉·特瑞斯曼（Deborah Treisman），《纽约客》小说编辑，
美国国家公共电台（NPR），2005年

“《洛丽塔》是你读过的最美丽的爱情故事之一。这可能是你读过的为数不多的爱情故事之一。”

——布雷特·安东尼·约翰斯顿（Bret Anthony Johnston），
小说家，美国国家公共电台的《全面考虑》（*All Things Considered*），2006年

“《洛丽塔》是一本有问题的书。”

——劳拉·利普曼（Laura Lippman），犯罪小说家，《独立报》，2014年

“在《洛丽塔》出版的时候，评论褒贬不一，但人们普遍认为这是一个被欲望折磨的男人的悲剧；如今，人们从恋童癖的角度来解读它。”

——康塞普西翁·德·里昂（Concepción de León），《纽约时报》，2018年

“纳博科夫在书中的工作是让你喜欢可怕的亨伯特·亨伯特。在20世纪60年代，当时的读者们忙着性解放，看不出亨伯特有多邪恶，而现在的读者们对性大惊小怪，看不出亨伯特有多迷人。”

——埃德蒙·怀特（Edmund White），《纽约时报书评》，2020年

目录

珍妮·明顿·奎格利
Jenny Minton Quigley

导论

我猜大多数人都记得第一次读《洛丽塔》的场景。对于我尤其历历在目。

那是我大学一年级的秋天。1989年，我刚满18岁。我蜷缩在我的劳拉·阿什利（Laura Ashley）毯子里，翻开吉姆·谢泼德（Jim Shepard）教授布置的英语入门课要读的《洛丽塔》。故事进展迅速。这让人兴奋不已。我完全没法把它放下。对于洛丽塔先勾引了亨伯特这一点，我毫不怀疑。我相信亨伯特是爱她的。不知何故，我并没有注意到洛丽塔的眼泪。反倒是开篇那深情的“洛—丽—塔”让我觉得浪漫至极，心向往之。当时的谢泼德教授年轻帅气，留着八字胡，风趣十足。他在课堂上用卡通般的声音朗诵亨伯特·亨伯特的台词，让我们对这个失败者的无耻忏悔大笑不已，其中有很多细节是我们在自己的阅读中遗漏了的内容。谢泼德的演绎让亨伯特的独白显得不是那么可怕了。谢泼德扮演亨伯特就像格劳乔·马克思（Groucho Marx）扮演德古拉一样。在亨伯特扮演叙述者的游戏中，他巧妙地用一种夸张的声音，既阐明了他令人震惊的自我辩护，也用几乎是耳语的声音，表现了自我控诉的毁灭性时刻，不过谢泼德倒是不怎么用那种低声耳语的方式。当时的我没有意识到，洛丽塔比我年轻很多。我并没有把小说中的她想象成一个12岁的孩子，而是想象成了一个任性的16岁少女，更像是我自己。

有一天下课后，我留了下来。我告诉谢泼德教授：“我爸爸出版了《洛丽塔》。”教室里当时只有我们俩，谢泼德教授的模仿秀结束了，他的反应虽然很平静，但是我能感受到他的惊讶。我几乎感觉自己是在忏悔，这种感觉有点奇怪。

我父亲沃尔特・明顿（Walter Minton）在1958年8月出版了第一本美国版的《洛丽塔》，当时他是G.P.普特南出版社如日中天的霸道总裁。在那时，弗拉基米尔・纳博科夫（Vladimir Nabokov）已经在美国出版了几本书，但都不叫座。纳博科夫于1954年完成了这部小说，但直到1957年沃尔特・明顿找到他之前，他一直找不到愿意承接这部小说的美国出版商。在此之前，美国五家出版商拒绝了这本小说。维京出版社的帕斯卡尔・科维奇（Pascal Covici）声称，“如果这本书出版了，我们都会进监狱。”他不是在开玩笑。这是真的。麦卡锡时代进入尾声，很多出版社和作家被起诉。出版《洛丽塔》在当时是一种激进的行为。我想放在今天应该也是的。

在那次对谢泼德教授坦白之前，我从未向任何人提起过我父亲与弗拉基米尔・纳博科夫有交集。部分原因是当时的我有典型的青少年自我陶醉征。我相信我的老师和教授才是文学专家，而我不把我那远在他乡的退休的老父亲放在眼里。我内心其实已经隐隐地感到，有一天我会追随父亲的脚步进入图书出版业，但是我需要用我自己的文学造诣找到方向，而不是依赖他，不管我多么爱他，多么钦佩他。但是怎样才能找到呢？这个问题类似于在问：但是如何成长呢？多年来，尽管我是在《洛丽塔》赚的钱建造的房子里长大的，无视父亲和纳博科夫的成就对于我来说反倒是更容易的。

2018年，我已成为三个孩子的母亲，三个孩子都长到了十几岁。46岁的我重读《洛丽塔》，个中滋味就像30年前我在大学宿舍里读时一样难忘。当然，难以忘怀是出于截然不同的原因。中年的我读《洛丽塔》时，带着不适和怀疑，夹杂着悲伤和震惊。我对

《洛丽塔》的感受更像是《纽约客》的凯瑟琳·怀特在1955年写给纳博科夫的拒信中所言："我想，像我这样家里有五个潜在的小仙女的人，没法不觉得这本书让人不适。"纳博科夫的作品充满诗意，同时也饱胀着情欲，这让我感到紧张。洛丽塔的对白完全是当代的语言风格，她嚼口香糖、跳来跳去、感到无聊，既让我惊讶不已，也给我留下了深刻的印象。亨伯特明目张胆地在光天化日之下的忏悔让我更加不安。18岁的我当年为何会对这些熟视无睹？我不敢相信我仍然需要在每一页上查阅单词。作为一名作家和前图书编辑，我知道如果手稿提交进入我的收件箱，我便会狂热地翻阅它。我会不会疑惑为什么她的声音不见了？我有胆量在#MeToo运动中出版《洛丽塔》吗？那么在推特上呢？我对推特感到恐惧（现在也是如此）。我的儿子们就快要上大学了，他们会怎么读《洛丽塔》？

当我在2018年思考个人、政治和文学现状时，关于《洛丽塔》的问题似乎比以往任何时候都更加紧迫，这也证明了纳博科夫那经久不衰、令人不安的天分。我并不是唯一有这种感觉的人。根据佩内洛普·菲茨杰拉德（Penelope Fitzgerald）的小说《书店》（*The Bookshop*）改编的电影最近上映了，这部小说讲述了一个书商在全国禁令期间敢于在英国出售《洛丽塔》的故事。安德鲁·德布斯三世（Andre Dubus III）在《纽约时报书评》（*The New York Times Book Review*）的*By the Book*作者专访专栏中说，他还沉浸在初读《洛丽塔》所带来的震荡之中：阅读这本书"把我切成两半，我还在努力把自己缝合起来"。后来，凯特琳·弗拉纳根（Caitlin Flanagan）在《大西洋月刊》中写道："现在让我们重读旧文本吧，冷眼审视它们，看看#MeToo是如何揭示过去所谓的艺术性……大概没有什么是安全的了？也许——虽然概率不大——只有《洛丽塔》能在这场新的文化变革中幸存下来。”她的话启发了我。我知道弗拉纳根正在做一些重要的事情，我也知道她脑海中的“冷眼”不可能是现代社会看待《洛丽塔》的唯一眼光。自那以后，关于《洛丽塔重生》(*Lolita in the Afterlife*)的想法有了雏形。

我同意电影版《书店》(*The Bookshop*)的女主演艾米莉·莫迪默(Emily Mortimer)的观点："艺术往往在冒犯人的时候是最好的。"我在想，在一个令人担忧的政治气候下，文化看门人们是否倾向于回避且不发展那些令人震惊的，甚至是冒犯的艺术？在1958年被《洛丽塔》冒犯的读者们，今天可能冒犯到他们的事情与当年相比是相似的还是不同的？最好的艺术往往揭示了人类处境的疯狂、变态和激情，当我们的总统特朗普在光天化日之下无比自豪地炫耀自己的狂妄时，这个时代却不允许艺术有容身之处？我认为，围绕着《洛丽塔》的对话在不断进化，充满了新的活力，这些对话也应当得到各方的鼓励，应当经过深思熟虑的策划，并且应当被保存下来。所以我开始试着去做这些事情。

我所联系的作家，反应都十分积极。每个人都十分赞同我们现在需要谈谈《洛丽塔》。

从哪谈起呢？当然是这个女孩，多洛雷斯(Dolores)[1]本人。1958年时，焚烧胸罩[2]运动还没有发生，也还没有在娱乐业一手遮天、力量强大到令人难以想象的男性因长期性骚扰和性侵女性而被公开曝光和罢免的事件。当时纽约的出版社的负责人中没有女性，女性编辑更是少之又少，更不用说作家了。我的母亲玛丽恩·琼·怀特霍恩（Marion Joan Whitehorn）是一位才华横溢、尽职尽责的作家、编辑和读者，但是当年她在普特南出版社只能做个**秘书**。在和我父亲（普特南出版社的总裁）开始约会后，他们担心影响不好，于是我母亲跳槽去了麦格劳–希尔（McGraw-Hill）。实际上，她辞职是因为他挥手拒绝了她提交给他的一本书的封面。无论如何，她都要离开。事情就是这样的。50年前，我母亲曾给她最好的朋友琳达寄了一张明信片：

> 昨晚与诺曼·米勒（Norman Miller）和公司总裁出去吃饭，猜猜是谁试图解开我衣服的拉链。
>
> 爱你的，玛丽恩
>
> （正确答案不是诺曼·米勒。）

1958年，还没有数百所独立学校调查学生被教职员性虐待的指控并将其公之于众。天主教会还没有被曝光为恋童癖者的避风港。这些东西在艺术和文学领域重要吗？作家，尤其是女作家，因为提出的问题不够宏大而受到嘲笑。丽贝卡·索尔尼特（Rebecca Solnit）在一家文学网站上勇敢表达她对《洛丽塔》的女权主义观点：

> 只有当你认同洛丽塔的时候，你才会明白这是一本一个白人男性在几年里连续强奸一个孩子的故事。你读《洛丽塔》的时候是否努力让自己无视这样的剧情和人物？故事与你自己的经历难道没有一点关系吗？

我认为这些问题确实很重要，而且也很复杂，特别是对《洛丽塔》来说。

我们忘记了洛丽塔是一个足够凶猛的年轻女孩，她会对绑架者说："当我看不到你的时候，你看起来百分之一百地更好。"凯特·伊丽莎白·罗素（Kate Elizabeth Russell）和宾度·班西娜斯（Bindu Bansinath）在她们充满洞察力的散文中，探讨了当她们在洛丽塔的年纪时认同她的后果。达尼·夏皮罗（Dani Shapiro）在疫情封锁期间，带着同情心，认识到洛丽塔是一位志同道合的灵魂姐妹。

现在来谈谈绑架洛丽塔的人，亨伯特·亨伯特吧。我们忘记了他是一个拿着枪的疯子，他痴迷年轻人和美国的道路，他向奎尔蒂发射了一颗又一颗子弹，谋杀了他。我们忘记了在小说的第一句话里，亨伯特是个白人男性，孤身一人。为什么我们忘记了亨伯特是多么彻底地和可怕地**现代**？为什么我们只记得《洛丽塔》是以一句臭名昭著的抒情诗开头的呢？"洛丽塔，我生命之光，我欲念之火"，而事实并非如此。这部小说实际的第一行是以一个标题开始：洛丽塔，或，白人鳏夫的自白……有时我认为亨伯特对洛丽塔的所作所为令其他一切都黯然失色了，这就是为什么我们会忘记。也许纳博科夫是故意为之。克里斯蒂娜·贝克·克兰（Christina Baker Kline）于2019年在曼哈顿的一个大陪审团任职一个月。在她为这本文集写的引人入胜的文章中，克兰让亨伯特接受了等待已久的审判。

《洛丽塔》曾两次被拍成故事片，导演都是男性。第一次在1962年，由斯坦利·库布里克（Stanley Kubrick）执导，后来是在1997年，由阿德里安·莱恩（Adrian Lyne）执导。这两部电影都由金发碧眼的年轻女演员饰演多洛雷斯·黑兹。在纳博科夫的原著中，洛丽塔是一个身材矮小的棕发孩子，而电影中的洛丽塔成了性感十足、年龄稍大的少女。汤姆·比塞尔（Tom Bissell）在他精彩而夸张的散文中为电影带来了新的分析视角，并对纳博科夫从未使用过的《洛丽塔》剧本提出了看法。

我询问了诗人、散文家和年轻小说家埃里卡·L.桑切斯（Erika L. Sánchez）——她参加了#Own Voices小说运动——我问她对《洛丽塔》有什么看法，特别是关于读者只有经过亨伯特才能听到她的声音这一点，以及《洛丽塔》那无可否认的华丽语言。[3]这样的美丽能像亨伯特那不可饶恕的罪恶那样被充分谴责吗？我们需要从小说中获得道德准则吗？

在这本书里，你将读到罗克珊娜·盖伊（Roxane Gay）细致入微的探讨，跟着她一起思考如此丑陋和暴力的东西是否可以用一种令人惊叹的美丽方式书写。你会读到玛丽·盖茨基尔（Mary Gaitskill）重新审视她对《洛丽塔》的感觉。你会读到维克托·拉瓦勒（Victor La Valle）对亨伯特式的怪物的看法，以及安德鲁·德布斯三世（Andre Dubus III）第一次读这部小说时，对完全相同的台词有不同的情感反应。亚历山大·奇（Alexander Chee）将揭示《洛丽塔》是如何以意想不到的、令人不快的方式在他的一生中影响他的。克莱尔·德德尔（Claire Dederer）将阐明纳博科夫冒着个人名誉受损的风险出版《洛丽塔》是多么勇敢。

60多年前，《洛丽塔》能在美国出版，说明了在某些方面社会确实是进步的。故事要从我的祖父梅尔维尔（Melville）一次错搭渡轮乘船，以及阿米莉亚・埃尔哈特（Amelia Earhart）的失踪开始说起。1900年，15岁的渔夫之子梅尔维尔・明顿（Melville Minton）错过了他本应乘坐的哈德逊河（Hudson River）渡轮，他本应乘坐渡轮从新泽西前往华尔街参加标准石油公司（Standard Oil）的求职面试，但他错误地登上了前往曼哈顿中城的渡轮。在错过了市中心的面试后，梅尔维尔走进了斯克里布纳出版社（Scribner' s），在那里他找到了一份入门级的工作。20多年来，他在斯克里布纳出版社一路晋升。1934年，当G.P.普特南（G.P. Putnam[4]）离开濒临破产的公司去寻找失踪的妻子阿米莉亚・埃尔哈特时，明顿和合伙人厄尔・鲍尔奇（Earle Balch）被请来接管G.P.普特南。随着时间的推移，梅尔维尔从普特南家族的各个成员手中买下全部股票，并收购了这家公司。没有受过高中教育的梅尔维尔继续出版温斯顿・丘吉尔（Winston Churchill）、海军上将理查德・E.伯德（Admiral Richard E. Byrd）、约翰・杜威（John Dewey）和温莎公爵（Duke Of Windsor）的著名回忆录。在这栋办公楼里，泰迪・罗斯福（Teddy Roosevelt）当过编辑，喜欢高谈阔论，直到公司创始人G.P.普特南（G.P.Putnam）说服他竞选政治职位，只是为了让他离开普特南！

1955年10月，在梅尔维尔去世仅10周后，我父亲沃尔特被普特南的董事会选举为普特南的新总裁和出版人。当时我父亲才31岁。他在劳伦斯维尔（Lawrenceville）和哈佛大学读的英语，文学素养很深厚。但是梅尔维尔教会了他，图书生意必须先有生意才能有图书。

《洛丽塔》就是在这时候登场的。1957年8月，沃尔特在曼哈顿的一场由《纽约镜报》*(New York Mirror)* 的李・莫蒂默（Lee Mortimer）

举办的派对上遇到了26岁的科帕卡巴纳（Copacabana）歌舞女郎罗斯玛丽·里奇维尔（Rosemary Ridgewell）。沃尔特当时与他的第一任妻子结了婚，不过当晚他去了罗斯玛丽在东67街的公寓。在罗斯玛丽家坐下之后，沃尔特注意到沙发旁的咖啡桌上有一本绿色的小书。总是对书带着好奇心的沃尔特顺手拿起了这本书。罗斯玛丽告诉他，他必须读一读弗拉基米尔·纳博科夫的小说《洛丽塔》，这可是她从巴黎买了带回来的。纳博科夫同意让奥林匹亚出版社的莫里斯·吉罗迪亚斯（Maurice Girodias）在其“旅行者之友”（*Traveller's Companion*）系列丛书下出版法国版的《洛丽塔》，此前美国五大出版商都拒绝出版《洛丽塔》，称这部小说“肮脏不堪”、是“纯粹的色情”。听闻这本书被拒，沃尔特通宵读了《洛丽塔》。第二天早上，沃尔特知道他必须出版这本书。

沃尔特立即寄了一封信给纳博科夫，介绍自己，当时纳博科夫还在康奈尔教书。沃尔特这样写道：“作为美国出版商这一落后物种的一个相当落后的典型，我直到最近才听说一本名为《洛丽塔》的书。敢问阁下这本书是否还可以让敝社出版？”经过几次交流，因恶劣天气停飞三天后，沃尔特在暴风雨中登上了一架DC-3客机，飞往伊萨卡（Ithaca）与纳博科夫夫妇会面。他们最终达成了一项协议[5]。沃尔特执着地追着纳博科夫是因为他认为自己可以让《洛丽塔》大卖特卖。出版界那些文人对这毫无兴趣。但其实他们应该感兴趣的。

普特南向罗斯玛丽·里奇维尔支付了《洛丽塔》的伯乐费用，这是里奇维尔应得的尊重，虽然今天是不会这么容易获得了。据几家报纸报道，1960年6月，罗斯玛丽从《洛丽塔》的版税中获得了2.2万美元的分成，大致相当于2018年的19万美元。这一金额远高于当今大多数图书作者的预付款。萨拉·魏恩曼（Sarah Weinman）带着同情心写了一篇文章，专门讲罗斯玛丽对《洛丽塔》的贡献。

1958年8月18日，《洛丽塔》在美国首次出版。尽管（或者正是因为）奥维尔·普雷斯科特（Orville Prescott）在《纽约时报》上谴责《洛丽塔》是“令人恶心的……附庸风雅的色情作品”，《洛丽塔》还是立马成了畅销书。他的这篇评论在我父亲听来简直就是天籁之音。为了让销量持续增长，我父亲又宣布：《洛丽塔》在法国、英国、澳大利亚、缅甸、比利时和奥地利等国出版后，都立即被禁止。尽管《洛丽塔》在美国一些地方社区也被禁，但从未在法庭上受到正式质疑。多萝西·帕克（Dorothy Parker）赞扬了普特南出版《洛丽塔》的勇气。帕克在《泰晤士报》上写道：“愿荣誉和祝福照亮G.P.普特南出版社的负责人们。”

到1958年9月底，《洛丽塔》登上《纽约时报》畅销书排行榜榜首，这也是自1936年《乱世佳人》出版以来，第二本在出版前三周就卖出10万册的书，这毫无疑问是一次商业上的巨大成功。出版后不久，沃尔特在新泽西州为他的家人建造了一座宽敞的殖民地风格的白色建筑，纳博科夫亲切地给它取名为“洛丽塔建造的房子”。在接下来的几年里，普特南分别出版了纳博科夫的《斩首之邀》（*Invitation to a Beheading*）、《微暗的火》（*Pale Fire*）、《天赋》（*The Gift*）、《防御》（*The Defense*）、《绝望》（*Despair*）、《说吧，记忆》（*Speak, Memory*）。

在接下来的几十年里，《洛丽塔》成了英语文学的典范；1998年，《洛丽塔》荣登现代图书馆理事会的20世纪最伟大的英语小说排行榜第四名，此后一直留在那里。《时代》杂志将其评为1923年至2005年百部最好的英语小说之一。亚马逊将其列入“一生要阅读的100本书”。2015年，《纽约客》的一篇文章认为，“随着时间的推移，《洛丽塔》为纳博科夫赢得了仅次于乔伊斯的英语散文大师的声誉”。2017年，《纽约时报》将其列为25本由美国难民撰写的伟大著作之一。2018年9月，《纽约时报》将《洛丽塔》列为“描写了强奸和性侵犯”的14本书之一。2018年，《华盛顿邮报》报道称，“《洛丽塔》随着时间的流逝而变得更加臭名昭著”。2020年1月，同样在《华盛顿邮报》上，迈克尔·迪尔达（Michael Dirda）写道：“现在有些人条件反射地痛斥这部出色的小说，只因为它那自说自话、不可靠的叙述者是一个恋童癖……但是只有那些自由地走得太远的艺术，才是最好的艺术。再说了，格伦迪夫人（Mrs. Grundy）[6]和托马斯·鲍德勒（Thomas Bowdler）[7]总是潜伏在附近，很快就会进行审查和惩罚了。”

60年来，《洛丽塔》一直在文学经典中保持着颇具争议的地位。这部小说从一开始就引起了强烈的两极化反响。但是，尽管人们对小说中这个年轻女孩的看法随着时间的推移而不断变化，这本书的受欢迎程度从未真正动摇过。自出版以来，《洛丽塔》在全球的销量已远超6000万册。1994年，哈罗德·布鲁姆（Harold Bloom）将纳博科夫（因《洛丽塔》和《微暗的火》）列入26位西方经典作家名单中。2015年，《时尚先生》（*Esquire*）将《洛丽塔》列入“每个男人都应该读的80本书”的榜单。如今，《洛丽塔》在全国各地的大学甚至高中都曾被课堂教学。有时会有预警，有时没有。

维拉诺瓦大学（Villanova University）的助理教授卡姆兰·贾瓦迪扎德（Kamran Javadizadeh）已经教了12年的《洛丽塔》。他说，教授这门课的感觉已经不一样了。他现在用洛丽塔的真名多洛雷斯来称呼她。在他的学生们读完这本小说后，贾瓦迪扎德会问他们认为这本书是否应该被阅读。“很少有学生认为我们不应该读。学生们不喜欢被庇护。对于那些认为不应该读的少数人来说，这与一种信念有关，即这部小说正在延续对年轻女孩的有毒的性感化。在这一点上，他们当然没有错。”除了校园抗议，#MeToo已经弥漫在教室里：在他们的教授多年来没有注意到的各种文本中，学生们开始关注其中的性骚扰和性侵行为。这一代愤怒的年轻人看待《洛丽塔》视角，与多年前我在谢泼德教授的课堂上的截然不同。

就在本周，我在网上旁听了十一年级的一节大学英文预修课，对于亨伯特强占了多洛雷斯的事实，我很吃惊地发现学生们根本不用教，他们从一开始就很清楚这一点。他们没有花任何时间在课堂上讨论亨伯特是否会被救赎，也没有讨论当亨伯特坐在山上看着孩子们在下面玩耍，并意识到“那刺痛心扉、令人绝望的东西并不是洛丽塔不在我的身边，而是她的声音不在那和声里了”的时候，他到底是不是真的悔过了。这些学生们都被警告过亨伯特的不可靠，所以整本书在他们看来不过是亨伯特的满纸荒唐言罢了，压根儿不会被诱骗。有一个学生觉得《洛丽塔》这本小说太过伤感，不适合在课堂上阅读。另一个学生对此表示不认同。有一个学生认为《洛丽塔》之所以成功就是因为它的耸人听闻。有一些学生认为在今天《洛丽塔》是不能出版的，但其中一个说，考虑到Netflix上能有虎王[8]和泰德·邦迪[9]的剧集，《洛丽塔》在今天肯定能出版。一些人不欣赏《洛丽塔》里华丽的文字，而另一些人则十分喜欢。全班同学似乎普遍认为，与其说这部小说枯燥乏味，不如说它让人震惊，而且篇幅太长了。有一位学生告诉我，这本小说让他们产生的分歧比他们在课堂上读过的任何其他小说都多，他们都做好了心理准备，“带着警惕去阅读这本书”，以至于在阅读它的时候，他感到自己像得了幻想症的“偏执狂”一样。他们都认为读一部关于连环杀手的小说比恋童癖容易得多。

*

最近，我参观了纽约公共图书馆（New York Public Library）三楼的伯格藏书阅览室（Berg Collection Readroom），那里是拥有世界上最广泛、最全面的文学研究档案资料的地方之一。我的儿子们现在读高中，他们常被鼓励去探索一手资料和文本，而我在读书的年代并没有受到这种熏陶。触摸纳博科夫写信用的薄薄的复写纸，阅读薇拉的蓝墨水钢笔日记，以及她偶尔用铅笔写下的日记，弗拉基米尔在日记上草草写下的“洛丽塔飓风”，以及他匆忙记录的酒店和餐馆的收据，还有他发现的蝴蝶，这一切都让我惊叹不已[10]。

在这个展览我了解到，西蒙与舒斯特（Simon & Schuster）、麦克道尔（McDowell）以及兰登书屋（Random House）都曾写信给纳博科夫，但不知道如何从奥林匹亚出版社的吉罗迪亚斯那里获得版权。在伊萨卡第一次见面后，纳博科夫于1957年11月29日给沃尔特写了一封信，问道：“如果你出版了《洛丽塔》，你做好了为《洛丽塔》上法庭，并在法庭上为它辩护的准备吗？如果事情走到那一步，你会一直去到最高法院为《洛丽塔》辩护吗？这可以写进协议里吗？”事实上，沃尔特在他职业生涯的后期会带着两本小说一直到最高法院去反对审查制度。12月3日，沃尔特回复：

> 我们会千方百计地为我们出版的任何一本书辩护，让它们不要受到迫害，这是我们应该做的。当然，在一些地区和城市，不乏有些野心勃勃的官员想利用审查问题来让自己的名字出现在报纸上，赢得更多的选票。我记得几年前，我们出版了一本畅销书，是本极具争议性的小说，这本小说先前已经由另一家出版商宣布出版。作者与那一家出版商的合同中有你建议的一些条款。当它开始看起来像个麻烦的时候，这家出版商想都没想就抛弃掉了这本书。因此，回应你的要求，我们将尽最大努力使《洛丽塔》获得它应得的成功，并用一切实际行动防止它受到迫害。

之后纳博科夫很快便决定，他希望普特南来出版《洛丽塔》，接下来谈判就开始了。吉罗迪亚斯坚持要一半的收益。毕竟，他当时正在法国打一场官司，反对法国对《洛丽塔》的禁令。当时吉罗迪亚斯与纳博科夫的关系已经恶化，纳博科夫甚至没有给他提供什么帮助。沃尔特向纳博科夫提出的是，一旦售出1万册，版税率就上升到10%。吉罗迪亚斯以为沃尔特提出的7.5%的版税与纳博科夫将获得的版税完全相同，以及考虑到精装版的最高版税率是15%，于是接受了7.5%的版税这一提议。所以沃尔特将支付总共高达17.5%的版税，他知道他必须让《洛丽塔》成为畅销书才能不亏本。

沃尔特还帮助纳博科夫夫妇谈海外的销售；他处理《洛丽塔》的电影销售和音乐版权，纳博科夫将这些戏称为“洛丽塔诉讼”。[11]难怪沃尔特不喜欢文学经纪人，因为他喜欢帮纳博科夫打理这些事情。他的办公室负责预订并确认纳博科夫夫妇的酒店和餐饮；有一段时间，沃尔特的办公室是纳博科夫指定的唯一通信地址。

我还发现了关于《洛丽塔》封面设计的信件，纳博科夫在给沃尔特的信中提到了他“坚决反对出现任何形式的小女孩形象”。沃尔特回答说：

> 你建议的柔和的美国风景，如果印出来，要么会变得粗糙和模糊，要么会给人留下《太阳溪农场的丽贝卡》的印象[12]，我认为那更加糟糕。

1958年5月2日，纳博科夫给沃尔特写了一则关于书籍护封的有趣旁白：

> 我注意到这是这位设计师第三次把我的名字NABOKOV拼错成NABAKAV（这和把NAPOLEON拼错成NAPALEON以及把CABOT拼错成CABAT如出一辙）。

沃尔特把所有三个错误都归咎于这位护封设计师，把他设计的护封转手就扔到了公交车下面。5月10日，纳博科夫回复道：

杰森·爱泼斯坦(Jason Epstein)给我寄来了我的十三篇故事集(NABOKOV'S DOZEN)的护封设计,我饶有兴趣地注意到,我的名字在那里也被拼成了Nabakav。

尽管纳博科夫能接受沃尔特关于出版的建议,但每次沃尔特提出编辑建议时,纳博科夫都会做出激烈的回应。纳博科夫居高临下的态度让我在冰冷的阅览室里忍俊不禁。

薇拉·纳博科夫的日记以公路旅行开始和结束——从1958年7月13日在冰川公园到1959年10月23日在戴维斯堡国家历史遗迹——同时也记录了《洛丽塔》给我们的文化带来的狂风。

1958年8月16日,薇拉写道:

我们开车去纽约参加《洛丽塔》的首秀派对。拥有并经营着普特南出版社的沃尔特·J.明顿是一位年轻、聪明、长袖善舞的出版商……他说起这个棘手的问题时头头是道,显得一切尽在掌握之中:如何让《洛丽塔》的出现对于美国公众来说"恰到好处"。他把派对(实际上是"新闻鸡尾酒会")安排在哈佛俱乐部,召集了很多有影响力的批评家。弗拉基米尔的书成功了,他玩得很开心,幽默且滔滔不绝,不过谢天谢地——他没有说他对同时代的一些著名人物的看法。

薇拉对《洛丽塔》出版的兴奋溢于言表。她甚至复印了沃尔特的整封电报,其中1958年8月18日的电报后,薇拉欣喜若狂地写道:

昨天每个人都在谈论《洛丽塔》,《纽约时报》上的好评锦上添花,今天又有300个加印通知。书店里大卖,纷纷发来祝贺。

8月21日,普特南刊登了一则广告:“刚四天,已经是第三次大印了。目前印刷62,500册。”三天后,它又推出了另一则广告。这一次是《纽约时报》书评的整版,内容包括多萝西·帕克(Dorothy Parker)、格雷厄姆·格林(Graham Greene)、威廉·斯泰伦(William Styron)、哈里·莱文(Harry Levin)和莱昂内尔·特里林(Lionel Trilling)的好评。《洛丽塔》在畅销书排行榜上迅速蹿升。普特南在《纽约时报》上又登了一则广告,故意打趣地问道:“你自己有没有发现为什么《洛丽塔》是全美最畅销的书,也是今年秋天人们讨论最多的书?”

史黛西·希夫(Stacy Schiff)在她获得普利策奖的书《薇拉(弗拉基米尔·纳博科夫夫人)》[*Véra (Mrs. Vladimir Nabokov)*]中写道:

> 《洛丽塔》一下子就进入了美国流行文化。薇拉对《纽约时报书评》(*The New York Times Book Review*)的“令人愉快的漫画”很满意:井下工人全神贯注于一本书,有个路人似乎在恳求他,但是工人告诉路人:不,买你自己的《洛丽塔》去。在一些杂志上,《洛丽塔》出现在幽默的漫画中,也出现在普特南的广告中。(没有一个逃过薇拉的注意,当然那个“带我去见你的洛丽塔”的火星人也不例外。)

那年秋天,纳博科夫夫妇玩了很多纳博科夫所说的“电视台轮盘赌”游戏。在伊萨卡,他们做了自己能做的;他们对电视宣传效果不佳感到沮丧。很快,《洛丽塔》出现在亚瑟·戈弗雷（Arthur Godfrey）的节目中，后来又出现在史蒂夫·艾伦（Steve Allen）的节目中。后来，希夫写道:“F.W.杜皮（Dupee）认为《洛丽塔》给美国文学版图带来了巨大的变化。这一次所有高、中、低阶层被结合在一起，让‘艾森豪威尔时代逐渐褪色的微笑让位于可怕的咧嘴笑’。”

希夫为这本文集撰写了一篇精彩的揭露性文章，让薇拉在#MeToo之后的所有其他《洛丽塔》读物中都扮演“零号读者”（Reader Zero）的角色。希夫注意到，薇拉从一开始就在日记中指出:“我希望有人能注意到那个孩子无助的描述，她对可怕的亨·亨（H H）可悲的依赖，以及她一直以来令人心碎的勇气，最终导致了那段肮脏但本质上纯粹健康的婚姻……”

薇拉对八卦的喜爱也从她的日记中可见一斑。

12月1日，薇拉写道，沃尔特带他们去尚博尔餐厅用餐，沃尔特的妻子波莉（Polly）、薇拉和弗拉基米尔的儿子德米特里（Dmitri）也加入进来。那天晚上，波莉向薇拉透露，她在《时代》杂志一篇关于《洛丽塔》出版的文章中发现沃尔特和罗斯玛丽有染。晚饭后，波莉要求坐德米特里的1957名爵跑车，然后两人一起出去兜风。纳博科夫夫妇和沃尔特坐出租车返回纳博科夫下榻的酒店，当他们等待波莉和德米特里回来时，沃尔特告诉纳博科夫夫妇，《时代》杂志那篇语气恶毒的文章是因为和他有过一段情的记者Min H.（薇拉在她的名字下画了线）报复心太强。但现在他和波莉又在一起了，并试图修补他们的婚姻。薇拉重述了每一个丰富多彩的细节：罗斯玛丽是“纽约黑帮市长奥德怀尔（O. Dwyer）”的朋友，德米特里带着“狡猾的微笑”回来，并提到他和波莉去过他的公寓。

第二天，沃尔特告诉弗拉基米尔：“我听说德米特里昨晚让波莉玩得很开心。”这在薇拉看来显然有点过了，她不禁想：“美国人是不是对这种事儿已经司空见惯，见怪不怪了？奥哈拉（O' Hara）或者是科曾斯（Cozzens）的烂俗小说里满是这种情节，看来都是源于生活。”如果沃尔特和波莉想挽救他们的婚姻，他真的会对她和德米特里上床这么无所谓吗？波莉和沃尔特比德米特里大10岁，但他们也才30出头。在薇拉自己的日记中看到这一点之前我就读到过这些内容，于是我问了父亲关于这段插曲的事情。他否认波莉和德米特里睡在一起过。哪怕她这样做了，波莉从来没有和他分享过，后来也没有和她的孩子分享过。沃尔特从来没有否认太多，甚至没有提起罗斯玛丽在酒吧里用瓶子打他来结束他们的婚外情的事，但他不相信波莉和德米特里的风流韵事。无论如何，从这引人入胜的8页日记中可以清楚地看出，薇拉自己完全可以成为一名成功的小说家或非虚构类叙事作家。

1966年，沃尔特带我母亲去蒙特勒宫酒店看望纳博科夫夫妇。那是在我父母结婚之前，玛丽恩讲述了薇拉如何把她放在走廊一端的卧室里，而我的父亲一直被放在另一端的另一层楼的卧室里。德米特里也在同一时间来访，在用餐时，他邀请我母亲到露台上抽烟。两秒钟后，我母亲记得薇拉对她的儿子喊道：“德米特里，进来，你会死的。”薇拉不会冒险让沃尔特手下的另一个女人单独和德米特里在一起！我母亲笑着说，她很感激她没有被写进薇拉的日记；比沃尔特小18岁的她能想象得出自己会有什么样的下场。

最终，与沃尔特合作在普特南出版了六本书后，纳博科夫于1967年底离开，与麦格劳-希尔（McGraw-Hill）签订了一份价值25万美元的三本书的出版合同，其中包括《阿达或爱欲》（*Ada, or Ardor*）。希夫在《薇拉（弗拉基米尔·纳博科夫夫人）》一书中写道，薇拉形容当时的沃尔特“处于哀悼状态”，“怒气冲冲”，“近乎歇斯底里”。我的母亲当时在麦格劳-希尔工作，她记得，纳博科夫告诉我父亲这笔与麦格劳-希尔的交易之前，她就告诉他这笔交易已经是板上钉钉了。这一定也让他很伤心。但正如希夫所指出的，等到《纽约时报》报道这件事时，他已经恢复了元气。这篇报道指出：“普特南的总裁沃尔特·J.明顿谈到纳博科夫解约时，没有表现出明显的遗憾。他说，在《洛丽塔》引起轩然大波之后，纳博科夫的其他六部作品算是文学佳作，但销量并不可观。”

*

在这一年里，从这本书的撰稿人的声音里我一次次地重新阅读《洛丽塔》，到处都能看到她。在劳拉·利普曼（Laura Lippman）揭开了她内心的谜团的作品中，我看到洛丽塔害怕警察，一直在逃避。在伊恩·弗雷泽（Ian Frazier）去到纳博科夫出生地圣彼得堡的旅途中，在他去纳博科夫写《洛丽塔》时去过的所有地方，在亨伯特拽着洛丽塔到处跑的地方里，我看到洛丽塔。弗雷泽年少时“爱上洛丽塔”的时光里，在他和家人参观过的地方，我看到洛丽塔。弗雷泽曾固执己见地认为，不欣赏这部小说的母亲一定是搞错了重点。在斯隆·克罗斯利（Sloane Crosley）剖析流行文化对多洛雷斯做了什么时，我看到了洛丽塔。罗宾·纪凡（Robin Givhan）回忆起，当她还是一个年轻的黑人女孩时，娃娃连衣裙、彼得·潘领子和超短裙这些“洛丽塔”时尚，从未与她产生过关联。在亚历山大·黑蒙（Aleksandar Hemon）的梦境里，我听到洛丽塔勇敢的声音。吉尔·卡格曼（Jill Kargman）问道：为什么男人会痴迷于青春期的女孩？在这个问题之后的沉默里，我听到了洛丽塔。在劳伦·格罗夫（Lauren Groff）和摩根·杰金斯（Morgan Jerkins）对纳博科夫如何渗透到我们身体和大脑的生动而诚实的描述中，我看到洛丽塔。当苏珊·崔（Susan Choi）被洛丽塔迷住，跳上火车，落了背包和最重要的物品时，我的心为之加速。然后，谢莉尔·斯瑞德（Cheryl Strayed）写给多洛雷斯的《亲爱的宝贝》的信就到了我的收件箱里，在冠状病毒大流行期间保持着社交距离时我们在一起。当洛丽塔终于可以讲述她自己的故事时，我听到了她的声音。

去年你可以听到亨伯特的声音在参议院会议厅的墙壁上回荡，共和党参议员林赛·格雷厄姆（Lindsey Graham）大喊：“我知道我是一个来自南卡罗来纳州的单身白人，我被告知闭嘴，但我不会闭嘴。”然后他展开了一场长篇大论，瞬间扭转了被指控性侵的布雷特·卡瓦诺（Brett Kavanaugh）的命运，并将他推到了美国最高法院大法官之位。你可以从杰弗里·爱泼斯坦（Jeffrey Epstein）被披露的关于他的私人飞机“洛丽塔快车”（Lolita Express）中听到这一点。至少有两位前总统乘坐过这架飞机，特朗普为自己辩护说，当时他还是“单身”人士。当14岁的伊朗女孩罗米娜·阿什拉菲（Romina Ashrafi）在与29岁的“男友”私奔后，她被自己的父亲斩首，原因是她“侮辱”了家人。她的“男友”从罗米娜12岁起就一直在追求她。[13]我突然意识到，每年都是洛丽塔之年。如果是罗米娜的母亲，她可能会因为斩首女儿而被处决，而罗米娜的父亲只服刑9年，而这位“男友”只需要服刑两年。

我看到1958年11月纳博科夫接受莱昂内尔·特里林（Lionel Trilling）在哥伦比亚广播公司（CBC）电视台采访时，我的电脑屏幕上闪现出纳博科夫脸上狡猾的微笑。特里林对小说的爱越陷越深，他称其为一个爱情故事——这一描述将会持续数十年。我父亲于2019年11月19日去世，那之后我在全国各地的讣告中看到了《洛丽塔》。

由于商业原因失去优秀作家是一回事，但由于审查制度而失去优秀作家则完全是另一回事。几十年来，我父亲不遗余力地争取让读者们有权利阅读《洛丽塔》这样的书，虽然有些人宁愿不读这类书。时代已经变了，但他们没有变，并没有真正地改变。只要谷歌一下“取消文化”（cancel culture）就一目了然了。《洛丽塔重生》这本书让我自豪能在某种程度上继续沃尔特的工作。[14]亲爱的读者，我邀请你加入最有洞察力、最有才华、最大胆的作家的发现之旅，我希望这将成为我们思考和谈论洛丽塔的路线图，因为《洛丽塔》是一部永远不会被遗忘的小说。

8 Part V—SUN., MAR. 23, 1958 Los Angeles Times

BOOKS AND PEOPLE

BY ROBERT KIRSCH

NOTES ON NEW YORK: The best news which came out of my trip to New York to attend the National Book Awards was given to me by Walter Minton, president of Putnam's, who said that his firm plans to bring out the controversial Vladimir Nabokov novel LOLITA. This novel, which was originally published in Paris and has been available under the counter in this country for an outrageous price, is bound to bring a peck of difficulty for its publisher. It will undoubtedly be banned in Boston and there may be countless harassing actions similar to those against Joyce's "Ulysses" but it is a worthwhile expression of the novelist's art and deserving of a chance to be read by the American public.

The news of its impending publication is especially gratifying to me. In my daily column, The Book Report, for May 23 last year I wrote that "Lolita" had become a test of courage for the American publishing business. Putnam's has accepted that challenge; the more credit to that excellent firm.

在普特南出版社签下在美国出版《洛丽塔》的合约一个月后，人们就开始议论纷纷了。（1958年3月23日《洛杉矶时报》）

Library Ban On 'Lolita' Blasted

The Cincinnati Public Library and the Government of France became unlikely mutual targets as literary war was declared yesterday over the controversial new novel, "Lolita."

G. P. Putnam's Sons, New York publishers of the novel, declared banning of the book by the library here and the French Government were in "direct violation of the freedom of the press."

And, declared Putnam's president, Walter J. Minton, the publishing house and the author "intend to fight the bans with all the means at their disposal."

Minton did not elaborate on what those means were.

"Lolita," by Vladimir Nabokov, professor of literature at Cornell University, deals with the passion of a middle-aged man for a 12-year-old girl.

A furor has been building across the country since its recent publication. It has been called both humorous and obscene.

Minton noted that "Lolita" was accorded critical acclaim in New York. He also noted that one member of the Cincinnati Library's book selection committee had resigned in protest over the banning here.

He said the French courts had lifted the original ban there on the novel, but that Putnam's has since been notified of a special decree of the French Government which banned it a second time.

在辛辛那提公共图书馆（Cincinnati Public Library）封禁《洛丽塔》*（Lolita）*一周后，这本书在饱受争议的情况下登上了《纽约时报》*（New York Times）*畅销书排行榜的榜首。（《辛辛那提问询报》1958年9月22日）

1 洛丽塔的真名叫多洛雷斯·黑兹，本书中多位作者会使用这个名字，以强调洛丽塔本来的身份被亨伯特抹杀。——译注

2 在20世纪70年代，美国女性曾发起过“焚烧胸罩”运动。1968年“美国小姐”典礼现场，声称“胸罩是罪恶发明”的女权主义者杰蔓·可瑞尔垒起一个“自由的垃圾桶”，把胸罩、假睫毛等象征女性遭受压迫的物件扔了进去，可惜因为没有防火许可证而作罢。除了No-bra day，在美国还有一个Go Topless（上身赤裸）day，她们抗议“只允许男性在公共场合赤裸”的法律条文，认为“女性应该拥有和男性一样的宪法权利，一样可以在公共场合赤裸上身。”——译注

3 最近我问父亲，他对《洛丽塔》的抒情写法有什么看法。他回答说，如果有人被射中，从马上摔下来，这就是让他在审美上感到高兴的地方，而不是《洛丽塔》。然后他提醒我，他喜欢纳博科夫用双关语的方式。但是，尽管我父亲喜欢假装并非如此，但他确实欣赏优秀的作品。他出版了许多20世纪最著名的作家的作品：T.H.怀特（T.H.White）、威廉·戈尔丁（William Golding）、特里·萨瑟恩（Terry Southern）、马里奥·普佐（Mario Puzo）、约翰·勒卡雷（John Le Carre）和诺曼·梅勒（Norman Mailer）。诺曼·梅勒喜欢自称是“洛丽塔的教父”，搞得好像她和亨伯特的关系还不够糟糕。洛丽塔也要从梅勒那里逃走！

4 培生公司（母公司）、企鹅出版集团（子公司）、G.P.Putnam's Sons（孙公司）。公司追溯于1838年，George Palmer Putnam（乔治·帕尔默·普特南）和一位叫Wiley（卫利）的人成立的Wiley & Putnam，老乔治死后，儿子John（约翰）继承了父业，于1872年改名字为G.P.Putnam's Sons（姑且叫作乔治·帕尔默·普特南的子孙）。后来一系列变迁，名字几经更改，直到现在变成了企鹅出版集团专门用来出版给年轻人看的品牌。——译注

5 那次会议上，我父亲其实并没有拍马屁。纳博科夫非常直率。而且，薇拉一开始对我父亲的印象并不是很好，她后来形容第一次见到我父亲时，他是“一个行动缓慢，像猫头鹰一样的出版商”。他在哈佛俱乐部为《洛丽塔》举办了一场首秀派对后，薇拉才对沃尔特产生好感。她在日记中写道，她和弗拉基米尔开玩笑说，他们最初的印象是，也许沃尔特是派了“一个年长而迟钝的表兄”代替他去伊萨卡的。薇拉在看到沃尔特·明顿兴高采烈地为她丈夫的书做的整版印刷广告后，才真正成为沃尔特·明顿的忠实粉丝。在支持纳博科夫这一点上，沃尔特和薇拉其实并没有什么不同。

6 格伦迪夫人是Riverdale高中的一名音乐老师，她在男孩阿奇高二的时候和他有过一段恋情。——译注

7 托马斯·鲍德勒（1754年7月11日—1825年2月24日）是一位英国医生，他出版了威廉·莎士比亚的著作的删节本，他认为删节本比原著更适合女性和儿童阅读。他同样编辑了爱德华·吉本的《罗马帝国衰亡史》。他的删减招致了一些批评和嘲笑，现在他的名字常用来表示对文学、电影和电视节目的审查制度。——译注

8 “虎王”Joe Exotic，真名为Joseph Maldonado-Passage。曾是老虎繁育及幼崽抚育机构负责人，因杀

害、贩卖和非法运输老虎罪以及两项雇凶杀人罪，被判处22年监禁。佛罗里达州营救大型猫科动物野生动物保护区（Big Cat Rescue Wildlife Sanctuary）的创始人Carole Baskin的“911虐待动物”网站披露了Joe Exotic等人的恶劣行径：他们大量繁育老虎，在幼虎出生时就将幼虎与母亲分离，并将它们训练成拍照道具。——译注

9 泰德·邦迪（Theodore Robert “Ted” Bundy，1946年11月24日—1989年1月24日），原名西奥多·罗伯特·考维尔（Theodore Robert Cowell），是美国一个活跃于1973年至1978年的连环杀手。在其于1978年2月最后一次被捕之前，他曾两度从监狱中越狱成功。被捕后，他完全否认自己的罪行，直到十多年后，才承认自己犯下了超过30起谋杀。不过真正的被害人数量仍属未知，据估计为26至100人不等，一般估计为35人。通常，邦迪会棒击受害人，而后再将其勒死。他还曾有过强奸与恋尸行为。最终，他于1989年在佛罗里达州因其最后一次谋杀而在电椅上被执行死刑。他因在狱中协助警方分析另一起连环杀人案而被影片《沉默的羔羊》设定为人物原型之一。——译注

10 早在1999年，我曾到纽约公共图书馆参观，当时我和父母在大理石狮子旁边，参观了纳博科夫百年纪念展览（Nabokov Centennial Exhibition）——“纳博科夫在玻璃下”（*Nabokov Under Glass*）。在图书馆的三楼，明亮的玻璃柜子里放着纳博科夫的捕蝶网、放大镜和铅笔。看到那些关于《洛丽塔》的信件（大部分是纳博科夫和沃尔特之间的信件），我心里播下了一颗愧疚的种子，随着时间的推移，我变得越来越痛苦。不久之前，作为克诺夫（Knopf）出版社的桑尼·梅塔（Sonny Mehta）的新助理，我决定清理一下我桌子周围一大堆令人沮丧的东西——一堆堆要整理的文件——都是我的前任和他的前任留下的。我费了九牛二虎之力把它们全都放进一个由建筑服务部门提供的巨大帆布回收箱里。当桑尼吃完午饭回来的时候，他注意到我来来回回跑了二十趟把一摞摞两英尺高的文件倒进已经完全满了的回收箱里，他只是抬了抬眉毛，仅此而已。当我在展览的玻璃下看到沃尔特的信件（那时候，对他自己的助理或“秘书”来说，这些信件肯定是非常平常的）时，我看到了我在克诺夫出版社扔掉的那些东西。就像纳博科夫的蝴蝶一样，我杵在展览的地方，挪不动步，思绪纷乱。还有哪位著名作家与桑尼的书信，有朝一日会因为我的愚蠢乱扔而不能被陈列在这座传奇图书馆的拱形天花板下呢？

11 这是Lolita和litigation的合成词，litigation表示诉讼。——译注

12 原文是*Rebecca of Sunnybrook Farm*，是一部1938年的电影。主角小女孩丽贝卡（Shirley Temple秀兰·邓波扮演）天生拥有一副好嗓子，她随继父哈里（William Demarest饰）参加某电台的选秀，其歌喉令制作人东尼（Randolph Scott饰）绝倒，然而哈里却误以为继女落选，带着丽贝卡先行离开。——译注

13 《纽约时报》，2020年6月7日。https://nyti.ms/2Y6AqgZ.

14 我不得不说“在某种程度上”，因为我父亲更喜欢在法庭上激烈地进行他的斗争，而不是在这样的选集里。但每个战士都有自己的战场，这是我和这本书里的作者们的战场。

艾米莉·莫迪默

Emily Mortimer

辩方证人：我的父亲和《洛丽塔》

我的父亲约翰·克利福德·莫迪默爵士从我小时候起就教育我，好人有可能会杀人，而大坏人一辈子都不一定收到过违章停车罚单。父亲给我的教诲让我引以为豪。他生前是一位作家，也是一位刑事辩护律师——用他自己的话说，“唯一一位曾在老贝利街英格兰和威尔士中央刑事法院（Old Bailey）为谋杀犯辩护过的剧作家”。他在两个职业上都造诣非凡，这是因为他能摒弃那些易受攻击的肤浅道德，尊重真理从不是片面的事实，艺术因此也不该是片面的。我父亲说过，他这些见解深受他的父亲克利福德·莫迪默的影响。我爷爷是个盲人律师，专门受理离婚和遗嘱纠纷，我父亲这一辈子花了大量时间书写爷爷的经历。我父亲自认永远感激他的父亲，仅凭他从未被教导正确和错误的区分标准这一点就足够了——这对作家和刑事辩护律师来说都是宝贵的一课。

作为出庭律师，我父亲曾为许多谋杀犯辩护（谋杀犯是他最喜欢的客户，他曾说过，这些人通常是把世上唯一让他们不爽的人干掉了，事后他们就都心平气和了）；不过他的另一个专长是淫秽案件。他属于“我可能不同意你说的话，但我誓死捍卫你说话的权利”那一派。他曾告诉我，每当不得不看色情案件中那些令人作呕的、肮脏的证据时，他一般都会摘掉眼镜，让画面变成一片模糊的粉色，这样显得更单纯和勉强可接受。不过，有些他辩护过的反淫秽案件属于上得了台面的那一种。他之所以在这个领域小有名声，是因为他曾捍卫一系列曝光度高的出版物，比如性手枪乐队的专辑*Never Mind the Bollocks*（意为“别管那些废话”，因专辑的封面被控公共猥亵）、地下杂志*Oz*的学童专刊［中页特写是深受喜爱的卡通角色鲁伯特熊（Rupert the Bear）的勃起照]，还有小休伯·塞尔比（Hubert Selby Jr.）的色情小说《布鲁克林黑街》（*Last Exit to Brooklyn*）。这些出版物在英国都被起诉，除了性手枪乐队，依据的都是1959年颁布的《淫秽刊物法令》（The Obscene Publications Act）。

我父亲于2009年去世，但他每天仍然以各种方式跟我们在一起——我的孩子们会想起关于他的趣事；我和我母亲时常谈起他；我时常想象他对这样那样的事件会发表怎样的观点。前几年有一段时间，我比往常更多地想起他。那时我在为一部叫《书店》（*The Bookshop*）的电影做宣传。电影由加泰罗尼亚电影人伊莎贝尔·克赛特（Isabel Coixet）执导，改编自佩内洛普·菲茨杰拉德（Penelope Fitzgerald）的同名小说。故事发生在1959年，讲的是寂寞的寡妇弗洛伦斯·格林（Florence Green，由我扮演）决定在英格兰西部的一个海边小镇开一家书店。电影在2017年秋季上映，时值第一波#MeToo运动席卷西方世界，这对电影本身的故事来说恰逢其会——电影讲述的是一位低调而勇敢的单身中年女性，想通过做个小生意来完成某种自我实现时所面临的艰难，她在遇到来自（主要是男性的）权贵们的阻挠时奋起反抗。由女性自编自导，主演是女性，故事也是关于一位女性的斗争，电影完全适合当下。但电影发行时，在我与记者的交谈中，小说和电影里的一个有趣的支线情节多次被提起。1959年是《洛丽塔》在英国出版的那一年，弗洛伦斯·格林面临一个两难境地，是否应该在自己的书店上架这本小说。弗洛伦斯深信艺术是个杂乱无章的行当，在深思熟虑后，她决定售卖《洛丽塔》，而最后，这一决定导致她的书店被迫关门。小镇的权贵们以此为借口，将简朴、温和的弗洛伦斯扫地出门，声称她对如此不堪的文学作品的兴趣是不得体的、危险的。为了蹭#MeToo的热度，在每一场采访中，记者都问我关于《洛丽塔》这本小说的想法，问我认为在当下这本小说能否发表。我回想起我的父亲，以及在那个时代，小说依然被认为足够危险，可以被起诉。我想到了一个事实：《洛丽塔》逃脱了《淫秽刊物法令》的荒谬审查。我好奇，这本小说在今天是否比1950年代更难出版，真希望我父亲还在世，我可以和他谈谈这件事。

*

在大学时我念的是俄语语言文学，作为学业要求，我读过《洛丽塔》，所以在准备电影版《书店》的角色时偷懒没有重读一遍。我已经是纳博科夫的铁粉一枚——大学时，我成捆批发他的回忆录《说吧，记忆》(*Speak, Memory*)，送给朋友做礼物；我把他那本《俄罗斯文学讲稿》(*Lectures on Russian Literature*)都翻烂了，纳博科夫在书中对俄罗斯文学的评价既尖刻又精彩。(我永不会忘记首次读到他严厉批评陀思妥耶夫斯基时的惊喜，他说陀氏是“一个平庸的作家，充斥着文学陈词滥调的荒原”。)然而，我对媒体如此夸夸其谈《洛丽塔》时，心里有一种难为情的冲动，想重读小说，当然是在宣传完电影之后了。于是我真就买了一本《洛丽塔》来读，然后在读的过程中我发觉，我一定、肯定从未读过这本书。我不可能读过。我曾宣称自己拥有的任何关于《洛丽塔》的专业知识全是捏造出来的。我所有的知识应该来自于文学作品简介（SparkNotes）、情节梗概和小抄，还可能来自于看电影。因为如果我曾经读过《洛丽塔》，我肯定记得这段经历，我就不会对故事内容和描写如此惊愕和愤慨，读到相关章节时不会如此惊叹，我的大脑、内心和灵魂不会如此扭曲和煎熬，让我同时感到如此伤心、如此难过、如此兴奋，三观尽碎。

小说开头那么紧张刺激，你满怀放纵和兴奋，直接一头扎进这怪异又美好的故事："洛丽塔，我生命之光，我欲念之火。我的罪恶，我的灵魂。洛—丽—塔：舌尖向上，分三步，从上颚往下轻轻落在牙齿上。洛。丽。塔。"你被吸引了，如此惊艳，你目前仍认为可能以前读过这本书，无论如何，你彻底沉浸其中。

但才刚读几页，亨伯特就（什么鬼！）受了诅咒，生活在"一种允许25岁的男子向16岁而不能是12岁少女求婚的文明里"。关于《洛丽塔》，我记得很多，即使我只是假装读了这本书——但是12岁？！我肯定是忘了那个重要的数字，这让我感到震惊。在这里，亨伯特高度赞扬"青春期以前的婚配和同居在东印度某些地区仍是常事"。还有这里，他养成了寻觅非常年轻小女孩的恶习，任何能找到她们的地方，在孤儿院、感化学校和公共场所："啊，走开吧，让我独自待在我春情勃动的公园里，待在我生满青苔的花圃中。让她们永远在我身边嬉耍吧，永远不要长大。”还有这里，他幻想未来娶了洛丽塔，和她生孩子，然后再强奸她：“我最后或许能用我灌注在她精致血脉里的血使她生出另一个小仙女，洛丽塔第二，1960年左右她将是8岁或9岁，那时我仍然还是年富力强。”紧接着，这都是些什么啊，他开始幻想强奸第三代人，自己的**亲孙女**！“古怪、温柔、流着口水的亨伯特对着超级迷魂的洛丽塔第三练习作祖父的艺术。”

我一边读着这一切，一边思考着我对媒体夸夸其谈的所有事情，我开始想知道，**当年**《洛丽塔》到底是如何成功出版且免遭起诉的？为什么《查泰莱夫人的情人》（*Lady Chatterley's Lover*）在1960年被起诉，而在早一年出版的《洛丽塔》却逃过此劫？当然，这并不是说《洛丽塔》进入像弗洛伦斯·格林开的那样的书店里销售的旅程一帆风顺。最初美国所有的大出版社都拒绝出版《洛丽塔》，所以纳博科夫求助于法国色情出版商奥林匹亚出版社（Olympia Press），结果书在法国、阿根廷、新西兰、南非和澳大利亚都被禁售。在英国，从1955年到1959年，所有《洛丽塔》的书都被海关收缴，而最终在1959年出版时，引起了巨大的震动和争议。但是，据我所知，从未有针对《洛丽塔》的刑事诉讼，这是令人惊讶的，因为在它出世的年代，文学无法摆脱淫秽法案的严密控制，因为至今《洛丽塔》仍是人们所能读到的最令人震惊、最耸人听闻的书。

1967年，也就是《洛丽塔》在英国出版八年之后，我父亲为《布鲁克林黑街》辩护。虽然书中的一些描写相当令人不安，但我不会说比《洛丽塔》的某些段落更甚。让我们来对比两本书中的某些语句，《布鲁克林黑街》里最臭名昭著的场景是奸杀雏妓特拉拉（Tralala），“血从她的胯部渗出来，她两腿之间的座位上形成了一个小污点”；再看《洛丽塔》中，“这是个孤独的孩子，是个彻底无家可归的儿童，就是和她，一个四肢粗重、气味恶臭的中年男人那天一早晨就有过三次交媾”。或者这一段，洛丽塔坐在亨伯特车上的副驾驶里，“抱怨疼痛，说她坐不住，说我撕裂了她体内的什么东西”。

随着我继续往下读，我的脑海里闪过很多问题。我想给人打电话，问他们是否**真的读过**《洛丽塔》？我想告诉他们立即读这本小说，哪怕只是为了能够讨论一下。我需要听听他们的想法。由于缺乏乐于助人的朋友，没有一个人被说动去阅读或重读《洛丽塔》，我只好求助于谷歌。我发现不只是我在关心这个问题：如果《洛丽塔》是现在创作的，它能否找到出版社。伊恩·麦克尤恩（Ian McEwan）和萨尔曼·拉什迪（Salman Rushdie）在乔纳森·开普出版社（Jonathan Cape）的出版人丹·富兰克林（Dan Franklin），也就此议题做了推测：“我不会出版这本书。当今的不同之处在于#MeToo运动和社交媒体——你可以弹指间组织表达愤怒的活动。如果现在有人递给我《洛丽塔》，我永远不会成功让它通过收购团队——委员会里的成员都30多岁，他们会说：‘你要是出版这本书，我们就集体辞职。’”自称千禧一代的出版人劳拉·沃德尔（Laura

Waddell）在《卫报》（*The Guardian*）上反驳道："《洛丽塔》真实的出版史比千禧一代无聊的、自欺的（bad-faith）抨击要有趣得多。说它在当今社会永远不会被出版是在转移注意力。"对此我想了想，我意识到，事实上，鉴于小说内容近乎荒谬地令人震惊，《洛丽塔》在近年来所获得的对待也相对温和。

你不禁想知道，为什么让丹·富兰克林如此忧心、差点取消了巴尔蒂斯（Balthus）和毕加索（Picasso）等艺术家作品/展览的公众舆论法庭竟然放了《洛丽塔》一马？在当时，甚至连一幅女性裸体画都被批为一种潜在的冒犯性政治声明，这部小说何以成功逃过严厉的重新评价的命运？实际上，女性一直是，且将继续是其最大声的捍卫者。从多萝西·帕克（Dorothy Parker）（"《洛丽塔》是一本好书，一部杰作，好吧，是一本伟大的书"）到千禧王国的女王莉娜·杜汉姆（Lena Dunham）（她说这是她"最喜欢的书"），《洛丽塔》让男性女性都为之着迷。这是一项壮举，因为它是冥顽不灵的"男性凝视"的终极范例：一个中年男人叙述自己对一个未成年女孩的执念，从第一页到最后一页，他都在性感化、物化和强奸这个小姑娘。

*

关于《布鲁克林黑街》的审判，我父亲曾写道：

> 我记得站在三位非常有智慧的上诉法院大法官面前。我试图描述作家的立场。我告诉他们，你不能跟一

个作家说生活中有些领域是不允许创作的，这样他们根本成不了作家。

尽管对于任何从事文学工作的人来说，这全然是陈词滥调，但是对这些法官来说，这是一个全新的概念。法庭似乎一致认为，既然莎士比亚创造了麦克白夫人这个人物，那意味着莎士比亚对她谋杀自己的客人是赞成的。法官们无法把作者和作者创作的主题分开。

在某种程度上，我认为在纳博科夫和《洛丽塔》的情况中，把作家和他的主题分开要容易得多；相比之下，比如，把毕加索和他的画作分开，把美国大导演伍迪·艾伦（Woody Allen）和他的电影分开，或把巴尔蒂斯和他的小姑娘们分开，就要难很多。纳博科夫婚姻幸福美满，尊敬和宠爱妻子薇拉（Véra），一生都是一位堪称楷模的学者和作家。据大家所说，他仅有的婚外调情对象都是些身材丰满的中年女子。如果纳博科夫曾经有过像亨伯特·亨伯特那样阴暗、贪婪的想法，那么这些想法仍然只是想法，或者纸上的文字。

但我认为《洛丽塔》的经典地位如此持久还有其他原因，尽管与许多同时代的色情小说相比，与许多在我们的时代被重新评价的主题越界的艺术作品相比，《洛丽塔》都要更令人震惊。首先，小说非常有趣。我父亲总说，只要你在法庭上让人发笑，你就可能逍遥法外："在淫秽案件中，我做的第一件事就是让陪审团发笑，而法官和公诉人的首要目标是阻止陪审团大笑。”亨伯特·亨伯特很有自知之明，很风趣，看上去滑稽可笑。即使在异常艰难的关头，即使在最戏剧化的情况下，在他走上血腥复仇和毁灭的道路时（一位二流作家兴许会迫使主人公变得诚挚），我们的主人公还在讲笑话，在逗我们乐。比如这里，他在看牙医，试图找到有关他的一生之敌克莱尔·奎尔蒂（Clare Quilty）的下落——奎尔蒂碰巧是牙医的侄子。亨伯特让奎尔蒂的叔叔检查了牙齿，问了他各种关于手术和费用的问题，然后拒绝了他的服务：

> 我的嘴对他来说是个装满了无价之宝的辉煌洞穴，但我不准他进去。
>
> “不，”我说，“我想了想，还是让莫尔纳大夫来做吧。他要价更高，当然他比你更高明。”
>
> 我不知哪位读者以后会有机会说这样的话。这是一种很美妙、很朦胧的感觉。

你对亨伯特报复牙医的做法捧腹大笑，而这不是可以笑的场合。

这部小说滑稽可笑，但文笔也精妙无比。纳博科夫是用英语创作《洛丽塔》的，给人的感觉是好像英语从未被如此使用过，而且可能再也不会有人如此使用了：

> 现在，要追述后来发生的一切时，读者应牢记的不

仅是上面粗略勾勒的那条主线、许多支路、旅行者误入的歧道，以及不慎重复和在惊恐中出的偏差；还要记住我们的旅行远不是一次令人疲乏的远足，而是一次艰难的、扭曲的目的论演变，它唯一**存在的理由**（这几个老法文词就是征兆）是要靠接连不断的亲吻，让我的伴侣总保持过得去的心境。

纳博科夫自己说，《洛丽塔》记录了他“对英语这门语言的热爱”。内容读起来这么可怕，却用令人眩晕的精妙语句写就，令你叹为观止。

正如亨伯特自己坦白的：“你总可以指望一名杀人犯写出一手妙文。”杀人犯是我父亲最喜欢的客户，不仅仅是因为他们最主动、最顺从，他还认为谋杀是最揭露人性的犯罪行为，是我们每个人都可能犯的罪行。我们可能不会抢银行，可能不会贩毒或者偷税漏税，但他认为，当我们所有人被逼急了，几乎都能释放杀戮的本能。我认为他说这些话一定程度上是在危言耸听。作为一名作家和叛逆者，他很喜欢悖论，但他也真的信仰发掘人的善，也相信一个朴素的观点：“多亏上帝开恩，我才逃过一劫。”作为一名刑事辩护律师和作家，我父亲所做的就是试图说服陪审团或者读者能够自发与他所代理或呈现的客户产生共情——无论这些人犯过什么罪。

读《洛丽塔》，你不可能撤退到任何道德高地——部分因为纳博科夫虽描绘的是痴恋，却贯穿了一份情感的真诚和纯洁，颇为怪异。因为除了这本书有关的其他一切，《洛丽塔》将是你读过的最美的爱情故事之一。直到故事最后惊险的、令人震惊的悲剧性部分，你才最终明白这一点。从洛丽塔最终拒绝亨伯特（谢天谢地）——当他最后一次开车离开她时，他在车里情绪崩溃了（“挡风玻璃上的刮水器正全力以赴地工作，但对我不断的泪水，它无可奈何”），到他的绝望的念叨（“我爱你，我是个怪物，但我爱你。我卑鄙无耻，蛮横残忍，等等等等，但我爱你，我爱你！有些时候我知道你是怎样的感觉，而知道更是要命啊，我的小宝贝。洛丽塔小姑娘，勇敢的多丽·席勒。”），到他被警察逮捕的那一刻，想起了洛丽塔刚失踪时听到的小孩子玩耍的声音（“我站在这高高的斜坡顶上，倾听那微微的音乐般的震颤，……然后我明白了，那刺痛心肺、令人绝望的东西并不是洛丽塔不在我的身边，而是她的声音不在那和声里了”）。亨伯特的痛苦是显而易见的，让人深深地感同身受。痛失荒唐的爱，因为你的爱而玷污了某种纯真的东西的感觉——这一切都太熟悉了。小说最令人兴奋、最美好、最令人不安的方面在于，在书页中除了找到了亨伯特的真心，我们还找到了一点自己的真心，不管你愿不愿意。

《洛丽塔》让我们以一个恋童癖者、强奸犯和杀人犯的眼睛来观察，我认为这是它自出版后的六十年里逃过了法院和道德警察的严厉指控的根本原因。小说没有为亨伯特卑劣下流的罪行进行辩护，也没有将之浪漫化——尽管亨伯特自己有时浪漫得滑稽可笑。作者强迫读者在每一页都直面主人公的恶魔本性。我们无法避开他的丑恶，但我们可以直入他的内心。到头来，我们不仅同情一个杀人犯和强奸幼女的罪犯，甚至爱上了他。这感觉真的很好，一种如释重负。这感觉既让人振奋，又矛盾地让人情绪被净化。纳博科夫称《洛丽塔》是他所有书中“最纯粹的”。

我父亲永远不可能让亨伯特在现实法庭上脱罪，但他会激烈地为他的人性辩护。就像他曾为所有最危险、最不道德的人的人性辩护一样。

最终亨伯特知道没有律师能救他，他会蹲监狱，可能会获死刑，但他也知道，他和洛丽塔的记忆将被保存在他写的记录中。这些记忆将“活在未来几代人的心里。我正在想欧洲的野牛和天使，在想颜料持久的秘密，预言家的十四行诗，艺术的避难所。这便是你与我能共享的唯一的永恒，我的洛丽塔”。

与许多水平不那么高的虚构作品不同——我父亲曾经还为其中一些辩护过，《洛丽塔》受到了“艺术的避难所”的庇护——在艺术的避难场所里，应该永远能安稳地探索哪怕犯下了最可怕的罪行的人的思想和感受。《洛丽塔》依然是无懈可击的，因为它让读者破防，超越了评判。阅读这本书的体验（如果你真的读了），就是放弃所有传统的关于对与错的担忧，就像他者一样来感受事物。我们有能力做到这一点，就是我们最宝贵的品质之一，也许还是我们人性最伟大的衡量标准。弗洛伦斯·格林在她的小书店里理解这一点，我爸爸知道这一点，纳博科夫也知道，其实任何一个读者也都知道。

史黛西·希夫
Stacy Schiff

薇拉和洛

薇拉[1]和亨伯特·亨伯特在一起的时间比其他任何女人都要长，包括洛丽塔。薇拉见证了亨伯特这个人物从雏形、发育到成熟。1939年巴黎的一个冬夜，薇拉的丈夫弗拉基米尔·纳博科夫给几个好朋友大声朗读他用俄语写的一个短篇故事，主角是个40岁的中年男人，酷爱引诱尚未发育成熟的少女。故事一开篇，中年男人自问："我该如何与我自己达成和解？"很多年之后，纳博科夫以为自己对这个故事已经释怀了。但薇拉知道，丈夫的作品中充满了亨伯特式的人物，这些中年男子沉迷于未成年少女的魅力，无法自拔。薇拉是纳博科夫的打字员，他的作品《天赋》（*The Gift*）是她一个字一个字敲出来的。这部作品里有个角色提出了一个中年男子向寡妇求婚然后引诱她女儿的情节："还是一个小女孩——你知道我的意思——一切还没有定型，但她就是有一种办法，能把你迷得神魂颠倒。"1959年《洛丽塔》出版之后，媒体用《纳博科夫夫人比小仙女洛丽塔整整老了38岁》这样的标题来夺人眼球时，薇拉对此并没有做好心理准备，后来甚至还有记者问她："《洛丽塔》中有什么角色是以你为原型的吗？"

记者没有得到想要的答案，立马改变策略继续追问："那您丈夫在出版前有咨询过您的意见吗？"这个问题的答案很简单，薇拉回答道："当《洛丽塔》这样的杰作问世的时候，唯一的问题就是寻找出版商。"薇拉在回答记者提问时没有承认这一路来他们所遇到的艰难险阻，她也没有透露自己其实是亨伯特·亨伯特这个角色一直以来最大的支持者。尽管弗拉基米尔·纳博科夫后来重新塑造了这部作品，但是正是在战前巴黎的那个冬天，纳博科夫感受到“《洛丽塔》所带来的第一次小小的悸动”。这种悸动十年之后席卷而来，当他们在纽约上城的时候，曾经的悸动“已经悄悄地长出了小说的爪子和翅膀”。

但是《洛丽塔》到来的时间不太理想。纳博科夫之前的作品都“不卖座”，他终于拿到了康奈尔大学的副教授职位，将在那儿教授俄罗斯文学。这是三十年来第一次，纳博科夫和薇拉终于能在经济上有一点点安全感。如果说纳博科夫夫人曾经有过一次劝阻她的丈夫不要写作一部卖不出去的作品的话，那就是在1949年。那一年的美国，在艾森豪威尔的统治之下，实在是不适合出版一个中年男子性侵未成年少女的高格调小说。

薇拉的立场很坚决。纳博科夫已经欠了朋友们几千美元。作为一个头脑清醒的妻子，她本应该劝说纳博科夫把精力放在别的地方。作为一个母亲，她甚至犹豫该不该让她12岁的儿子阅读《汤姆·索亚历险记》，薇拉觉得“这是一本不道德的书，会把小男孩们教坏，还教他们对年幼的小女孩感兴趣”。薇拉这样的人，本该与《洛丽塔》保持一段距离。薇拉此前也阻止过她丈夫写作某些内容：当纳博科夫宣布自己要写一个连体婴的爱情故事时，她坚决反对。当纳博科夫想要写他最爱的俄罗斯诗歌时，她也立即否决了。但是当他要写《洛丽塔》的时候，薇拉反而没有反对。因为薇拉知道，如果弗拉基米尔不把这本书写出来，他就不得安宁。她甚至怀疑，这部未完成的作品会像个幽灵一样一直折磨他，就像没有解决的象棋问题那样让他焦躁不安。薇拉对《洛丽塔》的欣赏是显而易见的：当纳博科夫自己对它失去了信心的时候，薇拉没有。

《洛丽塔》早期的手稿差点在1948年被毁掉。当时他们住在康奈尔大学所在的纽约州伊萨卡，有一天薇拉走出家门，发现她丈夫正在往一个燃烧的垃圾桶里扔纸。薇拉不顾他的反抗，从后院的熊熊大火中抢救下来《洛丽塔》的手稿。薇拉说："我们必须要留着它。"她一边挥手让这个纵火犯快走开，一遍跺脚扑灭快要烧焦的手稿。每当纳博科夫"遇到了技术难题和疑惑"，他就动念头想要焚毁这部小说，薇拉不止一次地介入，保护了《洛丽塔》的手稿。

直到目前，我们还不清楚纳博科夫夫妇早期到底有没有认真考虑过出版这部小说。弗拉基米尔后来声称自己从来都不希望《洛丽塔》能面世。他们俩都觉得这小说是个"定时炸弹"。弗拉基米尔甚至不厌其烦地将自己日记里关于性欲错乱的研究，以及和未成年人结婚的调查全部用墨水涂黑，不让人看。纳博科夫曾经一笔带过地向自己的编辑提及洛丽塔是一个13岁的女孩，但是编辑没有回应他，后来纳博科夫没有再明确地提起这个话题，编辑才松了一口气。这位编辑也继续无视纳博科夫信里的一系列暗示。（几年后，这个编辑正式拒绝出版《洛丽塔》。他认为出版这本书会把他们全都送进监狱。）1946年，埃德蒙·威尔逊（Edmund Wilson）的《海克特县回忆录》（*Memoirs of Hecate County*）因为被指控淫秽下流而被禁止售卖。威尔逊的案子一直打到最高法院，最后法院维持了对淫秽作品的禁令。纳博科夫夫妇很清楚，《洛丽塔》如果出版，他们会经历埃德蒙·威尔逊所经历的痛苦。"一个四肢粗重、气味恶臭的中年男人"与一个未成年人在早餐前进行了三次激烈的性交的小说——"如果我是你，亲爱的，我就不和生人说话"，亨伯特事后这样警告洛丽塔。不管是出于什么原因，《洛丽塔》一定会让大众骇然。虽然色情作品在当今已不算什么，但是在1950年代早期，《洛丽塔》毫无疑问会被归类为该被禁止的色情作品。

薇拉深知她丈夫的作品一旦出版将会带来的危险，以及公众可能产生的误读——一个中年男人对一个未成年少女的追求以及他极其露骨的自白。但是，艺术毕竟是艺术。最好的艺术本就该越界，本就该让读者感到震惊，最好的艺术带我们去我们不允许自己去到的地方。当然，最好的艺术也应该避免过度印象化的简单解读。薇拉鼓起勇气寄了一本《洛丽塔》精装本给纳博科夫远在日内瓦的妹妹，还附言一则提醒：《洛丽塔》不是色情作品，它是对一个疯狂之人的思想世界的精妙探索。她让纳博科夫的妹妹读完之前不要匆忙地下结论。薇拉还补充说，弗拉基米尔为此专门做了研究。法律没法阻止他所描述的事情发生。几周之后，薇拉没有收到回信，她慌了。弗拉基米尔的妹妹是不是被这部小说吓着了？薇拉再次提醒她没看完结尾之前不要下结论："这部作品的确有些可怕，但它是一部伟大的作品。"当然，《洛丽塔》绝不是一本适合儿童阅读的书。薇拉一再警告纳博科夫的妹妹要把书收好，千万不要让儿子看到。

第一批考虑出版这本小说的出版商们甚至认为这本书也不适合成年人。《洛丽塔》的手稿第一次在纽约出现是在1953年末。当时的康斯托克法案（Cosmostock Act）规定了邮递淫秽内容是违法犯罪行为。因为不放心邮递，薇拉偷偷摸摸地把这本书随身携带到纽约。薇拉联系了弗拉基米尔的《纽约客》编辑，要求私下单独会面，但是并不能提前透露原因。薇拉带去的这个459页的手稿上既没有写地址，也没有作者署名。薇拉对《纽约客》的编辑凯瑟琳·怀特（Katharine White）表示，她丈夫希望用假名来发表这本小说，她要求承诺“他的匿名权得到尊重”。（怀特隔了一段时间才开始阅读手稿。她有五个孙女儿，这本书让她深感不安。此外，她还回复说，自己对精神病患者一点兴趣都没有。）

此后不久，薇拉决定继续寻找出版社，同时要做好保密工作。她多疑地做了一系列询问——她质问其中一个出版商，到底他和哪些好友分享了这个故事？她用两个黑色活页夹来装未署名的稿子，然后分别寄给纽约的几个出版社。其中维京出版社的编辑收到读了之后，极力反对出版。

西蒙与舒斯特、新方向、斯特劳斯以及双日出版社（Simon&Schuster，New Directions，Straus，Doubleday）也全都不赞同出版。有人甚至建议“这本小说应当被埋在石头下一千年”，另一个试读者说应该一直压箱底。当然，《洛丽塔》并不是完全没有崇拜者。双日出版社的杰森·爱泼斯坦（Jason Epstein）虽然不推荐出版，但是他认为纳博科夫实际上是“用詹姆斯·乔伊斯的风格来写普鲁斯特的《在斯万家那边》（*Swann's Way*）”。

这些出版商中倒没有人建议纳博科夫把书中的洛丽塔改成一个小男孩，或者是把亨伯特改成一个农夫。但即便是这样，也完全没有人愿意出版这本书。（所有人，包括《洛丽塔》的作者本人，都没有想到一个更有艺术性的方案：为什么不用一个女性的假名呢？虽然纳博科夫有天马行空的想象力，但是他没有想到，如果站在亨伯特背后的创造者是个女性，也许这本书会有不一样的出版际遇。）实际上，纳博科夫在《洛丽塔》的前言中试图去规避被指控的风险，甚至拐弯抹角地去影射乔伊斯出版《尤利西斯》时的波折。在薇拉给纳博科夫妹妹的阅读建议里，她辩称，那些看似淫荡的篇章实际上是在为后面的“道德典范”做有效的铺垫。1954年，没有一个编辑认为他能逃过牢狱之灾，不管封面上印不印作者的名字都于事无补。有个出版社的编辑甚至警告纳博科夫，如果用假名出版，反而是授人以柄。另一个编辑说，拿假名出版《洛丽塔》是没用的，因为纳博科夫的风格太独树一帜了，不可能被误认为是别人的。

在第五次被拒绝之后，薇拉想到可以试试在国外出版。她丈夫在法国的出版代理商也许会对在“一本正经且道德崇高的”美国不能出版的小说兴趣十足。薇拉告诉他们，这本小说“极具原创性”，在纳博科夫家里这个表达的意思往往等同于离奇的性变态。薇拉请求他们速速回复。书里的亨伯特声称自己只用56天就写完了《洛丽塔》，但实际上纳博科夫花了整整六年，最后一年他们已经入不敷出。纳博科夫夫妇当时的经济状况完全是捉襟见肘。纳博科夫对这一点也很清楚，在1955年，出版对于他们家来说已经不需要讲什么原则，而是必要的生活来源。巧合的是，书中的亨伯特在公路旅行中光是花在食宿上的钱就已经和纳博科夫在康奈尔教书一年的收入相当了——如果算上皮质拖鞋、黄晶戒指、夜光闹钟、透明雨衣以及旱冰鞋就更多了。

在巴黎，《洛丽塔》终于找到了伯乐：莫里斯·吉罗迪亚斯（Maurice Girodias）。吉罗迪亚斯创立的奥林匹亚出版社已经出版了不少色情作品:《拿鞭子的天使》(*The Whip Angels*),《鲁滨孙·克鲁索的性生活》(*The Sexual Life of Robinson Crusoe*)以及其他一些经典作品。(一开始被告知纳博科夫的职业时,吉罗迪亚斯有些失望。他所期待的是"令人尊敬到可怕的"文字,读了之后他觉得又惊又喜。)吉罗迪亚斯唯一的条件是作者要把名字加上去,纳博科夫同意了。他别无选择。出版的不确定性都压在他身上。海外出版看起来是遥远而安全的。吉罗迪亚斯觉得《洛丽塔》幻美而迷离,不会大卖,但他立即让奥林匹亚出版社印刷发行。吉罗迪亚斯的直觉是对的,《洛丽塔》果然没有卖出去多少本,也完全没有引起评论者的注意。

《洛丽塔》在法国的出版也带来了一些疑虑和不安。当漫长的等待过后,薇拉开始担心这本书可能会让纳博科夫丢了工作。他已经56岁了,如果被贴上道德有亏的标签,肯定会被康奈尔解雇的。纳博科夫的朋友们也无一例外地在为即将到来的丑闻做准备。有一个同事甚至估算纳博科夫大概有60%的可能性会被解雇。纳博科夫捍卫自己的小说,仿佛在保护自己生的傻孩子一样。《洛丽塔》的题材让纳博科夫的朋友们,即使是那些见多识广的朋友们,也有些畏缩和犹豫。《洛丽塔》激起的轩然大波在今天看来可能有些让人费解,毕竟我们是读过《五十度灰》的一代人,我们甚至对每一度灰都了如指掌,即使我们的饭桌上出现了什么不得体的东西,恐怕我们对它的不得体之处都毫无察觉。而在纳博科夫看来,这本小说处理了美国文学里最后三个禁忌话题之一。除却和未成年人乱伦,另外两个禁忌是生生不息的种族通婚家庭,以及一个无神论者“过了快乐和有用的一生，在106岁时在睡梦中离去”。如今，这些禁忌都已经消失了，但是我们也创造了新的禁忌，也许是历史上第一次。五十年前，还没有“有毒的男子气概”（toxic masculinity）这样的词汇和讨论。如果当时从知名大学里流传出什么性丑闻会比发生在今天要显得更加富有爆炸性。时至今日，大概不会有任何一本书被定义为不堪入目。而在1958年，一个英国批评家称《洛丽塔》为“他所读过的最肮脏的书”。

1955年，格雷厄姆·格林（Graham Greene）在伦敦《周日时报》上对《洛丽塔》大加赞扬，把它列为年度最佳作品之一。格林的这一盛赞推动了《洛丽塔》在美国的出版。当时，任何一个英语国家都还没有出版《洛丽塔》，人们只能在法国买下《洛丽塔》，然后偷偷藏在旅行箱最底下带回来。很快，出版商们便开始试图联系纳博科夫夫妇，甚至他们的朋友们也收到世界各地的编辑来信，表示有兴趣出版这本书。与此同时，薇拉也收到各种询问。有个出版商问她：你的丈夫是怎么做到如此了解少女的？薇拉解释说纳博科夫经常潜伏在伊萨卡的酒吧里和操场上观察女孩，直到这样做显得有些尴尬和可疑才罢休。［薇拉没有提及纳博科夫的另一个习惯，那就是观察朋友们正值青春期的女儿。此外，纳博科夫看了《不正常青春期少女》（*The Subnormal Adolescent Girl*），读了研究Tampax和Clearasil[2]的文献资料。］当印第安纳大学出版社联系他们时，薇拉温柔且坚定地告诉他们，这本书不适合他们出版。当朋友们建议他们放弃出版的时候，薇拉用她和纳博科夫统一好的口径回复道：这本小说绝对不是“下流和放荡的”。它是一个悲剧，而悲剧和淫秽是互相排斥的。(薇拉不是律师。她为淫秽提供的唯一辩护是作品的文学价值。)在多家出版社的竞争之下，来自于普特南(Putnam)出版社的沃尔特·明顿(Walter Minton)最终在1958年成功说服了纳博科夫夫妇以及莫里斯·吉罗迪亚斯。

明顿知道这本小说此前被人当作是色情小说，于是他想了一个办法把它拉回到经典的轨道上：让高等学府成为它的拥趸。为了实现这个效果，明顿选择了当时最有名望的地方来开新书发布会。1958年8月，明顿在纽约的哈佛俱乐部给弗拉基米尔·纳博科夫办了一个派对，后来纳博科夫把它称为首秀派对。尽管薇拉之前对明顿有过一些疑虑，但是这次活动上明顿的周到安排和灵活应对让薇拉刮目相看。明顿对薇拉大概也是同感。当时出席的25个记者对纳博科夫身旁这个尊贵而年老的女性的兴趣完全不亚于纳博科夫本人——薇拉就像是纳博科夫和亨伯特·亨伯特之间的一道防火墙。《纽约邮报》(*New York Post*)煞费苦心地来描写这次活动：和纳博科夫一起来参加鸡尾酒会的，是“他的妻子薇拉，一个身材苗条、皮肤光滑、满头银发的女人，和洛丽塔没有半点相像之处”。在那次接待会和之后很多场合，不乏仰慕者告诉薇拉，他们并没有想到纳博科夫会和结了33年婚的妻子一起露面。薇拉镇定自若地微笑答道：“是的。这正是我在这里的主要原因。”丈夫在她一旁咯咯地笑，开玩笑说他其实有想过雇一个小孩来陪他出席活动。很显然，薇拉在旁的事实很有说服力。薇拉的存在，让这个小说得享一席之地，也让亨伯特的兽性留在笼子里。接下来的几年，“丝毫不像洛丽塔”这样的评价总是跟在薇拉的名字后面。薇拉成了她丈夫的荣耀勋章，是他道德的保护色，行走的美德证明。银发的薇拉是一个让人安心的信号，是纳博科夫在笔下这场犯罪中的不在场证明。

《洛丽塔》的出版并没有把任何人送进监狱。在哈佛俱乐部派对之后的六周时间里，《洛丽塔》一直稳居畅销小说榜首。[薇拉觉得，自桑顿·怀尔德（Thornton Wilder）的《圣路易雷桥》（*Bridge of San Luis Rey*）之后获此殊荣的文学作品里，最诚实的作品便是《洛丽塔》。薇拉觉得《圣路易雷桥》也只不过是部“还不错的作品”。] 媒体上到处是《洛丽塔》的整版广告，评论也是铺天盖地地涌来。大部分评论都称赞《洛丽塔》是大师级的作品。当然也有人说《洛丽塔》让人感到恶心和憎恶。有一些评论既褒又贬，无意之中与纳博科夫在《洛丽塔》开篇所说的内容不谋而合：我们被小说本身迷住，但同时又被叙述者所震惊。《纽约时报》的每日评论员评价《洛丽塔》是“令人厌恶的高级色情作品”。他觉得亨伯特无聊透顶，纳博科夫的幽默平淡乏味，这部小说在“用一种故作高深、巧言令色、自以为是、自视聪明实则愚蠢的方式来展现沉闷、乏味、无聊”之外，便是令人恶心。周日版上的评论，相比较之下没有那么负面。《新共和杂志》（*The New Republic*）上的评论大概是《洛丽塔》收到的最为奉承和褒奖的。然而在杂志的头条评论里，《洛丽塔》却被谴责为“一部记录谋杀和毁掉一个孩童的晦涩编年史”。

那些女儿正值青春期的编辑尤其觉得这部小说“让他们感到不适，甚至到了恶心的地步”。大部分国家都把《洛丽塔》贬为一本不道德的书，让人吃惊的书，淫秽下流的书。《伦敦周日快报》

(*Sunday Express*)的主编斥它为“彻头彻尾毫无节制的色情作品”。伊夫林·沃(Evelyn Waugh)认为《洛丽塔》满篇污言秽语，只不过是让人兴奋的污言秽语罢了。路易勒·帕森斯(Louella Parson)称《洛丽塔》“会让你恶心或是想洗澡”。《洛丽塔》在法国被禁了不是一次，而是两次。《洛丽塔》在美国出版时，小说可以被售卖，但是不被允许陈列。下议院公开指责《洛丽塔》是“堕落的”和“色情的”。澳大利亚的海关人员甚至突击搜查这本书。加拿大的海关部门也严格管制这本书。美国得克萨斯的洛丽塔镇甚至因为这本书改掉了自己的名字。《芝加哥论坛报》(*Chicago Tribune*)、《巴尔的摩太阳报》(*The Baltimore Sun*)、《基督教科学箴言报》(*The Christian Science Monitor*)都拒绝评论《洛丽塔》，公共图书馆拒绝上架这本书，辛辛那提的书商们更是拒绝进货。(辛辛那提的一个记者打电话问纳博科夫，如何看待辛辛那提公共图书馆禁了他的书？纳博科夫回复说：如果有人想让自己出丑，就请自便吧。)奇怪的是，女性评论家似乎对《洛丽塔》都赞赏有加。伊丽莎白·珍威(Elizabeth Janeway)，多萝西·帕克(Dorothy Parker)，以及安妮塔·露丝(Anita Loos)都对这本小说大加赞赏。在知名的女作家中，只有瑞贝卡·韦斯特(Rebecca West)的评论比较消极。韦斯特觉得《洛丽塔》是一部矫揉造作的小说，甚至觉得在《洛丽塔》中读出了陀思妥耶夫斯基的味道，这对纳博科夫来说大概是收到的评论中最伤人的。因为在纳博科夫自己列的二流作家的长名单上，陀思妥耶夫斯基几乎位列榜首。

即使是在今天出版，《洛丽塔》大概也会一样毁誉参半。亨伯特仍然是“道德败坏的典型”，他的介绍者也是这么称呼他的。在今天看来，《洛丽塔》也依然是越界的。唯一不一样的大概是康奈尔大学所做出的反应。如今，常春藤名校的教授出版这样一部作品几乎是不可思议的，而这部作品还引诱我们把一个猥亵儿童的人当成某种艺术家，跟着他一起把声色犬马当成爱情，一起沉迷在150多页的绚烂无比的男性幻想中。如今，这部小说读起来不再显得那么有悖常理，倒是更加巧言令色了。在1958年，当初最不看好《洛丽塔》的那些朋友们，以及那些认为纳博科夫有60%的概率会丢掉工作的朋友们，后来被证明预言错了。对于纳博科夫成了媒体新宠这一点，康奈尔大学泰然处之。校园里几乎没有多少关于这本书的道德讨论。（“我们不想显得特别中产阶级。”一个大四的学生这样解释道。）康奈尔大学书店里的《洛丽塔》十分畅销，大学图书馆的12本馆藏也一直被学生借阅，预约借书的名单也长得很。纳博科夫的一个学生坦白说，让他感到震惊的不是阅读《洛丽塔》，而是这本书竟然是在课堂上大声朗读《尤利西斯》时有明显不适的那位教授写出来的。

康奈尔的校长办公室只收到了零星几封言辞激烈的信。一位辛辛那提的公民气急败坏地写信质问学校：《洛丽塔》的作者难道不会腐蚀学生的道德吗？怎么能让他继续教书？康奈尔大学怎么能容忍这样的人渣？（不知道纳博科夫怎么就惹到了辛辛那提？可能是因为他把书里的夏洛特·黑兹写成是在“很刺激的辛辛那提”附近出生的？）人们向来会混淆作家和他们笔下创造出的恶魔角色。不少家长都明确禁止他们的女儿涉足纳博科夫的课堂半步。一想到自己的女儿“有可能在一个私人的会议上向纳博科夫讨教，或是在黑暗的校园里偶遇纳博科夫”，这些父母就感到惴惴不安、恐惧不已。薇拉发现，康奈尔大学表现得“十分冷静和成熟”，这也让很多媒体感到失望。（薇拉当时不知道，康奈尔的校长安抚了一众学生家长，告诉他们，纳博科夫“从1948年开始加入康奈尔，已从教多年，很多作品都值得称道”。）

纳博科夫也发现，自己和自己的主角纠缠在了一起。（“我们滚到了我的身上。他们滚到了他的身上。我们滚到了我们自己的身上。”）不管到哪里，都有人问他《洛丽塔》有多大程度的自传成分。有一次，一群陌生人在纳博科夫伊萨卡的大花园里野营，纳博科夫借机故意说《洛丽塔》中亨伯特的原型就是他自己。这群人立马想要闯进屋子，从他的日记中找线索来证明《洛丽塔》的故事是真的。纳博科夫自己可能没有注意到，身边的朋友有的已经开始故意躲着他。有的朋友选择不读《洛丽塔》，有的没有读完整本。有一个朋友认为纳博科夫已经疯了。埃德蒙·威尔逊说“和你其他作品相比，我最不喜欢这一部”。显然，这个评论刺伤了纳博科夫。[但是听说有个读者觉得《洛丽塔》不道德倒是让纳博科夫很高兴，这个人是阿道夫·艾希曼（Adolf Eichmann）。][3]纳博科夫在康奈尔的一个关系不错的同事自我安慰道：至少弗拉基米尔没有写他那个连体婴的故事。大部分人，哪怕是有名有姓的评论家，也难以把纳博科夫和亨伯特完全剥离开来。俄国二十世纪最伟大的诗人奥西普·曼德尔施塔姆（Osip Mandelstam）的遗孀娜杰日达·曼德尔施塔姆（Nadezhda Mandelstam）坚持认为，《洛丽塔》的作者“肯定做了这样的事，要么就是骨子里对小女孩有这样变态的想法，否则写不出来这样的作品”。莫里斯·吉罗迪亚斯也认为弗拉基米尔就是亨伯特·亨伯特。评论家莱昂内尔·特里林（Lionel Trilling）在对小说大加赞赏之后，也言之凿凿地告诉自己的妻子说，他观察过纳博科夫夫妇，非常肯定薇拉就是洛丽塔的原型。

在一篇长文中，特里林把洛丽塔和朱丽叶放在一起比较。特里林指出，朱丽叶14岁的时候就把自己献给了罗密欧。特里林没有注意到“she gave herself”在莎士比亚和纳博科夫两者的笔下有着天壤之别。（以及，朱丽叶当时其实是13岁。）当然，曲解和误读《洛丽塔》的肯定不只特里林一个。那些想要把《洛丽塔》拉回到经典传统中的人倾向于把纳博科夫和爱伦·坡（Edgar Allan Poe），和刘易斯·卡罗尔（Lewis Carroll）做比较。纳博科夫夫妇显然认为这没什么可比性。而且这样的类比在今天也难以让厌恶《洛丽塔》的读者安心。《洛丽塔》引发了一系列的讨论，其中有些已经在疯言疯语的边缘。纳博科夫被邀去各国发布新书。面对这迟来的胜利，他为自己最喜欢的作品说话，有时候也发表了一些荒唐的言论。纳博科夫自己对小女孩是没有兴趣的，但是他告诉《伦敦标准晚报》（*Evening Standard*）：“我对男人爱上小女孩，以及男人对小女孩充满激情这件事情很感兴趣。”纳博科夫年轻的时候翻译过《爱丽丝漫游仙境》。他又补充道：“我可以跟你保证，跟其他民族相比，俄罗斯人对于性可能没那么有兴趣。”纳博科夫的一个朋友对《洛丽塔》避之不及，纳博科夫对此这样搪塞：我们当然不会介绍亨伯特给女儿们认识。但是我们对奥赛罗（Othello）和拉斯柯尔尼科夫（Raskolnikov）也会一样吗？洛丽塔难道不比包法利夫人和《名利场》中的贝琦·夏普（Becky Sharp）更让我们同情吗？在伦敦的新书发布派对上——囿于被指控的风险——纳博科夫退让了一点："如果我有个女儿，我也会把这本书禁了。我当然不会让她读这本书。"但是到了法国，纳博科夫自相矛盾地坚称，读了《洛丽塔》的女孩会感到自己"被清晰无比地、多姿多彩地凝视——哪怕是一侧脚踝跟腱的小小抽动也不会被落下"。但是对于读了《洛丽塔》之后那些想出去寻找感官刺激的人，纳博科夫泼了一盆冷水："毕竟，谁**真的**会被12岁的小女孩吸引呢？"

《洛丽塔》激起了关于变态、淫秽、不得体的各种讨论，在这些讨论中最终迷失掉的是这个角色本身。唯一例外的是，有些人对洛丽塔也和对亨伯特一样厌恶。一个有洞察力的读者说，洛丽塔归根结底就是个"表面脆弱实则相反的女孩"。很多人责怪洛丽塔，而且为亨伯特感到遗憾。从一开始，洛丽塔就是个被惯坏了的孩子，很少有人能够原谅她不是个处女之身。罗伯森·戴维斯（Roberston Davies）表示，这本书的主题"并不是一个狡猾世故的成年人引诱了一个天真无知的孩童，而是一个堕落的孩子利用了一个软弱的成年人"。实施引诱的其实是洛丽塔，就像怪物最终才变成弗兰肯斯坦一样。有些评论头条甚至把洛丽塔称为一个"淘气"的女孩或是"一个经验丰富的野丫头"。1958年，亨伯特的变态之处在于他被这样一个"可乐浇灌长大，整日玩自动点唱机，满脑子都是电影杂志的野孩子"所吸引。《纽约邮报》说洛丽塔是"一个可怕的黄毛丫头，一个小恶魔，一个肤浅、堕落、好色、不招人喜欢的小屁孩"。这些男性评论家们似乎进行着一场文学上的"责怪受害者运动"。多萝西·帕克觉得《洛丽塔》很优秀、有趣，也充满了深深的痛苦，但是这种痛苦是亨伯特的。而关于洛丽塔，帕克写道："她是一个可怕的小恶魔，自私、强硬、粗俗、脾气很差。"纳博科夫在康奈尔的一个同事觉得洛丽塔这个角色不切实际，因为任何一个有自尊的美国女孩，肯定不会如此被动地听亨伯特的话，她肯定早就机智地报警了。

不管语言多么热烈而饱满——《洛丽塔》真正色情的部分其实是它的故事——这部小说持续让读者感到震惊。半个多世纪之后，这本书仍然让读者感到骇然。从第一页开始，亨伯特就在接受审判；他犯下的罪行到今天也没有改变，改变的是陪审团。我们已经不再少见多怪。在2020年的今天，《洛丽塔》比过去更加振聋发聩、发人深省。《洛丽塔》不再是一场狂欢的盛宴，而是致死的鸦片。当下的道德可以说是在一个历史低点，"他说她同意了，浴袍半遮半掩，酒店门关上了，贿赂和引诱，或明显或隐晦的威胁"，这些控诉和辩驳不绝于耳，我们得以窥见不一样的光景。当下的我们听多了孤儿的啜泣，反而没怎么听过亨伯特的悸动。我们总是抓着受害者不放，而不是那个疯狂的男人。如果当初这本书因为挑逗而被禁止出版，那么今天对它的恐惧则是它可能引发人们的应激反应。右派的老古板们曾经捍卫《洛丽塔》的出版自由，现如今，左派为了保护孩子而声讨《洛丽塔》，说他们不希望高中课程被玷污了。我们这个时代，禁忌话题减少了，但是我们却变得更加敏感了。我们到底该如何在男性凝视和厌女症之间画一条分界线？纳博科夫在今天出版《洛丽塔》的难度，不亚于1979年伍迪·艾伦发布他的电影《曼哈顿》[4]。

纳博科夫提醒我们，不要把生活和文学混为一谈：洛丽塔这个小女孩自始至终就不存在。她的故事只是一个故事，就像艾玛·包法利和安娜·卡列尼娜都是故事中的人物一样。这本小说从来都不是想成为一个恋童癖指南。《洛丽塔》和法国总统密特朗所崇拜的“一个不知悔改的引诱者”布里埃尔·马茨涅夫（Gabriel Matzneff）[5]的作品不一样，总统先生甚至称马茨涅夫为道连·格雷和吸血鬼德古拉的结合体。当然，《洛丽塔》也不是要进行道德说教，尽管亨伯特自己也给自己下了宣判，前言里的雷博士也提出了这样的希望：“《洛丽塔》应当使我们所有人——家长、社会工作者、教育者——以更大的警觉，更远大的抱负，为在一个更安全的世界中抚育更为出色的一代人而贡献自己。”如果亨伯特能坐下来审判自己，在全书的倒数第二段他告诉我们，他会判自己因强奸罪坐牢35年。当亨伯特在震惊中发现，从山谷下传来音乐般的“震颤”，而洛丽塔的声音已经不在那些孩童玩乐的声音里了，这让他痛彻心扉并深感绝望。在这一刻，亨伯特明白了，自己对洛丽塔所犯下的罪行有多深重。洛丽塔不在这些孩童之中了，这让亨伯特更加意识到往昔不可追，未来不可期。书中这一幕是纳博科夫最喜欢的场景之一，也是他认为最重要的段落之一。

很多人以为，纳博科夫的妻子是一个躲在丈夫背后忍辱负重、痛苦不堪的人，她做他道德上的掩护，同时掩盖另一个女人的痛苦。实际上，薇拉并不是这样的，恰恰相反，当所有人都关注亨伯特的时候，薇拉从一开始就强调我们要看到洛丽塔。薇拉一遍又一遍地强调，洛丽塔“在这个世界上孤零零一个人”，没有一个亲戚可以依靠！评论家们在小说里寻找道德、寻找证明、寻找解释，但是他们都不可避免地忽视了“洛丽塔作为一个孩童的无助，她不得不依赖恶魔般的亨伯特，以及她一直以来的勇气和坚强”。薇拉说这些细腻的描写让人心碎。他们忘了“可怕的小屁孩”本质上并不坏。如果不是经历这样的虐待，洛丽塔本应该有一个体面的生活。读者和评论家们都没有注意到这一点。就像亨伯特一样，他们对洛丽塔的无力、痛苦、被夺去的童年，以及失去的未来都熟视无睹。洛丽塔并不只是一个象征。她是一个手足无措、无依无靠的孩子。这本颠覆性的书刺痛了二十世纪最后仅存的良知。在二十一世纪，《洛丽塔》仍然不失它的颠覆性，其中的故事让我们感到惊人地熟悉，也刺痛着我们的神经。薇拉曾这样抱怨：“书中的洛丽塔每天晚上都哭泣，而评论家们对此充耳不闻。”而她的哭声，我们今天能够清晰地听见，当艾玛·包法利和安娜·卡列尼娜的故事被阅读的时候，当纳博科夫的文学讲稿用“泪水和颤抖”来讲述的时候，我们都能够听到她的哭声——洛丽塔终于站到了这个以她的名字来命名的故事的中心。

1 薇拉是弗拉基米尔·纳博科夫的妻子。1923年5月8日，纳博科夫于柏林一个慈善化装舞会上，邂逅了犹太律师之女薇拉·斯洛尼姆（Vera Slonim），两人在1925年于柏林成婚。1934年他们的儿子德米特里（Dmitri）出世。——译注

2 Tampax是美国的卫生棉条品牌，Clearasil为护肤品牌。——译注

3 阿道夫·艾希曼（德语：Adolf Eichmann，1906年3月19日—1962年6月1日），纳粹德国高官，也是在犹太人大屠杀中执行“最终方案”的主要负责者。被称为“死刑执行者”。——译注

4 《曼哈顿》这部电影讲述了42岁的伊萨克在与17岁的少女崔西交往的过程中劈腿，爱上了好友耶尔的情人玛莉，之后才发现崔西对他更重要，想要重新追求崔西的故事。——译注

5 布里埃尔·马茨涅夫的成名，就是因为他对恋童癖的公然赞美。1970年，34岁的他娶了未成年女高中生为妻，从此开始了自己美化恋童的写作生涯。1974年，他因出版了散文《Les Moins de seize ans》（译为《16岁以下》）一炮而红。文章中大挥笔墨描述他本人与未满16岁的女孩们之间的性关系。时任法国总统密特朗赞扬他的文章。总统是马茨涅夫最忠实的书迷之一，经常约马茨涅夫来爱丽舍宫会面、用餐，甚至把他的书推荐给自己十几岁的孩子看。即便总统知道马茨涅夫的恋童癖，仍然亲笔为他撰写赞美文，忽视他罪恶的私生活，甚至说出了马茨涅夫“不幸陷入恋童癖风波”这种话。——译注

伊恩·弗雷泽
Ian Frazier

与亨伯特和《洛丽塔》一起在路上

五十年前，我第一次读《洛丽塔》时只有十来岁。我母亲教高中英语，也爱读书，我于是向她大加称赞这本书，她说她以前并不喜欢，说那是一个可怕又悲伤的故事。我没有理会她的意见，我对父母告诉我的许多事情都这样。我不断重读《洛丽塔》，最终把纳博科夫其他的英语作品都找来读了，虚构、非虚构来者不拒，包括我在纽约公共图书馆偶然间发现的一本薄册子，一本从未有人耳闻过的书。纳博科夫在回忆录《说吧，记忆》（*Speak, Memory*）中提到的他人生中的重要地标，我都抽时间去参观过。我在俄罗斯旅行时，参观了他家在圣彼得堡住过的房子，现在成了博物馆——我也就去过三四次吧。

我打小没怎么受过完整的教育，所以我忌妒纳博科夫那强大的自信和对一切的不屑。我试图模仿这种风格，与人聊天时，故意脱口而出纳博科夫式的表达，有点拾人牙慧（比如，“我鄙视庸俗的事后烟”）。我读过许多他的作品，都在我脑海中扩容了新的纳博科夫式表达。在图书馆找到的那本鲜为人知的书上，我发现一个句子，像考古发现的罕见文物那样视若珍宝。这是纳博科夫翻译的一本薄薄的诗集，出版于1944年，收录了普希金、莱蒙托夫（Lermontov）和丘特切夫（Tyutchev）三位俄语诗人的诗，附有他向美国读者介绍每位诗人的内容。在普希金的简介里，纳博科夫描述了他的意外结局：普希金与混迹于法国舞厅的丹特士（D' Anthès）决斗，受了致命伤——风闻丹特士是普希金妻子的情人。一个油头粉面的无名之辈杀死了俄国最伟大的诗人。关于丹特士后来的职业生涯，纳博科夫补充道，他回法国当了个小官儿，“活到了令人难以置信的、毫无必要的90岁高龄”。

童年是一个黑暗的、充满幻想的剧场，隔一段时间后，剧场里的灯光会亮起，明亮的灯光会晃得你眯起眼睛，然后你看到座位下的糖纸和洗手间门口的长队。这样的时刻随时都可能发生。对我来说，纳博科夫剧院是一个壮丽闪亮的场地，里面的灯光在我30多岁时完全点亮。在我看来，在这个年龄段，我们现代观念里漫长的童年行将结束。此后，我更能理解我母亲当年对《洛丽塔》的看法。

*

我老家在俄亥俄州，美国大陆各州的离心点，住在这里，感觉你要是放开门把手一秒钟，马上就会被抛到一千英里之外的高速路上。我家房子在哈德逊镇的一个乡下社区，有一条石子车道通向一条石子街，石子街通向一条没有铺好的路，然后上80号州际公路，往东是纽约，往西是旧金山。或者去佛罗里达、亚利桑那、加拿大、阿拉斯加——这里四通八达。

在我家街对面，经过格拉特利家（Gellatly）和他们的后院，就到了我朋友唐（Don）的家。我俩一块儿读完《洛丽塔》后，都自命为亨伯特那样的类型。亨伯特在“高尚的陪审团先生们”面前为自己对洛丽塔的爱申辩，我们有样学样，互相阐述对哈德逊高中的漂亮姑娘们的爱。这些姑娘跟洛丽塔很像，坐校车时拿着曲棍球杆，背着书包，膝盖有擦伤。洛丽塔在一位高级别外国作家的畅销书中当主演。因此，与我们同坐8路校车的女孩们自身就堪当最高的评价——她们应当收到情诗，值得成为古代意大利名画家的绘画对象，我们去克利夫兰（Cleveland）艺术博物馆看到过这些画家的名字，只是不记得了。忽然之间，这些女孩的存在，加上我们为了爱她们而存在，都是艺术的。全世界似乎都为洛丽塔这个虚构的女孩陷入了焦虑，洛丽塔的长相，她的谈吐和行为举止，都像每天坐在我们旁边的女同学，但我们和她们的真实距离却遥远到令人绝望。

*

就好像等待着带我们远走高飞的公路还不够多，更多的公路还在不断修建，以前的路被淘汰了，也就成了“老”路，于是，很快出现了8号路和老8号路，14号路和老14号路。自然，老路上的生意就此一蹶不振，但在我家附近的老14号路上，一家山顶汽车旅馆（Hilltop Motel）苦苦坚持了好一段时日。我们认识旅馆的老板，姑且称他们为卡卢奇一家（Carluccis）吧[1]。他们家儿子托尼（Tony）跟我在学校同年级，我要小些。我觉得他人不错，就有时候去他家玩儿。他家住在旅馆其中一栋楼的楼上，楼下是旅馆的餐厅，我们会坐在餐厅里的亮红色高脚凳上点汉堡吃，吃完后上楼玩他的电子橄榄球套装。大人们则在隔壁房间喝酒聊天。有一次，托尼指着一伙人中的一个男的告诉我说，他刚出狱不久。山顶的客房是小木屋，我父母对此持嘲讽态度，至于为什么，我刚开始并不知晓。

托尼有个妹妹名唤玫瑰（Rose），像所有取这个名字的姑娘和女人一样，她皮肤红润，有一头乌黑的长发和一双乌黑的眼睛，小小年纪就长成了紫红色的模样，为她的女先祖们画画的古代画家就非常欣赏这种模样。有一次我骑着脚踏车，看到她和她的朋友芭布（Barb）正倚靠在80号州际公路的一座桥栏杆上，看着来往的车辆。80号公路是我们熟知的“俄亥俄收费公路”。在俄亥俄农场间的一条柏油双车道上，能找到如此绝色佳人，证明上帝是无处不在的。或者更妙，艺术是无处不在的，甚至在我们毫无艺术气息的美国（相对欧洲而言）。啊，高尚的陪审团先生们，还有我老妈！被告纳博科夫先生把那个礼物赠予我们美国人，送给了我。

我太害羞，不敢跟玫瑰和芭布这样的美人儿说话。在我踩着车路过时，她们是给了我一个嘲弄的眼神吗？她们是不是在赌我敢不敢踏入俄亥俄的离心急流，跳下铁丝网，站在收费路的临时停车带上，伸出我的大拇指，搭上便车，就像在1960年代的电视荧屏中间，亮光缩成一个小点，就此消失在高速路上？——好吧，几年之后我确实这样做了。但在我十四五岁，深爱着玫瑰（还有芭布）的时候，我已经跟着家人跑遍美国西北了。我爸觉得自己是被抛弃在俄亥俄的，一有时间就开着旅行轿车，载着我、我妈和四个兄弟姐妹往外跑。

像大多数地方一样，过去俄亥俄的冬天比现在冷得多。我外婆肺不好，外公在克利夫兰的公立学校教了42年书，退休后，医生建议他带着妻子离开俄亥俄的寒冬，搬去气候更温暖干燥的地方。他选择了亚利桑那州的图森市（Tucson，Arizona）。这个决定是发生在我身上的最好的事情之一。那时我3岁，我外祖父母在离图森市主路不远的索诺拉沙漠（Sonoran Desert）中买了一栋房子。房子在一个新建的住宅区，周围都是仙人掌。只要给我爸爸一个目标，比如外公那带四间卧室的农场风格的房子，什么都阻止不了他。俄亥俄把他当作飞镖扔出去，后面还拖家带口。整个50年代，直到60年代，每年我们都开车去亚利桑那看望外公外婆，有时候一年两次，直到他们去世。在那之后，我们常常向西长途旅行——去洛杉矶、旧金山、育空地区，或者阿拉斯加的托克（Tok Junction，Alaska），甚至更远的地方——几乎像年度的迁徙。

纳博科夫1950年代初期在康奈尔大学任教，他利用暑假创作《洛丽塔》，和妻子开车结伴去全国各地捕蝴蝶、做标本。在小说修订版的引言里，他说创作小说时在亚利桑那州的小镇波特尔（Portal，Arizona）待过。从康奈尔所在的纽约州伊萨卡（Ithaca，Cornell）到波特尔，他极有可能在美国最经典的公路旅行路线66号国道上行驶过。从美国东北去西南，你得取道66号国道。66号的风景太多太美，但这条国道已经成了“老”路，被44号州际公路取代——一条毫无特色的四车道，所以回忆和记录66号老路风景的书汗牛充栋，有人整个职业生涯都建立在这个基础上。

我是一位自由撰稿人，在美国西部追寻着一个又一个故事，偶尔会遇到一段完全没有改变的“老”66号国道。我会看到一些儿时记忆里的东西——而且一模一样！另外，关于这个地方的记忆，在我大脑里的微小的神经末梢还保存着。尽管我已60年都未想起过了，但这个地址一直都在，完好无损。还记得在亚利桑那的弗拉格斯塔夫（Flagstaff）市外，也许离温斯洛（Winslow）更近些，我当时为写一篇关于陨石的文章做调研。我沿着四车道拐出来，开上了一段未被干扰过的老66号国道。在那个加油站有一顶巨大的混凝土圆锥形帐篷，当年我们肯定在那里停留过好几十次吧。那时我还是个孩子，我爱死那个帐篷了，光滑的地面凉悠悠的，有满架子的明信片。还有一次，不久前吧，在俄克拉荷马州，我的余光瞥见了一家西部主题的汽车旅馆——马车轮子、牛轭和烙铁——我知道多年前我们一家人在里面住过。我爸爸喜欢一直往前开，昼夜不停，但是，从哈德逊到图森一口气开两千英里，对他来说也是漫漫长路。我们留宿的汽车旅馆成了甜蜜的绿洲，里面有叠好的床单、漆过的松木墙壁和散发着烟味的家具。比起我们兄弟姐妹五个挤在轿车后座放下来形成的床上，睡旅馆是个好玩的调剂。因为父母都不抽烟，旅馆的香烟味也意味着我们不在家里，让人想起山顶汽车旅馆那怀旧的、浓烈的罪恶意味。

我们和纳博科夫都没有意识到，我们赶上了汽车旅馆的黄金时代。后来，在我能独自驾车旅行的时候，大多数旧汽车旅馆都消失了，取而代之的是现在常见的连锁酒店，到处使用千篇一律的装潢。没有任何一部文学作品比《洛丽塔》更好地保留和赞美了已经消逝了的汽车旅馆时代的奇观。在小说里，汽车旅馆、酒店和乡间小屋共舞，就像一首精彩纷呈的经典美国歌舞编队，循环的公路旅行推动着故事情节的发展。亨伯特为了接触洛丽塔，娶了她的妈妈。等她妈妈被车撞死后，他带着女孩进行穿越全国的漫游，住在一家家汽车旅馆里：

> 我们认识了——**我们已知**，用福楼拜的腔调说——在夏多布里昂风格的巨大树丛下的那幢石头别墅，砖墙，泥砖墙，水泥天井，建在被《小汽车联合会旅行手册》描述成“阴凉”

或"宽阔"或"风景如画"的地方。有一种木屋，四周是多结的松木，其金褐色的光泽让洛想到了油炸小鸡的骨头。我们看不上那种用石灰粉刷过护墙板的小木屋，泛着一股下水道气味……

作者借亨伯特之口，列出他们住过的旅店，还花了满满两页纸来记录这些旅店的引人之处、经营者和顾客。另一位如此优秀地记述汽车旅馆时代的人是艺术家索尔·斯坦伯格（Saul Steinberg），在他1999年去世之前，我有幸结识他20多年。他曾赠予我一幅画，《天堂小木屋》（*Paradise Cabins*）（见插图），画中的小木屋与山顶汽车旅馆非常相似，是一个散发着珠光的玫瑰的家。

索尔·斯坦伯格，*Paradise Cabins*，1976。纸上铅笔彩绘，8 $\frac{1}{8}$ 英寸× 11 英寸。来自伊恩·弗雷泽的收藏© The Saul Steinberg Foundation/Artists Rights Society (ARS), New York.

“散发着珠光的玫瑰的家”不是我通常会写的东西，但当主题是纳博科夫时，我会被吸引到这个力场，采用我以为的他的风格，尽管这当然不是他的，也不是我的风格，而是一种乌有的杂糅风格，就像一个笨拙的俄罗斯人黑入一个美国网站（就是我）。纳博科夫和斯坦伯格是朋友。索尔曾告诉我，他去蒙特列（Montreaux）拜访纳博科夫夫妇时戒烟了。就那么戒了，没有遵循什么疗程，没有嚼尼古丁口香糖之类的东西，再也没有碰过一支烟。他是个果断的人。

听斯坦伯格谈起他在美国各地的公路旅行，比如他和他的艺术家妻子赫达·斯特内（Hedda Sterne）开着凯迪拉克从纽约开到洛杉矶，只为把车送到现代作曲家伊戈尔·斯特拉文斯基（Igor Stravinsky）手里，我想我们两个家庭很可能曾经擦肩而过。我们和纳博科夫夫妇也是。弗拉基米尔和妻子薇拉有时六月份康奈尔的课一结束就西行。我家呢，经常是我们几个兄弟姐妹一放暑假就往图森跑。纳博科夫夫妇不可能避开66号国道这条主干道，反正我家总走这条路，把66号国道当成外祖父母家的超长车道了。理论上，我们和纳博科夫夫妇可能同时在那条路上行驶过。所以，当我们住在66号国道上的马车轮汽车旅馆时（或其他任何旅店），这个外国人长相的教授和他优雅的妻子就在附近的房间里，这也不是不可能的。如果他们看到我的父母和五个婴儿潮[2]一代的后代从蓝色福特旅行车里拥出来，闹哄哄地占据隔壁的房间，他们会不会喜欢我们这几个邋里邋遢的金发孩子呢？就像我父母总以为别人都羡慕他们的孩子那样？或者讨厌我们?

*

在1970年版《洛丽塔》的后记里，纳博科夫称一个叫灰星镇的地方为“本书的首要重镇”。在逃离亨伯特之后，洛丽塔结了婚，怀了孕，十几岁的她和丈夫迪克·席勒搬去了灰星镇。全书上下文清楚表明，灰星镇位于阿拉斯加。《洛丽塔》自我标榜为一个叫亨伯特·亨伯特的罪犯在监狱里写的手稿，他用的是假名字，而不是真名，以免让任何与故事有关联的人蒙羞，特别是他深爱的洛丽塔。通过他的律师，这份手稿被送到编辑小约翰·雷博士的手上，他还是一名心理学家。书的副标题《白人鳏夫的自白》是亨伯特提供的，听起来像雷博士完美的研究案例，他写了一则简短的序文解释书的来历。雷告诉了我们亨伯特和洛丽塔的结局。亨伯特自知命不久矣，他的遗愿是在洛丽塔去世之前不能出版这本书。他希望她比自己多活许多许多年。雷博士告知我们，亨伯特在完成书稿后不久，于1952年11月在狱中死于心脏病。而理查德·席勒夫人[3]于同年圣诞节当天在灰星镇分娩时去世。根据亨伯特传达给律师的遗愿，雷博士出版了手稿。

灰星镇之所以成为书中的“首要重镇”，是因为洛丽塔（还有她的女儿，关于她后面我将讨论更多）在那里去世吗？根据书中的逻辑，假如洛丽塔活到正常的岁数，这本书直到下个世纪才会出版，甚至可能今天都不会存在；洛丽塔出生于1935年，到2021年也就86岁。换言之，如果不是发生在灰星的惨剧，我们现在压根儿读不到这部小说。但我不认为这是纳博科夫如此高看灰星的真正原因。

我见过的第一部分真实的俄罗斯是第一个人造卫星斯普特尼克（Sputnik），在1957年的某个晚上飞过俄亥俄的夜空。第二次是在1973年，当时我们家上了一艘去加纳利群岛（Canary Islands）的游轮。这次旅行是为了纪念比我小六岁的弟弟弗里茨（Fritz），他读高二时患白血病去世了。他去世第二年的假期，我们曾经漫游过的广袤国境实在太小了，容不下我孤寂的父亲和他伤心的家人，所以他带我们去包价游轮旅行。我们开车到肯尼迪机场，扔下车，飞抵西班牙，登上一艘船，船在某晚上停靠在加纳利群岛的特内里费岛（Tenerife）。我来到甲板上，看到停泊在不远处的一艘黑色巨轮，船头的名字是西里尔字母。我问爸爸那个名字是什么意思。爸爸常看旅游类书籍，对各种语言的字母勉强熟悉，他拼读出的是“米哈伊尔·莱蒙托夫”。莱蒙托夫号投射出一种死星和幽灵船的氛围，在海港里有些遗世独立，高高耸立在其他船之上。回到家后，我买了一本莱蒙托夫的平装本诗集《当代英雄》（*A Hero of Our Time*）来读。我钦佩诗里体现的莱蒙托夫是那么的冷静、潇洒和浪漫。

在我脑海中，灰星这个名字和那艘船的记忆不知为何很接近。对我来说，灰星这个名字读起来就像苏联的地名，像莱蒙托夫号高耸的黑色船头上的名字一样，巨大的灰色字母，粗野主义的字母L类似于缺了一横的字母A。灰星这个名字令人联想到几乎无法到达的偏远之地，还有俄罗斯人和美国人都能看到的北极星，灰色的斯普特尼克嘀嘀响着飞过。小说的“首要重镇”位于美国唯一和俄罗斯接壤的州。在纳博科夫祖父母还在世的时候，阿列斯加（Alyeska）[4]还是俄罗斯的殖民地（koloniya）。洛丽塔去世的地方几乎在俄罗斯，基本不算美国了。

洛丽塔悲伤的退场之地指向俄罗斯，却未言明。从表面上看，在小说中看不出纳博科夫是俄罗斯作家。文本里没有提到多少俄罗斯文学作品，而且他曾告诉一位采访者，他在刻画亨伯特这个人物时，有意让他不沾染任何俄罗斯色彩，他的背景包括瑞士、奥地利、法国和英国，"加上一抹多瑙河的色彩"。也许在设计洛丽塔的命运时，纳博科夫内心的什么东西让他的想法不由自主地引向俄罗斯。我不知道他是否去过阿拉斯加，但他不可能以诺姆镇（Nome）为原型来设计灰星镇。我到了中年，延续了我的家族西游的老毛病，制订从美国向西前往西伯利亚的计划，路上在诺姆停留过数次。从诺姆，我穿过白令海峡，飞到像楚克奇（Chukotka）这样的俄罗斯目的地。因为常常需要等待勉强能飞的天气，我在诺姆一待就很久。小镇的组成部分主要是冻土、匡西特半圆形铁皮屋（Quonset）以及生锈的金属堆。我见过的其他阿拉斯加城镇看上去基本上一样。别误会我的意思，我很欣赏这些城镇的力量。但是，让洛丽塔沦落此地，怀了孕，才17岁，然后死于分娩——1952年的灰星能提供什么像样的医疗设施呢？对她已经饱受摧残的一生来说，这样的结局太不幸了。我不相信任何真实的地方能为纳博科夫提供灰星的灵感来源。我们必须把小镇想象为一个抽象概念。

亨伯特最后一次见洛丽塔时，她还在北纬48度以南，住在一个地点不明的内陆州，由他开车从纽约来此地所花的时间来判断，那里有可能是俄亥俄州。他在追踪一个比他更恶劣的变态，这个变态把洛丽塔从他身边偷走了。然后，他在破败的住房里找到了自己的爱人。他到达时，洛丽塔的丈夫迪克和他的朋友在后院修房子。迪克在战场上受过伤，听力失去一半，他的朋友也是退伍士兵，只有一只胳膊。这个朋友把手弄伤了，两人进屋让洛丽塔给他包扎伤口。亨伯特说："她那朦胧的、棕色的、苍白的美，一定使那残废人激动了。"

在我青年时期（心理上还未成年）重读这本小说的时候，我记得第一次读到"残废人"这个字眼时磕巴了一下。我不明白纳博科夫/亨伯特为什么用这个词来称呼在战场上失去胳膊的士兵。纳博科夫剧场里调光开关把灯调亮了。还有，为什么迪克这个可怜的傻瓜丈夫一定要耳背呢？他的残疾对故事本身没有任何贡献，除了提供洛丽塔为了让他听见而冲他大吼大叫的画面，就好像他是个糟老头子，而亨伯特年富力强。我在哪儿读到过一篇评论，这篇评论批判纳博科夫在自己的书中欺负残疾人。我以前没有注意到他老干这种事。例如，《黑暗中的笑声》（*Laughter in the Dark*）的整个情节都围绕着给一个盲人戴绿帽子展开。剧院的灯光变得更亮了。纳博科夫开始变得不像那个可爱的、笨手笨脚的普宁教授[5]（Pnin），而更像一个戴着单片眼镜、叼着乌木烟嘴的无情的俄罗斯白人。

然后我又重新看待洛丽塔这个角色，用的方式与按照字面意思研究灰星时一样。在亨伯特第一次和她独处，给她下药奸污她之后，她醒来时表现得很活泼开心。亨伯特告诉读者：“我将要告诉你们一件怪事：是她诱惑了我。”发生这件事时，洛丽塔12岁。亨伯特告诉我们，她知道自己在做什么，因为她从11岁参加夏令营时就和一个男孩发生了多次性行为。正如我们一再被告知的，洛丽塔是个“小仙女”。这肯定就解释了——所谓小仙女，就是从七年级开始主动和人发生性行为的小姑娘。

亨伯特“是她诱惑了我”的说法，企图为他强奸幼女应该承担的过错开脱。而且她确实知道自己被强奸了——事情发生后那一幕她非常痛苦，几近歇斯底里，她基本上已经说出了自己的遭遇。

“是她诱惑了我”也给了读者有点过于简单的开脱的理由，就像都知道的，“她无论如何都是自找的”。我猜也许“小仙女”的存在不无可能，但是我从来没听说过真人实例。这个年龄段的孩子可能会互相之间胡来，但是他们不会立马去做爱。他们甚至不清楚怎么操作。作者把洛丽塔描写成一个经验丰富的12岁姑娘，她主动向继父索求成年性爱，然后熟练而理所当然地去做，往好了说不合情理，往坏了说极其低俗。50年代的一些书评者评论小说时比这更难听，叫它淫秽之类的。书中有一处，亨伯特幻想和洛丽塔生个女儿，叫“洛丽塔第二”，等她长大后他又性侵她，生了“洛丽塔第三”，还要继续性侵她；这种疯狂把我们带入了疯狂和毛骨悚然的全新水平。洛丽塔的女儿胎死腹中，洛丽塔死于分娩，排除了另一个小仙女来到世界上的可能性，她也就不会落入未来的亨伯特或类似的魔爪手里——考虑到纳博科夫让他的角色大都命途多舛，这算是他赐予的些微仁慈了。

他们最后一次见面，洛丽塔告诉亨伯特绑架她的人叫克莱尔·奎尔蒂（Clare Quilty）。（当然，小仙女参与了她本人的绑架事件。）亨伯特泪流满面，比以往更爱她了，恳求她立刻跟他离开，脱离现有的生活。她拒绝了。他开车回到东部，找到了恶心的奎尔蒂，在他花花公子式的豪宅里与他对峙；奎尔蒂也有戕害儿童的罪恶历史，相形之下亨伯特没那么坏了。亨伯特写了一首自我控诉的诗，他逼迫罪犯奎尔蒂朗读出来，然后连开多枪杀了他。亨伯特给枪取了个小名，叫老兄。亨伯特检查奎尔蒂是否死透了的时候，注意到两只苍蝇停留在刚死的尸体上，苍蝇“意识到自己交了天大的好运”。亨伯特唯一的朋友（他的枪）和两只幸运的苍蝇凑成了属于他们自己的昆虫哥们儿电影的开端，这幅画面让这个警世爱情故事更完整了。

1958年，《洛丽塔》刚在美国出版不久，评论家唐纳德·马尔科姆（Donald Malcolm）在《纽约客》的书评里指出，小说中喜剧和恐怖成分往往结合在一起。他把纳博科夫放置于那些在这两种类型之间来回穿梭的讽刺作家之列，其他举的例子包括果戈理和马克·吐温。俄罗斯幽默写作总体上是让人恐惧的，从果戈理的《鼻子》（*The Nose*）和《外套》（*The Overcoat*）中梦魇般的不真实，到布尔加科夫（Bulgakov）的《大师和玛格丽特》（*The Master and Margarita*）和《狗心》（*The Heart of a Dog*），再到丹尼尔·哈尔姆斯（Daniil Kharms）的荒诞主义，哈尔姆斯的真实命运使他的故事显得很勇敢，因为他的故事对逻辑很随便，同时对读者抱以怜悯。马尔科姆提到吐温似乎让人惊讶，因为我们不怎么把他看作写恐怖故事的作家，但吐温在讲座时讲过鬼故事［《黄金臂》（*The Golden Arm*）］；在《汤姆·索亚历险记》（*Tom Sawyer*）里也有正宗的哥特式恐怖情节，比如当汤姆和哈克午夜时看掘墓人挖尸体；或者，在《哈克贝利·费恩历险记》（*Huckleberry Finn*）里，哈克在小木屋里被他的酒鬼父亲追打——他的父亲是个有幻想症的白穷鬼。

就此而论，对好心好意从行为和精神过程分析叙述者的编辑“小约翰·雷博士”来说，副标题《白人鳏夫的自白》明显是跟他开了个玩笑。亨伯特给自己的手稿取这个副标题，很大程度上是一种滑稽的超级轻描淡写。亨伯特与其说是个“白人鳏夫”，不如说是个精神错乱的疯子。在第42页的时候，他就该被关起来，然后把钥匙扔掉再也不放他出来。一个罪犯为了给自己脱罪，一丝不苟地描述（对他来说）不言自明的理由，没有什么比这样的罪犯更好笑了。这样的独白从第一个音节开始就很可笑，而且随着独白的继续只会越来越可笑，即使你内心的恐惧随之而生。《洛丽塔》是以一个恶魔的口吻写的，而喜剧和恐怖成分来自于读者意识到叙述者是比他的自我认知大十倍的恶魔。

我母亲去世已经32年了，而在我最近第n次读《洛丽塔》时，我运用了她的观点以及在我想象中她会皱眉和畏缩的方式。（这真是一本让人皱眉的书，在当今更是如此。）回到《哈克贝利·费恩历险记》的那一幕，帕普·费恩（Pap Finn）喝醉了，开始追打哈克，骂他是死亡天使，想要杀了他。随着酒精上头，帕普开始了一段来自社会底层的独白，他对“政府”的种族政策不满，要不是他把那个（黑*）从人行道上推开，那个穿着白衬衣的（黑*）不会主动给他让路；当帕普发酒疯打砸一通时，他被地板上的浴缸绊了一跤，为了报复，他踢了浴缸一脚。“但这是不明智的判断，”哈克说，“因为那双靴子脚尖是破的，露出了两个脚指头。”帕普发出“让人汗毛倒立”的尖叫，然后蹦蹦跳跳，咒骂政府、（黑*）和浴缸，他咒骂一切，用的脏字都是不能印刷的。

这是美国文学史上最狂野、最好笑的场景之一。亨伯特的故事——他向高尚的陪审团做的冗长的、道德上狗屁不通的演说——属于同样骇人听闻却滑稽可笑的类型。《洛丽塔》不断挑战正常和正派的读者，就好比如果今天在正派的圈子里大声朗读帕普的独白，事实上已经变得很难或者根本不可能了。（实际上，这种情况可能一直如此，但原因今非昔比。）在这些伟大的美国讽刺文学里，喜剧和恐怖成分相互交织，直到我们的笑声和畏缩变得难分轩轾。

美国把自己理解为任何人都可以参与的游戏，而我们一次又一次得知俄罗斯人明白如何把游戏玩得好。在《洛丽塔》中，纳博科夫复制了一个美国人版本，是我们在原版中看不出来的。还没有美国作家反过来有此成就——也就是说，写一部关于俄罗斯的小说，如此深刻地了解俄罗斯，连俄罗斯人自己都广泛阅读并喜爱它。《洛丽塔》是一本美国小说，就好比，没有美国本土出生的作家写的是俄罗斯小说。这属于骇人听闻却滑稽可笑的小说类型（像《哈克贝利·费恩历险记》一样）中的一部美国杰作。我们尽我们最大努力去理解这些作品，我们无法让它们变得有教养，我们一代代逝去，这些作品却能留下来。

1　这家人可能是意大利移民后代，所以弗雷泽随便取了个常见的意大利名字。——译注

2　在美国，婴儿潮（Baby boomer）是指二战后从1946到1964年出生的人。这个群体在人口构成中的比例相对比较大，对美国社会、经济、金融市场等有巨大的影响。——译注

3　小说中，洛丽塔的名字众多，理查德·席勒夫人是她婚后的名字。——译注

4　原文作者故意用了俄语名字。——译注

5　纳博科夫的长篇小说《普宁》的主人公。——译注

罗克珊娜·盖伊

Roxane Gay

恶之美

我的很多作品中都写丑恶的东西。对于我来说，这几乎成了一种执念，就好像一遍遍地用不同的方式讲述同样的故事，尝试着重写历史，或者是抹去什么东西。我试图用一种美的方式去描绘丑恶，但是我很纠结，因为如果我真的把丑恶写得很美，那我可能就把丑恶本身削弱了——性侵、种族歧视、厌女症的可怕和丑恶——这也会使人们误以为丑恶没有那么可怕。

我写丑恶的东西，但是我花了更多的时间去思考如何去写丑恶的东西，以及这样做是否符合伦理道德。这些年间，我一直很反对那些故意美化或是情色化性暴力的小说、电影和电视节目。先澄清一下，我相信创作自由，但是我也知道这种自由也附带相应的责任。有很多作者或创作者弄不清性和暴力之间的界限，他们甚至故意去模糊这条界限，完全不顾这么做可能带来的危险。大部分电视节目都有一个或几个涉及性侵的叙事套路。这几乎是肥皂剧的编剧们一直以来的拿手好戏。Lifetime频道（Lifetime network）更是创造了一整个流派的电影去讲述女性的经历和体验。我们所熟知的“Lifetime风格电影”（lifetime movie）中很多作品拍的都是强奸或者是家庭暴力。似乎没有了暴力，作品就没法扣人心弦，就没法抓住观众眼球了。创作者们也好像不借助暴力就没法讲出好故事了。

举个例子来说，1971年的山姆·派金帕（Sam Peckinpah）拍的电影《稻草狗》（*Straw Dogs*）中，主角是一对叫大卫（David）和艾米（Amy）的情侣，分别由达斯汀·霍夫曼（Dustin Hoffman）和苏珊·乔治（Susan George）来扮演。当他们回到艾米在英国农村的故乡，打算安定下来时，麻烦接踵而至。艾米的前男友对她念念不忘，穷追不舍，想要艾米回到他的身边。电影的结尾，有一段很长的强奸画面，十分残忍。电影故意把这一段拍得模棱两可，让艾米看起来就好像同意了这场性侵，甚至还享受其中。导演派金帕硬生生把强奸戏拍成了一场半推半就的交欢，还让艾米主动参与，积极回应她前男友的进攻。导演根本没想要提醒观众这其实是一场性侵。在这段戏中的某个时刻，艾米甚至还伸出手臂搂住正在强奸她的人，嘴里还一遍遍地轻声呢喃“抱住我”。当艾米的前男友发泄完之后，他按住艾米，让他的朋友也强奸了她。整个场景持续了七分多钟。

拍出这样的电影，一种可能是导演对自己的所作所为一头雾水，也搞不清自己想要什么；另一种可能是，导演十分清楚自己的目的，而且他明白他这么拍正是为了要完美地呈现出一个可怕的场景。2011年，这部电影被重拍了，主角由詹姆斯·马斯登（James Marsden）和凯特·博斯沃思（Kate Bosworth）饰演。然而，新版电影几乎跟原作一样。40年过去了，我们没有任何进步。当然，那场强奸戏里的半推半就少了一点，但是新电影中仍然有一种模棱两可。这种模糊性不断地提醒我们，这场强奸是发生在一个有着雕塑般完美胸肌的英俊男人和一个有着同样诱人身体的美丽女性之间。强奸戏看起来肯定是不舒服的，但是因为有美丽的主角，完全不会不堪入目。强奸成了一个美学议题，而不是一个带来创伤的、被强迫的经历。

性暴力可以用各种各样的方式来呈现，其中大部分策略都有其合理的理由。有些作家为了把这之中的丑恶和可怕展现出来，会选择直白地把暴力写出来。而有些作家为了保护读者和他们自己，不直接描写暴力。在小说创作中，如何写性或是其他的暴力，以及如何创作出好的文字，我们必须在这两者中寻找一种平衡。2014年，我出版了一部小说《蛮荒之国》（*An Untamed State*）。在这部作品中，主角是一个海地裔美国籍的女性麦勒·达瓦儿·詹姆逊（Mireille Daval Jameson），她和自己的美国丈夫以及他们还是婴儿的儿子一起前往海地首都太子港（Port-au-Prince）看望她的父母。到达海地之后，麦勒被绑架了，整整13天。当麦勒的家人争取救回她的时候，麦勒的父亲拒绝付赎金给绑架犯，麦勒因此经历了一系列的暴行，包括强奸。我写这个故事的时候，苦苦思索该如何来传达麦勒所经历的创伤，到底是直白地把她所经历的暴力写出来，还是含沙射影地一笔带过。考虑到绑架她的人都是海地男人，我担心如果直白地刻画暴力可能会使黑人男性的形象进一步恶化。我也担心，如果直接写暴力，可能会加深大部分人对海地的负面印象，毕竟媒体向来喜欢把和海地相关的一切都跟贫穷扯上关系。我感觉自己肩上有一种很沉重的道德和创作的双重责任，既要写好这个故事，也要正直地呈现这一切。后来我告诉自己，除了写作，其他什么都不要想了。

最后，我选择了直接描写麦勒所经历的一切，而且是直击心灵地写出来。我写得十分有画面感，因为我想要那些创伤性的经历让读者感到不忍卒读。我想要读者心生厌恶，不忍直视，然后在此基础上去理解麦勒的痛苦，并因此置身于不适和痛苦当中。我不确定我有没有成功。有时候当我重读我自己的第一部小说时，我觉得我实现了我自己定下的目标。我被麦勒的经历所震撼，感到害怕，我自己都快要崩溃了。我希望麦勒能脱离痛苦，获得自由，尽管身为创作者，是我让她置身于这种痛苦当中的。有时候当我小心翼翼地用想象力探索黑暗之处的时候，我觉得我向自己所恐惧的东西屈服了。

我不是第一个思考这些问题的作家，肯定也不会是最后一个。作为一个读者，我也同样会思考这些问题。我不知道我该如何去看待那些把人性丑恶的一面用美的方式写出来的作家，我不知道该如何评价这种美。弗拉基米尔·纳博科夫的《洛丽塔》这本书让我爱恨交加，尤其困扰我。

《洛丽塔》是一部优秀的小说：故事情节扣人心弦；语言文字达到了文学的最高水准：优雅、精确、引人入胜。但是《洛丽塔》是一个关于性捕食者的故事，这个性捕食者养着一个12岁的小女孩，通过和她的母亲结婚进入她的生活，绑架她，性侵她，试图完全控制她的人生，直到另一个性捕食者绑架了她。然后这个性捕食者不惜一切代价找到他日思夜想的猎物，又一次地侵犯她。

《洛丽塔》的独特之处，以及让人痛苦之处，在于它的写作方式让我们成了亨伯特·亨伯特性捕食行为的同谋。纳博科夫充满激情和智慧地去描写亨伯特的痴迷，写他如何费尽心思把自己挤进洛丽塔的生活，写他如何冷酷无情、麻木不仁地操纵他人以获得洛丽塔的芳心。这样一个变态的主角，在纳博科夫笔下，充满了魅力。亨伯特的自述并不可靠，他自说自话，但我们能看见他的真面目。亨伯特的叙述总是哀伤而诚恳，如果你强迫自己忘记他痴迷的对象是个未成年女孩，你可能会觉得这是一个绝美的爱情故事，或是一个情色小说。这样的写作就好像是在高空走钢丝，作者需要承受极大的压力。亨伯特显然是一个令人厌恶的角色。他的欲望和行为都是不可原谅的，但是我们忍不住对他的故事洗耳恭听，从开头到结尾，一个字不落。我们允许亨伯特进行他不可靠的证词陈述。虽然洛丽塔还只是个孩子，她真名叫多洛雷斯，但是纳博科夫使得我们在同情洛丽塔的同时，也忍不住同情亨伯特。

纳博科夫是个狡猾的混蛋。他对自己的创作驾轻就熟；他讲述了一个既简单又复杂的故事。纳博科夫从始至终都牢牢地抓着读者，他显而易见谴责和蔑视亨伯特的嗜好，但是他也让这样一个恶魔充满了人性化的光辉。“洛丽塔，我生命之光，我欲念之火。我的罪恶，我的灵魂。洛—丽—塔：舌尖向上，分三步，从上颚往下轻轻落在牙齿上。洛。丽。塔。”小说开篇这样写道。一个不知名的叙述者对一个女性的名字如此着迷，他被自己对她的激情所吞噬，他痴迷她名字的每一个音节，光是说这个名字都让他陶醉不已。但是没过多久，种种迹象就表明这不是一段正常的关系。亨伯特把自己遇到洛丽塔之前的人生描述得像田园诗一样美好，他详细叙说他的童年，他的父母，如此种种。亨伯特还柔情蜜意地回忆起自己的初恋安娜贝尔（Annabel），这个让他余生不惜一切代价去重复那份爱的少女。谈到安娜贝尔，亨伯特说：“就在那一刹那，我们疯狂地、笨拙地、毫无羞怯、痛苦难忍地相爱了，同时还是无望地，我必须补充说；因为相互占有的狂乱只有靠实际吸吮、融合彼此灵魂和肉体的每一分子才能平息下来。”这段文字令人目眩神迷，但当我们意识到亨伯特作为一个成年人，对孩童有着偏执的迷恋之后，我们的陶醉也就结束了。

随着小说的展开，我们越来越清晰地发现亨伯特的可怕之处，以及他是如何为了满足自己的欲望愿意付出一切代价的。他迷恋小女孩，最新的对象是多洛雷斯·黑兹（Dolores Haze），他称她为自己中意的青涩少女。亨伯特的魅力褪去，开始了张牙舞爪的掠夺和捕食。这段爱情误入歧途，但这也使得《洛丽塔》成为不朽的经典而非流于平庸。如果不是纳博科夫炉火纯青的写作技艺，《洛丽塔》可能就要落入俗套，沦为一部庸俗而不得体的小说了。幸好纳博科夫是个高手，我们才能读到这个好故事。亨伯特的变态是显而易见的，但是正如美国《大西洋月刊》（*The Atlantic*）1958年的评论中所说：“《洛丽塔》全篇没有一个淫秽的词语，色情文学的爱好者可能会觉得很失望。”《洛丽塔》不是一部色情小说，它不是写来给人嘻嘻哈哈读了玩的。《洛丽塔》对恋童癖的堕落之路和他所影响的人做出了深刻的审视和剖析。每一个动作都有相应的后果，纳博科夫无情地向多洛雷斯、亨伯特以及所有人阐明这些后果的严重性。

创作黑色叙事作品的时候有一些非常吸引人的东西。写作《蛮荒之国》时的那个夏天，我整日整日地写作。我完全被吞噬了。我让自己沉浸在故事里，按照我想要的方式来写。根据薇拉·纳博科夫回忆，弗拉基米尔在写《洛丽塔》的那6年间，每天写作16

个小时，一直写到手抽筋为止。为了能准确地描摹恋童癖，纳博科夫整日沉迷于此，他有6个短篇故事里都出现了恋童癖。但是尽管纳博科夫带着不屑来展开这个话题，他并没有进行过度的道德说教。实际上，在《巴黎评论》（*Paris Review*）的访谈中，纳博科夫说："我完全不在乎公共道德，不管是美国还是其他地方的道德。"但是，纳博科夫其实是有些担心公共道德的，一开始他曾考虑用笔名西林（Sirin）来出版《洛丽塔》。出版这本书的过程困难重重，由于美国的出版商们觉得这本书内容触犯禁忌，后来不得不在法国出版。

当我们想起《洛丽塔》的时候，总会感受到一种让人难以承受的张力，一种小说之美和其题材之丑之间的矛盾。除了题材以外，这本书是如何被呈现的，也是一个问题。自出版以来的几十年间，《洛丽塔》的封面五花八门。早期的封面拿字体做文章，让人几乎猜不出这本书讲什么。后来的一段时间，《洛丽塔》的封面彻底色情化了，甚至是拿色情当卖点。那期间的封面都聚焦在这个12岁的女孩身上，把她作为欲望的对象，一个令人垂涎的小仙女。50周年纪念版封面上赫然印着女性粉嫩的嘴唇，露出鼻子的下半部分，以及光滑的脸颊。到了1980年代后期，封面变成了黑白的，印着一个年轻女孩，穿着分体式的泳衣，站在她的自行车后面，整个画面被模糊处理了。1997年美国版的封面上是一个穿短裙的女孩，裸露着腿，膝盖微微内扣，脚蹬马鞍鞋，站姿里满是羞怯。1973年在伦敦出版的《洛丽塔》，封面就像八卦小报一样，印着一个金发女郎在舔冰棍儿。这个封面一点也不……含蓄。实际上，《洛丽塔》

很多版本的封面都印着冰棍，抑或是水果、口红、女性身体的剪影，以及摆出引诱姿势的女孩。很少有封面把男主角亨伯特·亨伯特放上去，而当他出现在封面上的时候，即便不是特别帅，至少看着也是舒服的，我猜这是符合小说设定的。虽然亨伯特的话不可信，但在书中他是这样描述自己的外貌的："据了解儿童性喜好的作家说，我的长相涵盖了所有能让小女孩心动的特点：棱角分明的脸、清晰的下颌线、有肌肉感的手、低沉而浑厚的嗓音，以及宽大的肩膀。此外，我还被说长得像洛很喜欢的一个歌手还是什么演员。"

这些撩人的描述在1962年和1997年的《洛丽塔》电影版中都得以体现。在这两部作品中亨伯特分别是由詹姆斯·梅森和杰瑞米·艾恩斯来扮演。这两个男演员帅气逼人，而且都有一副书中亨伯特所引以为豪的"低沉而浑厚的嗓音"。而洛丽塔分别是由苏·莱恩（Sue Lyon）和多米尼克·斯万（Dominique Swain）这两位年轻、性感而可爱的女演员来扮演。《洛丽塔》在小说叙事和电影上的美学处理都是刻意而为之的，这些选择使得原著中的丑恶被遮蔽了，或至少是被淡化了。这样的美学处理诱惑着读者和观众。这些美丽的演员和叙事诱导我们去错误地相信性侵也许没那么糟糕。在大部分涉及性暴力的电影中，我们看到的往往都是好看的男性对好看的女性做着可怕的事情。强奸是丑恶的，但是强奸犯却从不丑陋。这跟我们脑海中想象的强奸犯完全不同，或至少我自己是这么想的。在我的脑海中，强奸犯都是很可怕、让人讨厌的男性，方方面面都是。而文学显然比电影和电视能够更好更有效地处理这些丑陋的现实。在文学作品中，作者可以用一种美的方式去描摹丑恶，但是仍清晰地展现出它的丑。跟观众不同，读者不会因为屏幕上的迷人男性而分心，也不会被男主演的帅气逼人所诱惑以至于忘记性侵的丑恶。

《洛丽塔》这部作品最让我着迷的一点，是它引发了如此之多的问题。它迫使我们去思考的，不仅是这部小说关于什么，还有此类题材该如何被处理，甚至是该不该处理这种题材，以及谁有权利来讲述这样的故事。如果《洛丽塔》是一个女性作家写的，它的接受可能完全是另一番光景，不管是在批评界还是在普通读者当中。但实际上，这样的小说已经有人写出来了。艾丽莎·纳丁的《坦帕》（*Tampa*）里，主角切莱斯·普利斯是个魅力十足的初中女教师，她迷恋青春期男孩，与自己的学生杰克·帕特里克维持着肉欲关系（性侵）。切莱斯对自己的性捕食行为完全没有悔改之心，被抓的时候，她也没有面临什么惩罚性的后果。《坦帕》完全不怵争议。《洛丽塔》在处理亨伯特和多洛雷斯的关系的时候，对于身体的细节描述还比较隐晦，而《坦帕》却十分直接、露骨，甚至是淫荡。我估计只有女性作家才能用这样的手法写作，且不被追究。尽管切莱斯的行为有很多地方能够以及应该被指责和评判，但是对于她的行为，我们的文化抱以一种宽容，而这种宽容是犯下同样罪行的男性绝不可能享有的。尽管如此，《洛丽塔》和《坦帕》都做到了电影和电视永远没法做到的。它们清晰地展现出了性捕食者所施加的暴力。这些文学作品让我们看清楚主角的人格扭曲，以及受害者是如何身心俱伤的。写作是充满诱惑的，但文学是一个包容性极强的媒介，它可以让各种各样的暴力被或隐晦或直白地探索。

作家所想象和创作的故事不应该有边界。不管是作为作家还是读者，我都相信创作的自由是神圣不可侵犯的。批评家们可以从道德的层面去探讨一个作家可以创作什么，但是作家创作的特权是不容置疑的。然而，我仍然会去想《洛丽塔》这样的书应不应该被写出来。一个作家在如此精彩的小说里选择恋童癖作为故事的主角，满篇都是操控一个孩童的情节，这样做的代价到底是什么。1958年的《纽约客》上，唐纳德·马尔科姆在《洛丽塔》的书评里写道：

很多人都深入思考和探讨过这个问题，如果我们说作者写这样的故事只是因为他觉得这很有趣，无疑会显得太草率。但是仍然会有人信誓旦旦地说仅仅是艺术上的（而不是理性而实际的）价值就已经足以让这个故事的存在有足够的正当性。

当然，我们可以探讨写作到底有没有道德上的义务，但是我们并不能要求作家为自己的创作提供艺术以外的正当性证明。《洛丽塔》这样的小说给读者抛出了很多问题，这些问题让我们坐立不安。且不论它的题材，让我们坐立不安这一点正是伟大的文学应当做到的——引发我们深思，给我们带来愉悦，让我们着迷的同时也使我们困扰。

苏珊·崔
Susan Choi

荣誉勋章

在我16岁的时候，我曾和一个年龄是我两倍的男人交往。他32岁，是个白人，有一头褐色头发，长得比传统意义上英俊的人还要帅。他微微有点鹰钩鼻，在记忆里，这让他看起来比我心目中的32岁男人更成熟。当年我们相差16岁，而现在已经过去不止16年了。套用作家史蒂芬·赫特曼斯（Stefan Hertmans）的话，我们的记忆随着年龄的增长而变老。不管我昔日情人的鼻子是什么样子，不可避免地，在我记忆里，他拥有一个晚期中年人的那种冷傲的庄严，这种相貌可能属于我的父母、教授或者老板。他的名字加深了这个印象，即使在当时，那都是个老派的名字，他就像来自1940年代的人。他甚至还有一顶浅棕色的软呢帽，天鹅绒般柔软，没有打理的帽顶略微凹陷，有点像洪堡毡帽。和他在一起的时候，我太喜欢这顶帽子了，在我离家去读大学的时候，他终于把它送给了我，之后我再也没有见过他。

我姑且称他内德（Ned）——不是他的真名，但符合他老气的感觉。我在一家餐馆打工时认识的内德，我的女同事对这个人很感兴趣。他是侍应生，我是工资更低的女侍，因为当地的法律认定我太小，不能倒酒。这家餐馆属于生意注定不会兴隆的那种，主打家常菜（比如慢炖肉），搭配白桌布。在开张那天就感觉已经过时了。但是，对内德的形象来说，这形成了恰如其分的视觉背景。他把棕黄的直发梳成个大背头，他懂得如何穿白色牛津纺衬衣。他甚至能把侍应生的制服——黑色围裙穿得很时髦，就好像是绅士暂时脱下燕尾服露出来的晚礼服腰封。我们都知道，来餐馆上班之前，他曾在一家知名公司做股票经纪人，那家公司至今还在。虽然他的新工作代表着在走下坡路，但我认为，内德泰然自若的光环不是全来自我追忆过往时产生的目光短浅。就算在当时，即使在其他女性的眼中——这些比我年长的女性在洗手间开会八卦时会把我也拉进去——内德也没有被当作一个失败者，而是一个能够得到他想要的东西的人。我还记得当时有个瘦高的服务员，嘴唇涂得很厚，一头乱蓬蓬的金发，传言她和内德好上了。但我很快得知，他想要的是我，他的关注让我很开心。我对他的公寓很满意——在一个独栋车库上面，位于镇上破败却挺酷的非郊区。他欣赏我的臀部时毫无掩饰，他在床上自信而娴熟。他有时与我分享他的可卡因，我对这些都很满意。在那个花季雨季的年纪，我已经不止一次伤透心，但我对内德毫不害怕，也许因为我不爱他，只是很喜欢他，而他对我的态度似乎匹配。当时，在我人生最艰难的阶段，他在我身边。有一天，我在高速路上走错了出口，迷路了，惊慌失措下我闯了一个停车标志，然后被一辆皮卡车狠狠地撞上了。我开的是我妈妈的车，彻底报废了。我给内德打了电话。他立刻就赶了过来，把我接到上班的餐馆。他端了一盘吃的放我面前，和我坐在一起，他沉着镇定地看着我，我渐渐平静下来。

和比我年纪大很多的男人在一起给我的安全感，在当时一点也不让我惊讶。现在让我觉得震惊的是，我对那段老少恋的信任没有被打破。这纯粹是运气，就像我在车祸中毫发无损地幸存下来一样，也全靠运气。然而，在车祸这件事上，我不费吹灰之力就能辨别可能的危险。没人会上赶着想出一场车祸，想着出场车祸可能对他们有好处。但是在我和内德的关系里，我不仅没有认识到潜在的危险，而且实际上我期待给我好处。32岁的内德，作为16岁的我的爱人，代表着某种恰当和安全。全凭侥幸，这些先入为主的想法后来都被证实。但这些想法从哪里来的呢？

*

这些想法当然来自所有地方。问这个问题似乎很傻，因为其答案是不言而喻的，这正突显了这些想法是多么根深蒂固，要对它们心生奇怪的感觉有多么困难，要拒绝它们惬意的熟悉感是多么困难：经验丰富、体贴入微的老男人，早熟的年轻女孩，**多么浪漫**。即使我们知道，支撑这个浪漫故事的每一个想法都属于父权制和性别歧视，有隐患且绝对危险，属于一种文化疾病的症状。这个疾病可以解释一切症状，从特朗普的总统任期到我现在独自坐在书房里却抹着口红，因为只有这样我才觉得自己更值得世界的关心；但是，要从我们内心最深处和本能中**感受**这些想法的错误依然令人惊愕地困难。这是我20多年来第一次重读《洛丽塔》时想到的。多年来我都回避《洛丽塔》，尽管我一直认为它是我最喜欢的书之一，尽管我渴望尽可能多地从纳博科夫的风格中学到能觉察到的东西，尽管我满怀激情地教授纳博科夫的其他作品，以至于最近有个学生在匿名评教里抱怨，说我在谈到纳博科夫的时候表现得像个“舞台上的圣人”，也就是说，很乏味。我最终重读了这本书，只是因为我受邀参加与之有关的座谈会，我害怕自己会出丑。

当我开始重读《洛丽塔》了，我并不清楚以前回避它那么久的原因，因为我不觉得读起来很困难或者过于熟悉；相反，我再次入迷了，我无法放下书干其他事。快读完的时候，读到亨伯特启程去杀奎尔蒂，我在等从康涅狄格州回纽约的通勤火车，火车到站时我拿着书上了火车，落下了我的背包，里面有我的钱包、钥匙、笔记本电脑，还有我所有的创作；我**盲目地追随亨伯特**，就这样丢下了我最重要的东西。几分钟后，我下了火车，坐上了一辆奔驰的的士，下车后，又坐车倒回先前的火车站。我惊慌失措，疯了一样，就像亨伯特冲进医院寻找失踪的多洛雷斯，她出院后被交给“叔叔古斯塔夫”照料。**盲目地追随亨伯特**；我的背包安全找到了，坐上了下一列火车。读完了书，我的呼吸在事实上和比喻意义上都被抽干了。一切结束后，我意识到，自己盲目地追随亨伯特，就是我多年来为什么回避《洛丽塔》的深刻影响的原因。不管我有什么仔细分析（在我研究生资格考试时留下的所有便利贴上），不管所有我**知道的**，当我沉浸在书里时（也就是在亨伯特的心里），我依然被蒙蔽了双眼。不过，嚼着口香糖无动于衷的洛丽塔的幽灵阻闭了被玷污了的多洛雷斯的幽灵——多洛雷斯才更像幽灵，在书中几乎见不到她。然而，亨伯特的雄辩令人倾倒，尽管他谴责自己时也毫无保留。我为什么感到惊讶呢？亨伯特的声明非但没有成为阻碍，反而正是因为这些声明，他成为了难逃劫数的夏洛特·黑兹（Charlotte Haze）的意中人；甚至，就像夏洛特，我在读了他卑劣的日记后，也无法抗拒他的魅力。当然，这正是整件事情的关键点。《洛丽塔》对于亨伯特和多洛雷斯两人关系上难以启齿的错误只是应酬式的口头说说，但是，就像犹太人的《塔木德经》（*The Talmud*）为理解深奥的论据提供了基础，只要我们具备了专门的训练和充分的动机，我们也许能够理解这个深奥的论据。这个论据不能抓住你的本能，不是你能**感受**到的那种论据。

当然，这也归功于小说中无数显而易见的设计：这本书是从亨伯特的视角讲述的；正如前面指出的，亨伯特的雄辩令人倾倒；他还非常风趣。但《洛丽塔》别出心裁的虚伪、不真诚远比这些设计更加微妙。在描写多洛雷斯/洛丽塔的时候，纳博科夫一丝不苟地保留了她最好的方面，为亨伯特表达最直白、最感人的悔恨提供双重功能——“她心中还有一个花园，一道曙光”。其效果与其说是在真诚地同情多洛雷斯，不如说是在欣赏亨伯特抒情诗般的悔恨。纳博科夫擅长磨砺这种双刃效果。他把多洛雷斯的性描述为蒙昧、无知、“孩子般的”——她把自己和查理的性行为描述为“游戏”，然后大胆地在亨伯特身上玩这个游戏；在一幕经过委婉处理但依旧明显是性交的场景里，她坐在亨伯特的大腿上，在他“赤裸着的身体”上，“似乎她坐着的是一只鞋，一个洋娃娃，一只网球拍把，那么倦懒，动也不动”。如果这还不足以表明她对性交漫不经心的态度，她还一边看着漫画，挖着鼻孔。这样纳博科夫设计的双重功能就形成了。首先，他公然承认亨伯特强奸了幼女，使小说免于任何认为这本书似乎意图掩盖发生在多洛雷斯身上的事情的指控；而我认为更有效的是第二点，他还同时隐晦地展现出多洛雷斯完全地（但也是理想地）不在意自己被强奸。这是一场精心计算出来的如愿以偿：被过度性感化却对性无知的孩子，同时对性具有主动性（亨伯特说“是她诱惑了我”）——却全然缺乏感情，无法被伤害。

纳博科夫的确在文本中埋下了关于多洛雷斯的痛苦和所受伤害的明确证据，仿佛纳博科夫像他的主人公一样——我们正在读亨伯特的供词——在想象自己为陪审团做笔录，希望提供充分的证据恰好足以宣判他无罪，当然还不能破坏在小说中占主导的情绪。在亨伯特计划给多洛雷斯下药，以便强奸她时不引起她的注意时，他想象她是“一个柔弱的小孩睡在我悸动的身边”；相比书中无数次提到多洛雷斯充满活力、泰然自若，“柔弱”这个形容词提供的反面证据有些苍白。离开着魔的猎人酒店后，亨伯特感到自己“和刚被我杀死的小人的幽灵坐在一起”；当然，还有“她夜里的哭泣——每夜，每夜——在我假装睡着了的时候”。在这些充满无数难忘时刻的叙事里，“每夜，每夜”这重复了两次的词语一直是我最难忘的时刻之一。不出所料，在小说改编的两个电影版本里，有一个场景就是以这个词语为基础设定的，因为这满足读者或观众想要承认多洛雷斯的处境的最基本愿望。但是就像书本身，电影的场景不是关于多洛雷斯的，而是关于亨伯特的：亨伯特注意到了多洛雷斯的痛苦、亨伯特的痛苦、亨伯特的悔恨。我们还要注意亨伯特的不作为和欺骗，他假装睡着了，一点都没有要帮助被他囚禁受他抚养的孩子——但是，考虑到他的安慰通常需要利用她的身体，他的不作为不失为好事一桩。

即使重复两次“每夜”这个词的确聚焦到了多洛雷斯身上（其实并没有），要记住，这个字眼代表的是她超过七百次夜间爆发的哭泣。闭上一只眼睛，从这本文学经典后退一步，眯着眼瞧清楚：不管我们是不是通过亨伯特之口，那些华丽辞藻的粉饰都抵不上多洛雷斯遭受的苦难和伤害。任何作者都会告诉你，文学效果是通过把文字串联起来形成的。把一大堆优美的文字专注于多洛雷斯作为小仙女，作为魔鬼，作为被随意夺去了贞操的女人，更不要说作为铁石心肠漫天要价的妓女。然而，在多洛雷斯作为儿童的身份上，亨伯特却惜字如金，难怪即使最细心的读者也得拿着放大镜仔细寻找，用笔记下她作为儿童罕见的几次出场。正如前面说的，这几次出场往往更有效地粉饰了亨伯特，即使在他最悔恨的情绪下，也不忘展示他为情所困的抒情描写。任何恋童癖杀人犯妄图通过写作来自救，让自己显得更光鲜都是意料之中的策略，但这些都是纳博科夫的艺术选择，他始终把亨伯特的人性置于他的受害者的人性之上。他让亨伯特表达后悔时声音最洪亮，给人一种奇怪的卖弄之感，似乎是为了激发我们安心的反应："哦，这也没那么糟糕啊！毕竟，你真的很**爱**她。"

正因为亨伯特把自己对"洛"的爱描述得如此耀眼（又美丽又刺眼），才使这本书不仅在道德上危险，而且在心理上畸形。他的描述独特有效地复制了虐待和性别歧视的文化规范，目的是为了说服一个十几岁的少女，她的自我是通过爬上老男人的床来实现的。读者心中知道，这个女孩是个儿童，这个男人是恋童癖、说谎精、杀人犯；有经验的读者也许想起了整个叙事是狱中囚犯的自白，叙述者是"不可靠的"——但这些都让人费解，像天书一样烧脑，让人觉得无能为力，完全不足以抗衡纳博科夫持续不断用溢美之词浪漫化"罪恶的淫欲"（再次使用亨伯特英勇抨击自我的字眼）的事实。纳博科夫既是出色的文学批评家，又是非韵文文体家，他肯定意识到，"不可靠叙述"这样的智力复活节彩蛋与纳博科夫式文体相比微不足道——在文学批评的法庭上，仅凭"不可靠叙述"就能判定亨伯特·亨伯特有罪，从而宣告纳博科夫这个创作者无罪。令人销魂的美像毒气一样从书中散发出来，让哪怕是最警惕的读者也感到无力抵抗。

阿德里安·莱恩（Adrian Lyne）1997年导演的电影版《洛丽塔》，在为获取发行权艰难斗争一年后，终于在美国发行了。这个过程让我怀着浓厚兴趣追踪，不足以把我送进电影院。我隐约意识到自己在回避它，但又无法解释。那时，我喜爱这本小说的信念已经坚定不移了——就在几年前，我还在研究生资格考试里讨论过。更夸张的是，我彻底迷上了电影的男主演杰瑞米·艾恩斯（Jeremy Irons）［我现在还很迷他——艾恩斯先生，如果你正在读这篇文章，可以通过我的出版人亨利·霍尔特（Henry Holt）联系我］。但是，我回避这部电影并不是不顾，而正是因为杰瑞米·艾恩斯的缘故。历史不可能找到比他更有资格的演员把我变成无知的夏洛特·黑兹了。

这20多年我一直回避莱恩的电影，直到那个《洛丽塔》座谈会的邀请才迫使我重读这本书，并看了电影。真就像我判断的那样糟糕：不是电影本身，而是我的反应。而且，并不是我作为一个能说会道的女性主义者，秉持文学批评的“个人的就是政治的”反应，而是深藏于我本能中的反应。在那里，心弦在我第一次读《洛丽塔》很久之前就已被绷紧了，绷弦的栓被文化不停地拧紧，无论我如何努力去松开或者丢掉栓子都无济于事。我对莱恩的电影爱恨交加，是在惊恐的催眠状态下看的，他的电影奏响了我内心深处的心弦。杰瑞米·艾恩斯充满激情地爱上了一个跟我七年级儿子一般大的孩子，这让我痛心疾首。实际上，我觉得电影美得令人心痛。美就像一种气味芬芳的毒气从电影里滚滚涌出，以至于我没有注意到这个案件的客观事实：一个孩子遭遇了绑架和强奸——我的理智注意到了，但是我那可悲的本能没有注意到，它更难对付，更无法约束。我同样也未注意到书中的客观事实，而莱恩改编时非常忠实原著。

正是在观影后的康复期，我再次想起了侍应生内德：在刚过16岁时，我作为一个开始显示自己力量的雄心勃勃的年轻女孩，平静而理所当然地接受了他的殷勤。一个年轻女孩的力量与她对老男人的吸引力直接相关，这对当时的我来说是不言而喻的。对今天的年轻女孩来说，不管她们是否读过《洛丽塔》，这依然不言而喻。《洛丽塔》并没有创造这种虐待性的性别歧视文化，只是以不朽的罗曼史之名颂扬和美化了这种文化。我读《洛丽塔》的时候，具体在大学的什么阶段我已经忘了，我已准备好不仅接受，更要承认小说的故事，以及蕴含在故事中的我自己的故事：奏响的心弦早已被调好音了。这并不是说我被骗了：我谴责过，我解构过，我自认为是个聪明的读者，我写了批判文章。但这本书阴险的美自始至终都在控制着我。罗曼史散发的毒云从未完全驱散。毒云固若金汤。

在《洛丽塔》座谈会上，除了我还有萨拉·魏恩曼（Sarah Weinman）和摩根·杰金斯两位作家[1]，我们讨论了老男人垂涎年轻女孩儿的老一套。在我们自己的成长过程中，我们是如何看待自己被老男人追求呢？摩根耸耸肩，说道："这是一枚荣誉勋章。"观众们——包括不同种族、年龄和性别——都点点头，甚至轻声笑了起来，萨拉和我也笑了。这个想法令人宽慰，也让人熟悉。我们都发现，这个想法几乎是不言自明的。这个想法无处不在以至于几乎是正常的，如此正常以至于几乎是自然而然的。

依旧如此。

1 两人的文章也见录于本书。——译注

劳拉·利普曼
Laura Lippman

观赏侦探

[1]

在一定程度上，我一直把《洛丽塔》当作侦探故事来看待，但在我第一次读的时候，我就成了那个侦探。12岁时——我属于小仙女的那个年纪，但从来不是小仙女——我满怀热忱地调查淫秽书籍，寻找任何哪怕与淫秽沾边的迹象。从幽默作家琼·克尔（Jean Kerr）的一篇广受欢迎的杂志专题文章里，我推断出《洛丽塔》绝对是本淫书。在《这段婚姻还能拯救吗？》（*Can This Marriage Be Saved?*）这篇文章里，克尔把洛丽塔和亨伯特·亨伯特想象成一对愤怒的夫妇。为这对不般配的“夫妻”提供咨询的匿名心理医生评论说，小时候母亲教育洛丽塔不要把手指伸进盘子里，她却总忍不住。

我擅长识别委婉语，哪怕我全然不知道那是什么意思。毕竟，自从当场抓包姐姐躲在日用织品柜里偷看妈妈的那本《纯真告别》（*Valley of the Dolls*）之后，我已经从事“扫黄事业”多年了。这是在付费频道或者VCR之前的年代，当时书和杂志是寻求色情作品的人的最佳资源。如果读书仍然是找到成人内容的最佳途径，会不会有更多的小孩热爱读书呢？哎，好吧，光想想就很美了。

像许多私人侦探一样，我有一个机智的掩护身份：做临时保姆。这让我能够挖掘别人家的书架，找到我父母永远不会公开展示的书目。在我固定打工的一家，我读完了整个詹姆斯·邦德系列。很奇怪，我没有觉得有任何性感之处，《007之海底之城》（*The Spy Who Loved Me*）除外。在另一家，我发现了一摞藏好的《花花公子》杂志，包括发表了艾瑞卡·琼（Eric Jong）小说《怕飞》（*Fear of Flying*）节选的那一期。考虑到平装本臭名昭著的封面，我不敢买琼的书，图片上一个女子赤裸的上半身若隐若现，拉链半开。然而，《洛丽塔》不一样。《洛丽塔》是**文学**，我可以去图书馆借出来，几乎不用感到尴尬。我搞到了一本，藏在床底下晚上看。

如果琼·克尔的委婉语击败了我，想象一下我为了性而阅读《洛丽塔》会做何感想；这就好像你去世界上最好的餐厅之一品尝美食，因为餐厅闻名于世靠的是往菜里放盐这个独到之处。再者，我还是个天真的孩子。我说不出来，在比尔兹利女子学校，洛丽塔用她“染了墨水、颜色像白垩、关节发红的手”在桌下对亨伯特做了什么。有一个行为，我更是被蒙在鼓里：爱讲究的亨伯特喜欢用法语souffler[1]表达，而不愿复述洛丽塔用的粗鲁的美式表达。

我对恋童癖也几乎一无所知。那是在1970年代，像我的学校那样的美国学校里还在播放1960年代初期的宣传影片《男孩，当心！》（*Boys Beware*）和《女孩，当心！》（*Girls Beware*），充满了关于同性恋和强奸的隐晦信息，但总强调陌生人的危险性。家仍然是神圣不可侵犯的，是我们唯一应该感到安全的地方。当然了，乱伦在文化里时不时冒出来——是的，我也读过特里·萨瑟恩（Terry Southern）和梅森·霍芬伯格（Mason Hoffenberg）合著的《坎迪》（*Candy*）——作为“扫黄侦探”，我当然读过《坎迪》了——但得再过十年，乱伦的主题才得到主题严肃的“本周最佳电影”的应对，比如《明尼苏达大街外》（*Off the Minnesota Strip*）和《关于阿里米娅》（*Something about Amelia*）。

我那时还未学过“不可靠叙述者”的方法，我对亨伯特的自我诊断信以为真，以为他是一个发展受阻的病例，注定在人间流浪，寻找他逝去已久的灵魂伴侣安娜贝尔（Annabel）。我也没想过质疑亨伯特的主张，他说是多洛雷斯·黑兹引诱了他——缺乏具体描述让我无所适从，因为亨伯特不愿透露“谁把什么放在哪里”这样的细节。

所以我又读了一遍《洛丽塔》。再读一遍。再读一遍。等到我19岁就读于西北大学，修了艾尔弗雷德·阿佩尔（Alfred Appel）的《二十世纪文学选读》课时，我已至少读过五遍《洛丽塔》。你可能觉得我是阿佩尔班上的优秀学生。那你就错了。

但我很喜欢阿佩尔的《洛丽塔》注释本，我最珍视其中的一条注释：在第二部分，第十九章，亨伯特读了来自洛丽塔在比尔兹利学校最亲密的朋友——莫娜·达尔（Mona Dahl）的信。洛丽塔原本应该和莫娜一起参演学校的话剧《着魔的猎人》[2]，但亨伯特认为他们应该重返四海为家的生活，所以这一计划被迫改变了。莫娜向多丽–洛保证，接替她出演的那个人还行，即便仍旧不及洛丽塔的表演水平。莫娜诉苦说，她被选中扮演诗人，自己对戏剧第三幕里的一点法语有些拿不准。

“施曼娜，别忘了告诉你的情人，湖是多么美丽，因为，你必须让他带你去。幸运的美人！让他带你去。[3]——多棒的绕口令！”亨伯特自称读两遍莫娜的信就全记下来了，即使多年以后还觉得这封信让他生气。（“这封信带有一种神秘的危险口吻，但今天我太累，不能分析了。”）

“Qu’ il t’ y”[4]——我们的罪犯现形了，一览无遗，就像埃德加·爱伦·坡的故事《失窃的信》（*The Purloined Letter*）一样。在书中有40多处用这句法语提到克莱尔·奎尔蒂。奎尔蒂是亨伯特的二重身，他带着洛丽塔逃离了。莫娜绝对是恶意的，她知道奎尔蒂被洛丽塔所吸引，还帮助他俩幽会，但这也提醒我们，《洛丽塔》是一本不落俗套的侦探小说，书中的调查者（亨伯特）作为侦探是个巨大的失败，但他非常善于在他所谓的供词中为他的读者播撒线索。

那些法语音节给我的印象是精明老练的极致，有一种潜意识的震撼人心的力量。啊，他有如此智慧，如此掌控力，能把线索藏在书里！就像传统的犯罪小说家雷蒙·钱德勒（Raymond Chandler）和詹姆斯·M.凯恩（James M. Cain）一样，纳博科夫让我走上了我至今仍在探索的道路——我一直试图找到聪明和公正无私之间的最佳平衡点。

40年以后，这句话还是很有力量，但现在其他“线索”，其他阿佩尔不屑于注释的脉络，有了更加重要的意义。结果就是，奎尔蒂不是《洛丽塔》中唯一潜伏在众目睽睽之下的犯罪分子。

[2]

没人该把《洛丽塔》当作犯罪小说来读，然而小说却嘲笑、羞辱读者没有做到这一点。当洛丽塔最终供出了多年前与她私奔的男人的身份时（她已成为了理查德·席勒夫人），亨伯特坚称“聪明的读者”很久以前就已经猜到了。退一步说，这似乎不太可能。

关于奎尔蒂身份的线索不是《洛丽塔》的意义，但也并非**不是**其意义。万分纠结于在洛丽塔人生中谁取代了自己，亨伯特转移了他自己和读者的注意力。他的追踪有着O.J.辛普森（O. J. Simpson）追捕杀害妮可·布朗（Nicole Brown）和罗纳德·高曼（Ron Goldman）的真凶时所有的虚假的道德庄严，[5]只是我们都假装配合他罢了。

我们怎能不配合呢？我们在文本中追踪幽灵似的奎尔蒂，太有趣了，正如亨伯特在书的最后三分之一追查他那样。

奎尔蒂第一次出现是在前言中，但这只是惊鸿一瞥。当小约翰·雷指出亨伯特死于“法律监禁”——对一名强奸杀人犯，这个描写带有诡异的共情——雷没有费心提到亨伯特的受害者，甚至不提他的罪名，只写道：“关于‘亨·亨’的犯罪情况，好奇者可以参考1952年9月的报纸。”

第一条关于奎尔蒂的“真”线索出现在不到30页之后，也是读者为数不多的一次看到克莱尔·奎尔蒂的全名。而且，即使在这里，名字也是颠倒过来的：亨伯特在监狱图书馆找到的一本书中列出了剧作家“奎尔蒂·克莱尔”，是一本1946年版的《聚光灯下的名人录》（*Who's Who in the Limelight*）。奎尔蒂的作品包括《小仙女》，据说巡演了14000英里。这段旅程预示了后面亨伯特和洛丽塔的旅程。

但是亨伯特立刻把我们的注意力转移到另一个条目上，“奎因·多洛雷斯”，惊叹于“我爱人的名字……看到这儿，我充满无望的痛苦，倍感震惊”。亨伯特沉思着，他的多洛雷斯也可能是一名女演员，出演过《被谋杀了的剧作家》(*The Murdered Playwright*)。“贱人奎恩，”他继续说，“贱人奎恩。犯下谋杀奎尔蒂的罪。噢，我的洛丽塔，我只有这几句台词。”就是这里了，小说的结尾展示在我们面前，亨伯特没完没了的文字游戏中的一个核心，又一封失窃的信件就摆在眼前。

奎尔蒂在小说中的出场一直时隐时现，总是遮遮掩掩。我们听说了拉姆斯代尔（Ramsdale）牙医的侄子，长相英俊，据说亨伯特长得有点像他。奎尔蒂躲藏在《着魔的猎人》漆黑的剧场里，大肆奚落亨伯特。奎尔蒂是这部与酒店同名的话剧的联名作者，但是他的中性署名让洛丽塔有了借口，她说，剧作家是个老太婆，还“吻了我纯洁的额头”。

但在小说的绝大部分内容里，亨伯特和读者都不在寻找奎尔蒂。《洛丽塔》直到最后三分之一才变成了真正意义上的侦探小说，在这里，亨伯特踏上了追踪在逃小仙女的旅途，他建议该部分应该题为《**失踪的多洛雷斯**》。

作为一个侦探，亨伯特不失为一位出色的散文文体家。他有财力在将近5个月的时间里走访300多家旅店，但他找到的都是登记簿上带有嘲弄意味的暗示。登记簿上面留的名字表明，洛丽塔和她的“绑架者”期待着他来追赶他们。尽管他跑了这么长的路，却没能发展出一条线索。

最终，亨伯特还是雇了一个“职业侦探”。尽管如此，我们肯定对这个私人侦探的资质感到疑惑，他是亨伯特在洛喜爱的一本八卦杂志的尾页上找到的。这个侦探是一名前“拳击手”，拿着亨伯特提供的数据和钱，花了两年时间没有发现任何重要线索。即使在亨伯特终止付钱之后，他还继续查案。最后，他成功找到了一条宝贵消息——是一个叫比尔·布朗（Bill Brown）的80岁的“印第安老人”，住在科罗拉多州多洛雷斯附近。

那么，亨伯特到底是怎么找到她的呢？

她给他书信一封。

[3]

诚然，洛丽塔，婚后改名为多洛雷斯·席勒，尽力对亨伯特隐瞒自己的确切位置，但她需要钱，所以她必须提供一些有关自己下落的信息。她指示他汇款至“科尔蒙特，公共救济处”（据亨伯特说，地名是他捏造的），他“查问之后才得知这是一个工业小镇，离纽约市大约800英里”。

亨伯特到达这个地方后，终于交了好运。他在公用电话上打了一通简短的电话，就找到了一个人，此人告诉了他洛丽塔的丈夫理查德·席勒最后的已知地址。亨伯特再次掩饰了这个地址，后来才显示这是一间经济型公寓。一位邻居指引他去了一家杂货店，在店里，“有个女人的声音从木地板下跟检修孔对应的深坑里喊道：猎人路，最后那间屋子”。

看起来的话，亨伯特在不到两页纸的篇幅内，完成了一般的侦探小说大概需要一整本书才能完成的任务——收集足够的线索并找到他追捕的对象。然而，熟悉侦探小说的人都知道——亨伯特和纳博科夫绝对有这个资格——当一名侦探的追踪最终得偿所愿时，总会有个转折。洛丽塔提供的“那个人的名字，聪明的读者早已猜到了”，但只有亨伯特猜到了，读者并没有猜到——目前还没有。

有人弄清楚过那个跟洛丽塔私奔的人的身份吗？有人尝试过吗？我猜是有可能的。假如有一个没见过世面的读者，坐下来读一本没有注释的《洛丽塔》，且对故事内容一无所知，那么在理论上，解决办法是能找到的，哪怕亨伯特的“线索”会让人抓狂。然而，有人那样读过《洛丽塔》吗？可能没有。那应该这样读《洛丽塔》吗？绝对不应该。亨伯特一听到这个名字，他的思绪便倒回过去，穿过好多年、好多英里，回到了和洛丽塔的妈妈共度的某一时刻，而不是和洛丽塔在一起。

亨伯特想到的是“防水”。这是个极其平庸的反应，突出了答案有可能会多么令人扫兴。这个词是夏洛特说的，当时他们的邻居琼·法洛（Jean Farlow）注意到了亨伯特在滴漏湖里游泳时还戴着手表。琼正在八卦好些人做的坏事，她正要说起克莱尔·奎尔蒂——奎尔蒂的叔叔分享了一件与他有关的“有伤风化的”故事——这时她的丈夫约翰打断了她。整个关联好像很古怪，也不大可能，但记忆就是这样的。乱七八糟的细节在我们记忆中长久存留，等待着恰当的语境让它们“啪”的一声到位。最终，洛丽塔告诉了亨伯特奎尔蒂的名字。亨伯特想起了一个寻常的瞬间，那次另一个人差点儿说出了这个名字。“我，同样，一直知道，又从未意识到。没有震动，没有惊讶。”

这是我少有地认为亨伯特是一个“可靠的叙述者”的片刻之一。

[4]

作为一名犯罪小说作者，我经常碰到对这一类型及其子类型的各种术语感到困惑的读者。有些人，包括多数书商，更喜欢“惊险疑案小说”（mystery）这个综合性术语。这并无不可，但它表示的是侦探小说，根本无法描述所有的犯罪小说。还有“惊险小说”（thriller）这个术语，通常表述与时间赛跑的小说——其问题不在于罪犯的身份，而在于英雄如何阻止罪犯。

子类型中包括所谓的“亲密罪案”（cozy）。这是发生在封闭社区的罪案，案件相关人员互相认识。与“亲密罪案”相对立的是私人侦探故事，它的发明归功于爱伦·坡。纳博科夫年轻时读过这位重要作家。此外，还有刑侦小说（police procedurals）和法律惊悚小说（legal thrillers）。所有这些故事都有一个共同点：犯罪是推动情节发展的引擎——一切都要回到发生了什么事情，以及为什么会发生。

《洛丽塔》虽然不是一部犯罪小说，但它几乎包含了所有这些原型的元素。前面提到，小说在最后三分之一的篇幅里涉猎了侦探小说类型：那个与洛丽塔潜逃的神秘人是谁？但它也是一本惊险疑案小说：在故事里，亨伯特争分夺秒地试图重新俘虏他的宝贝。他的目标并未达成，于是他摇身一变，成了一个义务警察，决心报洛丽塔被掳之仇。（攫取司法系统的特权是犯罪小说的另一个套路。）

可以说，《洛丽塔》是一部业余侦探小说。还有谁比亨伯特的调查更业余呢？他有财力在不到5个月内走访300多家酒店和汽车旅馆，却找不到一条有用的线索。小说甚至致敬了私人侦探小说：那个前拳击手侦探花了好多年，才找到住在科罗拉多州多洛雷斯市外的一位八旬印第安人。

不过，《洛丽塔》中的主要犯罪元素是恋童癖。这个词从未在小说里出现过。虽然阿佩尔在他的简介中用了，但他断言这部小说不**仅仅**是关于恋童癖的（这里是我的强调）。小说文本中用了**强奸**和**强奸犯**这两个词语，尽管很罕见，而且亨伯特更多把这些词投射到他人身上，而不是在自己身上。比如查理·福尔摩斯（Charlie Holmes），这个据称“诱奸了”洛丽塔的男孩，后来被亨伯特描述为强奸犯。另外，当夏洛特·黑兹破开亨伯特的抽屉，他犯罪记录的日记被发现时，他称**桌子**“被强奸了”。

然而，多洛雷斯·黑兹一直很清楚自己被侵犯了。在“着魔的猎人酒店”那一夜的次日[6]，她威胁说，要告诉警察亨伯特强奸了她，尽管她说话的句法留有不明确的余地。（“我可以去找警察，控告你强奸我。”）但几个月后，多洛雷斯用这个词时意思很明确，一点也不模棱两可。不过，亨伯特一直坚称是多洛雷斯诱惑了他，尽管他想尽一切办法让她保持沉默。

在文章《简单的谋杀艺术》（*The Simple Art of Murder*）中，最伟大的侦探小说家之一雷蒙·钱德勒写道：“在一切能被称作艺术的事物中，救赎是必要元素。”作为一位犯罪小说家，我和这句断言做了多年的艰苦斗争。一定要有吗？救赎元素是对作品还是对读者很重要呢？是因为读者在一则有关犯罪和残酷的故事上花了好几个小时，有时会在无意间产生共情，所以需要让他们的良心稍安吗？在《洛丽塔》的结尾处，亨伯特像阿佩尔主张的那样被救赎了吗？还是说，他仅仅学会了说我们想听的话？

[5]

《洛丽塔》最著名的段落之一是关于她“夜里的哭泣——每夜，每夜——在我假装睡着了的时候”。这常被引用来证明亨伯特的唯我论：当他的受害者，一个孩子，在他的听力范围之内哭泣时，他还能像负鼠一样装睡。在亨伯特听孩子们玩游戏的那一时刻——假设真的发生过此事——被用来证明对唯我论的超越。**超越**（transcendence）是阿佩尔使用的词，但这个词吸引了我的注意，因为巧合的是，这个术语同样被用来描述那些被判定为有文学价值的犯罪小说——一个被群嘲的术语。

最近一次读《洛丽塔》时，我开始思考还有谁可能听到了洛丽塔的哭泣。亨伯特和洛丽塔在旅途中住的旅店一般都很廉价，只有一两个例外。那些墙壁得有多薄，别人得有多大可能听到了她的哭声——甚至还有其他响动。恋童癖者几乎总有几十个无名的同谋——对发生在自家屋檐下的事情感到无法面对的家庭成员，认为别人家孩子的家庭生活不便打探的邻居。有多少人未能注意到多洛雷斯·黑兹，又有多少人对眼前的受害者熟视无睹？如果我们以这种方式给《洛丽塔》加注释，这些人的数量将会迅速增加，多到令人作呕。

首先，当然是洛丽塔的母亲，不过得为她辩解——夏洛特·黑兹只是没注意到亨伯特的性幻想。在她得知他的真实欲望的那一刻，她没有为他找借口，而是准备好了要立刻离开他。这使她在有恋童癖伴侣的女性中成了一个异端。如果夏洛特没有死，她有可能从她丈夫手中救下自己的女儿。

不是她母亲，而是其他成年人辜负了洛丽塔。这当中有警察，但亨伯特注意到，洛丽塔比他更害怕警察，可能因为她知道自己会被送去寄养家庭。这当中还有私立学校的校长，她认为多洛雷斯·黑兹对性缺乏兴趣是她无知的副产品。有“坏眼睛”的女管家。有个邻居，他听到了吵架声，但他接受了亨伯特的解释，他说只是喧闹的青少年。有“大胖子”加斯东（Gaston）。甚至还有被请来为多洛雷斯看疑似流感症状的医生，她也没有注意到任何异常——在括号内，亨伯特特意感激她缺乏好奇心，还写道，自己是多么享受和患流感的孩子做爱。他的二重身奎尔蒂是唯一认清了亨伯特真面目的人。

也许这就是奎尔蒂必须死的原因。不是因为他代表了垂老、腐朽的亨伯特，而是因为他是唯一看清了亨伯特真面孔的人。最

129 终，亨伯特供认自己犯了强奸罪（只承认了强奸罪，没有供认谋杀罪）。

归根到底，《洛丽塔》不是“谁杀了人小说”（whodunit），甚至不是“为什么杀人小说”（whydunit），而是一本恋童癖者的剧本。对于那些相信亨伯特已经悔改的人（在性犯罪者中这相当不常见），我要指出一段相当突出的话，是阿佩尔未加注释的地方：亨伯特在杀奎尔蒂之前，给他读了一首诗，在诗里，他提到自己幻想某一天迎娶洛丽塔，“梦想在一个山区/与一窝洛丽塔结合……”。

奎尔蒂说：“不懂。”

我懂了，而且我非常确定，在亨伯特的“照料”下，下一代洛丽塔们可能遭受什么样的命运。

1 这个单词用英语表达是“blow”。——译注

2 “着魔的猎人”在小说中是个重名，一个是酒店名字，亨伯特在那里侵犯了洛丽塔；另一个是奎尔蒂创作的话剧题目。——译注

3 法语原文是：“*Ne manque pas de dire à ton amant, Chimène, comme le lac est beau car il faut qu'il t'y mène.* Lucky beau！ *Qu'il t'y.*”——译注

4 法语的“让他带你去”是缩写，拼写用英语读就是guilty，有罪的意思，同时也是绑架了洛丽塔的人Quilty的名字。——译注

5 这是在美国影响很大的一起名人谋杀案。辛普森是前橄榄球运动员，后来进军影视圈。他于1994年杀害了妻子和好友，造成轰动全美的辛普森案。经过长达十几年的公诉，辛普森于2008年被判有罪。——译注

6 在“着魔的猎人酒店”住宿的那一晚，亨伯特和洛丽塔发生了关系，当时洛丽塔并没有被下药，甚至有些“主动”。亨伯特欺骗洛丽塔说她的母亲生病住院了，把她从夏令营里带了出来，她并不知道母亲已经去世。因此，洛丽塔和亨伯特发生关系的性质被亨伯特描述得有些模棱两可。这是小说的关键情节之一。——译注

亚历山大·奇
Alexander Chee

《洛丽塔》日记

最近我看了一部电影，改编自我最喜欢的佩内洛普·菲茨杰拉德的小说《书店》。我喜欢这小说的部分原因是它的情节非常不着痕迹，你可能会让它溜走了——一个女人决定在她居住的英国小镇开一家书店。她这样做，搅乱了小镇的权力结构，而权力结构正是导致她的书店失败的原因。这薄薄的小说讲述的是，生活中什么是最重要的东西。在看电影的时候，我已经忘记小说情节的转折点了，直到那本带经典封面的道具书出现：这位书商在抉择她是否应该售卖《洛丽塔》。在做决定之前，她为此而犯愁不已。她向一位最喜欢的顾客征询意见。他是个坏脾气的鳏夫，也是位严肃认真的读者，独自居住在一所大房子里。因为不想去镇上，他要求把买的书邮寄给他。他们逐渐信任彼此的品位。他们就小说的意义进行了一场非常严肃的探讨。她问他这小说是否足够重要，值得销售。他告诉她说，他的决定是，《洛丽塔》是一本非常重要的书。

这位书商害怕这小说不值得她费那么多麻烦，害怕会犯错，会最终毁了她的书店。两人一致同意，她应该卖，于是她下了300本的超大订单。书店被《洛丽塔》所引来的关注压垮了。最终，《洛丽塔》的名声引起了公愤，书商的敌人拿这来攻击她，尤其是一个决心把书店改成艺术中心的社交名流。书商因此而失去了她的店。

电影还在放映，我不得不再一次反思，自己从未读过《洛丽塔》。我第一次承认，其结果就是，这意味着我从未真正完全理解《书店》。长久以来我一直告诉别人我很爱这小说。

当我读《书店》时，我被它戏剧性的情节吸引了：一间书店上架了道德家们谴责的书。但我没读过《洛丽塔》就站在书商这一边，其实是生搬硬套了开明（liberal）立场，也是某种自由论（libertarian）立场——审查是错误的。这样做很令人尴尬，所以我再次准备开始读这本小说。

*

在2019年之前，任何人问起，我都会告诉他们我从未读过《洛丽塔》。我通常不会提我尝试过许多次。我答应写这篇文章，部分原因就是为了让自己最终读完它。等到看《书店》的电影时，我知道自己有再次放弃的危险。所以，我重回这本书，再一次开始读。

前五章是如此的熟悉，让我感到好笑。我曾那么多次尝试读这几章，意味着我重读它的次数比大多数我最喜欢的书还要多。甚至可以说，这几章对我的文学影响极深。

例如，第二章开头的“种族杂烩”，或者第三章开头描述安娜贝尔（Annabel）“是个混血儿”——这次阅读，我立即意识到，这些描写意在嘲笑我自己的混血儿身份。尽管以前读的时候，它们鼓励了我，让我不要在乎80年代在美国因为混血儿身份而产生的焦虑——我认为这些描写为我们这些没有什么欧洲背景的人提供了一个欧洲样板。这些描写让我足够放轻松来书写我自己。

亨伯特想让我们相信的是，他早年对安娜贝尔的爱受了挫折，而这成了他的创伤源头，是他命运的“弗洛伊德禁忌”——好吧，当我在自己的小说里写恋童癖的时候，对我来说，这成了我如何思考恋童癖的某种模型。把恋童癖者想成一个努力取代和完善他久远的儿时爱情记忆的人，但他总失败，因为他不再是一个孩子。反而，他总是造成更多伤害。在《爱丁堡》(*Edinburgh*) 中，这个看法造就了我对自己的恋童癖角色的理解。他不是亨伯特，也不是谋杀犯。在我第一本小说被拒稿的那些年，我甚至跟朋友开玩笑：“他们拒绝我的小说，是因为恋童癖角色最后死了。”我常常说，“他们明显想要恋童癖者活着。”

我说的“他们”，指的当然是编辑。我记得有一位编辑在他的拒信里直接说：“我没准备好接受它。”我记得当时在想：**我在小说里的处理怎么会比《洛丽塔》更令人震惊呢？**

我发现自己慢慢接近我总是弃书的地方，我准备好再次停下来了。

“你喜不喜欢一本书没有关系，”我在教书的时候对学生说过，“你仍然得知道如何去阅读它，如何向它学习。”我把这当作批判伦理来信仰。如果你评论一本小说，而你不喜欢它，最好弄明白你不喜欢的地方——这样完成的书评比你没花时间弄明白写出来的要好，且学到的东西往往是无价的。所以，我尽职地把自己推过了边界，进入了第六章，还有其余部分。

*

在1980年代的大学时期，我第一次尝试读《洛丽塔》是因为其双重身份：既是违背道德的文本又是文学经典。不过，它让我感到厌恶的地方，我还未准备好探究。在此之前，我读过纳博科夫其他的书，相对更成功：第一本是《说吧，记忆》(*Speak, Memory*)。我的一位写作老师在她的“一生必读书单”上列了此书。这本书的第一句话也许永远改变了我对一个句子所能达到的规模的理解。“摇篮在深渊上方摇晃，而常识告诉我们，我们的生存只不过是黑暗的两个永恒之间瞬息即逝的一束光。”接下来我读了《微暗的火》(*Pale Fire*)，被拉进去的原因是我岌岌可危的高中英语毕业项目。我的论文涉及到埃兹拉·庞德(Ezra Pound)的几篇诗章。我仰仗一座小图书馆的参考书来理解典故，翻译几门不同的语言。我喜欢小说中由此产生的游戏：小说发出了似乎无休止的邀请，让我们去理解它。

几年过去，我再次试着读《洛丽塔》。但这次，几章之后，我停下了，因为我觉得我读不下去。当时，我正在写一本关于恋童癖的小说。我渴望创作出一部小说，能表达愤怒，在我所读过的有关这个话题的书中从未见过的那种愤怒——在我遭遇性侵之后，我内心里积压多年的强烈愤怒。即使才看五章，《洛丽塔》就已经让我精疲力竭了，因为它让我想起了那个费尽心机性侵我的人。那个人试图争取我的同意，用的方式跟亨伯特基本一样——凭借性解放、自由和儿童权利的花言巧语，他迎合我的虚荣心，或者以是我的同类来吸引我。好似我是他那样的人，只是更弱小而已，只是年轻了30岁。我感觉被推进了亨伯特的胳肢窝，无法逃离那色眯眯的声音；当然，除非我把书合上。

这讥讽也似乎跟许多其他书一样。我无法分辨，是不是因为它们模仿了纳博科夫，或者是因为纳博科夫在讽刺它们。无论是哪一种，在1990年代，在我看来，许多作家都努力地想让读者觉得与儿童做爱看起来危险但诱人无比，就好像这也许是革命性的。

写完自己的小说后，我觉得自己的革命成功了。我把书寄给一些知名作家评论，其中一位在提交他的推介前说："我从不相信性侵是真的。现在我信了。"两年后，也就是2013年，当这本题为《爱丁堡》的小说为我赢得怀丁作家奖（Whiting Award）时，我也觉得我成功了。在颁奖典礼上，每位作家都被授予企鹅兰登出版社美国文库（Penguin Random House Library of America）的一本书作为奖杯，内含一张藏书票，标记书专属于你。摆在书架上，这是一个绝妙的奖，不仅因为它意味着什么，还因为它是如何展示的——作为一本书放在我书架上。有时候，我担心过有人会把它搞错了，把它借走，但到目前为止还从未发生过。无论如何，我的奖品是美国文库版纳博科夫的第二卷，包括《洛丽塔》和《洛丽塔》的剧本，还有《普宁》和《微暗的火》。

这感觉就像是个宇宙级笑话，甚至有点像纳博科夫亲自写的笑话。那本关于恋童癖的著名小说，我曾说过，在我写完自己的小说之前读不下去的小说，被作为奖品颁发给了我，原因正是我创作了自己的恋童癖小说。

在家里，我把奖品放在书架上，摆在精装本《纳博科夫短篇小说全集》（*The Stories of Vladimir Nabokov*）旁边。我在克诺夫出版社（Knopf）办公楼里举行的新书发布会上获得这本书。帕特里克·梅尔拉（Patrick Merla）邀请我出席，他当时为纳博科夫遗产代理人做授权工作。我从堆积如山的书中抽出了那一本。自那以后，一看到书架上这本书脊上有只蝴蝶的书，我就能想起在门厅找到它的那张桌子。桌子周围出版业的业内人士和作家们济济一堂，挤满了门厅。德米特里·纳博科夫赫然出现在所有人面前，仿佛他就是作者本人的幽灵，高大潇洒得让人难以置信。空气中弥漫着一种兴奋劲，一种你可以追求的兴奋——这种兴奋会比你活得更久。

我决定把这个奖当作向那种兴奋发出的邀请函。

我从未尝试过读我自己的那本奖品之书。那显得有点傻，我母亲教导我不要犯那种错误。于是，奖品之书还放在我的客厅里，原封未动，而我一直在艰难地读其他版本的《洛丽塔》。由于我多次中途放弃读这小说，它成了我为数不多的收藏了好几本的书之一，部分因为那几次中途放弃的企图。除了那个奖杯版本，我还有两本不同年代的印刷版，手机上的电子书版，以及有声书，也在我手机里。

我最喜欢的那几部书我都拥有不止一本，像安吉拉·卡特（Angela Carter）的《马戏团之夜》（*Nights at the Circus*），简·里斯（Jean Rhys）的《藻海无边》（*Voyage in the Dark*），还有朱利恩·梅（Julian May）的《上新世流放》（*Pliocene Exile*）科幻三部曲。但我只和《洛丽塔》有特别的关系。

*

当我今年再次翻开《洛丽塔》时，杰弗里·爱泼斯坦（Jeffrey

Epstein）的罪行以全新的方式被曝光，媒体的关注度一直居高不下。然后突然间，他死了。他的罪行见诸报端，以我们从未见过的方式被描述出来。就好像，在爱泼斯坦身上，我们终于见到了流行娱乐文化中的大反派，像小说《龙纹身的女孩》（*The Girl with the Dragon Tattoo*）和电视剧《谜湖之巅》（*Top of the Lake*）：一个百万富翁罪犯，有在他配备地牢和毒品的豪宅里与儿童做爱的癖好。通过这些曝光，这些看上去言过其实的故事手法被语境重构为现实主义，抑或是纪录片。

与爱泼斯坦的私人岛屿和私人飞机相比，亨伯特·亨伯特犯的罪只不过是小巫见大巫。爱泼斯坦的私人飞机昵称叫“洛丽塔快车”，不言而喻，他的灵感正是来自于亨伯特。爱泼斯坦举办的聚会满是科学家，目的是促进他的诸多执念——优生学、谋杀、白人种族主义对美的理想——这些理念在《洛丽塔》里也有，表明爱泼斯坦的执念就是亨伯特的执念。亨伯特是否曾经梦想过自己被有权有势的政客名流所簇拥？他们随时准备枉顾法律让他感到安全和快乐？他是否曾梦想过夏洛特·黑兹像吉丝兰·马克斯韦尔（Ghislaine Maxwell）那样[1]，就是爱泼斯坦的那个社交名媛皮条客，为他招募和提供年轻女性和女孩？她就像个粗暴乖戾的典狱长，没有一点儿不情愿。

在附录中，纳博科夫给读者的一段古怪留言里，他告诉我们，他完成了一项罕见的壮举，把《洛丽塔》描述为长着爪牙和翅膀的怪物——小说《洛丽塔》是暗黑雅典娜。《洛丽塔》是一项罕见的美学成就。那么，在爱泼斯坦被曝光的这一年里，我们读到亨伯特认为自己独一无二，这就真奇了怪了，他还想象着我们会唾弃他的所作所为，并以此为乐。跟爱泼斯坦相比，亨伯特似乎更接地气，他就像一头普通的猪，在喝醉后吹嘘自己是头长着翅膀的猪，可稀罕了。

*

在我通常中止的地方，我仍旧无法读下去。我深陷于艰难的工作和教学，还有摧毁世界的风暴，要坐下来读这书太难了。所以，我下载了有声书。我现在通勤去当教授，就是亨伯特说的那种“不得志的诗人”。于是，在每天上下班半小时左右的路上，我边开车边听。甚至在和我“丈夫”去度假的长途驾驶路上，我也在听。他也从未读过《洛丽塔》，被震惊了。然后，我又听了一遍。由杰瑞米·艾恩斯朗读。他的声音听上去尤其让人毛骨悚然，他在有声书里的演绎和他在电影中扮演的亨伯特是一以贯之的。

既然我现在读完了《洛丽塔》，我对佩内洛普·菲茨杰拉德小说中勇敢的书商的尊重产生了变化。我认为她卖这本小说是正确的，但以如此大的规模销售是错误的。绝对要卖，只是不要占据整个门口的橱窗。

《书店》这部小说展现了文化厌女症的不同面目——一个戴着许多面具的敌人。在我看来，《洛丽塔》也是如此，但亨伯特邀请我们入伙。等我读到第五章以后，我发现的真正奇观也许在新闻中是最常见的一幕：一个白人男性，世上所有的权力都摆在他的脚下，仍然感到没有权力。因为他对支配他的执念无能为力，也对死亡无能为力，直到他成了一个杀人犯。然后，这向他揭露了自己更多的无能之处。在我看来，这种蔑视，亨伯特对一切事物持有的尖酸刻薄的蔑视，都是从这种无能中获得的。

就在他刚放弃梦想的时候，洛丽塔来到了他的生命中，好像在说，他只需要再多等一会儿就行了。亨伯特声称，她酷似他曾经爱过却已失去的女孩；然后，洛丽塔超越了她。这是她将会让他失望的信号。在自恋者的上升/堕落的循环里，她会先起后落，先是救星，然后成为陷阱。先前有一连串女人辜负过他，她是倒数第二个：他的爱人安娜贝尔去世了；其次是妓女；下一个是他的妻子；然后是第二任妻子。现在是洛丽塔，因为她做了那件恋童癖者认为不可原谅的事情：她长大了，而且后悔跟他有过关系。

选一个人扮演你失去的爱人是一出粗制滥造的戏剧。在这出戏里，不给你的联合主演背台词的机会，甚至不让她知道自己在你的剧本里，直到为时太晚她不愿跟你合作。对他来说，她就是个狩猎目标。他并不完全是自己在全书里经常声明的那样欲求不满，有的只是树立他凌驾于她之上的需求——这才是他更渴望的，甚于他对她的渴望。他想变得强大。他相信如果自己能控制她，他最终会感到强大。然后，一旦他真的拥有了她，他发现仍然没有找到自己渴望凌驾于她身上的权力。他自矜于自己的博学，却无法明白这一点，深陷于自己真正上瘾的东西：一种作为欧洲白人男性，他处于进化顶峰的感觉。

结果，他对一切都摆出高人一等的样子，令人倍感疲惫，似乎那样会使他更显优越。他压根没有遇到过真正的挑战，除了他需要感觉自己比每个人都更优秀，比所有阻碍都更强大。但他没遇到严重的阻碍。他发现洛丽塔纯属偶然，她是他女房东的女儿。她急切地想要叛逆她的母亲。而他怂恿了她，一有机会就偷偷摸摸地对她动手动脚。当他被洛丽塔的母亲发现时，难以置信的是，她穿马路去寄信时被路过的车撞死了。在信中，她控告亨伯特一直在记录的情欲——他愚蠢地在日记里记述了自己的欲望。他喝着为他俩准备的鸡尾酒，她的鲜血在路上还未干。他是个有钱的成年人，现在是他欲望对象的合法父亲。接着，他带她去公路旅行，给她下药，但发现她有惊人的抗药性，不过她无法抵抗他的欲望。她不断超出他的预料。她有过青春期性尝试，甚至想以此教育他，但最终，她仅仅是个孩子，只懂一个孩子知道的事。他对她的幻想是她沉睡过去，无法阻止他随心所欲地蹂躏她。她对他的幻想是成年人的魅力，与她年轻的复仇之梦结合在一起，在争夺他的比赛中击败她的母亲。

洛丽塔长大了，离开了他，怀孕了，还需要钱。我们遇见在亨伯特眼中所谓掠夺了洛丽塔的人，一个叫奎尔蒂的男人。等我们读到奎尔蒂被谋杀时，已经有些精疲力尽了，就像一场持续了几周的链锯杂耍竞赛，某种残酷而吵闹的东西在空中飕飕飕飞来飞去，看起来既荒谬又沉重。

当我自问该如何看待这样的感受时，我开始重新理解小说的体裁。因为读到最后，我发现情节前后说不通。我没有太意识到自己在慢慢计算小说情节是怎样说不通的，这意味着大脑要承担高负荷运作。在任何小说中，书中的世界都倾向于一个结果，但是一般不会让人**感觉**到倾向一个结果，除非那个结果是小说使命的一部分。而且，即便如此，使命通常在结尾才揭晓。当使命不明显时，这就指向了小说中所谓的不足之处。一开始很难注意到这一点，因为亨伯特让人精疲力竭的风格，他无休止的斥责咏叹调。但一旦他停止说话，书中我所反对的一切都在我面前排好了，就像谢幕时主演不在场一样。

*

我记起多年来在不同场合经常听到的一种说法：这小说有点像文学评论家的游戏，也许跟《微暗的火》差不多。围绕此书的学术研究可以堆满一座金字塔神塔。我邀请其他评论家发送一些论文给我。我读了几篇，学到了大量关于写作以及《洛丽塔》的知识。我绝不会说这部分练习是一文不值的。但是，我们总在好奇，任何我们没有付出代价就得到的东西是否值得。

詹姆斯·费伦（James Phelan）的论文向我介绍了大量这样一个观点（尤其为写这篇文章）：如果亨伯特是不可靠的，那么小说就不能是不道德的。乔治·弗格（George Ferger）的论文指出了有关名字的游戏，说小说引言的作者的名字拼写似乎指向奎尔蒂，还有某个特定事件的日期可能是11月16号或者19号，也表明小说中所谓的讽刺性双重身份。由此出现了一个漫长的游戏，关于双重身份是否是作者的意图，尽管在我看来，他不太可能搞错了日期。

纳博科夫是最早在采访文章再版时修改自己的回答的作家之一，他甚至修改采访的问题。正如费伦和弗格都指出的，亨伯特说，他喜欢编故事给那些试图了解他的人听。我们凭什么信他的话呢？就像我们看到的，一旦洛丽塔长大一些，一旦她继续往前，告诉他是他偷走了她的童年，她对他来说就变得无关紧要了。即使在他杀害奎尔蒂时，也只是想在他的梦想和这个世界之间封一堵墙。他杀了他，只是试图抹掉覆水难收的事情，他一直反对的事情：洛丽塔不知为何居然活出了自我，而且独立于他心目中对她的看法。她有能力和别的男人发生性关系，不由他来选择和控制，属于成年人的性关系。

即便如此，我不理解为什么有人会喜欢这本书。这是一个幻想，幻想会有接受这种男人的女孩存在。读到最后，就好像醒来时浑身是亨伯特的发油和几位陌生人的鲜血。但小说并不完全与此相同，只是**好像**而已。在《书店》中，书商和她坏脾气的顾客之间的对话，我现在读起来像一个女人给一个男人骗了。他不知道如何告诉她自己喜欢什么，他的兴趣跟许多男人一样：渴望他们自己非常强大的幻象，只要女性无法做出反应，幻象就能持续下去。在亨伯特内心，根本没有对任何人的合理合法的欲望。洛丽塔在夏令营里的女同性恋探索是书中最真实的欲望表达。那么，到底被讽刺的是什么？如果爱泼斯坦可以称呼他的飞机为“洛丽塔快车”，用它把受害者送到他的私人岛屿上的私人神殿，讽刺什么还重要吗？讽刺是为了啥呢？

*

我在读小说的时候，发现自己一直在想阿尔贝托·莫拉维亚

(Alberto Moravia) 的短篇小说《两名少年》(*Agostino*)。我最近在意大利开办的暑期创意写作项目上教过。在佛罗伦萨一英里外的一栋别墅里，在曾经属于这座城市最有权势的家族的古老房间里，我们选了二十世纪中叶的意大利小说进行讨论。这些小说有时候让学生感到困扰。他们觉得这个时期的虚构创作阴森可怕，难以置信。而我则希望教他们如何书写法西斯主义，或至少写法西斯主义时期的生活。其中一个学生给我留下了深刻印象，她试图弄清楚《两名少年》中到底发生了什么。她在课堂里推敲某些情节的意思，无法相信在小说中感受到的定然是厌女症。这引发了我们讨论小说中的厌女症和作者的厌女症之间的区别，以及这两者和文化中的厌女症的区别。

这小说就像透过一面意大利镜子看《洛丽塔》。阿戈斯蒂诺(Agostino) 是诡异的洛丽塔二重身，相似却又不完全相似：一个13岁的男孩和他漂亮的寡妇母亲去度暑假。他很快意识到，母亲邀请加入他们小划艇的年轻男子其实是她的一连串约会对象之一。阿戈斯蒂诺感到被疏远了，心生叛逆，跟镇上的一些男孩混在一起。很快爆出了这帮男孩属于一个小偷团伙，他们的头儿年龄更大，叫萨罗 (Saro)。为了证明自己是个男人，阿戈斯蒂诺想和这群男孩交朋友，被他们接受。他们安排他去一艘船上单独见他们的头目。事实证明，头目是恋童癖，他引诱了阿戈斯蒂诺，他以同样的方式引诱了现在为他卖命的所有男孩。阿戈斯蒂诺以为自己被接纳为朋友，但实际上，他被恋童癖者的受害者吸纳为新受害者。为了处理心中的耻辱和愤怒，他试图和一名妓女发生性关系，希冀借此永远平息心中对他的漂亮母亲的情愫。

这小说描写的厌女症如此稀松寻常，让人难以置信。母亲只是一个中年妇女，想求爱，也许还想坠入爱河。小偷的头目是恋童癖。但是，在小说的世界里，主人公的对立角色，短篇小说的反面人物，不是把他带入圈套的那群男孩，也不是恋童癖者，居然是母亲。

当我审视《洛丽塔》在我们的文化景观中的位置时，在我看来，就像小说戏剧化的那样，我们被训练得容许亨伯特这种人为所欲为，还让他们畅所欲言。这个奇怪的情节在某些方面显得那么普通，因为是我们一直放任像他那样的男人为所欲为。

那么，现在回答我先前提的问题：讽刺的是什么，是在开谁的玩笑。小说没有嘲笑洛丽塔或者夏洛特·黑兹，即使亨伯特嘲笑她们。小说甚至没有嘲笑奎尔蒂或者亨伯特。小说嘲笑了我们所有人身上的某种别的东西。你有没有见过，一群人正在排队等候，只见一个男人走到队伍前面，妄图插在大家前面？你看到过吗，无人阻止他？包括你自己？你想知道他们是怎么长成现在这样的，这些男人。你好奇，为什么他们认为他们可以这样做。他们那么自信我们不会做出反应。为什么？秘密不在于他们的自信。他们幻想走到队伍前面而不被阻止，就像亨伯特幻想女人不会做出反应，于是他拥有权力的感觉会永远继续下去。这些人都是一丘之貉。每一次我们不阻止他们，这些亨伯特们就一点点成为他们自己。只要没人做出反应，他们就更确信世界属于他们。而你或者我或者我们，那些也许我们所谓不想小题大做的人，我们在其中扮演了某种角色，我们创造了屈从于他们的欲望的世界。也许这是《洛丽塔》可以提供给我们的一个景象。这是一个机会，让我们探究为什么我们愿意让这种事情发生，我们是否愿意任其发生，还有探究为什么那么多人给那么多亨伯特们大开方便之门。总会有一个亨伯特，但真正的反派是我们的不作为，不作为把我们变成为他放行的人。无论《洛丽塔》是否是不道德的，我们的不作为是不道德的。

最后一个面具变成了镜子，而这是我们自己的镜子。

1　吉丝兰·马克斯韦尔，60岁，爱泼斯坦前女友，于2021年7月被捕，于当年12月29日在6项指控中有5项被判有罪，包括拐卖组织妇女卖淫、引诱未成年进行非法性活动等。她将面临至少65年的监禁。——译注

劳伦·格罗夫
Lauren Groff

罪念之乐[1]

《洛丽塔》是个悖论：一只绚烂的毒飞蛾，一颗破了洞却还跳动的心脏，一只充满生命力却散发死亡恶臭的怪物。作为一面映射美国的亵渎、肮脏、美丽的镜子，《洛丽塔》举世无双。因其所催生的产物，《洛丽塔》也是最卑鄙的。

当然，我说的催生，指的不是油腔滑调的恋童癖者竭力对他绝望的爱情对象使出的黏糊糊的无用功。我在说，这部最恶魔般的小说如何把沉没在世界深处的模式暴露在阳光下，并把这些模式在我们中甚至单纯的人心里复制出来。我用“恶魔般”的这个词，是字面意义：在此书中，有完全属于魔鬼的东西，而且并非民间传说中的半人半羊的农牧神，红皮肤、跳跃走路、头生双角、长尾巴、偶蹄，而是弥尔顿《失乐园》（*Paradise Lost*）中伟岸的撒旦。撒旦在推翻上帝的反叛中失败后，“浑身浴火，倒栽葱”堕落入地狱，但他的傲慢、自负、野心和耀眼的天赋尚在。他说：“心是它自己的领土，在它自己里面/能把天堂变地狱，地狱变天堂。”在可怜的孩子多洛雷斯·黑兹身上，亨伯特延续下去的是耻辱、悲伤和灵魂泯灭。恋童癖诗兴大发，从中吟唱出一曲美丽的悲歌，把孩子纯粹苦难的地狱变成天堂，让读者终生被噩梦萦绕。在心思不定的读者心里，这些极端的混杂状态可能成为贯穿于日常现实中脏污的凄凉阴影。

*

读《洛丽塔》的那个夏天，我满13岁了，大约是小说开始时洛丽塔的年纪。我可不是小仙女，假如世上真有这样的孩子存在的话。我是个严肃、好学、害羞的女孩，尽管那时我已经长得跟成年人一样高了，但在我心里，我还是个孩子，孱弱而紧张得像只母鹿一样。每到夏天，我喜欢爬一颗遭闪电拦腰击倒的柳树。我在树上藏着装满无糖Kool-Aid饮料的水瓶和小马宝莉（My Little Pony）周边旧睡袋。整个夏日，我都躲在这里，在湖边凉爽的绿柳下读书。性是个模糊无言的阴影，存在于我身外，肯定不在我父母或者他们恶心的成年朋友身上。不过，性也许在教学楼那侧裙楼的高中生身上，他们融为一个喧闹翻腾的群体——我很畏惧他们。起初，我被《洛丽塔》震惊了。很快，在我的身体深处，我开始被它搅得心神不宁。等到我读完的时候，这本书让我直面性，甚至把它附着在我身体里。

我四处张望，发现周围都是我的小朋友们的身体。这些女孩穿着茵宝（Umbro）短裤骑自行车，穿着足尖鞋跳芭蕾，偷用阿姨的闪亮唇彩，在朋友家过夜时看着《公主新娘》（*The Princess Bride*）掉眼泪。在我眼中，这些半大的女孩成了未引爆的炸弹，等着男性欲望来点燃她们的导火索。

如今，我已人到中年，毫无危险。我想强调，年少时的我们对自己的新身份怯生生的，并没有真的力量；但感觉自己是受关注的对象可以产生拥有力量的假象。毕竟，关注可以带来价值，吸引力也可以带来价值。可能在此之前，男人就已经带着欲望看我们了，但我没有注意到或感知到他们对我身体的关注。现在我注意到了。现在我总感到奇怪，比如，每当我和我照看的小孩的父亲单独在车里时，或身着泳衣从水里出来时——尽管我一直是个游泳健将，我都感知到了男人投射在我身上的眼神。这种关注的热度和重量让我心生恐惧。老实讲，我也有点儿喜欢，我渴望他们的眼神、他们的热量、他们猛地吸一口气的声音。

也许更麻烦的是，在我的身体通过《洛丽塔》对性觉醒的时候，我对身边害羞地向我表现出兴趣的同龄男生不来电。反而，我把自己不确定的饥饿转向比我大但比我父母小的年长男性：演员、模特和海明威24岁时拍的护照照片［这是我从《纽约时报书评》（*The New York Times Book Review*）上撕下来的］。绝非偶然的是，每当我想起他的小说时，这张在我童年时的卧室里凝视着我的脸就变成了亨伯特·亨伯特的脸。海明威阴沉的怒视依然和我脑海中恋童癖杀人犯一模一样。对我来说，这确实以诡异的方式给海明威的作品抹上别样的色彩。因为这个病态的联想，且完全不是他的错，我发觉我已经不再喜爱哪怕他最好的作品了。

我想说，在洛丽塔的年纪读《洛丽塔》最大的不良影响是，成年男人对年轻女孩的欲望深入我的骨髓，甚至成了真理。这种回应的欲望被点燃，不是出于渴望，而是出于某种逻辑上的互惠。在我此后的人生里，这种欲望从我内心深处表露出来，成为我最深层的情欲语言之一。我在自己的作品中无意识地大量复制了这种语言。

比如，在我第一本完成的小说稿中（我永远不会出版它），某一天，一个少女一觉醒来，没了嘴也没了手。她和母亲的男朋友，一个30多岁的男人，展开了一段秘密的性关系。

在我第二本完成的小说稿中（另一本永远不会出版的书），

我把哲学家阿贝拉尔（Abélard）和埃洛伊兹（Héloïse）的故事改写成现代爱情故事。有点不可思议的是，故事发生在山达基教（Scientology）的一栋摩天大楼里。女孩14岁，男人30岁，他起初是她的老师，后来摇身一变成了她的情人。

我抛弃了这些学徒小说，因为它们就该被放弃。我写了另外两本书，也放弃了。接着，我去读研究生，开始写短篇小说。在我作为创意写作学生的第一次工作坊上，我写下了第一篇被接受发表的故事，《L.德巴和阿列特》（*L. DeBard and Aliette*）。我再次使用了阿贝拉尔和埃洛伊兹的传说。这一次，女孩16岁，她的双腿因为小儿麻痹症而变得很虚弱。女孩的父亲聘请了一位家庭教师教她游泳，以此锻炼她的体魄，好让她完全康复。时间是1918年流感大流行。虽然这个前提有些拙劣，但它支棱了起来，构成了一个故事——以一种在此之前我的其他故事从未达到过的方式。

我是这样描写两位主人公在泳池里的第一次性接触的：

> 阿列特的脸颊变得胖乎乎的。她的腿部恢复了许多肌肉。到五月份，L.被身体接触逼疯了：腿滑过腿，手臂滑过膝盖，脚丝绸般滑过他的肩膀。每次出来见她之前，他都把自己浸泡在冷水浴缸里，像匹赛马一样。
>
> 他们的调情悄悄进行。天窗外黎明变得粉红，L.把阿列特的手臂举出水面，为她展示效率最高的划水角度。他的身躯拂过她的身躯，然后停留下来。他看了一眼在打瞌睡的罗莎琳德（Rosalind）。然后他把阿列特从水里举起来，抱

着她走进男更衣室。

她站在那里，背靠在光滑的瓷砖墙上，微微颤抖着。他把她的泳衣从肩膀上褪下来，一直到底。对其他人来说，她可能是个瘦骨嶙峋，看起来有点野性的小姑娘，但他看到的是心形的嘴唇、脖子上轻轻跳动的脉搏，以及她大胆袒露自己身体的样子。她的双臂下垂，掌心向外，看着他。他弯腰吻她。她散发着氯、丁香花和热牛奶的味道。他举起她，把她抵在墙上。

这是我发表的第一篇故事，是《大西洋月刊》(*The Atlantic*) 的C.迈克·柯蒂斯 (C. Michael Curtis) 从自荐稿件堆里挑出来的。收到电子邮件的时候，我正在佛蒙特工作室中心 (Vermont Studio Center) 驻留创作。5月还很冷，空气因积雪融化而湿漉漉的。我把故事打印出来，紧握在手里，走去河边一个人待着。我盯着河水，白色的激流从堤坝倾泻而下，直到在我眼里一切变得模糊。出于惊讶和宽慰，我哭了很长一段时间。故事被接受，意味着我在写作时不再孤单。多年来，我每天黎明时分便起床创作，凭着纯粹的固执和没来由的希望。如今，我的希望有了理由。因为一位受人尊敬的重要人物告诉我继续写下去。我足足等了一整年，故事才在杂志的2006年夏季期见刊。不过，等到见刊时，许多经纪人联系了我，我最终为我的创作找到了一位可亲可爱的“助产士”。这篇故事入选了当年的《美国最佳短篇小说》(*The Best American Short Stories*)。很长一段时间里，这是最令我感到自豪的作品。它开启了我的创作事业。

但是现在，在故事完成创作的15年之后，我再也读不下去了。哪怕只是想起，我都感觉不适。我明白，这个故事造成了大大的麻烦：一个成年男人和被付给他照顾的孩子发生性关系，竟然没有任何道德上的不良后果。现在的我不能，也永远不愿意写这样一个故事了。

事实上，所有我发表过的作品都让我心有所愧：我不再是写下这些文字流传于世的那个人了。随着年岁增长，我的思想境界增长了。而无论好坏，作家就是在公众视野中慢慢发展自己灵魂的人。进化可能会十分痛苦。一路上失去很多。然而，我对这篇故事感到的羞愧不仅来自我在2005年和2020年之间思维方式的差距。我的羞愧在于，我如此漫不经心地，不假思索地，向大千世界进一步扩散把年轻女孩性感化的想法、形象和文字。我采用了一种异常古怪的男性凝视，把它转化为我自己的创作，然后不加质疑地到处乱抹。通过我这16年里创作的小说，我把那些黑暗的孢子传播到世上更遥远的地方。假如我在故事里赋予女孩和男人之间不平衡的性爱以道德顾虑，假如我让读者停下来思考我叙事中的伦理，就像《洛丽塔》所做的一样，那我的故事还没那么糟糕。但当时，我涉世未深，还不成熟，做不到这样。我让性只停留在了情欲。这是篇失败的小说。

*

当我充满羞愧再读《洛丽塔》时，我清楚看见了纳博科夫引诱读者的方式。

删掉上面那句话：远比引诱更黑暗，小说的目的是培养我们。在引言部分，小说别有用心，把亨伯特的癖好设定为并非不寻常。书中以多种方式自信地说明，他的癖好几乎是过于普通。

明面上，叙事的实质内容是一个犯了谋杀罪等待受审的男人的自白。他死后，编辑小约翰·雷博士，用他的学术权威，把恋童癖的恐怖变得冷酷而客观。他发了一则说明："至少有12%的美国成年男性——根据布兰奇·施瓦茨曼（Blanche Schwarzmann）博士'保守'的计算（……）每年都会以各种方法享受"恋童癖的**"特别经历"**（此处是我愤慨地强调）。这位妄自尊大的编辑甚至援引文学先例，引用了"1933年12月6日尊敬的约翰·M.乌尔西（John M. Woolsey）大法官呈递的一份关于另外一部更为直露的书的不朽的判决"。不用查也知道，案例指的是詹姆斯·乔伊斯在"美国诉《尤利西斯》一书"的淫秽案（United States v. One Book Called *Ulysses*）中胜诉。可以说，《尤利西斯》在语言应用方面更加亵渎神明，但肯定不会比《洛丽塔》更直言不讳。然而，雷博士那枯萎的学术自信可能让我们心里接受了一个假定：乔伊斯的小说更骇人听闻。它并不是。

亨伯特的文本内，不断提到文学先驱：有疯狂糟糕的拜伦（Byron），认识他就会有危险，他为12岁的姑娘写相思成疾的情诗（《雅典少女，在我们分别之前》*Maid of Athens，ere we part*）。拜伦引诱了玛丽·雪莱（Mary Shelley）的继妹，未成年的克莱尔·克莱蒙（Claire Clairmont），并让她有了身孕。《洛丽塔》还提到但丁（Dante）。他遇到了闪耀一生的缪斯女神，小姑娘贝缇丽彩·坡提纳里（Beatrice

Portinari)，当时两人都仅有9岁。但大体上，在这几页书上笼罩着的是爱伦·坡（Edgar Allan Poe）的影响，就像一脸阴沉的月亮。坡娶表妹弗吉尼亚（Virginia）时她才13岁。在亨伯特的故事中，坡在精彩的开篇就展露出来了："事实上，可能根本就没有什么洛丽塔，要不是我在一年夏天曾爱上了一个女童，在海边一片王子的领地。"坡的诗《安娜贝尔·李》（*Annabel Lee*）的第一节是这样写的：

许多许多年以前，
在海边的一个王国，
那里住着一个少女，你也许认识，
她名唤安娜贝尔·李；
这个少女活着不做他想，
除了爱我和被我爱。

亨伯特·亨伯特欣喜若狂地继续描述他青春期前受挫的初恋。他在少年时没能占有他的安娜贝尔，她因斑疹伤寒夭折了。他说，这场挫败在他心里播下了日后对其他少女的渴望的种子。

理由准备好了，亨伯特才小心暗示，他的病也许是遗传的，因此错并不在他身上：我们早就发现他父亲在1923年和"R夫人及她的女儿去意大利旅行了"。在如今已经敏感了的读者耳中，年轻女儿这个细节简直是当头一棒。我们可以想象，在这个素未谋面的女儿身上会发生多么可怕的事。看完《洛丽塔》，似乎没有年轻姑娘能幸免于性捕食者。

出于文学创作的诚意，以及恋童癖在病理学上被证明了是普遍存在的——也许只是小说这么虚构而已，亨伯特·亨伯特的罪恶也就在祖辈和文学大家们同样的癖好之下显得不那么可怕了。事已至此，我们读者已被养熟，可以任其采摘了。

而且，这是多么完美的引诱啊。弗拉基米尔·纳博科夫的所有作品最大的魅力是，他的行文给人一种感官上的狂欢，每一句话都给读者带来震惊，略微古怪的形容词，以及强有力、扣人心弦的音乐节奏：

> 洛丽塔，我生命之光，我欲念之火。我的罪恶，我的灵魂。洛—丽—塔：舌尖向上，分三步，从上颚往下轻轻落在牙齿上。洛。丽。塔。

在任意一页上，读者都能发现并爱上这种恶魔般的音乐：

> （……）一个惬意的紫红色棉垫羞答答罩在马桶盖上（……）

> （……）她是我的，她是我的，钥匙在我的手中，我的手在我的兜里，她是我的（……）

> （……）很快，融解发生了，一切都豁然洞开，都变成了贯穿这本回忆录中我编织的所有枝杈图案，目的就是让成熟了的果子在适当的时候坠落下来（……）

正是纳博科夫迫切的美，这种嬉闹，推着我们走过书中充满巨大道德痛苦的时刻。比如，亨伯特谈到在沙发上用洛丽塔充满活力的双腿手淫的时光。他露骨地描述第一次奸污她。还有，他幻想与她第一次交媾时令人作呕的一连串片段：一片湖、“在花的火焰中一定有座凉亭”，“一只老虎追逐一只天国的鸟儿，令人窒息的蛇缠绕住小猪剥了皮的躯干”。最恶劣的是，我们瞥见洛丽塔静静地哭泣，还有她在绝望面前表现出的勇敢。

为了让小说在结尾时不像开头预示的那样骇人听闻，纳博科夫知道在恰到好处的时候扭转故事走向，以表明本书从来都不像其表面看起来的那么粗鄙。其中有一个诗意**转折**（volta）：克莱尔·奎尔蒂把洛丽塔从亨伯特身边偷走，而亨伯特杀了他报仇。通过这个转折，小说坚称其一直以来苦苦思索的是道德。奎尔蒂已被揭露出远比亨伯特更堕落，更邪恶。亨伯特“仅”侵犯了一个孩子，而不是许多孩子。谋杀奎尔蒂使主人公亨伯特的形象相比之下变得光辉起来。通过谋杀了远比自己更邪恶的魔鬼，叙述者亨伯特最后落得个精神错乱，疾病缠身，锒铛入狱。他的结局如此悲惨，倒让他看上去似乎成了受难的天使了。到这里我们明白了，这是在为罪孽赎罪啊：他承认了自己真正谋杀的是洛丽塔的灵魂。

任何读者都很难不对这种悲恸的忏悔感到惊奇和感动。任何一位作家同样无法不感觉到，自己仿佛在观看一个作家在走钢索，在狂风中，在松弛的钢丝上，穿过大峡谷（Grand Canyon）。

在承受这两种艰巨的感触之时，一种更微妙的感触可能会在不知不觉中产生。人们也许（人们常常这样）看完《洛丽塔》后有了新视角：成年男性对小姑娘有性的欲望，不仅仅是罕见的变态，更是对世界本就如此的证实。在这种对现实的黯淡想象中，我们自然而然地以为，因为太年幼而不了解自己的性的女孩，就应该是成年男性欲望的对象。读者可能会被这种假设所感染——年轻女孩的性和性感化既值得深表遗憾，同时也是人类关系的自然状态。

然而，这种理解大错特错。青春期的身体不适合生育。事实上，青春期女孩因生孩子而死亡的概率是年长女性的两倍。在避孕普及的时代，我们能够，也应该把性与生育分开。一个女孩发育到了性成熟阶段，并不一定意味着她已经准备好生育了。去假定年轻女孩的性成熟是在做一种社会假定。她们也许心理准备好了发生性行为，但这在生物学上并不是绝对的真理。

这是一个重要的区别。性习俗一直都是社会根深蒂固的权力差异默认的规定。不管女性主义者们付出多少血汗，经过多年的艰苦斗争，取得了什么收获，不管她们的力量如何在遭受反复削弱后一次又一次地崛起，这些社会规范描述了我们想象力所受到的限制，有时还会把这些限制强加给我们。我们全都生活在父权制之内。我们生于斯长于斯，除非我们选择活在分裂主义的女同性恋乌托邦中，但即便那样，我们有可能也还得在父权制的利刃下挣扎。父权制系统本就是设计来压迫年轻女孩的。在这些系统内，她永远不会拥有觊觎她的成年男性下意识就能行使的权力。在洛丽塔失去了母亲的情况下，与她这个年龄的孩子发生性关系极其明显是错误的。但进一步说，洛丽塔死于分娩时才17岁，即使是和这个年龄的女孩发生性关系，一个成年男子也将永远占据上风。不管他做何自我辩解，无论他怎么强调女孩的性同意或她自己的性欲，因为他们之间权力的差别，他永远都是在进行某种形式的虐待。

如《洛丽塔》这样影响力大又普及的小说无意间产生了一个副作用：未成年女性的身体被色情化，变得十分正常。这恰恰是发生在我身上的事。

*

就像所有经典一样，你在人生不同阶段阅读《洛丽塔》，其意义会随之改变。在过去的许多年里，我至少每年会重读一遍这本既绝妙又糟糕的书。13岁时，我在这个女孩的性觉醒中看到了自己。20岁时，我看到了恋童癖者的道德沦丧和他的灵魂里的深渊，对他有了某种谨慎的理解。30岁时，我已为人母，我在洛丽塔的妈妈身上看到了自己，可怜的被误解的夏洛特·黑兹，还有在小说中心的小姑娘身上的可怕经历产生的回响。但尽管如此，直到最近，我才正视自己参与其中的实质。

我爱《洛丽塔》。在内心深处，我责怪《洛丽塔》糟糕的性叙事使我堕落。我怪这本书，它如此圆滑地将年轻女孩色情化，以至于这种错误的性爱偷偷地潜入了我的精神世界，在我不理解的情况下进入了我的身体，我被感染了超过25年。对于年少无知的我来说，这本书曾经是令人叹为观止的新天堂。如今，长大成人之后，我方才看清它实际上是地狱。在性感化年轻女孩这场大流行瘟疫中，这书并不是真正的零号病人。正如小说仔细展示的那样，它建立在前人的基础上。尽管如此，它可能是最高效的疾病传播媒介。纳博科夫最光辉的创造既是真正伟大的天才之作，又是剧毒之物——在黑暗里起作用，暗中伤害别人。没有想象力的人也许会认为，它最恶毒的效果是导致邪恶的男人证明自己戕害儿童是正当的。事实上，大错可能已经铸成。即使只有一个孩子因其所害，也必须解决这个道德阴影。我审视自己的灵魂，我想大声呼喊：**等一下，这本书糟糕的病态影响远不止于此。**我要检举自己，我有罪，我罪孽深重。传播黑暗不仅仅被推诿降低为此书最坏的含义，还有读完书后感觉他们最卑鄙的冲动得到解放的男人。更诡谲的真相是，女性也能够而且确实被此书感染，即便如我这样的女性主义者也不能幸免。我把年轻女孩的性当作理所当然，我还通过自己的作品向全世界传播。在书中更深层次的邪恶上，我也是同谋。我必须赎罪。

*

我问自己：该如何赎罪呢？

比如，抵制那些被证明了是腐败的原型。

比如，抵制所有把我们捆绑在错误的世界概念的原型。

比如，理解原型的存在完全是为了阻止我们质疑父权制，以及父权制建立起来延续自身的权力制度。

比如，通过熟练使用最有诱惑力的工具从内部引爆父权制，通过叙事：能点燃和焚毁事物的叙事，能质疑假定事实的叙事，能起舞和愤怒的叙事，能勾勒出限制我们理解我们在这个世界上所处的位置的叙事，有助于突破这些限制的叙事。

赎罪是很难完成的，也许是不可能完成的任务。今天早上，我从食品店回来时看到了我朋友的女儿。这个爱笑的孩子冰雪聪明，她喜欢光着脚到处跑，沉迷于机器人学和烤饼干。这个温柔的可人儿，无论是天生的性，还是强加的性，都还没有向她伸出阴暗的触手。当我看着这个9岁的女孩和她的狗在院子里玩儿的时候，我知道，如果我不尝试去赎罪，我无法原谅自己。

1 此标题原文为拉丁语《Delectatio Morosa》，在基督教神学中，指沉醉在罪恶的想象中获得乐趣，通常指淫欲的想象。于晓丹翻译为“贪恋不舍的快乐”，似乎失去了这个表达的本意。主万注释为“修道士用语，愁闷的乐趣”（67页）。国内还有人翻译为“罪之乐感”或者“拘泥的快乐”。此处，我暂且翻译为“罪念之乐”，因为这种快乐主要来自于思想而不是行动。——译注

摩根·杰金斯
Morgan Jerkins

《洛丽塔》与我

我现在作为一个了解了一些女性运动的人思考《洛丽塔》，发现自己曾经十分无知。过去的我，像个小孩一样，完全没有意识到洛丽塔也是个受害者。我在想，我之所以被《洛丽塔》吸引，是不是因为从某种程度上来说，我一直是某个男性的受害者？以及在潜意识的层面，我的身体和心灵都意识到了这一点？如果有朝一日我在课堂上教《洛丽塔》，我学生的反应和解读会和当年17岁的我有什么不一样？这无关对错，但我忍不住会想，《洛丽塔》一直在我脑海里，是否因为我的心里还残存着一些没有处理好的情绪？但我拒绝内疚，我拒绝内疚和羞耻，因为我知道这两种情感不是发自我内心的。即使它们是发自内心的，那也是因为外力而产生的：是因为这个“文明”人的世界。我不怪罪自己，我控诉整个人类。《洛丽塔》也控诉整个文明世界。这样做是不是太简单粗暴了？这是不是我在固执己见地为自己辩护？我永远不会有最终答案，而这种开放性贯穿了我所有的阅读体验。有的作品使我仿佛在同样的山丘上年复一年地跋涉。正是这些作品中的间隙和模糊，让我久久不能释怀，并与这些作家产生联结。

*

我第一次读《洛丽塔》是在一门预修大学英文课上。我终于从老师列的书单里找到了一本自己感兴趣的书。那一年是我高中的最后一年。之前几年，我一直在读莎士比亚戏剧、《蝇王》（*Lord of the Flies*）、《战争下的和平》（*A Separate Peace*）、《了不起的盖茨比》（*The Great Gatsby*）和《麦田里的守望者》（*The Catcher in the Rye*）。对于能否找到一本书，既让我有共鸣又让我兴奋不已，我已经彻底不抱希望了。然而，当我仔细浏览老师开出的阅读书单时，我立马被洛丽塔这个三音节的词吸引了。我迅速上网搜索，光是书本简介就已经让我心跳加速。**这人是怎么做到出版这么一个故事的？甚至还让它被大肆宣扬？**我对此感到困惑不已。《洛丽塔》激起了我强烈的好奇心。

不得不承认，我并没有被这本小说冒犯到。当时的我，是个17岁的少女，穿D罩杯，丰乳肥臀。自打上初中起，就有很多老男人对我垂涎三尺。对于当时还是少女的我而言，如果能吸引年长的男人，小伙伴们会立马对我燃起嫉妒的熊熊火焰。因为她们还不得不跟同龄的男孩子玩，而这些男孩在我们看来都是不成熟、不值得交往的对象。我和我的朋友们都想象着，年长的男性会有更多的约会对象可以选择。因此，我们必须拿出自己最成熟的一面，必须性感而妖娆，才能让成熟男性注意到我们。当我读《洛丽塔》的时候，我并没有关注那些宏大的议题——恋童癖、绑架、性虐待和心理虐待——因为我终于有机会能够一头扎进一个对年轻女孩有兴趣的男人的脑袋里了。我想要知道为什么，为什么偏偏是她？为什么这个看起来博学多识、老于世故的男人会对一个小孩一见倾心？我希望在那些书页之间，能够读懂那些年纪大的男人，读懂他们为什么喜欢我，为什么想要占有我？然而，直到读完整本小说，我也没有获得启发。我觉得《洛丽塔》的结尾是充满诗意的：两个人都被毁掉了，一个是被伤害很多次的女孩，还有痴迷这个女孩的男人。我写完了读书报告，拿了个A，然后就高中毕业了，但是我对纳博科夫的兴趣才刚刚开始。

三年后，我去圣彼得堡旅游，继续学习俄语。在参观纳博科夫博物馆时，我了解到纳博科夫的癖好、他早年的生活、他对蝴蝶的研究，以及他的书籍。我看了些纳博科夫的视频，他边走边介绍屋里他的收藏。当走到《洛丽塔》的时候，纳博科夫没有提起这本书所引发的争议。我记得，纳博科夫更强调的，是他在试图出版《洛丽塔》的过程中，遇到了诸多艰难险阻，而不是书中淫荡的内容。当时，我的女权意识才刚刚萌芽，还在学习宏观的性别偏见和性别歧视如何影响个体的人，所以我没多想。我以为，在俄罗斯的语境里，性和爱恋可以用不同的方式解读。在俄语课上看电影时，出现了一个男主角和女仆的性爱情节：他走进她的房间，撕开她的衣服，然后进行了一场激情四射的性爱。有个同学认为这是iznasilovaniye，也就是俄语里的“强奸”，但是老师不同意。老师认为不能这样下定论，当时场面有些尴尬。因为这是一门高阶俄语课程，我们不能和老师争论。在这堂课上，我们用俄语讨论莱蒙托夫（Lermontov）和布罗茨基（Brodsky）。那时候#MeToo还没有出现，我们还没有讨论过什么是真正的性同意。当我回想那个性爱（强奸）戏时，当我读纳博科夫和重新思考《洛丽塔》时，我都试图给自己找借口：我当时还年轻。男性色胆包天、为所欲为，我既做不到视而不见，也说不清为什么。对于喜欢纳博科夫和《洛丽塔》这一点，我并不感到羞耻。实际上，我觉得纳博科夫和《洛丽塔》是我个人生活以及学术生涯中不可或缺的一部分。

*

你可以想象，几年后我有多么惊讶。2019年之后，一些女性运动兴起，我看到有人在推特（Twitter）上提议《洛丽塔》应该**被禁**。我觉得自己该有所行动，于是我发文说这样的提议是愚蠢的，但当我私下里越解释，我越觉得自己听起来就像一个保守的白人男性：**动不动就禁止这种做法已经矫枉过正了！这种政治正确是反智的，是在禁止文化发声！**

我冷静下来重新思考，一个问题浮现了：如果学校、图书馆、监狱或其他地方都禁了《洛丽塔》，这对我们的文化有什么好处？恋童癖和痴迷青少年的人就在我们身边，有些甚至就住在我们的公寓楼里，或是跟我们在同一个街区。成年人强奸未达到性同意年龄的人，属于联邦犯罪[1]。暴力强奸案中，有三分之一的受害者是未成年人。然而，仍然有很多年轻的女孩幻想着和年长的男性在一起。14岁的追星族女孩想和70年代的传奇摇滚明星上床。未成年女性被招募去最时髦的夜店参加富人们的派对。

我越辩解，越发现《洛丽塔》与我们这个时代息息相关。

单单是纽约市文联考虑禁了《洛丽塔》这一点，已经说明《洛丽塔》在几十年后的今天仍然屹立不倒。

*

1964年1月，《花花公子》访谈纳博科夫。阿尔文·托夫勒（Alvin Toffler）问纳博科夫：有没有后悔写了《洛丽塔》？纳博科夫回答说："不，我永远都不后悔。她就像是一个美丽的谜——谜面和谜底互为镜像，交相辉映。"评论家们相信，纳博科夫十分痴迷年轻女孩。对此，纳博科夫嗤之以鼻，说这是强加给他莫须有的道德污点。纳博科夫根本不认识任何12岁的美国女孩。纳博科夫希望，《洛丽塔》留存于世，是因为文学价值而不是耸人听闻。纳博科夫认为，《洛丽塔》是"一本带着严肃目的的严肃书籍"。我忍不住自问，到底**是什么目的呢**？纳博科夫听起来闪烁其词，好像故意要含糊不清。

对此我又做了一些研究。有些人认为，纳博科夫创作《洛丽塔》的灵感来源于刘易斯·卡罗尔和查理·卓别林（Charlie Chaplin），两人都和年轻女孩约会，或是来源于一个相同题目的德国故事，又或者是一个50岁男人绑架了一个11岁女孩的真实故事。尽管众说纷纭，纳博科夫声称，他的创作灵感来自于一个关在笼子里的大猩猩。当这个大猩猩被提供了一支笔的时候，它画了自己所身处笼子的轮廓。纳博科夫说："我的大猩猩亨伯特·亨伯特，做的也是一样的事情。他在描摹自己的牢笼，画上阴影，然后擦掉它，一遍遍地画这个挡在他和凡人众生之间的牢笼。”我觉得，纳博科夫把亨伯特·亨伯特看成一个被囚禁的动物很有意思，就好像亨伯特是被迫地进入了一个牢笼，而这个牢笼隔开了他和我们。对于男性来说，哪怕是在雷达监视之下，哪怕是光天化日之下，他们也总能挑战底线，整个社会也容许他们这么做，因为男性享有特权。

男性越界的典型，我们已经见怪不怪了，通常他们也都是自恋狂:《罪与罚》里的拉斯柯尔尼科夫、《麦田里的守望者》里的霍尔顿·考尔菲德（Holden Caulfiled）以及《洛丽塔》中的亨伯特·亨伯特。拉斯柯尔尼科夫是个谋杀犯，霍尔顿·考尔菲德是个有着严重情绪问题的年轻人，而亨伯特·亨伯特是个恋童癖。不管他们的文学独白有多么长，我从来不觉得这些男人有什么特别之处。恰恰相反，我惊讶于，他们能够靠着自己的男性特权侥幸逃脱，逍遥法外。我也惊讶于，他们的创造者能够把这些让人难忘的角色留在世界文学经典里。

在俄语中，罪犯被称为perestypnik。pere的意思是越界，而罪犯就是越界的人，他们越过了某一条特定的线。亨伯特·亨伯特之所以能长时间逃脱他对洛丽塔犯下的罪行，不仅仅是因为他“看起来”像个守法公民，同时也是因为男性总是去试探或故意越过界限，且他们往往并不会因此受到惩罚。对于白人男性，尤其是大城市里时髦的、有吸引力的那种来说，他们奇怪的动作、癖好和异常的行为，常常会被解读为只是无伤大雅的小怪癖而已。白人男性被认为可以有小怪癖。人们默认白人男性遵纪守法，人畜无害。有色人种的男性，从来不会享受到这种宽容和照顾。亨伯特·亨伯特自以为与众不同，但他的行为其实和他数不清的同辈和前辈们如出一辙。纳博科夫是个语言大师，他并没有说他觉得亨伯特·亨伯特与众不同，而是说亨伯特·亨伯特自己觉得自己与众不同。然而，故事人物和他的创造者能被完全割裂和剥离吗？我们不也一直追问作家、艺术家、音乐家这样的问题吗？

本科时我念比较文学，我的专长之一是19世纪俄罗斯文学。我梦想着，能在讲台上比较俄罗斯文学和非裔美国文学，侃侃而谈。我可以谈论出版业的多样性，以及作为一个黑人女性如何寻求突破。我也同样够格去讨论俄罗斯作家，而且那并不只是我故事的一个注脚，但我该如何处理这两个事实——《洛丽塔》这本书是必要的，但书中主角的行为可鄙之极；我作为一个黑人女性仍然难以在公共领域占有一席之地。

《洛丽塔》对于我来说是一个必要的文本，但是对于别的黑人或是棕色肤色女孩来说，也是一个必要的文本吗？我们中的很多人都明白，亨伯特·亨伯特就在我们生活的社区里。我们也知道，一个风度翩翩的男性想要进入我们的家里，是多么地易如反掌。我们是女性，我们被边缘化，因此我们总会感到一种莫名的力量驱使着我们不顾自己地为男性辩驳。正因为在各个社会经济阶层里，男性仍然在肆意地进行性捕食，《洛丽塔》在今天仍然让我们深感共鸣。

我希望，我爱《洛丽塔》只是因为它的语言和文字，但这不是真的。我爱《洛丽塔》，是因为它的勇敢。就像凯特琳·弗拉纳根（Caitlin Flanagan）在《大西洋月刊》上所写的："《洛丽塔》'经久不衰的魅力'在于，它让读者感到恶心之极的同时，却又狂喜极乐。"毫无疑问，这个评论很中肯。读《洛丽塔》时，我们可以暂时卸下

171 道德的责任，但当我们阅读《每日野兽》(*The Daily Beast*)、Jezebel[2]，或是《纽约时报》时，我们会看到洛丽塔的身影。我们可能本来就认识她，甚至我们自己曾经就是她。亨伯特·亨伯特并不是那个被囚禁起来的大猩猩。他只不过是个普通男人，而这一点是最可怕的。

1 美国的法院有联邦和州两个系统，有些犯罪被认为是联邦犯罪（federal crime），必须由联邦法院（federal court）按照联邦刑法来审判、定罪量刑。——译注

2 这是一个女性主义新闻和时评网站的名字。

安德鲁·德布斯三世
Andre Dubus III
《洛丽塔》、法国夏蒙尼，2018

洛丽塔，我生命之光，我欲念之火。2018年6月，在法国阿尔卑斯山区一个别墅的二楼房间里，我躺在床上。几个小时后太阳就要下山了，我起身去到小阳台，远眺石板屋顶，尽头是高高的勃朗峰（Mont Blanc）。山峰的北面被法国最大的冰川所覆盖。因为全球气候变暖，冰盖正在消退。**我的罪恶，我的灵魂。洛—丽—塔：舌尖向上，分三步，从上颚往下轻轻落在牙齿上。洛。丽。塔**。我以前从没去过法国的阿尔卑斯山，我也从没读过弗拉基米尔·纳博科夫的《洛丽塔》。我将在这里待两周，和我的朋友帕姆·休斯顿（Pam Houston）一起办作家研讨会。与我同行的是我的两个儿子，25岁的奥斯汀（Austin）和21岁的伊莱亚斯（Elias）。他们都是很好的年轻人，在很多方面都是——有思想、善良、有趣、有见解、尊重女性，而且他们都是有抱负、有才华的作家。**在早晨，她就是洛，普普通通的洛，穿一只袜子，身高4尺10寸**。我的房间不大，屋顶很低，因为是6月，我把两扇窗户都打开了，好让山上的空气进来。午夜将至，男性的笑声从夏蒙尼（Chamonix）村的某个地方传来。年轻男子们陆续从酒吧里出来。我已不再年轻，明年我就60岁了。**穿上宽松裤时，她是洛拉。在学校里她是多丽**。这个男人声音是亨伯特·亨伯特的，他也不再年轻。他年近40，疯狂迷恋着一个12岁的女孩。我不想再读下去了。事实上，我想杀了他。

我为什么要读《洛丽塔》？不久前的一个冬夜，一群作家朋友们聚在我家，壁炉里橡木在燃烧，我们喝着威士忌。一个朋友说："都别装模作样了。我们都坦白吧，至少说出两本自己从没读过的经典小说吧。轮流来。”房间里五六个人，有男有女，其中大部分都已经出过书，主要是小说。我们开始坦白：托尔斯泰（Tolstoy）的《战争与和平》（*War and Peace*）、福克纳（Faulkner）的《喧哗与骚动》（*The Sound and the Fury*），薇拉·凯瑟（Willa Cather）的《我的安东尼亚》（*My Ántonia*），托尼·莫里森（Toni Morrison）的《宠儿》（*Beloved*），甚至还有J.D.塞林格（J.D. Salinger）的《麦田里的守望者》。轮到我时，我说：“刚刚前面说的有些我恐怕也没读过，还有——我不知道——《洛丽塔》？”

“你没读过《洛丽塔》？”坐在我右手边的朋友问道。他比我大10岁，写过很多书，比我聪明很多。他接着说道，每个作家都应该读读纳博科夫的大作，如果没读过就不能说自己是个作家。我之前也听过类似的说法，尤其是托尔斯泰的《战争与和平》。作家的任务，一半是写作，一半是让自己去读这些名著。我完全赞同这个观点，就像索尔·贝娄（Saul Bellow）的那句名言：“作家就是一个被激励着去效仿的读者。”

我之所以把《洛丽塔》带来欧洲，可能还有一些其他原因。几个月前，我把我的新书《久别离》（*Gone So Long*）的稿子交给了出版社。这本小说花了我整整五年，不过这对我来说没什么特别的。不同寻常的是，这本书从我身上带走了很多东西，不是作为一个作家，而是作为一个人，尤其是作为一个男人。

10年前，我正在写一个剧本，以马萨诸塞州监狱为背景。为了调研，我得访谈一个曾坐过牢的人。当时，我不知道他犯了什么罪。我们在餐厅里一起吃午饭，他60多岁，头发花白。因为从事园林绿化为生，他看起来精瘦而健康。他人很热情，也很细心。每次女服务员来给我们倒咖啡时，他都表现得彬彬有礼。我们一起度过了两个小时，席间他给我分享了很多有用的信息。我感觉，他是一个很好的伙伴，我甚至觉得自己交了一个新朋友。采访结束后，他要回去继续工作，我在付账时忍不住说："我知道我也许不该问：**你**为什么坐了15年的牢？"

他直勾勾地看着我："噢，我捅死了我的妻子。"

我如鲠在喉，脸开始发烫。我转移视线，假装在整理钞票。那一刻，我唯一想做的，就是尽可能地远离这个人渣。然而，我发现自己无法抹去刚刚和他吃饭这段既有趣又友好的经历。我不能否认，我还**喜欢**他。我的沉默显得过于明显了，于是我赶紧补充："你有孩子吗？"

"有，但他们都不想见我。"

在接下来的几个月里，当我去杂货铺买东西时，当我在锻炼身体时，当我在开车去上课的路上时，我脑子里总会出现一个60多岁的男人。在离大西洋不远的一个房子的后院里，这个男人沐浴在阳光下，用藤条编椅子。他看起来充满了孤独和懊悔。我知道，不管我写不写，这个角色已经进入了我的心里。这个故事也会在我的脑海里一直盘旋。我想起布莱兹·帕斯卡（Blaise Pascal）的一句话："任何只为取悦作者自己的写作都是没有价值的。"我该开始干活了。

正式签名时她是多洛雷斯。可在我的怀里，她永远是洛丽塔。我听到我的两个儿子走进来，他们笑着低声说话。一天的旅途之后，我们一起在当地的健身房里锻炼，一起读书和写作。之后，我们和帕姆以及一些参加工作坊的人一起去阿尔卑斯山徒步。晚上，奥斯汀和伊莱亚斯出去喝了几杯啤酒，然后他们回到各自的房间上床看书了。纳博科夫的叙述者告诉我们，这个年轻的洛丽塔有个“前身”，她是一个“女童”。我才读到第一章的第一页，我不知道我还能坚持多久。

我是由一个单亲妈妈抚养长大的。小时候，我们生活在一个死气沉沉的磨坊小镇，各种麻烦找上门来。我经常看到成年男人当街就朝女人的脸挥拳头。我也经常听到女性被强奸的惨叫声。我姐姐19岁时被两个男人用刀威胁着强奸了。这两个人一直没被抓。

我妈妈带着我们四个孩子经常搬家。有一次我们甚至一年内搬了三次家，只为了房租能更便宜。以前的我戴副眼镜，很瘦弱，常被人打。到我15岁那一年，我开始还手和反击。我练举重，锻炼体格。从今往后，我要行侠仗义。每到周末晚上，我都会去酒吧或者家庭聚会。我知道过不了多久，就能看到男人打自己的妻子或女朋友。男人会抓住女人的头发，骂骂咧咧，唾沫星子都喷到她的脸上。这时候，我就会插手帮助她们。从15岁一直到我20多岁，我经常这么干。

你总可以指望一名杀人犯写出一手妙文。

陪审团的女士们、先生们，第一件证物正是被六翼天使，那个误传的、简单的、羽翼高贵的六翼天使所嫉妒的。且看这段纠缠不清的痛苦心史吧。

“纠缠不清的痛苦心史”？多好的用词。几乎可以完美概括成年人的各种麻烦。我怎么能不继续读下去？这不就是我把这本小说带到法国的原因吗？我知道，纳博科夫把一个恋童癖人性化了，而我也花了五年时间把一个杀妻犯人性化了。我继续读下去。

叙述者亨伯特·亨伯特开始讲述自己的童年。1910年，他出生于巴黎。他回忆起在他父亲的里维埃拉豪华酒店的时光，还有安娜贝尔——“最初的女孩”。亨伯特认为，安娜贝尔导致了他对“小仙女”——9到14岁的“少女”——疯狂迷恋。我们发现，堕落的讲述者是“在监视下写作的”，而且他可能已经被囚禁了。紧接着，在第四章节的开头，亨伯特告诉我们：

> 我一次又一次翻看我这些悲伤的记忆，不住自问，是否在那个遥远夏天的光辉中，我生命的罅隙就已经开始；或者对那孩子的过度欲望只是我与生俱来的奇癖的首次显示？当我努力分析自己的欲念、动机、行为和一切时，我便沉湎于一种追溯往事的幻想，这种幻想变化多端，却培养了分析的天赋，并且在我对过去发狂的复杂期望中，引起每一条想象的道路分岔再分岔，没有穷尽。

我们知道，这个男人是在监视之下写作的。我们也知道，他的记忆给他提供了“无限的选择”。他是一个多可靠的叙述者呢？很快地，纳博科夫用十多页的篇幅和华丽的辞藻，塑造了一个我们并不能完全相信的讲述者。他的叙述真真假假，想象和真实交叠，但我们却愿意卸下心防，心甘情愿地一起体验这个恋女童癖的冒险。也许，他其实没那么变态？或者，他真的病得不轻？

让我们都彬彬有礼，循规蹈矩吧。亨伯特·亨伯特很努力地做个好人。真的，他努力了。时间不早了。明天早上写作工作坊要开始了。有12个来自欧洲和美洲的学生，其中还有我的两个儿子。我标注了页码，合上《洛丽塔》，关上台灯。不一会儿，徐徐微风吹来冰海融化的味道，我渐入梦乡。

*

威廉·福克纳晚年时说过：作家创作文学作品，需要的不是才华，而是好奇心。我花了很多年才明白这一点。年轻时，我总像在大学里写文章一样，用力过猛，总想写出一些看起来特别符合逻辑的东西。我太想让自己像个作家了，太想显得自己很聪明很博学。

直到我的第一个短篇故事出版之后，我才有所突破。那个故事叫作《分叉》(*Forky*)。故事是从一个罪犯的视角写的。坐了七年牢之后，这个男人要和一个女人约会了。当时，我住在科罗拉多州的博尔德。我工作的地方，是监狱为即将刑满释放的成年重罪犯准备的过渡机构。有个囚犯获得了可以外出一晚上的优待。他打算约他在工作中遇到的女人一起共进晚餐。我注视着这个人出门前的举动。他至少比我大20岁，前前后后换了三套衬衫，把头发梳好后又换成另外一种样子，抹了两种味道相冲的古龙水。从他的档案中，我得知他曾参加持枪抢劫，并为此坐了很长时间的牢。

他似乎很需要人人都害怕他。如果能逃脱惩罚，他还会继续霸道横行。然而，那天晚上，我看到他那么紧张，我对他的看法似乎改变了一点点。后来，我发现自己对他的那次约会充满了好奇，以至于我在自己的短篇故事里虚构了一个约会。我只用了四周的时间就写完了那个故事。

很多年后，我读到欧内斯特·海明威（Ernest Hemingway）写给他著名的编辑麦克斯韦·帕金斯（Maxwell Perkins）的一封信里的话："作家的工作不是评判，而是去理解。"海明威的意思，并不是说作家要在日常生活中比别人更少下判断，而是说当作家坐在书桌前、拿起纸和笔时，最好不要对别人指手画脚、妄下评断。这么多年来，我慢慢领悟了这其中的道理。当我苦于没法把小说或故事里的角色写活时，多半是因为我在无意识或潜意识里，仍然在评判这个人物，而我对他根本没有足够深入的了解。更糟的情况是，我以为自己已经看明白了，或者因为我不喜欢他，就完全不愿尝试着去充分地了解这个复杂的人物。

1999年，我出版了小说《沙雾之屋》（*House of Sand and Fog*）。其中有个主角是个退役的伊朗上校，名叫马苏德·阿米尔·本哈尼（Massoud Amir Behrani）。故事是从马苏德的视角展开的，但过了好几周的时间，我仍然找不到感觉，无法从他的视角去讲述。我试着描述马苏德，描述他的行为和他的内心世界。我分别尝试了用过去时和现在时从第三人称进行主观叙述。这两种写法我都非常熟练，但是感觉还是不对。马苏德这个角色在我笔下显得十分僵硬，一点都不立体，就好像是一个被勉为其难写出来的假人。我一度甚至想烧了我的笔记本，或者干点别的事。

我不记得当时的我有没有想起福克纳所说的好奇心，以及海明威说的不对角色妄下评断。慢慢地，我意识到，我显然是在评判这个人物。为什么会这样呢？可能是因为我知道的太多了。我知道，英国和美国中央情报局都曾在1953年秘密参与推翻伊朗民主选举的首相摩萨台（Mohammad Mosaddegh），主要是因为摩萨台为了伊朗人民的利益，试图把伊朗的石油产业国有化。后来，摩萨台被年轻的礼萨・巴列维（Reza Shah Pahlavi）取代。多年来，巴列维为了保住自己的位置，囚禁和杀害了很多公民。美国完全支持巴列维，甚至还帮助训练萨瓦克（伊朗国家安全情报组织）的秘密警察，教他们如何实施酷刑。作为一个退伍的伊朗上校，马苏德曾在巴列维的手下工作，他的手上肯定沾了不少鲜血。

事实是，我当时对马苏德这个男人是充满好奇的。在我的小说里，这个男人在他自己的国家是一个很有权力的人。如果在另一个国度，他也许就是个无权无势的无名氏了。**那**会是怎样的一番光景？然而，我始终无法释怀他是一个残忍的独裁统治者的共谋。这也导致我对他喜欢不起来。就像之前写持枪抢劫的那个罪犯一样，我不得不把自己完完全全地沉浸在好奇心里。只有这样，这个人物才能不那么非黑即白，而是变得灰色和复杂，也能让我不再憎恨他这个人，而是憎恨他的所作所为。我终于能够——如果不是彻底的好奇心，我没法做到这样——听到这个人物用第一人称现在时对我开口说话了，虽然是一个让我感到不齿的口吻和声音，但我必须在小说中坚持记录下来。

在写作课和作家交流会上，我试图传达的就是上面我说的这种方法（也是我在夏蒙尼的工作坊想要表达的主要观点之一）。如果作者没有放下评判，人物就不会主动现身，更不会对作者开口说话。平时上课以及巡回售书时，常有学生或观众问我："你真的可以放下对**所有人**的评判吗？"

我说，我想要做到如此，但有两种人让我感到很难不去评判。我自己也很难把他们写得好——"虐待女性的男人和恋童癖"。

在夏蒙尼工作坊的第一节课上，我的两个儿子也坐在下面。我最新的小说马上就要出版了。我拿这部小说作为例子去说明，真正地接受一个人物十分困难。我告诉他们，其实我完全不想进入一个杀妻犯的内心。不过在写作时，我对他这个人、他的人性困境和他的"纠缠不清的痛苦心史"充满了好奇。当你发誓要爱一个人，一辈子珍惜她，你和她创造了一个新生命，但你却对她做了最可怕的事情。这一切木已成舟，无法挽回。你仍然爱着那个孩子，那个孩子和你的黑暗面毫无关联，但那个孩子长大后也不想跟你有任何关联，你会怎么样？那会是怎样的感受？

第一天课程结束了。晚上，我躺在床上继续看纳博科夫的《洛丽塔》。我开着窗，山里的风吹进来，外面开始淅淅沥沥地下雨。我听到我儿子们在起居室里谈笑风生，电脑低低地放着音乐。我们又一起度过了丰富和美好的一天。课程结束，我们吃完午饭，三个人都回到房间写作，为明天的工作坊做准备。之后，我们去了健身房，吃了一顿很棒的法餐。现在，我是亨伯特，为了接近她的女儿洛丽塔，年轻的多洛雷斯，我选择住在黑兹夫人的家里。我是亨伯特，我和洛丽塔的妈妈夏洛特结婚了，跟她做爱的时候我还想着她的未成年女儿。我是亨伯特，寻思着把妻子溺死就可以独占洛丽塔了。我，如此可怕。纳博科夫的第一人称叙述者让我这样，他引诱我一步一步走向深渊。他用他文绉绉的、黑色幽默的口吻，不知廉耻、毫无歉意的声音，创造出充满张力的戏剧，而这一切的核心元素就是性。**性**！对一个**孩童**的性。亨伯特那变态的欲望，读起来竟然如此美味而诱人。不过，这不正是捕食者们的**惯用伎俩**吗？他们总是让自己犯的罪看起来好像是天性使然。

我放下书，看向窗外夜空下的勃朗峰。我想到哈维·韦恩斯坦（Harvey Weinstein）。几年前，我在纽约的一个电影首映礼上见过他。那时候，他的丑事还没败露，但我真希望当时我直接往他脸上揍一拳。现在，他被捕了，一些更激动人心的事情也发生了：#MeToo运动崛起，女性纷纷勇敢地讲述自己作为受害者的经历。我对这些女性的悲伤和愤怒感同身受，就像对我姐姐19岁那年被强奸的经历一样，以及其他所有我认识的同样被侵犯的女性。同时，我也很高兴，这些男人的恶行终于被曝光了。就是这样，到此结束。时候**已到**。我相信，清算能够带来某种疗愈。正是在这样的氛围下，我写了一个杀死自己妻子的男人的故事。正是在这样的氛围下，我阅读纳博科夫的《洛丽塔》。

我拿起书，接着读。年轻的洛丽塔去夏令营了，亨伯特垂头丧气。**无用而生硬的梦。两个月的美色，两个月的温柔，将被永远浪费掉，而我束手无策，毫无办法，毫无办法。**我本应也想往亨伯特的脸上揍一拳，但我没有。

儿子们回到他们各自的房间。今年秋天，我的书就要出版了。我想起书里的主角。他没有痴迷年轻女孩，但是他对其他男性妒火中烧，导致他每一刻都想控制他的妻子。最终，他做出了最可怕的事情，但我并没有打他的冲动。为了变成他，我必须收回我的判断。我把自己想象成一个治疗师。面对病人时，我必须收起一切自以为是的判断，病人才会愿意向我倾诉。因为纳博科夫的高超技艺，我已经毫无防备地进入这个对小女孩感兴趣的男人心里。尽管我对亨伯特的性癖好感到恶心，但我已经和他融为一体了。无可否认，我对这个世界的认知也跟着拓宽了。亨伯特控制不了自己，他为此感到羞耻，我也能感受到他的羞耻。虽然亨伯特被谴责和驱逐，但他仍然为自己辩护，我也能感受到他的自我。难道我从来没有在其他情况下，以某种方式，感受过这些吗？就算我没有，艺术不正是要带我们去身临其境地体验从未感受过的境地吗？去领略所谓的“纠缠不清的痛苦心史”吗？

尤多拉·韦尔蒂（Eudora Welty）曾说过：

> 有人曾告诉我，我看起来似乎喜欢我笔下的所有角色。对此，有人赞许，有人批判。我写任何人物都是为了进入另一个人类的思想、心灵和身体。不管男女、老幼、肤色，首要的挑战就是那一跃。我最看重的是一个作家的想象力。

我认同这个观点，所以我在夏蒙尼的工作坊上试图传授的也正是这一“跃”。我鼓励写作者们更深入地进入他们的角色。只有带着一种开放的、真诚的、不评判的好奇心，我们才能做到这一点。在《写作生涯》(*The Writing Life*) 中，安妮·迪拉德 (Annie Dillard) 提出，艺术家最重要的素质之一就是因好奇而产生疑惑。做不到这一点，艺术之路是很难坚持下去的。每天晚上，我都更深入地阅读《洛丽塔》，跟着亨伯特一起追逐他那年少的猎物，直至最终占有。亨伯特常常让我感到不安，而纳博科夫那“进入另一个人类的思想、心灵和身体”的能力也让我叹为观止。正是这样的艺术佳作，我和其他几百万的读者，不管我们主观上想不想，才能够走进亨伯特·亨伯特那痛苦而扭曲的灵魂。在法国阿尔卑斯山别墅的那个房间里，我躺在床上读《洛丽塔》。我逐渐明白为什么我最新的小说从我身上带走这么多东西。韦尔蒂所描述的看似简单，但做起来十分艰难。要拥有真正的同情心和彻底地放下判断，作家必须付出巨大的努力。为了尽可能赤裸而诚实地记录下这一切，作家被要求变成一个纯粹的旁观者，当我们目睹真实的犯罪时，尤其是对孩童的恶行，袖手旁观本身就是一种犯罪。我对此坚信不疑，但在文学中作家应该被允许去想象这样的丑行，不管这会给作者带来多大的情绪消耗和精神负担。

最终，读者也难以幸免，他们也得一起去想象这些经历。然而，这难道不正是我们阅读像《洛丽塔》这样黑暗和痛苦的书籍的**原因**吗？我们阅读这样的书，难道不正是为了能够触及我们灵魂最幽暗的地方，让光线从那里反射出来？也许不一定是恋童癖，但人性复杂，人生漫漫，总会有些疯魔和痴狂被深深压抑、无法表达。一旦我们有了这样的阅读体验，我们就会不禁感慨：自己的日常生活是多么地渺小而平凡！

我不知道纳博科夫写作《洛丽塔》要付出怎样的代价，但当我结束了两周的夏蒙尼的写作工作坊，以及快要读完这部让人抓狂的优秀作品时，作为一个作家和一个教写作的老师，我已经彻底为它折服了。我和女性一样为#MeToo运动感到高兴，但在过去的几年里，当我尝试着进入这些男性控制狂和谋杀犯的世界里时，我常常因为羞愧而退缩。而《洛丽塔》强有力地提醒了我，作家的工作，用弗兰纳里·奥康纳（Flannery O' Connor）的话说，就是“让我们在这个世界上的谜一样的存在变得真实”，而且是要尽可能完整地呈现出来。如果纳博科夫能够把亨伯特的痛苦写成文字，那对于有相似目标的我们来说，只要鼓起勇气，这扇大门就永远对我们敞开。

韦尔蒂并不一定喜欢她笔下的所有角色，她只是试着变成他们。当我读到纳博科夫杰作的最后几页时，我并不喜欢它的叙述者。实际上，我比任何时候都更憎恶他，尤其当我在书中零星的对话里完全找不到孩童受害者的声音的时候。整个小说里，洛丽塔几乎没有说过几句话。这让我很愤怒。如果不让受害者发声，我们怎么能真正地理解这些罪恶？（在我自己即将出版的小说里，我试着让主角的前丈母娘以及他成年的女儿在书里表达她们的观点。）但是从另一个层面来说，让这个故事只是亨伯特的故事，这是纳博科夫故意而为之，这也是一个正确的选择。因为这反映了性犯罪的真相：在父权社会里，女权**被**禁言了，她们无法发声。

会议最后一天的下午，太阳还高挂在勃朗峰的雪坡上，我躺在别墅的床上读《洛丽塔》的最后几页。儿子们在村里某处，我已经快要读完了，终于从亨伯特那里看到了一丝丝的悔过。当他在车里失魂落魄地等待着被拘捕时，他回想起他和洛丽塔分别之后不久的一天，他看着悬崖下山谷包围着的一个小小的矿镇，传来一些听不清的声音：

> 我所听到的不过是正在玩耍的孩子们的欢闹，不过如此……人们可以不时地听到，一声清脆而活泼的笑声，球棒敲击的啪啪声，或一辆玩具四轮马车的哐啷哐啷声，这一切都仿佛从那片迷蒙中透露出来……我站在这高高的斜坡顶上，倾听那微微的音乐般的震颤，倾听那轻轻的嗡嗡声中间或进出的欢叫声，然后我明白了，那刺痛心肺、令人绝望的东西并不是洛丽塔不在我的身边，而是她的声音不在那和声里了。

我的眼睛湿润了。我擦了擦眼泪，把这个段落又读了两遍。为什么？因为不管我多么厌恶亨伯特的欲望和行为，不管我多么抗拒，纳博科夫成功地把我**变成**了亨伯特。我现在就是他。他丑恶不堪，是的，但他身上也有那些超越恋童癖而存在的美好——他饱读诗书，才华横溢，妙笔生花——而这些都与他的恶行和痛苦并存。在上面这段充满诗意的段落里，亨伯特终于向自己承认了，他永远地剥夺了一个女孩的童年。因此，**我**也感到悔过。我，一个无辜的读者。慢慢地，仅一页之隔，我读到了最后一行的这句话：**这便是你与我能共享的唯一的永恒，我的洛丽塔。**

我合上书，离开房间，走到小阳台上远眺勃朗峰。我盯着北面的山坡，巨大的冰海在融化。6月末的太阳照在我的脸上，我等待着奥斯汀和伊莱亚斯回来。此时，我感觉自己被完全地打开，暴露在阳光之下。纳博科夫用一页页的文字，把我拉进了道德的模糊境地的最深处，一个完全灰色的地带。在读《洛丽塔》之前，我恨不得对亨伯特大打出手，把他永远流放，但现在我对这个男人充满了深深的同情。之前的我已经碎成一片一片，躺在我的脚边，我就只能看着他。自打写新小说开始，这种感觉就一直笼罩着我：被一种不想要的但持续不断的同情心撕扯成一片一片。

卡夫卡曾告诉我们：好的小说应当是一把斧子，凿碎我们内心的冰冻之海。整个写作生涯里，我都在挥舞这板斧，但我不确定我的斧子够不够锋利和真实，能不能和纳博科夫的斧子相提并论。对于纳博科夫所做的一切，我感激不已。现在，我迫不及待，希望我的两个儿子赶快回来。我们可以和其他作家一起参加告别聚餐。志同道合的人们聚到一起，探索人性最黑暗的地方，以及可怕的未知领域。我们一起用想象力去寻找真相，这让我们感到无限希望。除了努力照亮这一切，我们还能做什么呢？

发现《洛丽塔》的歌舞女郎

萨拉·魏恩曼
Sarah Weinman

“你是这儿最漂亮的女孩，而且很显然善于交际。我经常看到你的照片。”

“谢谢。我的名字叫罗斯玛丽·里奇维尔（Rosemary Ridgewell）。我今晚休息。我是拉丁区酒吧的歌舞女郎。您是在您的专栏里看到我的照片的。”

——威尔逊伯爵专栏（Earl Wilson column），1953年3月

1958年11月26日，弗拉基米尔和薇拉·纳博科夫去四十九街和第三大道交界处的尚博尔咖啡馆（Café Chambord）参加晚宴。赴宴的宾客还有普特南出版社（G.P.Putnam's Sons）的负责人沃尔特·明顿和他的妻子波莉（Polly），以及普特南出版社的财务总监维克多·夏勒（Victor Schaller）和他的妻子。出版三个月以来，《洛丽塔》一直高居各大畅销书榜单。收到的评论虽然有好有坏，但这也预示了《洛丽塔》将一直是大众关注和争论的焦点。

那天晚上本来应该是一场庆功宴的，但气氛却不对劲。薇拉在日记中详细记载了《洛丽塔》出版的前后始末。她写道，那天晚上弥漫着一股忧伤的气氛。因为《时代》上周的一篇文章，明顿夫妇一直心不在焉。

这篇文章是个叫乔伊斯·哈珀（Joyce Haber）的作家写的。她后来成了《洛杉矶时报》八卦版的专栏作家。这篇文章表面上是在写《洛丽塔》的反响如何，但其实另有企图。哈珀开篇大谈特谈普特南出版社为这本书专门斥资举办的首秀派对，强调说纳博科夫在那儿被“一千个女性文学爱好者”热情簇拥。哈珀故意对《洛丽

塔》受到的正面和负面评价避而不谈，笔锋一转切入了完全不同的话题：一个名叫罗斯玛丽·里奇维尔的歌舞女郎。令人吃惊的是，正是这位歌舞女郎慧眼识珠，才让《洛丽塔》在美国多次碰壁、备受阻挠之后得以出版。

哈珀是这样描述里奇维尔的："一个上了年纪的小仙女（27岁）……高个子（5英尺3英寸）[1]、无忧无虑、光彩照人，曾是拉丁区酒吧（Latin Quarter）的歌舞女郎，脖子上挂着一根金色的调酒棒，脸上洋溢着欢快的笑容，整个人好像都在冒泡泡。"里奇维尔为什么会引起哈珀的注意？一切都要从里奇维尔在《铁锚评论》（*Anchor Review*）上读了《洛丽塔》选段之后，立刻向明顿力荐《洛丽塔》说起。不过，让哈珀怒火中烧的真正原因，是因为哈珀和里奇维尔当时都是明顿的情人。哈珀之所以会如此尖酸刻薄地贬低里奇维尔，是因为情敌之间的战火已经烧得一发不可收拾。

那一晚，薇拉和明顿的妻子波莉相邻而坐。薇拉从这顿晚饭里得知了一些细节。她在日记里这样写道：波莉是一个年轻的女人——"好看，但很不开心"——虽然她们才第一次见面，但波莉立刻就向薇拉敞开心扉。波莉"受到了惊吓、感到困惑"，她认为《洛丽塔》是她和沃尔特婚姻当中痛苦和问题的来源。波莉透露，她和明顿曾经是幸福的一对儿，但是自打这本小说出版后，她丈夫"就开始和很多人见面，并和他们中的一些厮混"。

波莉告诉薇拉，她得知她丈夫和里奇维尔有染，正是从《时代》那篇"讨人厌的"文章。波莉无话不说，薇拉略感不适。在日记里，薇拉写道："可怜的波莉，一个小城镇来的女孩。她渴望拥有很多‘文化’，还得是装在系粉色蝴蝶结的盒子里的才行！”薇拉不认识罗斯玛丽，但根据波莉告诉她的信息和那篇《时代》的文章，薇拉猜测罗斯玛丽是个“十分粗俗、糟糕，但相当明艳动人的年轻女性”。

晚宴上的相遇有些奇怪，但这个夜晚还没有结束。维克多·夏勒和他的妻子与纳博科夫夫妇以及明顿夫妇告别之后，纳博科夫的儿子德米特里开着他的1957名爵跑车来了。波莉被德米特里迷住了，提出想搭他的车兜风。德米特里欣然同意。纳博科夫夫妇和明顿便一起乘出租车回酒店。在车上，明顿不顾司机在场，向纳博科夫夫妇承认了自己和里奇维尔以及哈珀的婚外情。

薇拉在日记里写道："因为他的两个小娼妓，M［明顿］毁掉了自己的家庭生活。"明顿发誓说：这两段关系都已经结束了，他"和波莉和好了"。明顿说起罗斯玛丽时"满是厌恶，说她只不过是个交际花，甚至可以说是‘应召女郎’。她总想从他那儿多捞一些钱，还满口都是《洛丽塔》的坏话"。

三人抵达酒店，但波莉和德米特里还不见踪影。纳博科夫夫妇和明顿"等了又等"。薇拉在日记里写下这句话后，又故意划掉了。当这两人终于出现在酒店大堂的时候，德米特里脸上带着一丝狡黠的笑。他告诉他的父母："他和波莉开车去了他的公寓，因为她想去看看。"第二天，薇拉在日记里写道："明顿告诉弗拉基米尔，‘我听说德米特里和波莉昨晚玩得很开心’。"薇拉不知道，她该如何理解明顿的话。她写道："我想，美国人对这种事儿大概已经司空见惯，见怪不怪了？奥哈拉（O' Hara）或者是科曾斯（Cozzens）的烂俗小说里满是这种情节，看来都是来源于生活。”

那一晚的黑色喜剧还真是有几分像约翰·奥哈拉笔下的故事，或是詹姆斯·古尔德·科曾斯（James Gould Cozzens）的《情铸》（*By Love Possessed*），上一年它还是本畅销书呢。薇拉·纳博科夫对这一切感到有些不安，不得不在日记里写下来。这一切预示着美国文化将会腐蚀《洛丽塔》，以及大众将会误解纳博科夫。倘若离纳博科夫夫妇最近的人都如此奇怪，《洛丽塔》还能腐蚀谁呢？

*

在沃尔特·明顿掌权期间，普特南出版社在20世纪50到70年代迅速扩张，获得了极大的商业成功。明顿的秘诀，是宣扬文学价值的同时搭配点儿丑闻捕风捉影。当别人都觉得诺曼·梅勒（Norman Mailer）过气了的时候，明顿出版了他的作品。明顿看到了马里奥·普佐（Mario Puzo）的《教父》的潜力，他从中大赚一笔。当别人都对《洛丽塔》避之不及时，明顿赌它会火。

1955年，明顿的父亲去世了。明顿接手普特南出版社。他第一次听说《洛丽塔》是什么时候，我们并不清楚。有人甚至嘲笑说，明顿1957年夏天写信给弗拉基米尔·纳博科夫询问可否出版《洛丽塔》时，他对《洛丽塔》的声名狼藉完全一无所知。1995年，明顿接受史黛西·希夫的采访，他说自己之前有听说过《洛丽塔》。在《纽约镜报》的李·莫蒂默（Lee Mortimer）举办的一个派对上碰到里奇维尔，她手上正好有一本《洛丽塔》，他当时读了这本书。里奇维尔被《铁锚》上的评论选段所吸引，于是去巴黎的时候买了一本《洛丽塔》带回来。她说“这是她读过的最有趣的书”。

1994年，奥林匹亚出版社出版了一本约翰·德·圣若雷（John de St. Jorre）记录该出版社历史的书——《被绑住的维拉斯》（*Venus Bound*）。在这本书里，明顿给出了不一样的说法：“第一个向我推荐《洛丽塔》的人，是个叫作亨利·埃克斯坦（Henry Exstein）的男人。他给了我一本奥林匹亚出版社的绿皮本《洛丽塔》，我没读。过了几周之后，我遇到一个叫罗斯玛丽·里奇维尔的年轻女子，她是纽约科帕卡巴纳（Copacabana）酒吧的一个舞女。有一天晚上，她坐到我身边跟我说：‘你必须读读这本书。’那天晚上，我在她公寓里用三小时读了这本书，我当时就感觉这是本了不起的作品。”

明顿告诉希夫：“当我读《洛丽塔》时，里奇维尔就坐在我旁边……在她东67街的公寓里。”明顿是个有家室的男人，他的妻子和三个孩子住在新泽西的里奇伍德（Ridgewood）的公寓里。明顿的这番话，是应该按字面意思去理解，还是发挥想象力地去解读，就由读者们自己来决定了。与此同时，里奇维尔的推荐，让明顿决定出版《洛丽塔》。里奇维尔因此意外地做了回文学星探，获得一笔相当可观的酬劳。

按照普特南的规定，任何人只要推荐了书稿，被认可值得出版，就能获得这本书第一年销售版税的十分之一，以及普特南出版社在头两年从中获得的附属收益的十分之一。《洛丽塔》的销量一路攀升，这也意味着，如果全数支付的话，里奇维尔将得到大约20000美金的净佣金。难怪纳博科夫会让明顿澄清一下相关安排，确认“给里奇维尔的钱不是从他的版税里出”。

表面上，明顿和里奇维尔假装是出版商和文学星探的关系，私底下已经成了情人。他们俩一起去巴黎，在那儿见了奥林匹亚出版社的莫里斯·吉罗迪亚斯。后面的事情变得有些奇怪。约翰·考尔德（John Calder）在他2001年的回忆录《追求》（*Pursuit*）中记录：

> 罗斯玛丽和沃尔特·明顿去了巴黎，吉罗迪亚斯邀请他们共进午餐。罗斯玛丽坚持要去昂贵的银塔餐厅（Tour d'Argent），引起了一些不愉快。当罗斯玛丽坚持由沃尔特买单时，明顿紧张地掏了掏口袋看看自己带了多少现金。[吉罗迪亚斯]晚上又见他们，明显他们合不来。吉罗迪亚斯带他们俩和艾里斯·欧文斯（Iris Owens）[她一直用哈里特·戴姆勒（Harriet Daimler）做笔名帮吉罗迪亚斯写小说]一起去了一间女同性恋吧。那天晚上以争执收场：明顿出手打了罗斯玛丽，然后夺门而去。第二天早上，罗斯玛丽带着一袋牛角面包出现在

莫里斯的公寓里，一整天都和他在床上度过。第二天，罗斯玛丽自己一个人回纽约去了。莫里斯的私生活向来多姿多彩，他跟女人打起交道简直是如鱼得水。

在《薇拉（弗拉基米尔·纳博科夫夫人）》这本书中，作者希夫记录了这个故事的另一个版本：“罗斯玛丽用一个威士忌酒瓶狠狠地打了明顿。”2017年8月，明顿向我证实后一个版本才是真的：“我们当时吵架了，她狠狠地打了我，然后她就离开了。”

关于这件事，不管是哪一个版本，薇拉·纳博科夫可能都完全不知情。然而，在尚博尔咖啡馆晚餐之后，薇拉对罗斯玛丽·里奇维尔心生不满。这可能是因为，薇拉从双日出版社（Doubleday）和《铁锚》杂志的编辑杰森·爱泼斯坦（Jason Epstein）那里得知，里奇维尔把目标“对准了弗拉基米尔”。

*

罗斯玛丽·里奇维尔对弗拉基米尔·纳博科夫产生了兴趣？她这个文学星探目的不单纯？也许，爱泼斯坦只是故意在耸人听闻。罗斯玛丽·里奇维尔在推动《洛丽塔》出版方面，的确起到了一定的作用，但她也只是个开胃菜。我想得越多，她就越停留在我的脑海，就像挥之不散的香水味一样。

和20世纪50年代曼哈顿的很多年轻女子一样，罗斯玛丽也是外地人。罗斯玛丽1931年2月16日出生在明尼阿波利斯，她父亲是欧内斯特·里奇维尔，母亲是埃斯特·里奇维尔。尽管明尼苏达有很多家姓里奇维尔，但罗斯玛丽是她父母唯一的孩子。

1943年，埃斯特·里奇维尔去世了，当时罗斯玛丽才12岁。她父亲立马再婚，这对罗斯玛丽造成了一定的打击。满头棕发的罗斯玛丽有一对蓝眼睛。在圣路易斯公园高中（St. Louis Park）毕业之后，她立马逃离明尼苏达去到纽约。（十几年之后，科恩兄弟也是从那所学校毕业的。）到了20岁，罗斯玛丽·里奇维尔的名字开始出现在城市八卦专栏里。21岁那一年，罗斯玛丽被布朗克斯区主席封为全国鞋店女王。罗斯玛丽的棕发也开始变成金色。

罗斯玛丽梦想着成为一名歌剧明星。根据她爸爸和麦克费尔（McPhail）音乐中心的同学的说法，她从12岁开始就有这个梦想了。在纽约，罗斯玛丽上很多课，学习花腔女高音。她还在卡耐基梅隆音乐厅当过引座员。一有时间，罗斯玛丽就会去大都会歌剧院。有一次她在拉克嘉·波利（Lucrezia Bori）的画下面摆造型，竟然让她意外地获得了制作团队里的一份工作。

然而有一次，罗斯玛丽·里奇维尔本来应该只是负责拿道具矛，但她跟着合唱团一起唱起来，因此被炒鱿鱼了。后来，她被音乐剧《南海天堂》（*Brigadoon*）的制作公司录取，但当她得知他们是要去路演而不是在百老汇演出时，她放弃了这个工作。她背井离乡就是为了在大城市，如果要回到那些小地方演出，还有什么意义？

进入另一个圈子后，罗斯玛丽吸引了卢·沃尔特斯（Lou Walters）（知名主播芭芭拉Barbara的父亲）的注意力。沃尔特斯是个老板，经营一家名叫拉丁区的纽约中城夜店。20世纪50年代，除了中间几次休息，大部分时间里，罗斯玛丽都把这家夜店当作自己的家。每天晚上八点到午夜，罗斯玛丽都在那儿当歌舞女郎。1955年，罗斯玛丽对专栏作家李·莫蒂默这样描述自己每天的生活："负责更衣的女仆会帮我脱衣服。卢让我管好自己的嘴。那四年里，每晚我都上台两次，只管唱唱跳跳。那段时间，我都忘了自己还能问问题。"

我怀疑，罗斯玛丽的照片没有捕捉到她的全部风采。那些照片把她拍得很美，看起来笑脸迎人，但同时又拒人于千里之外。她就像是个更为平易近人的格蕾丝·凯丽（Grace Kelly），一个更接地气的玛丽莲·梦露（Marilyn Monroe）。这样的美女身边当然不乏老男人出没。人在江湖，身不由己。不过，并不是所有的金发歌舞女郎都能让威尔逊伯爵（Earl Wilsons）以及沃尔特·温菲尔（Walter Winchells）愿意在自己的专栏里大加赞赏。麻雀想要飞上枝头变凤凰，必须要聪明能干——要么凭借自己的努力，要么有人帮你宣传公关。罗斯玛丽这两点都占了。

在当时，就和现在一样，和一个男人同时出现在八卦专栏里，并不代表你们俩真的成双成对了。每次约会都是展示自己的机会。罗斯玛丽如果抓住了机会，她的事业也许就能踏上一个新的台阶，甚至钓到一个金龟婿。起初，和罗斯玛丽的名字出现在一起的是些名人：人造黄油大亨的继承人约翰尼·杰尔克（Johnny Jelke），波士顿协会的泰德·多赛特（Ted Doucette），股票经纪人迈克尔·肖肯（Michael Schocken），洋基队的强击手乔·狄马乔（Joe DiMaggio）——他们都曾向罗斯玛丽表示有想要跟她结婚的意愿。

这些男人都比罗斯玛丽年长，也都很有钱。罗斯玛丽貌美如花，比他们都年轻很多。罗斯玛丽常去哈瓦那旅行，以此来积攒更多的人脉和资本（“那里有很多名流。我的珠宝收藏也越来越多”）。她甚至给自己买了件貂皮大衣（“我想着，我都到那儿了，我也该自己买一件”）。罗斯玛丽每次出现，脖子上都挂着那个调酒棒。1956年3月，温菲尔的八卦专栏里记载着：“一个知名小说家送订婚钻石戒指给罗斯玛丽，但她还了回去。”

里奇维尔的名字常和纽约市的前市长比尔·奥德怀尔（Bill O’ Dwyer）出现在一起，概率之频繁，已经能说明他们俩之间必定有点**什么**。根据记者兼作家阿曼达·哈里斯（Amanda Harris）的说法，罗斯玛丽和奥德怀尔之间关系的确不一般。哈里斯小时候就认识罗斯玛丽，因为她妈妈是罗斯玛丽的好朋友。

1955年夏天，罗斯玛丽和奥德怀尔在墨西哥相遇。当时，他正在那里担任大使，而罗斯玛丽表面是去学歌剧，实则是去度假。在墨西哥的六周，罗斯玛丽和奥德怀尔一直黏在一起。他们一起去夜店，一起看斗牛。这段生活结束后，罗斯玛丽回到了曼哈顿。她和奥德怀尔保持联系，煲电话粥一煲就是几个小时。

里奇维尔和奥德怀尔对彼此并不专一。那段时间里，里奇维尔还去巴黎给自己买了本《洛丽塔》，甚至跟明顿搞在一起。（薇拉·纳博科夫把奥德怀尔称为“纽约黑帮市长”。）在里奇维尔意外地成了文学星探之后，她和奥德怀尔之间的关系就停止了。1959年夏天，里奇维尔登上了*Tab*的头条：“发现了《洛丽塔》的歌舞女郎。”

当时里奇维尔以为自己的名气能够带来更多东西，可她显然错了。她辞掉拉丁区酒吧的歌舞女郎工作，一心追逐她的歌剧梦，可歌剧界却不怎么待见她。（威尔逊在他的评论中说：里奇维尔“有全纽约最好的嗓子，但是她在别的方面也天赋过人，以至于没法专心唱歌剧”。）在那之后，里奇维尔至少飞到伦敦一次，她想要“发掘更多的书”，就像当年发掘《洛丽塔》那样再发一次横财。

普特南出版社承诺给里奇维尔的钱并没有立刻兑现。根据多萝西·卡加仑（Dorothy Kilgallen）的报道，1959年10月28日，里奇维尔曾威胁说要将普特南出版社告上法庭，因为他们没有履行约定。一周之后，威尔逊写道：里奇维尔一边“在拉斯维加斯的热带酒吧（Tropicana）唱歌”，一边等着普特南给她钱。里奇维尔之前已经“收到5.5万，普特南觉得这就够了”。六个月后，1960年6月，卡加仑报道说：里奇维尔“收到22000美元作为她的版税分成”。（我并没有查到诉讼和解的记录；当我问起时，明顿也否认曾跟里奇维尔上过法庭。）

在那之后，里奇维尔的名字很少出现在专栏里了，即使出现，也都是不好的消息。1961年8月，温菲尔专栏：“歌舞女郎罗斯玛丽·里奇维尔体重骤减，几周之内从126降到95，完全不肯进食，好友担心不已。”四年后，1965年2月，温菲尔报道：里奇维尔重病，住在纽约医院。又过去六年后，里奇维尔最后一次出现在八卦里。这一次是1971年8月，老相好威尔逊爵士宣布：里奇维尔即将嫁给雷蒙德·达达（Raymond Dahdah），一个电影制片人兼电影院经理。

1970年代风平浪静了一些，但罗斯玛丽的日子并不好过。她虽然和达达结婚了，但他们并不幸福。1973年，达达宣布破产，罗斯玛丽整日酒不离手，越喝越多，已经到了酒精中毒的边缘。阿曼达·哈里斯和她母亲看着罗斯玛丽日渐憔悴，担心不已。

“罗斯玛丽的才华从来都没有得到肯定。”阿曼达·哈里斯告诉我，“她吸引了很多人的注意，但是她从来不知道该拿它怎么办。”罗斯玛丽和阿曼达自小认识，罗斯玛丽对阿曼达很和善，从来不会颐指气使。她们喜欢一起玩拼字游戏，罗斯玛丽喜欢跟哈里斯说自己的冒险故事。如今，罗斯玛丽已经不是曾经的她了。50年代的光辉岁月一去不复返，只剩下灰暗的悲剧。罗斯玛丽和很多男人有过交集，这些男人利用她，对她不好。罗斯玛丽的身体每况愈下。

1979年7月的一个晚上，里奇维尔在上东区的家门外摔倒，撞到了头。西奈山（Mount Sinai）医院诊断说脑内出血，让她住院治疗。里奇维尔回家之后，头痛还在持续。几天之后，7月12日，里奇维尔在睡梦中彻底地离开了人世。那一年，她才48岁。利兹·史密斯（Liz Smith）在她的联合专栏里这样纪念罗斯玛丽：“发现了《洛丽塔》的那个女孩。”

后来，阿曼达·哈里斯的妈妈说起自己仍想念罗斯玛丽·里奇维尔。“你一生只能遇见一个这样的朋友。”哈里斯告诉我。她说，罗斯玛丽整个人都好像冒着泡泡，但是这次，没有恶意，没有愤怒，只带着爱意。

1　约160cm。——译注

《洛丽塔》时尚——脆弱、颠覆和白人女性气质的颂歌

罗宾·纪凡
Robin Givhan

我们记忆中的洛丽塔形象不是亨伯特・亨伯特的洛丽塔，而是疯狂迷恋年轻性感的时尚业雕琢出来的洛丽塔形象。

当我们想起洛丽塔的时候，我们的脑子里会浮现出娃娃裙、彼得・潘领、格子裙和漫不经心的噘嘴。有时候，洛丽塔是身材瘦长的年轻女孩，超短溜冰裙下是纤细的大长腿，一阵风吹过，春光无限好。有时候，洛丽塔又是身着晚礼服的少女们，潇洒地走在国际T台上。她们脸色红润，裙裾飘飘，沉浸在一个耗资数十亿美元的盛装造梦游戏中。

洛丽塔既是一个名词，也是一个形容词。洛丽塔既是压迫的，也是解放的。洛丽塔既是剥削的，也是被剥削的。洛丽塔很复杂。

随着20世纪60年代“青年风暴”（Youthquake）风潮的兴起，现代时尚产业第一次把洛丽塔当作一个时尚偶像。青年风暴是传奇时尚编辑戴安娜・弗里兰（Diana Vreeland）创造的词语，它以超短裙、模特简・诗琳普顿（Jean Shrimpton）以及披头士的音乐为典型特征。青年风暴起源于英国，但与美国的嬉皮士精神和“不信任30岁以上的人”的精神不谋而合。因此，青年风暴逐渐在美国扎根。时尚界逐渐注意到婴儿潮[1]这一代新面孔的影响力。他们有不容忽视的文化影响力和巨大的购买力。在那之前，青春只不过是成年礼之前的一段时光罢了。

在青年风暴之前，其实并没有什么青少年风格——至少是没有一个约定俗成的固定风格。一个小女孩从孩童时期长大，经历短暂的青春期烦恼之后，就变成了她母亲的缩小版。

实际上，20世纪50年代，娃娃裙才被巴黎著名时装设计师克里斯托巴尔·巴伦西亚加（Cristóbal Balenciaga）变成流行经典，同时也被注入了性的含义。当时，娃娃裙备受推崇。因为它把女性从束腰和紧身胸衣的束缚中解放出来，所以人们把它看成是一种赋予女性力量的裙子。但到了20世纪60年代，娃娃裙被彻头彻尾地改变了。那个时代最有名的超模崔姬（Twiggy），骨瘦如柴，有着小鹿一样的大眼睛。当她穿上娃娃裙时，它传递的信息变得更复杂了。娃娃裙代表着女性的自由，但这种自由也与年轻人的反叛和性解放交织在一起。年轻女性开始要求拥有自己的能动性，而这其中也包括性快感。

20世纪90年代，年轻女性用娃娃裙来实现颠覆的目的。另类摇滚歌手科特妮·洛芙（Courtney Love）用娃娃裙来对抗社会对于女性、权力、礼教和性的传统叙事。整个文化把女性幼稚化，把女性当作低等人类。于是，这些艺术表演者就故意地颠覆女性象征。她们穿着各种各样孩子气的衣服，一边对着麦克风大骂脏话，一边炫耀自己的力量。

在90年代的流行文化中，洛丽塔被描绘成了一个有知识、有自我意识的人，而不再是一个受害者。洛丽塔成了一个女权主义者。洛丽塔不再是天真无邪的女学生，而是变得工于心计。洛丽塔的一个典型再现是身着改过的校服的布兰妮·斯皮尔斯（Britney Spears）——短到大腿根的百褶裙、露出肚子的白衬衫、灰色开襟羊毛衫，金发扎成马尾辫，妆化得比变装皇后还要浓。在一段舞蹈视频里，布兰妮假装挥舞着一个看不见的鞭子，欲求不满地唱着《……宝贝再多一次》：

孤独折磨着我（我……）

我必须坦白我仍然相信（仍然相信）

当你不在我身边的时候，我迷失方向

给我一个信号

拥抱我，宝贝，再多一次

如果说麦当娜是用她成熟的性魅力作为一种强有力的、女权主义的挑衅，那么布兰妮的早期作品宣扬的就是年轻女孩的性欲。这种欲望是自然的，但也是不稳定的。如果我们把年轻女孩看成一个完整的人，那么这些欲望应该被认真对待和释放，而不是被掩盖、忽视或训诫。斯皮尔斯是在用一种她的年轻粉丝们能够理解和欣赏的方式去表达，但是她同时也在利用男性凝视所热衷的刻板印象。当洛丽塔被成年女性作为一个公共身份标签所接受时，洛丽塔能够成为一种力量的宣言。女性对什么着迷、被什么撩拨、对什么有欲望，都应当被考虑和尊重。

在日本，洛丽塔女孩们把自己打扮得像维多利亚时代的玩偶一样——高度女性化的孩童。这样一种身份表达是源于日本社会对可爱（卡哇伊）的痴迷。这些洛丽塔女孩们回避成年人的性，也回避自己的身体被性感化。日本的洛丽塔们把自己放置在成年人的世界以外，让自己仿佛永远长不大——她们把长不大当成一种铠甲。她们主动选择洛丽塔的身份标签，从而在众目睽睽之下，逃避她们的性带来的复杂和美丽。她们把自己安放在另一个时间、另一个时代。她们给自己一个机会做自己。

然而我们不能活在真空中，我们看自己的方式总是被世界看我们的方式所影响。洛丽塔这个原型有一种无力感。她是一个无辜的孩子，被捕食者跟踪，童年的天真惨遭掠夺。让我们回想一下20世纪90年代中期卡尔文·克莱恩（Calvin Klein）牛仔的广告：一群青少年模特躺在一间铺着木板的娱乐室里。这些模特闷闷不乐地盯着镜头，双腿岔开——故意让观看者可以窥见他们的内裤。我们到底该如何区分儿童色情和所谓的青少年反叛艺术？后来，美国司法部对这个广告做了调查，发现所有的模特其实都已成年。

对于洛丽塔原型，我一直有一种距离感。我并不羡慕她对身体的异常自信。我也没有因为她被毁掉的童真而痛苦。我从来没有在万圣节派对上打扮成洛丽塔的样子。即使在我的少女时代，我也没有试图模仿过洛丽塔那光芒四射的样子。洛丽塔从来都不是我的一部分，主要是因为她的皮肤不是黑色或棕色的。她脸色苍白，膝盖骨节突出，嘴唇像玫瑰花蕾。洛丽塔就像白雪公主一样，而我跟这两者都毫无相似点。

洛丽塔是一种禁忌。如果换成黑人女孩，这个故事本身就不成立。整个文化都不把黑人女孩看成是脆弱的。她们身上没有那种不可抗拒的危险之美。如果一个有色人种的小仙女勇敢地操控自己的性，用一种混不吝的态度去炫耀自己，人们便会觉得她解放了自己，但是人们也会把她和历来都被过度性感化的黑人身体联系在一起。总之，黑人女孩不会被视为一个偶像，而是被视为祸害。

洛丽塔的文化解读和种族问题交织在一起。洛丽塔之所以被辩论和剖析，是因为她身上那种特别的美被认为是有价值的。人们赋予洛丽塔的美越高的价值，我们就越是被提醒：深肤色的女孩有多么地没价值。

洛丽塔代表白色人种，就像她代表了年轻和性感一样。

时尚不断地再现洛丽塔的形象，因此我们必须进行一场对话，讨论我们该如何对待儿童，如何让孩子们在这样一个越来越色情化的世界里成长。我们迷恋孩童身体不成熟的特质：臀部尚不明显的身体曲线，刚刚发育的小胸部，平坦的接近凹陷的小腹。这些都成了女性气质的决定性特征，不符合这些特征也就不符合欲望的要求。

因为洛丽塔的存在，时尚把童年拦腰截断；因为洛丽塔，时尚从四肢柔软灵活的孩童身上汲取养分，并将其掏空。然而，时尚对洛丽塔的迷恋，对成年人也有害。因为洛丽塔，成年人变成了愚蠢过时的代名词。

因为洛丽塔，30岁的女性就已经考虑做整容手术，20岁的女性依赖社交媒体上的滤镜让自己的照片变得更诱人。因为洛丽塔，长大成人犹如炼狱般的折磨。青春才是极乐世界，尽管稍纵即逝。

洛丽塔风靡全球，关乎你我。随着环境和文化的改变，洛丽塔也在不断变化。洛丽塔是女孩气质一切复杂的再现。洛丽塔是纯真的终结者。洛丽塔很飒。洛丽塔是受害者。洛丽塔就是时尚。

1　婴儿潮（baby boom）这个词主要是指美国第二次世界大战后的人口激增现象。从1946年至1964年，这18年间美国婴儿潮人口高达7800万人。——译注

吉姆·谢泼德
Jim Shepard

《洛丽塔》和共情想象

209

几年以前，我和几位作家受邀各推荐一本书，设立一座“理想的图书馆”。尽管像许多人那样，我觉得不可能挑出一本最爱的书，但我选择了《洛丽塔》。不管我个人心目中的文学经典如何变化，它永远是对我来说最重要的文学小说之一。

我已经教书——老天保佑——39年了。在这些年里，在教导作者和读者有关文学能做什么方面，我对某些书累积了某种类似敬畏的东西。这种敬畏有令人惊奇的效力，从未停止感动我，有时让我落泪。我现在提供几个例子，如果你没有遇见过其中任何一个，不用谢。

玛格丽特·尤瑟纳尔（Marguerite Yourcenar）的《哈德良回忆录》（*Memoirs of Hadrian*）：是我们试图展示共情想象和沉浸在陌生他者身上的最不可思议的例子之一。拉尔夫·埃里森（Ralph Ellison）的《看不见的人》（*Invisible Man*）：即使处理了种族作为美国原罪这一棘手的宏大议题，对自己的特性也有清醒的意识。弗兰纳里·奥康纳（Flannery O' Connor）的《短篇小说全集》（*Complete Stories*）：坚定地示范了如何在激烈又迫切重要的事件中让伦理冲突生动起来。伊萨克·巴别尔（Isaac Babel）的《短篇故事选集》（*Collected Stories*）：用惜墨如金的笔法和矛盾的情感并列的力量达到了和奥康纳同样的成就。安东·契诃夫（Anton Chekhov）的《短篇小说选》（*Selected Stories*）向我们展示了，在巧妙观察下，强烈的温柔和痛苦可以共同蕴于一种安静的姿态中。最后是纳博科夫的《洛丽塔》。罗伯特·弗罗斯特（Robert Frost）认为，诗是押上身家性命的赌博，而《洛丽塔》是我见过最缜密、最易理解的例子之一。也许，我从未读到过一本小说，能把文学游戏的概念和真实的情感心碎如此惊人地结合在一起；抑或，如此无情又动人地向读者介绍艺术和巧计在教育情感方面的惊人力量和极具破坏力的局限——即，通过寻求进一步理解和修复那些激发我们欲望的情感。如果遵循玛丽安娜·穆尔（Marianne Moore）的著名表达“诗歌是想象的花园，里面混入了真的癞蛤蟆”，那么《洛丽塔》为读者提供了最令人惊愕的复杂且令人愉悦的花园之一。读者明白，徜徉其间，必将面对一些最丑陋的癞蛤蟆。

小说开篇部分著名的四段差不多阐明了其所有要遵循的策略。在开篇我们读到花里胡哨的浪漫宣言，但这浪漫立刻就被残忍地削弱了（“洛丽塔，我生命之光，我欲念之火”）。紧随其后是更多的夸大其词。后来证明，夸大其词的确描绘出了利害所在：“我的罪恶，我的灵魂。”然后，话题似乎被弃之不顾了，方便主人公沉溺于文字游戏，他的志得意满让人多少有些恼火：“洛—丽—塔：舌尖向上，分三步，从上颚往下轻轻落在牙齿上。洛。丽。塔。”由此进入主要话题：他把她纳入自己的唯我论。“在早晨，她就是洛，普普通通的洛，穿一只袜子，身高4尺10寸。穿上宽松裤时，她是洛拉。在学校里她是多丽。正式签名时她是多洛雷斯。可在我的怀里，她永远是洛丽塔。”

接下来，开启了另一个贯穿小说的游戏：播撒虚假线索，把那些喜欢在心理上过度简单化的读者引入歧途。（“在她之前还有过别人吗？有的，确实有的。事实上，可能根本就没有什么洛丽塔，要不是我在一年夏天曾爱上了一个女童，在海边一片王子的领地。”）下一句让我们瞥见了留给轻信的人的蔑视。他们想追踪这条线索作为“答案”——回答“什么时候”这个问题。接下来是一些嘲讽的意味，还有最终的挑战，让我们知道，亨伯特·亨伯特注意到我们不仅和他玩游戏，而且是他的对手：

洛丽塔还有多少年才降临世间，我那年的岁数就是多少。你总可以指望一名杀人犯写出一手妙文。

陪审团的女士们、先生们，第一件证物正是被六翼天使，那个误传的、简单的、羽翼高贵的六翼天使所嫉妒的。且看这段纠缠不清的痛苦心史吧。

那么，也许并不让人感到意外的是，小说还采用了文学史上最有指导意义的“不可靠叙述者”。他不仅极其擅长这种游戏和欺骗，而且，跟几乎所有自白叙事作家一样，他以各种隐蔽手段在自我控诉里埋着自我赦免，而自我原谅里又藏着自我讨伐。除此之外，他早就不止一次地承认自己精神不稳定：“回到文明世界不久，我的精神失常……又发作了一次，读者一定会为我感到遗憾。”

但是，尽管亨伯特开着元小说式的玩笑，对台下的傀儡师示意，我们不断被提醒他曾犯下的和正在犯的暴行。圆滑的虚构人物小约翰·雷博士在叙事开头就提醒我们：主人公戴着面具说话，因此提醒我们注意面具滑落的时刻。另外，我们还得追踪一对矛盾关系的动向，一面是亨伯特·亨伯特的真正绝望，一面是他聊做补偿的欢乐，以及他半真半假地宣称错不完全在他。他绑架了自己监护的孩子，不断对她实施性侵。在整个过程中，起初，他妄图假装她像普通女孩那样，感觉不到他那可悲而又几乎无法察觉的照顾，于是他尽量不去骚扰她。后来，他如此专注于自己痴迷的需求，以至于完全注意不到她所承受的痛苦。小说最大的成就之一是用尖锐的笔法引爆了这两种说法。带着略显夸张的羞愧，亨伯特记述了自己威胁洛丽塔要把她送去感化院，好让她继续顺从自己。他还叙述，就算她发高烧了也阻止不了他的恶行，因为他根本不在乎她的感受和身体状况。他甚至承认，自己考虑过在洛丽塔年老色衰后，要和她生下洛丽塔第二和第三来取代她。他让我们多次窥见洛丽塔真正的痛苦，以下出自小说中间部分，也许是最令人心痛的例子：

> 我们到过每个地方，实际却一无所览。今天我总认为我们漫长的旅行不过是用一条迂回蜿蜒的黏土路亵渎这个迷人、诚信、梦幻般广阔的国度，回想起来，它对于我们，不过就是破旧地图、毁坏了的旅游书、旧轮胎以及她夜里的哭泣的一份收集——每夜，每夜——在我假装睡着了的时候。

事实证明，亨伯特不**仅仅**是个恶魔。他的二重身和折磨者奎尔蒂向我们展示了原因：奎尔蒂也利用了洛丽塔，却根本不为自己的所作所为感到困扰，利用完之后就抛弃了她。亨伯特一直以为自己也会这么干，但他发现自己做不到。多年以后，当他终于找到她时，发现她不再是想象中的小仙女。她成长为一个成年女性，而他也仍然爱着她——是**这个**女性，而不是他的臆想。他承认，此时此刻，他可能已经放弃了取信于人的权力："你可以嘲笑我，可以威胁逐出法庭，但我仍要高喊出我的真理，直到将我窒息，将我掐得半死。我一定要让世界知道，我是多么热爱我的洛丽塔，这个洛丽塔，苍白的、被玷污了的、怀着别人的孩子已显出身孕的洛丽塔。"

如果我们承认亨伯特作为叙述者可能至少有**些许**可靠的话——当然，如果我们不承认这点，整部小说就消解了——这似乎更接近我们想象中**曾经**站在他面前的多丽。因为，他对她的描述几乎每一方面，都违反了他努力维持的幻想。

但更重要的是，如果唯我论被定义为这样一种哲学理论，即，除了自己的经验和状态以外，自我什么也意识不到——除了自我，没有任何事物存在或者是真实的——那么，亨伯特已经从完全不认可其他任何人的经验的重要性，转变为认识到共情是建构伦理自我（ethical self）的第一步：

> 除非向我证明——向现在的我，今天的我，证明，连同我的心，我的胡须，我整个腐败的肉体——一个名叫多洛雷斯·黑兹的北美小姑娘，被一个狂人夺去了童年，但这在无限的生命历程中，一点点也无关紧要，除非这一点能够得到证明（如若能够，那么生命也就成了一个玩笑），我找不到什么东西能医疗我的痛苦，我只有忧郁的心境和诡辩的言语所产生的局部缓解。

这个启示的真正力量出现在小说倒数第二页。亨伯特回忆起，在洛丽塔逃跑之后不久，他最痛苦的时刻之一。他因为突然感到恶心，在一处高斜坡上停下车休息。他听到下方的小镇传来“各种声音美妙而飘渺的组合，如蒸汽一般”：

> 读者！我所听到的不过是正在玩耍的孩子们的欢闹，不过如此；而空气是这般明澈，在这混杂的音响雾气里，洪亮的和微弱的，遥远的和神奇般眼前的，坦率的和神圣般莫测高深的——人们可以不时地听到，一声清脆而活泼的笑声，球棒敲击的啪啪声，或一辆玩具四轮马车的哐啷哐啷声，这一切都仿佛从那片迷蒙中透露出来。但是，它们太远了，根本无法分辨清他们正在那模模糊糊的街道里玩着什么样的游戏。我站在这高高的斜坡顶上，倾听那微微的音乐般的震颤，倾听那轻轻的嗡嗡声中间或迸出的欢叫声，然后我明白了，那刺痛心肺、令人绝望的东西并不是洛丽塔不在我的身边，而是她的声音不在那和声里了。

下一段的第一句亨伯特就承认：“这就是我的故事。”**这个**理解是一切的关键所在。

纳博科夫在附录《关于一本题名〈洛丽塔〉的书》（*On a Book Entitled Lolita*）里半真半假地说：“在某种程度上，《洛丽塔》最初灵感的悸动是由一则新闻引起的。故事里，巴黎植物园（Jardin des Plantes）的一只猿，经过科学家几个月的哄骗，创作了第一幅动物的炭笔画：素描展示的是囚禁这个可怜家伙的笼子的铁条。”亨伯特一直自称是垂垂老矣的猿，而《洛丽塔》画的就是囚禁他的铁条。亨伯特在叙事的最后一段里告诫洛丽塔，终于解释了自己和他的性捕食者二重身奎尔蒂的真正区别：

> 不要可怜克·奎。上帝必须在他与亨·亨之间选择一个，上帝让亨·亨至少多活了几个月，好让他使你能活在未来几代人的心里。我正在想欧洲的野牛和天使，在想颜料持久的秘密，预言家的十四行诗，艺术的避难所。这便是你与我能共享的唯一的永恒，我的洛丽塔。

洛丽塔是小说的第一个词语，也是最后一个词语——正如他承诺的，是亨伯特的罪恶与灵魂。艺术的避难所**就是**他能够奉献给她的全部，也是他留给我们的。艺术既远远不够，又是所有的一切。表达清晰的艺术能缓解或缓和罪孽，但不能完全赦免罪孽。他已经证明自己幡然改变，但对这个被他摧毁了人生的女人来说，那谈不上什么慰藉。他的叙事的整个设计应该让我们想起约翰·米切尔（John Mitchell）。米切尔在水门事件中告诫白宫记者团时，不无遗憾地指示：“不要听其**言**，要观其行。”

《洛丽塔》以一个挑战开篇：挑战我们参与游戏。虽说使用了“游戏”这个词，我们很快明白，小说并不意味着某种从根本上说完全轻浮或非必要的东西。正如许多人指出的，对于纳博科夫来说，玩游戏是在探索秩序，探索某种相关联的模式。我们必须在玩游戏的进程中学习规则。因此，在最深层上，没有什么比这更严肃了。整个玩游戏的过程似乎给我们呈现了一出喜剧画面，试图盖过洛丽塔始终受到限制的可怕和痛苦，还有亨伯特的残酷和荒谬。如果洛丽塔**真是**一场游戏，而我们是玩家，如果我们轻信了亨伯特部署的虚假线索和简易答案，我们就输了。另外，纳博科夫和他都坚称，亨伯特肩负着巨大的道德责任，他在成为伦理的人（ethical human being）上取得了很大的进步。尽管这来得太晚，对洛丽塔也起不了什么作用，但是，如果我们看不到这一切的全部力量，那我们还是输了。学习玩这样的游戏，训练破译信息的技能，对读者生活中几乎所有的事情都有用。

在自传中，纳博科夫提到“在有些智力游戏中，你必须找到藏在城市景观里的船上的烟囱”。他还指出，一旦找到了烟囱，看见的人无法抹掉他已见过的：整个城市景观发生了不可逆转的改变。文学教导我们，更深的理解建立在不断重新审视中看到细微的奇迹上。一个孩子的人生被一个自欺欺人的性捕食者极端自私的行为所摧毁。这件事情值得重视。每当模糊的图像变得更清晰一点，我们的意识就被拓展了。

如今的学术界既充满了触发预警，也依然有一定的空间可以安全地进行讨论。2019年的读者也许会想知道，在这样一个复杂的学术环境中，这本主人公似乎在寻求为恋童癖辩护的小说到底是如何幸存下来的。我带来的消息会让你们失望了。我所知不多，因为我已经多年没有教过当代文学课程了。我对系里的主要贡献已经演变成创意写作和电影研究课程。当然，在当下教这部小说可能更具挑战性：因为美国的大学，尤其是文理学院，表面上支持“学习令人不安的事实”（Uncomfortable Learning）的论调；他们实际上却极力避免“学习令人不安的事实”。很大程度上，这取决于课堂上学生与老师之间累积的信任，而一位成功的老师所做的就是建立这种信任。但我们也都经历过，仅仅一两个相对异常的人就能制造破坏性的混乱。在当今，任何人试图教这样的文本——因而，必须或含蓄或明确地考虑，是否应该向可能很脆弱的年轻人介绍这样的主题——都需要永远不要忽视小说中心受迫害的孩子。

最近，怀丁基金会（the Whiting Foundation）发起了一个文学杂志奖项，提供连续三年的资助，帮助为文化做出极大贡献的那些杂志维持下去，并决定出版一本小册子庆贺前三名获奖杂志中的部分作品。基金会询问我是否愿意为此作序，我欣然同意。我认为，假如我们把读者群想象成一座金字塔，也许处于顶端的是晦涩的、深奥的和怪异的书，它们不断挑战我们、有助于打破我们对自我的意识；而处于底层的是街道路牌之类的文字。我们不难发现，美国的整个金字塔都在缩小。造成这种现状的缘由难以计数，也难以抗拒——包括来自其他媒介的前所未有的竞争，还有对教育体系的系统性破坏。如果我们把这种令人沮丧的现状与纸媒的持续衰落放在一起看，那么我们必须认清这样一个问题：对美国所剩无几的知识文化来说，各种各样“艰深的文本”（Difficult Texts）是不可或缺的。

因为几乎可以肯定的是，在我们国家，主流认为艰深的文本，相对于任何其他媒介，更倾向于以批判思维为模型，而且它们引导读者接触非正统的东西——这两者都能防止作为一个集体的我们走错方向。这样的文本让我们还能通过阅读和写作负隅顽抗、最后一搏。

我们需要珍惜“艰深的文本”，不仅仅因为它们支持特性和癖好，还因为它们推崇在美国主流中不太受欢迎的理念。像《洛丽塔》这样的书烙印在我们的思维中的理念：一切写作都是政治写作；特权阶层总有漠视苦难的冲动；我们需要对不断让彼此失望的方式保持警惕；温情在精神上和实践中都很重要；我们需要让希望成长，**即使**我们**正**眼睁睁看着可能会摧毁那个希望的东西。

如果说所有文学作家，从某种角度来说，都是背井离乡的人，他们都在设法对抗与和解来自内外的孤独，那么，当我们读者给予他们一种更完美的关注时，我们能提供给他们的便是一个临时的家。这样的话，他们至少能对一个地方有归属感。每个人都有机会成为他人的避难所。

正是通过那种勠力同心，这本让许多人觉得“艰深”的作品有了切实的进展：寻求一个更理想的自我，一个更愿意下苦功夫理解世界的自我，一个在同情与怜悯中力求公平与无私的自我，一个更愿意继续尝试拓展共情想象边界的自我。

《洛丽塔》把我从我的亨伯特手中解放出来

宾度·班西娜斯

Bindu Bansinath

我的第一本《洛丽塔》是我叔叔给我的。在我们经常一起逛的书店里，我父亲拒绝给我买。

“为什么要买那本书？”我们回到家后，父亲说。

“我就是想要。”我们在门口脱了鞋，宗教迷信要求一切不洁的东西都要留在门外，“我想读一下。”

我当时15岁，读高二，从英语老师那儿听说了《洛丽塔》。老师总结了故事情节，把它列为“不可靠叙事”的典型。

几个星期后，叔叔把《洛丽塔》当作礼物送给了我。我之前告诉他我父亲不愿意买。叔叔对洛丽塔只知其然——早熟女孩的套路、日本的时尚亚文化、心形眼镜——但他并没有真正读过这小说。

叔叔喜欢给我买礼物，小礼物、昂贵的礼物都有：一些我父母买不起的东西，或者他们禁止我拥有的东西。赞助人的角色让叔叔觉得他似乎在填补我保守的父母在我生活中留下的空白。

所以那晚，在我们留宿的酒店客房里（我盖好了被子，被骗脱光了衣服），他扔给我那本禁书，说：“你最好把书藏好。如果你妈妈看到你在读它，她会大发脾气。你知道她不像我这么信任你。”

虽然我什么事都瞒着妈妈，就像他训练我做的那样，但他还是给了我警告。他知道，要培养年轻女孩儿，必须抹掉母亲的存在。我听他说起过他在英国交往的那些印度女孩。从这些悲惨故事中，我得知他在我之前就培养了其他女孩。在他自己的故事里，他是救星，而不是性捕食者。我不知道她们的名字，但在他虐待我们的那些年里，我们形成了守口如瓶的姐妹情谊——我们的沉默让他免于牢狱之灾。

我想读《洛丽塔》，因为我觉得小说能减轻我对性的羞耻感。小说情节和我的日常生活之间的相似性促使我上谷歌搜索信息。在网上，我读了一些节选，看了两部改编电影的预告片，电影被归类为“犯罪”“戏剧”和“爱情”。在那之前，我从未想过我和叔叔的关系属于这三个类型中任何一种。虽然有人会把我们想象为爱情关系让我感到恶心，但犯罪和戏剧又似乎过分了些。

他进入我的生活时，我12岁，他53岁。在我们家没什么亲戚的国度（美国）里，他是我们家的好朋友。他自己没有孩子，娶了一个神秘的女人。他成为我叔叔实际上是因为习俗。我被教导称呼印度男性为“叔叔”，印度妇女为“阿姨”。

在我保守的家庭里，他还是一个进步的声音。妈妈认为我内心的“美国性”是危险的，尤其是在性方面，但他对此抱以同情。当我的朋友们都在学习两性基本知识时，妈妈却不让我用卫生棉条。直到我来了月经，我才知道什么是月经。成为成年女性遥遥无期，是降临在别人身上的紧急状态。我们装作就好像男人不存在似的。

但我有好奇和迷恋。在几次一日游和谈话后，我向叔叔吐露了这些想法。他获取了我的信任，而我对他产生了爱恋，哪怕只是很短一段时间，正如女孩会爱上待她像父亲一样的男人。

以他妻子会加入我们为虚假的借口，他把我们的一日游变成了过夜游。周末，他开车载我去曼哈顿，送我去上表演课，然后接我下课去吃晚餐，去百老汇看戏。

尽管我从小被教导不能接受任何人的礼物，但他给我买了一衣柜的情趣内衣，还警告说，拒绝他的礼物就是不领情。在我自认为不会被男人注意的年纪，当街上有男性看向我时，他都指出来以此获得满足感。我注视着豪华酒店镜子里的自己。我们住的客房太奢华了，我为自己占据了那个空间而感到难为情。我们住了曼哈顿的酒店客房后，又住了波士顿的酒店客房，还住了康涅狄格的酒店客房，然后是海边度假胜地和其他我努力忘记的地方。

我没有承认他对我的关照的代价是性骚扰。承认会让它成为事实，所以我接受了他的解释：他对我做的事情要么是普遍的，要么是想象出来的，而我的痛苦是我自己哭哭啼啼歇斯底里的产物。

“冷静下来。”他会说，把他湿漉漉的大手放在我的大腿上，“每个人都被教会如何做那事儿，如何接吻。我从中得不到任何快感。你的描述有误。”

我接受了这个说法，我自己是个“不可靠叙述者”。

当我开始上天主教女子高中时，一个女性的世界出现在了我眼前。我父母相信，在女校读书将把我送上通往常春藤高校的阳光大道，在女校里不会受到男孩子和他们的凝视的干扰。

为了当好女学生角色，我封锁了对自己另一场人生的记忆——被中年男人的凝视主宰的人生。相反，我梦想着长大，摆脱他。在一次兜风时，我说起我想要上大学。他信誓旦旦地许诺，不管我在哪里上学他都会在附近弄一套公寓。他梦想着我下课后会跟他回家，像个替代妻子一样和他过日子。

我哭了，为没有出口的未来感到悲痛欲绝。在十字路口，他亲吻了我的额头，显然他把我的泪水当成了喜极而泣。

随着时间的推移，否认遭受性侵的事实变得越来越困难，但我依然觉得我不能告诉任何人。揭发叔叔会毁了他，而我认为自己太微不足道了，不该去毁掉一个成年男人的人生。所以我忍了下来，把我的家人推开，把叔叔拉近。我不希望有人起疑。

我感觉自己好像生出了两个身份，一个是我作为女人的自己，另一个是让她黯淡无光的作为欲望对象的女人。在《洛丽塔》中，我发现了一种诡异的认可：作为欲望的对象可以获得一种魅力。如果恋童癖者的凝视可以被正常化，甚至被美化，那么也许我可以正常化和美化自己的处境。接受我自己作为小仙女的形象比直面我是受害者的现实来得容易多了。

*

久而久之，这小说不仅仅是一种应对机制，它成了我的向导指南。我明白了洛丽塔如何利用亨伯特对她的痴迷，作为控制他的方式。他们开着那辆绑架她的蓝色轿车横穿美国旅行。她用这种力量指控他强奸，说他是“脏东西”。当亨伯特为两人订一间客房支支吾吾地辩解时，她指认这种情况的本来面目是乱伦。她知道自己是亨伯特的软肋，并学会了如何用自己来威胁他。

最终，我也这么做了。

在我第一次读《洛丽塔》的那个冬天，叔叔试图继续给妈妈留下好印象。他希望能说服她，如果遭遇了不测的话，指定他为我的合法监护人。我和妈妈之间的矛盾升级让他激动不已。我开始着装性感，她怀疑我放学后和男大学生鬼混，都促使我们争吵。我的确鬼混了。叔叔的性侵让我无所顾忌地滥交。我的身体还能有需求，这样简单的事实让我心怀感激。我发现我越是想要其他男人，我就越不愿意忍受他。

当他在我学校附近为我俩租了一间公寓，要给我一个惊喜的时候，我第一次告诉他，我恨他，他跟书里那个变态如出一辙。一旦提出指控，我就停不下来了。我决心忘恩负义了。尽管他已经帮我交了学费，但我还索取现金作为抵押物。吃晚餐的时候，我告诉他我交往过的男人，我们都干了些什么。这时他会把盘子推开，抱怨说倒了胃口。

几个月后，我忍无可忍了，向学校的老师告发了他。我知道，这个老师受法律约束必须举报他。

不久后，在警察局，我提交了书面证词。我坐在一屋子警察中间。他们让我给叔叔拨打一通足以显示有罪的电话。他们给电话录了音。他被捕后，对性骚扰指控不服，说只是我“描述有误”罢了。电话的内容被回放给他听。

我描述没有错误。我说的故事既非不可靠的也非令人向往，而且故事不属于他。过去是我的故事，现在依然如此。

克里斯蒂娜·贝克·克兰
Christina Baker Kline

陪审团的女士们、先生们

1997年版《洛丽塔》的封面是一张黑白照片，展示着一个青春期少女的下半身。她穿着波比短袜、马鞍鞋和非常短的裙子，一条腿羞涩地往内扣，故作腼腆。这本书被我翻旧了，画满了线。封面上配的简介出自《名利场》(*Vanity Fair*)杂志，宣称这小说是“我们这个世纪唯一令人信服的爱情故事”。出版方的封底广告文案描述其为“关于爱情的沉思录”。亚马逊页面上的描述称，年近40的亨伯特·亨伯特和12岁的洛丽塔之间的关系是“一段风流韵事”，是“一则爱情故事，既能让你嘴角上扬，也能让你眉头皱起”，还是“毫无疑问、厚颜无耻的色情”，尽管不情愿地承认，“洛丽塔拒绝符合(亨伯特心中的)完美情人形象”。

小说出版后，“洛丽塔”成为了小狐狸精的同义词，进入日常词汇。这本书及其两部改编电影似乎存在于我们的集体文化想象中，介于布兰妮(Britney Spears)的学生妹幻想视频和小女孩选美比赛(选手是戴假睫毛和穿晚礼服的6岁小孩)之间。《洛丽塔》50周年纪念版的封面是女性嘴唇的一半特写，闪闪发光，透着婴儿粉，年龄不详。

但纳博科夫笔下的洛丽塔(又名多洛雷斯、多丽、洛)远比出版商——还有多年来评论界的热烈回应——想让你相信的人设更复杂。读者永远不被允许忘记，她是多么脆弱、多么毫无防御之力。纳博科夫用一种犀利的目光看待他的反英雄亨伯特及其未成年受害者。他经常提醒我们，这是一个“痛苦的故事”。确实，亨伯特说，无论什么“也不能使我的洛丽塔忘掉我强施于她的那罪恶的淫欲。……一个名叫多洛雷斯·黑兹的北美小姑娘，被一个狂人夺去了童年”。在整本书中，我们能窥见洛丽塔的绝望，她的屈辱，还有她努力逃离亨伯特的魔爪，令人心疼却徒劳无功。我们看着她哭着睡去。在书的结尾，亨伯特不无忧郁地承认：他残忍地抹去了洛丽塔的存在——完全坦白他不仅绑架和奸污了她，剥夺了她的童年，而且他“简直根本不知道我的小宝贝脑子里都在转些什么，而且，很可能……她心中还有一个花园，一道曙光，一扇宫殿的大门”。

自我二十七八岁以后，我第一次重读《洛丽塔》。书中流露的《春心荡漾的希特勒》（*Springtime for Hitler*）的性质给我留下了深刻印象。是否像梅尔·布鲁克斯（Mel Brooks）在《金牌制作人》（*The Producers*）中虚构的马克斯·比亚里斯托克（Max Bialystock）那样，纳博科夫故意挑战伦理和人类尊严的边界，只为证明读者的道德伪善？就像扮演希特勒的糟糕演员一样，亨伯特常常是个滑稽的小丑形象，一个遭人蒙骗的笑柄。如此骇人听闻的书（在许多方面是黑色喜剧），是如何做到不仅成为畅销书，还成为经久不衰的“爱情故事”的呢？

他是怎么做到逍遥法外的？

事实上，我发现，阅读《洛丽塔》的理由有很多，但并不因为它是个爱情故事。正如一位网友冷冷地评论：“这不是爱情故事。这是恐怖故事。”

*

最近，前后一个月时间的下午，我在曼哈顿下街区参加一个大陪审团。23位年龄从25岁到75岁不等的陪审员来自社会各行各业：互联网公司高层主管、私教、店员、教师、律师、古董商以及几个退休和无业人员。我们每天从源源不断的地方检察官那里听取几宗案件，每周至多15例，然后投票是否控告有罪。很快地，我们这些陪审员对同样的事实有非常大的分歧。

在大陪审团房间的第一天，我们得知被告极少出席，因为出席会对他们很不利。这些被告要么透露太多，要么看上去贼眉鼠眼，使得评审团偏向原告。但有两次被告来出席庭审，动摇了我们的观点。其中一起是毒品案，被告被控贩毒，但他坚称虽然录像里看起来是这样，但他并没有贩毒。监控录像十分模糊，让我们也不禁质疑地区检察官的判断。尽管被告提出的替代情形不完全合理，却没那么容易被驳回。另一起案子中，被告彬彬有礼，看上去也通情达理。受害者控告他强奸，他坚称这实际上是两厢情愿的粗暴性爱而已。他离开房间后，我们讨论很激烈。陪审团中一些成员现身说法，用他们自己的经历来证明粗暴性爱并非罕见，而且还指出，所谓的受害人当时并未立刻报警。

我读《洛丽塔》的时候经常想起这个被告。像亨伯特一样，他充满魅力，还有自知之明。很难想象这位博学的绅士被指控犯下暴力的性犯罪。

在《洛丽塔》全书中，亨伯特通过直接陈述来建立自己的案件：被告向陪审团陈词。他先对“陪审团的女士们、先生们”说话，然后转向“法官大人”。很快，他缩小了范围——“陪审团的先生们”——但最终他唯独祈求女性的关注和理解：“陪审团的女士们！容忍我吧！”暗地里，他试图削弱对他不利的（想象出来的）部分，说：“敏感的陪审团女绅士们，我甚至不是她的第一个情人。”还有，“陪审团严正的女绅士们！……现在6点时她已大醒，到6点15分我们就形式上成了情人。我将要告诉你们一件怪事：是她诱惑了我。”

随着他的故事展开，亨伯特一会儿呼吁陪审团，一会儿越来越绝望地请求“我博学的读者（我猜想，他现在一定已经瞪大了双眼）”。在他心中，有一幅如此高尚又好说教的人物的清晰图片，他们“温顺的脾性洛真是应该仿效”。他求他们听完整个故事后才做评判：“请求你们，读者：不管你们对我书中这个温柔、过于敏感、无比谨慎的主人公多么愤怒，还是不要漏掉这重要的几页吧！”他清醒意识到事态看起来有多么糟糕。他说：“我必须小心行事了。我必须低声细语。”最后他改变战术。他不再坚称自己是无辜的，开始暗示道德判断有些天真了，他说：“噢，读者，请不要怒冲冲地瞪着我。”后来还说：“我仍希望，我是在对毫无偏向的读者讲这些话。”

在一连串有权有势的男人性行为不端被曝光之后，读《洛丽塔》让我感觉#MeToo运动中最夸张的罪犯可能把这本书当成自己的操作指南了。当亨伯特说“我看见自己同时向母亲和女儿都注入一种强大的瞌睡药力，这样就可以整夜对后者恣意纵情”，我想起了身败名裂的比尔·科斯比（Bill Cosby）。假如前电影制作人哈维·韦恩斯坦（Harvey Weinstein）有良心（他被控性侵了超过80位女性，引发了#MeToo运动），那么他可能会承认他“这双可怜的扭曲的手，伤害过太多太多的身体，我无法为它们感到骄傲”。你可以想象亿万富翁金融家、性侵儿童罪犯杰弗里·爱泼斯坦（Jeffery Epstein）想：**噢，洛丽塔，你是我的姑娘，就像维是坡的，贝是但丁的。哪个小女孩不喜欢穿着一件圆裙子或超短裤旋转呢？**单口喜剧（Stand-up Comedy）演员路易·C.K.（Louis C.K.）在讲笑话时爽快承认，自己“经常有变态的性幻想”。跟路易·C.K.一样，亨伯特也坦白了自己最卑劣的罪行，并试图为自己辩解：“当我现在回头去看……那个奇异又可怕的时刻，我只能解释。”前电视新闻主持人马特·劳厄尔（Matt Lauer）被控强奸时愤怒回应：“每次行为都是双方完全同意的。”这使人想起亨伯特的话：“我坚持要证明我现在不是，从来也不是，将来也不可能是一个兽性恶棍。”

20世纪中后期的男子气概论一直叫嚣着：男人们在蹂躏柔弱的女孩和女性后，就理应免于惩罚。长久以来，任何反对的声音都被嘲讽为清教伦理。实际上，这属于父权社会直至今日的遗毒。在小说发表的65年之后，男性仍然对亨伯特的行为无休止地进行说教和开脱。许多批评家都问过类似的问题：洛丽塔是受害者吗？也许亨伯特才是受害者？这是成年人腐蚀小孩的故事，还是堕落的小孩控制软弱的成年人呢？

是亨伯特自己提供了答案。在小说结尾，他称：“如果我自己来审判我自己，我就会以强奸罪判处亨伯特至少35年徒刑，而对其余指控不予受理。”（奎尔蒂既死，毕竟天下少了一个恋童癖者。）

最终，在我自己参与的陪审团里，我们大多数人都投票赞成起诉那个被指控强奸的人。（我们不需要定夺这个人有罪与否。我们只需要决定对他的控告是否有合理根据。）他就像亨伯特一样，说的故事东拉西扯。他一会儿恳求我们同情，一会儿嘲笑我们不谙世故。当他告诉我们那个女人是个“疯子”，她有过许多男朋友，她其实享受他施加的痛，她的泪水是专门流给我们看的时候，我想起了爱泼斯坦：他几周前在隔壁的监狱自杀了；我想起了韦恩斯坦：他戴着监视脚环在居家监禁；还有科斯比：他被判在宾夕法尼亚的监狱服刑3到10年。“我还剩8年零9个月，”科斯比告诉BlackPressUSA.com，“等我可以保释了，他们也不会听到我说我对此感到懊悔。”

我想起了亨伯特在充斥着自我辩解的故事结尾直白的认罪。请注意，只是承认——不是道歉。

*

从一开始，我们就意识到亨伯特的诸多过错。我们知道他是一个杀人犯和流氓。我们被预先告知：“一种贯穿其自白书始终的绝望的诚实，也不能解除他残酷奸诈的罪恶。他是变态者。他不是绅士。”他给人的印象往往是个可怜的小丑形象，像笨手笨脚的马尔克思兄弟[1]。他称自己为“亨伯特，受伤的蜘蛛”和“谦卑的亨伯特”。我们看着他“沮丧地撤退下来”和“奔出屋”。他洋洋得意，自怜，小气，很有戒心。

但亨伯特也具备典型的自恋狂身上的致命诱惑。他总是房间里最聪明、最有吸引力、最风趣的男人。特别是在小说前半部分，他的机智和魅力让读者振奋不已。2019年12月，心理学教授丹·麦克亚当斯（Dan P. McAdams）在《大西洋月刊》的一篇文章中解释："（自恋狂的）崇拜者们感到一股兴奋和诱惑。他们享受与如此漂亮的人在一起——或是一个有权势、有创造力、充满活力、魅力非凡的人物。崇拜者们沐浴在偶像的夺目光芒里，即使他们觉得他自我迷恋不得体。"

亨伯特推进叙事，是凭着他对喜剧时机的掌握、自轻自贱的意愿，和对人类境况的惊人洞察力。单口相声的包袱可以合理化政治不正确或者道德上可疑的观点。读者可能心里赞同这些，却不敢自己说出来。亨伯特的"自白"便以这样的方式引诱读者成为他的同谋。他迎合了我们的幽默感、趋炎附势、对无知狭隘的平庸的蔑视，还有我们喜闻乐见的文字游戏。

此外，亨伯特活在一个半喜剧的世界。在这里，人人都深思熟虑，都动机不纯，至少还有点荒唐。在美国的高速路和偏僻小径上，他被迫与蠢人周旋，还要安抚守旧的无聊鬼。他或许是个积习难返的势利小人，但他被众多平庸、狭隘和老实说讨厌的人物纠缠不休。所以，他没有让更多人物早日见阎王真是个奇迹了。比如夏洛特·黑兹，她见识狭隘，很会摆布人，更恶劣的是，她对自己唯一的女儿洛丽塔很残忍。她设计把她送去严苛的寄宿学校。她嘲笑她从夏令营寄回来的信，还公然鄙视她。"噢，她简直恨她的女儿！"亨伯特告诉我们。如果道德崩坏是相对的，亨伯特的死敌奎尔蒂也许是比他更邪恶的恋童癖者。

很长一段时间以来，我们像洛丽塔那样，是亨伯特手中的猎物。像对待洛丽塔那样，他熟练地追踪、捕获，然后玩弄我们。但无可避免地，我们就像我现实生活中的陪审团成员一样，从魅力四射的自恋狂身上移开了目光。不是因为我们看穿了他——他对自己的动机和行为一直都是公开透明的——而是因为我们厌烦他的无情。他无法表达共情，还有他脆弱的自尊。即使未达到愤怒的程度，读者也对自恋狂无法发现自身以外的需求感到恼火。正如麦克亚当斯说的："当自恋狂开始让曾经为他倾倒的人失望时，他们下一秒就要跌落神坛了。"

到小说的第二部分，大概恰好一半的地方，随着亨伯特坦白越来越多的暴行，我们对他仅剩的同情心被消磨殆尽。亨伯特华丽的辞藻和他揭露的肮脏事实之间的鸿沟越来越宽，已无法逾越。他被愤怒和怨恨冲昏头脑，编造了宏伟的复仇幻想。书的最后三分之一是在扣人心弦的悬疑中度过的——我们坐等他遭报应。

在书快结尾时，他发着酒疯，告诉我们："我的脑袋就要爆裂了。"他形容自己写的诗是"狂人的杰作"。稍后，他说："我疯狂地搜寻她不贞的影子；但我探询到的气味却是那么纤弱，实际上很难同一个疯子的幻想加以区别。"从根本上看，亨伯特认罪的原因是精神失常。但跟洛丽塔一样，我们已经忍受他的心理控制和操纵够久了。到这个时候，我们只想知道故事如何结尾。

*

事实上，《洛丽塔》经久不衰的魅力一部分在于，尽管它毫无疑问是纯文学，却提供了类型小说才有的许多乐趣。在某种程度上，可以把它当作犯罪小说来读——一个已定罪的杀人犯的自白，难以预测却令人着迷。我们翻着书页，寻找魅力非凡的叙述者是如何以及为什么犯下我们从前言中得知的恶行。然而，随着故事推进，它又呈现了哥特式恐怖小说的基调。在这个类型里，一般有一个恶毒的人物形象激起受害者和读者心中的恐惧、震惊和厌恶。

我们觉得《天才瑞普利》（*The Talented Mr. Ripley*）和《美国精神病人》（*American Psycho*）这样的小说如此引人入胜的一个原因是，我们从中获得一个机会进入精神变态者和反社会者的大脑，去描绘他们和我们的行为和动机之间的差异，去理解说不通的东西。另一个原因是，我们被迫深入思考我们和这些变态之间的相似性，从而，让我们的心理对自己来说变得更怪异，更危险，最终更加复杂和有趣。就像汤姆·瑞普利（Tom Ripley）和帕特里克·贝特曼（Patrick Bateman）一样——还有德古拉伯爵和汉尼拔·莱克特（Hannibal Lecter）——亨伯特令人如此着迷，主要是因为他老练的儒雅和残忍的贪婪之间的反差感。

但是，也许最恰当的哥特恐怖类比是《弗兰肯斯坦》。在小说中，一名医生渴望创造一个完美的人类，但现实里却造出了一个怪物，还带来了毁灭性的影响。跟弗兰肯斯坦医生一样，亨伯特既完全清楚自己的行为不道德，最终又无法控制这个怪物——因为怪物的毁灭蕴于其构想。亨伯特说："我疯狂占有的不是她，而是我自己的创造物，另一个，幻想的洛丽塔，或许比洛丽塔更真实，重叠又包容了她，在我和她之间浮游，没有欲望，没有感觉，她自己的生命并不存在。"为了能够轻易地抹杀"真实"的洛丽塔，亨伯特必须否认她的人性。弗拉肯斯坦医生称呼他的造物为"恶魔"（demonical）和"怪物"（creature）。亨伯特说过类似的话："现在我想介绍这样一种观点。在9岁至14岁年龄限内的一些处女……显示出她们真实的本性，不是人性的，而是山林女神般的［也就是说，鬼性的（demoniac）］；而这些被选中的小生命（creature），我想命名她们为'小仙女'（nymphets）[2]。"

归根结底，洛丽塔的一生，跟怪物的一生一样，是一场悲剧。她被利用，被虐待，不准上学，主动性和自主性被否定，真爱和友谊被剥夺。她想尽办法从她的猎人–创造者的魔爪下勉强逃脱，但却已为时太晚，遍体鳞伤，不得安宁。

在一篇题为《厌恶的要素》（*Elements of Aversion*）的文章中，推想小说（speculative fiction）家伊丽莎白·芭蕾特（Elizabeth Barrette）写道："最好的恐怖故事旨在撼动我们的牢笼，把我们从自满中震醒。它让我们思考，强迫我们直面我们想要忽视的理念，挑战一切成见。恐怖故事提醒我们世界并不总是它表面显示的那样安全。"归根结底，就像读完最精彩的恐怖小说一样，我们读完《洛丽塔》后感到焦躁不安。就像弗兰肯斯坦医生对他的怪物一样，亨伯特厌恶自己的试验品，但在情感上依然对她难以割舍。"她满面憔悴，成年的、瘦削的手上青筋暴突，雪白的臂膀上满是鸡皮疙瘩……她就坐在那儿（我的洛丽塔！），才17岁就已憔悴不堪，怀着的那个孩子……我看着她，看着她，就像我明白地知道我要死了那样，知道我爱她，胜过这世上我见过或想象得到的一切，胜过任何其他世上我所能希冀的一切。”

但亨伯特表达爱的方式令人不寒而栗。事实上，他已经承认自己从未真的对洛丽塔这个人感兴趣。他感兴趣的是她所代表的东西：“我知道我已经永远地爱上了洛丽塔；但我同样知道她不可能永远是洛丽塔。……‘永远’这个词是仅就我自己的感情而言，是仅就那个注入我血液中的永恒的洛丽塔而言。那个洛丽塔她的肠骨顶还没有向外展开。”在一段充满不屑的旁白中，他吐露：“从心理上讲，我发现她是一个令人反感、思想古旧的小女孩。”

在许多恐怖故事里，都有一个超自然的神秘元素——通常是恶魔本魔——它们操控或者恫吓主人公。［这里我不由想起《罗斯玛丽的婴儿》（*Rosemary's Baby*）、《闪灵》（*The Shining*）和《驱魔人》（*The Exorcist*）。］一次又一次，亨伯特告诉读者，他没有灵魂。他是被他称为奥布里·麦克费特（Aubrey McFate）的恶魔的“玩物”：“首先，他要引诱我——然后阻挠我。”为了给卑鄙的行为辩解，他说：“地狱尖叫着给我建议。”他和洛丽塔生活在天堂里，“天堂的穹空布满地狱之火的颜色”。就像在伊甸园里观察夏娃的蛇，亨伯特说：“我灵魂的真空却把她闪光的美丽每一处细节都吸在眼里。”后来，他像蛇一样“滑下了板凳”。而且事实上，“我们漫长的旅行不过是用一条迂回蜿蜒的黏土路亵渎这个迷人、诚信、梦幻般广阔的国度”。

然而，我们读者——我们充当审判亨伯特的陪审员——应该抱着怀疑的态度看待他可疑的说法：是恶魔让他干的。就像杰科医生（Dr. Jekyll）一样，亨伯特变形起来像闪电一样快。一方面，他形容自己"实际上无害"，是"不正常的、被动的、怯懦的……不快活、阴郁但文雅的绅士"。另一方面，他是"道德堕落闪光的典型"，犯下了"残酷奸诈的罪恶"，"在他小伙子式优雅的微笑后面，潜藏的是一个污水沟般腐臭的魔鬼"。

久经考验的公诉人可能会主张，亨伯特就是恶魔本魔。

就像经典的恐怖故事里的反转那样，在书中某一刻，亨伯特最终承认了残酷的事实：他从一开始就知道洛丽塔很惧怕、脆弱、绝望，而他并不在乎。"我总是安慰卑劣的自我，而总是忽视了洛丽塔的心境，这已成了我的习惯"，他说，还冷冷地注意到她会用"老一套的无礼、傲慢和厌烦来掩饰她的脆弱"。因为这是她对他唯一的抵抗。他承认，许多年前，他瞥见了"浴室中的她脸上的表情，那种表情我无法确切形容……是一种无助的表情，是那样的纯粹，它仿佛又渐渐变为一种很惬意的茫然，仅仅因为这是极端的不公正，她委屈到了极点”。

“我希望你会爱你的孩子。”他在书的最后一页规劝洛丽塔，还阴森森地加了一句，“我希望他是个男孩儿。”

称《洛丽塔》是爱情故事是误读。纳博科夫的小说目的很明确。我们阅读《洛丽塔》是为了欣赏其语言的动感之美、人物刻画的深度、幽默、感染力，和最后让人难以承受的心碎感。我们之所以读它，是因为它对反社会者的描绘令人感到深深的不安。亨伯特的自白不能再赤裸了。他强迫“可怜的、感情受到挫伤的孩子”生活在“一个充满罪恶的世界里”。“有些时候我知道你是怎样的感觉，而知道更是要命啊，我的小宝贝。洛丽塔小姑娘，勇敢的多丽·席勒。”

1 马尔克思兄弟（Marx Brothers）是美国从1905年至1949年非常知名的喜剧家族，包括五个亲兄弟。美国电影学院选的百大电影中，马尔克思兄弟的电影占了五部。观众和评论家广泛认为他们是20世纪最伟大的喜剧演员。——译注

2 从造词上看，Nymphet 是nymph和et的结合。Nymph是古希腊罗马神话中住在山林水泽里的仙女，因此也是超自然的存在，与弗兰肯斯坦医生的怪物或魔鬼有着异曲同工之妙。——译注

维克托·拉瓦勒
Victor La Valle

色令智昏

我曾经有一个长相英俊的学生。如果说魅力就像吸铁石一样，他上课第一天走进教室，大多数同学——无论性别或性取向——都像金属屑一样向他靠近。在教室里当教授是挺奇怪的。教授参与其中却不算数。至少我是一直这么思考这个角色的。尽管我和学生在同一间教室里，但我不是他们中的一员。我发现，如果我与之隔开一段距离，教授这份工作会容易一些。我希望他们都表现很好，我希望为他们的教育尽责，但结束之后我想下班回家。

就这样，这位英俊的年轻男子走了进来——对我们班的人数来说，教室太小——他们甚至还未从椅子上起身，就朝他挤过去，简直是爬向他。他们突然间成了向着太阳的花朵。他上课迟到了，所以没时间享受大家的爱慕。最终，我意识到，他甚至注意不到这样的关注，就像鲨鱼必定注意不到吸附在身上的鲫鱼。

我们姑且叫他特里（Terry）吧。特里进入教室，走向一张空椅子，也就意味着他必须坐得更靠前。他身高六英尺半[1]，一屁股坐在椅子里，但头颅依然高高在上。他把脸上的头发吹开，用手指着我。直到此刻，在所有这些叮当响动和打断后，他才问研讨班的名字，以确定自己来到了正确的教室。

我看了眼花名册，点了他的名字。就这样，特里加入了我们班。

像加里·格兰特（Cary Grant）型的漂亮男人持有一本总会被人盖章的护照。他过安检的时候，挥手直接让他通过，不用检查行李。就比如，如果特里稍微没那么帅，我会乐意忽略因他的迟到造成的扰乱吗？我不知道。

特里就是这样用美貌迷惑了我们。我们（甚至我自己）花了很长时间才意识到特里是个恶魔。事实上，我想说，主要因为特里的长相，我们忽视了许多信号：脾气暴躁、不愿容忍辩论。学生都尽力挨着他坐，通过闲聊和玩笑博取他的注意。他在学院参加了两项体育运动，主修工程。即使身上包裹着厚厚的冬装，他依然风度翩翩。然而后来，在学期快要结束的一堂课上，他威胁要杀另一个学生。

*

人们往往忘记亨伯特·亨伯特相当英俊。或者，至少他是这样告诉读者的："让我再平静地重复一遍：除去我的不幸，我过去是，现在仍然是一个英俊出众的男性——稳健、高大、柔软的黑发，有一种抑郁但格外诱人的风度。"

我现在想承认，对这部经典小说中的每个字都应该带着怀疑的态度去读。侧目而视不相信对文本来说至关重要。然而，我的确相信纳博科夫希望读者严肃对待这一点。这个男人必须如充斥全书的文字所描述的那样漂亮。在《洛丽塔》中，美人就是野兽。这也许是我对两个电影版最大的批评。詹姆斯·梅森（James Mason）很庄重，杰瑞米·艾恩斯（Jeremy Irons）很优雅，但我认为，两个演员都不如我想象中纳博科夫意图表现的那么漂亮。纳博科夫把亨伯特的自我认知、他的美，与某种男子汉气概，甚至如狼似虎的气质联系起来。不是黎明日出的美，而是某种更野蛮的美：火山爆发、龙卷风毁灭土地那样的美。那才是亨伯特。一个召过“大约80位”妓女的男人。他坐在公园里，观察玩游戏的孩子，耐心得像潜伏在水边的鳄鱼。他强迫新婚妻子穿“一件普通的女孩睡衣，那是我设法从一所孤儿院的亚麻布衣橱里偷出来的”。**这个**男人高大帅气又有诱惑力的设定是纳博科夫最绝妙的选择之一。

这样的人是个恋童癖违背了人们的期待。通常对这类男人的描述更接近任菲尔德（Renfield），而不是德古拉伯爵（Dracula）。丑陋、萎缩、苍白、紧张不安——比如，当你看到如此一个人出现在银幕上，你会奇怪，怎么会有人被欺骗。我们想要相信——**需要**相信——这种人的外表就发射着变态的信号。当然，恐怖的是，他们并不会发射信号。

*

特里威胁伤害同学令人震惊，却并未引起警觉。我说的是近二十年前的教学经历，早在封锁演习和校园枪击成为美国大学校园司空见惯的事情之前，更不用说在美国的小学了。那时没有规程，没有发布危险消息的指挥链。现在，我知道在大学体系内该联系谁，而且非常迅速地，特里就会被人从教室里带走送到学校的心理医生那儿。

但那时候——我说的是2000年代早期——特里指着一个同学说：“要不是在上课，我现在就杀了你。”全班都愣住了。

我开了一门文学研讨课。在课上，我们读书，然后学生对每本书写简短的创意回应。然后，我们互相分享，讨论如何改善提高。可以说，半数学生每周都交同一篇东西，只是修改了一些细节，以显得他们在回应新的书。另一半非常勤奋，交上来的东西已经优秀得超出了他们的年纪。换句话说，他们尽了最大的努力。我也一样。

但没有一篇作品是创意杰作——也不应当是——都是习作。我希望每位学生都更自由地试错，尝试新的东西。而且，这种方法比寻常的创意写作工作坊更加随意自由。在工作坊，作家们把心掏出来摆在桌子上，邀请十几个陌生人来共飨。

另一方面，特里始终如一地对待每一篇练习，仿佛都是他的生命器官。他无法容忍任何批评，无论是他花一个月写的作品，还是课前五分钟才匆匆赶出来的。无论如何，他感到很受伤。他威胁另一个同学的时候，已经快期末了。对一个顺便提到的细微批评，他的反应就像畏惧致命一击的动物。所以，他威胁了那个同学，然后全班都安静了。

要不是在上课，我现在就杀了你。

最后，我记起了自己“教授”的角色。我必须想下一步该做什么。

*

如果我们同意亨伯特·亨伯特确实是个恶魔，那对现代读者来说，下一个问题是他是如何变成这样的。我们渴望解读这个如尼文（runes）般神秘的问题，破译出清晰的答案。即使以亨伯特的腔调，他似乎会拒绝任何人施予的怜悯，但纳博科夫为亨伯特提供的背景故事的确可怕得恰到好处。他的母亲在他3岁时去世了——她算是文学史上最有名的沦为括号注解的受害者了。他写道："除却存留了黑暗过去里一小袋的温暖，在记忆的洞穴和幽谷中，她无影无踪。"

他母亲的姐姐西贝尔（Sybil）充当了"无薪酬家庭教师兼女管家"。在亨伯特16岁生日后不久，她也去世了。

亨伯特缺席的父亲"在里维埃拉（Riviera）开了一家豪华饭店"。关于他完全没什么可说的。不过，既然我们在谈论悲剧，书里在很早的时候就提供了一个细节，是关于亨伯特如何获得性教育的："父亲以喜悦又洒脱的态度教给我所有他认为我需要的性知识，这正是在1923年秋天送我去里昂一所公立中学之前（我们将在那儿呆三个冬天）；但请注意，就在那年夏天，他和R夫人及她的女儿去意大利旅行了，于是没人听我诉苦，也没人给我指点了。"

所以，概括一下：亨伯特的母亲去世了；他的姨妈作为代理监护人后来也去世了；他的爸爸跟另一个女人和她的孩子跑了，还把自己的儿子塞进了一家寄宿学校，就像把一本古代历史书留在高高的书架上收集灰尘。

在另一种类型的小说中，我们终于看清亨伯特为何是个恶魔了：贪婪的自我主义者，儿童强奸犯和绑匪；他会被**解释清楚**，而且这样他会被理解。渴望获得理解是人类天然的冲动。如果这个冲动能被组织起来，进行分类，那就可以被驯服。任何能被驯服的东西都不算真的可怕。不过，在这本经久不衰的经典作品结尾后，我敢说，任何人——甚至包括亨伯特·亨伯特——都不敢解释他是如何成为这样的怪物。这个怪物不断强奸一个孩子，还把供认罪行变成了一封喷满香水的情书。

当然，纳博科夫清楚地知道这就是全部意义。亨伯特·亨伯特自始至终都是个恶魔，但在他自己的叙事里，他从未如此看待自己。如果在书的结尾，纳博科夫把这个启示强加在他身上，这本书将会多么令人愉快啊。如果在最后一段中，亨伯特祈求读者的原谅，祈求洛丽塔的原谅，并明确承认自己犯下的所有坏事，那这会是本多么朴素、整洁的小说啊。不过，如果纳博科夫真那样做了，我们就不会还在阅读或者讨论这本书了。

相反，在他最后的话里——他的自白的最后一句话——亨伯特把自己和洛丽塔永远捆绑在一起。“我正在想欧洲的野牛和天使，在想颜料持久的秘密，预言家的十四行诗，艺术的避难所。这便是你与我能共享的唯一的永恒，我的洛丽塔。”我能想象到的文学作品中令人毛骨悚然的结局莫过于此了。这个孩子永远得不到自由。依据我们从小约翰·雷的简介中得到的推断，还有这位年轻女性死于分娩的消息，亨伯特的话的确一语成谶了。

亨伯特赢了。他不折不扣地大获全胜。无论这个词有多少含义，都能满足他丑陋的心。这样的男人往往如此。纳博科夫并不想让读者好受。

他就是想让我们感到恐怖。

*

特里发出了他的威胁，而我们都沉默地坐在那里。我确定安静持续了整整30秒钟，尽管对我来说感觉像30天。最后，我意识到必须由我来掌控局面、解决问题。毕竟，我是教授。

我告诉特里，在我的课堂上，他不能以那种方式对任何人说话。接受批评的能力一直是任何真正的作家性格中的基本品质。我让他向同学道歉。我依稀记得，我以小孩之间的打闹来教育他们，让他们握手言和。不管采取什么方法，教室似乎恢复了某种程度的平静，但这并不等于每个人都感到安全。

还有一位学生的作品要讨论。我推动讨论继续，因为我认为那样也许最有助于我们回到老师和学生的角色，回到一起创作的作家的角色。在课堂余下的时间里，特里安静坐着，埋着头。他没有给出任何评论，但也没有威胁任何其他人。当时，我决定把这算作一场胜利。

下课了，我试图让特里留下来聊聊。不过，他没有理我们——包括我——就离开了教室。学期还剩两堂课，但他没有回来。我再也没见过他。

现在让我印象深刻的是，他的伪装如此成功。我有过许多学生，我很快就明白他们的性格可能需要温柔对待。例如，他们可能会留下来讨论课程要求，但很快就清楚了，他们希望透彻详谈自己的焦虑和担忧。我变得更善于识别他们的真正需求，并尽力满足他们。我希望这意味着我尽职了。我发现，好的部分是，通过恰当地接触和处理，这些学生可以和其他学生一样茁壮成长。不过，我从未注意到特里的需求——部分因为他的长相，我未能识别他易怒和敏感的性格。从那时到现在，几十年过去了，我担心是他的颜值让我没能做出更好的判断。即使在今天，还有多少人会犯这样的错误？如果他们真的犯了错，他们会付出什么代价？

“你总可以指望一名杀人犯写出一手妙文。”

这句话出现在小说开头不久，嬉皮笑脸，眨着眼睛，但对纳博科夫来说，玩笑总是戳得更深。绝美的句子，绝美的脸，都让人卸下戒心。每一项都能够让我们忽视可怕的事实。这部小说一再激读者转移目光——事情很糟糕，而且只会更糟糕——但读者反而渴望得到更多。我们被施了魔法，迷住了。因为这样做，我们不是受害者，而是帮凶。

我们为什么认为恶魔一定是丑陋的？也许是因为我们愿意去想象自己总能一眼就发现恶魔。我们非常想相信事情就是这样。否则，我们将永远都无法预测恶魔的到来。如果真是这样，我们还怎么能闭上眼睛，安然入睡呢？

1　将近2米。——译注

斯隆·克罗斯利
Sloane Crosley

他们永葆青春

“啊，走开吧，让我独自待在我春情勃动的公园里，待在我生满青苔的花圃中。让她们永远在我身边嬉耍吧，永远不要长大。”

——弗拉基米尔·纳博科夫,《洛丽塔》

“这就是我喜欢这些高中女生的地方，伙计。我一天天变老，他们永葆青春。”

——电影《年少轻狂》(*Dazed and Confused*)

这比我们想的还要早。大概10岁时，你周围的孩子达到了与你自己的记忆共享边界的时刻。不是依稀的由感官刺激产生的闪现，而是完整的镜头组。这是回忆的接力棒交接。作为在这个年龄段的几个年轻人的阿姨和朋友，我习惯了负责照顾他们的成年人的抱怨。他们抱怨这些孩子注意力不集中，总是离不开屏幕。而我在想：**屏幕只是问题的一半。另一半是自主**。我至今记得，有天晚上我在看《布偶秀》(*The Muppet Show*)，妈妈和阿姨一起进来了，要求我拥抱她告别。我坐着没动，只挥了挥手。妈妈用道歉的口吻解释说，什么也不能把我和电视机分开。我接受了她对我欠周到的影射，没有解释我刚刚萌芽的自主受到了侵犯。我**正在做**事情。我不会大白天跑到你办公室，闯进你正在开的会议，然后大喊：“跟卡罗阿姨说再见吧！”

对成年人来说，自主是夺取的，而不是给予的。等待自主是软弱和缺乏安全的表现，或者是父权制在作祟。对孩子来说，自主是抢手的稀缺物品。他们就像患了精神病的小孩，除了脚上的拖鞋，什么都被收缴了，所以他们拼命谈判，谋求小小的自由。也许有必要在这里指出，我不是幼儿专家。不过，我曾经是个12岁的女孩。我床头柜上有牙套，我腿上长毛。我还记得，自己存在于独立边缘，与成年人既相区别又受他们的养育之恩的边缘，还有介于少女时期和成年女性之间的边缘（前者听到“成年女性”这个词就干呕）——我的边缘化存在被我成长的阶段加剧了。我的童年时代不是在纳博科夫的50年代初的美国，而是在80年代末90年代初的美国。然而，这确切无疑是亨伯特式的时代。当街灯嗡嗡响时，他们发出的声音那么不祥。“危险的陌生人”的说法甚嚣尘上。举国上下都被小姑娘完全**迷住**了。

在这个年代，女孩不断被灌输她们很脆弱，更有可能被告知她们是受害者而不是狐狸精。斯汀（Sting）那首受《洛丽塔》启发的歌《别站得离我太近》（*Don't Stand So Close to Me*）发行已经有一阵了。在歌曲里，孩子拥有完全的能动性，而老师则是**“女学生幻想的对象”**。现如今，女学生在大街上被人拐走，或者半夜里被人从家中偷走。白色面包车象征着不可言说的忌讳。像我这样住郊区的女孩被鼓励记住可疑车辆的车牌号，还要追溯公交车路线。在这个年代，电视台24小时连续播放薇诺娜·瑞德（Winona Ryder）祈求波莉·克拉斯（Polly Klaas）安全回家的影像（她被人勒死了）[1]，还警告说无包装的烘焙饼干里有刀片。更不用说灌输给我们的无休止的故事，关于成年女性被特意躲在灌木丛里的男人强奸，被他们用重物敲击至死。所传达的信息再清楚不过了：我们也会变成女人，而当我们成为女人时，被塞尖锐物的将不仅仅是饼干了。

还有那些**故意**把自己置于险境中的女孩，那些离家出走的失足少女，她们的故事结局有好过吗？她们有从这种经历中搞出一份扎实的大学申请文书吗？不，她们并没有。她们的命运以成为雏妓或瘾君子告终，埋没于贫民窟，从此杳无音信。其含义不仅仅是我们毫无自主，而且获得任何自主都是危险的。半数牛奶盒子上印着低像素的照片，上面是失踪孩子的空洞眼神。对他们来说，逃离从梦想变成噩梦。1988年，《纽约时报》刊登了一篇文章，开头是这样的："80年代离家出走的孩子和60年代怀着冒险精神横跨国境的青年没有多少相似之处。"到1992年，这些孩子（其中大多数都是女孩）还获得了额外的羞辱——灵魂庇护所乐队（Soul Asylum）的音乐录影带《离家出走的火车》（*Runaway Train*）把他们戏剧化了。

当然，女孩容易过早性感化的想法并非碰巧在我青春期前的时代所特有。自古以来，男人就会利用青春期前的女孩对自主的渴望从她们身上夺走自主，这是捕食者乘虚而入的理想年龄。他们说：**嘿，孩子，我不是你爸爸。我们干什么都听你的，你想怎么来都行。我为你服务。**不过，为了弄清楚我们如何随着《洛丽塔》来到这个混乱的文化时刻，以至于用二十世纪最抒情的小说来作为"我在上体位的时候戴着蝴蝶结"的简略表达，我们需要找到滋生这些矛盾信息的温床。这些信息被灌输进了那些三四十年前在美国成长起来的人心里……现在，这些艺术家在大量炮制我们的娱乐消费。因为，虽然威胁的迷雾降临到了我们的童年时期［对于这场狂热的精华，我首选琼·斯彭斯（June Spence）1998年的短篇小说《失踪的女人们》（*Missing Women*）］，但我们大多数文化产品说的故事和新闻报道的完全相反——文化产品里说的是完全、彻底的青少年赋能。

在银幕上，儿童要成功，**只能**通过快速长大，通过提早尝试性萌动，通过勾引或者伪装成年人来谋取个人利益：《假日少女情》（*Don't Tell Mom the Babysitter's Dead*）、《长大》（*Big*）、《辣身舞》（*Dirty Dancing*）、《天才小医生》（*Doogie Howser, M.D.*）、《双峰》（*Twin Peaks*）、《春天不是读书天》（*Ferris Bueller's Day Off*）、《奉子成婚》（*Married ... with Children*）、《十六支蜡烛》（*Sixteen Candles*）、《舞星争艳》（*Girls Just Want to Have Fun*）。哦，他们现在是这样的吗？我们的叛逆在一个频道被责备，在另一个频道被美化。我们是受害者吗？也许我们的父母和老师希望我们如此作想，但电影里描绘的生活方式可诱人多了。电影给我们兜售一种理念：只要我们有一张假身份证，我们的人生就可以开始享受自给自足的荣耀了。就此而言，如果我们能表现得像弗朗西斯·宝贝·豪斯曼（Frances "Baby" Houseman），乔希·巴斯金（Josh Baskin）、珍妮·格伦（Janey Glenn），还有费里斯·布莪勒（Ferris Bueller）这些电影主角，我们就能保留我们的青春精神，同时比成年人过得更好。

纸媒在这方面尤其不堪用。青少年杂志非但不澄清情况，还拿《洛丽塔》式的女孩幻想大做文章。非但没有提供如何应对不怀好意的亲昵和示好或者辨别诱骗行为的故事，反而会提供"如何让他更喜欢你"和各种口交技巧，读起来像牵线木偶操作指南。与此同时，“严肃”电影也是一丘之貉，讲的全是跟我同龄的女孩如何寻求从父母那里解放，旅居国外，或者闯荡好莱坞的故事。依据新闻报道的话，我们是行走的犯罪目标；而依据电影和杂志的话，我们唯一的性危险是处女之身带来的耻辱。

然后，我们长大了。我们这一代孩子依然感到困惑，不知道自己在什么年龄能掌控一切，也不知道不好的事情什么时候会发生。(波莉·克拉斯只有12岁，和多洛雷斯·黑兹同龄，但我坐下来写这篇文章之前，我记忆中的她只有八九岁)。这一代孩子被释放到世界中，左右了流行文化，传播女孩如何真实行动的形象。而当我们被释放出来后，我们不禁认真拜读这本满纸混淆信息的《圣经》，也就是恰当触摸/不恰当触摸(good-touch/bad-touch)[2]的原始文本：《洛丽塔》。

我们在努力理解女孩的自主，没有什么能比文化对《洛丽塔》所做的更能证明这一点了。我们这一代人，如果没有读过这本小说，会仅仅因它被禁了而不假思索地将其与丑闻联系起来。对于一群受过良好教育的性积极人士来说，没有比反对禁书更容易做选择的立场了。因此，人们倾向于把《洛丽塔》与《裸体午餐》(*Naked Lunch*)、《查泰莱夫人的情人》(*Lady Chatterley's Lover*)，或者《北回归线》(*Tropic of Cancer*)放入同一个思考范畴——每本书都有不同的禁忌。然而，即使最不严谨的《洛丽塔》学者也知道，当小说最初出版时，它差点不够资格属于这个范畴。在奥林匹亚出版社决定出版前，多家出版商拒绝了美国最变态的公路旅行兄弟喜剧。在这个故事里，一个12岁的女孩遭受一个讨人喜欢得让人不适的恋童癖者折磨。他的童年简直是弗洛伊德新手入门套装。因此，在那短暂的一段时间里，对洛丽塔的文化反应与书本身有些相称。对所有那些号召禁止《洛丽塔》的狂热的抗议分子，你能够说的一点是什么呢？至少他们明白书中有什么东西。

然而，如果我们想让《洛丽塔》这个气球浮在空中，不仅要阅读它，还要反复**咂摸**它来维持道德高地，那我们需要净化这个故事，以供人安全参考。我们不能是受害者。我们需要被小说吸引，因而我们可以从中提取意象。为了实现这一目标，我们首先必须宣布一份裁决：作为一个孩子，跟亨伯特·亨伯特私奔，多洛雷斯·黑兹自己要负多大责任。只有这样，我们才能决定自己愿意体验多少同情或者挑逗。每出现一个新的《洛丽塔》版本，我们让天平向我们倾斜一点，给她再多一点点自主。该如何做我们并非没有路线图——为了我们的舒适度而量身定制材料的做法，在白色面包车出现很早之前就开始了。

《洛丽塔》出版没多久，第一支诠释之箭就开弓离弦了：斯坦利·库布里克（Stanley Kubrick）1962年的电影版，由纳博科夫亲自操刀剧本（剧本冗长无止境，必须重写，但上面充满他的印记）。就这部电影对我们现在所知的洛丽塔的贡献而言，我认为有三个扭曲因素发挥了作用。

最精湛的是彼得·塞勒斯（Peter Sellers）扮演的克莱尔·奎尔蒂。塞勒斯对角色的诠释简直太精彩了。影片中其他所有演员听起来好像他们是刚从角色分派中心走出来的，但塞勒斯感觉是从未来穿越而来的。尽管他的罪行令人深恶痛绝，但他太有魅力了，太塞勒斯了，我们很难希望他遭厄运。因此，他的边缘型吸引力深深烙印在我们记忆中。我们渴望洛丽塔拥有自主，希望她生命中拥有的不只是虐待。我们的想法被赐予了可供替代的恋爱角色。因为奎尔蒂的所有违法行为都发生在镜头之外，所以他并没有像亨伯特·亨伯特那样引起我们发自内心的厌恶。塞勒斯让整个工程都轻松了，而且，以这种过渡的方式，他奠定了洛丽塔作为可行的性对象的基础。

第二个扭曲因素是选苏·莱恩（Sue Lyon）饰演洛丽塔。《洛丽塔》杀青的时候，莱恩15岁。尽管这不符合书中洛丽塔的年纪，但她让洛丽塔更接近文化想象中的性同意年龄。在电影片头里修脚指甲的是15岁少女的脚，我猜这没有**真正的**儿童的脚那么古怪。当同样15岁的多米尼克·斯万（Dominique Swain）出演1997年版电影时，美国人已经看过苏·莱恩扮演了该角色，多多少少觉得没什么大不了的。只要她演的是14岁而不是12岁，只要我们看到的是19岁的替身，那我们感到愤慨时也就不怎么严肃了。不过，正是最开始选了苏·莱恩才使我们如此自鸣得意（甚或有点欧洲风情，像亨伯特本人那样），好像这段给我们带来娱乐的情感关系跟小说里的一样让人震惊。

第三个因素，也是库布里克的电影迄今为止影响最深远的遗产，甚至不在电影里，是那副该死的太阳眼镜。在伯特·斯特恩（Bert Stern）的照片里，莱恩有着电影明星的弯眉，从一副心形镜框上边盯着镜头，吮吸着一支红色棒棒糖。这副红色太阳眼镜从未出现在书中和电影中，棒棒糖也没有出现过，还有比如香蕉、热狗或者黄瓜都没有。然而，这幅艺术品立刻获得了偶像地位，成为纳博科夫的“青春期前的小仙女”这个隐喻的主干线。如果你搜索“女孩放低太阳眼镜”，数千张洛丽塔风格的素材照片就冒出来了。都不劳您输入“心形”，照片就出来了。这幅艺术品颠覆了本就颤巍巍的有关自主的对话。照片提出的问题不再是一个年轻女孩对被引诱负多大责任，而是她对勾引了别人、对她自己淘气的能力，还有对凝视者造成的潜在伤害负多大责任。她是织网的蜘蛛还是被捕的苍蝇？“蜘蛛！”封面艺术尖叫道。小说和电影仅仅提出了这些问题，但这张照片让答案板上钉钉了：是她先主动的。

在洛丽塔的传说中，90年代最为人熟悉的也许是第二部电影改编，但那十年首先带来了电影《一见钟情》（*The Crush*）。其创作似乎完全来自斯特恩那张照片的启发。在电影里，一位作家［30岁的加里·艾尔维斯（Cary Elwes）］在乡下租下了一户人家的客房，而房东的女儿［16岁的艾丽西亚·希尔维斯通（Alicia Silverstone）］疯狂迷上了他。欲火难耐，他亲吻了她，但随后又说她太小了（注意：这两位的年龄差缩减到了仅仅16岁。在《洛丽塔》里，差了25岁——而且，亨伯特·亨伯特在第一部电影中52岁，在第二部中44岁）。这个吻铸成了大错，直接导致女儿在作家的女朋友的摄影室里投放了许多蜜蜂。在这一幕之前，我们看见艾丽西亚·希尔维斯通戴着猫眼太阳镜晒日光浴，荡秋千。在滑轮滑的时候，在无线电话上聊天的时候，在嚼泡泡糖的时候，在草坪上扭动的时候，她都透过猫眼太阳镜注视别人。

一切都本着娱乐的精神。然而，大家老说，现在是好玩和游戏，等有人头部中弹就知道厉害了。在拍摄《一见钟情》的同时，在1992年5月一个明媚的上午，17岁的埃米·费希尔（Amy Fisher）按了玛丽·乔·布塔福科（Mary Jo Buttafuoco）的门铃。费希尔称她的丈夫在外偷腥，对着布塔福科的侧脸开了一枪。《纽约邮报》*(New York Post)* 或许以蠢钝的头条占领市场，但实际上是《每日新闻》*(Daily News)* 创造了那个十年的小报畅销巨制：《长岛洛丽塔》*(Long Island Lolita)*。斯特恩开始的，埃米·费希尔案终结了。终于，洛丽塔在真实故事中被拿来当枪使了。埃米·费希尔17岁，所以此后洛丽塔也变成17岁了，正式与亨伯特·亨伯特从宿营中带走的12岁女孩切割了。费希尔案是美国百看不厌的故事。两年后的O. J. 辛普森（O. J. Simpson）审判时还在继续。在O. J.案过程中还有人关心埃米·费希尔证明了她的丑闻的想象广度。不过，他们的确关心了。特别是在好莱坞。在那里，艺术开始模仿生活。好吧，取决于你对艺术的定义。

除了催生氧气（Oxygen）电视台的电视剧《快照》*(Snapped)* 之外，埃米·费希尔的故事滋生了不是一部，而是三部影视改编。历史从此之后决定费希尔只有一半是恶魔。另一半是个受了极大伤害、易受影响的孩子。然而，在她等待判决期间，当我们仍需要青春期女孩来当害怕刀片的受害者时，埃米·费希尔冒犯到了我们：她是个"贱女人"，是她自己做的选择而且是糟糕的选择。法官告诉她："你受性欲和激情的驱使。你是一个行走的炸药包，且导火索已经点燃了。"可以肯定地说，埃米·费希尔也许还看太多电影了。然后，她有了大量根据她自己的故事改编的电影。

《爱情的伤亡》*(Casualties of Love)* 主演是艾丽莎·米兰诺 *(Alyssa*

Milano）（快进到米兰诺参与了#MeToo运动并起了关键性作用。她扮演的角色给人留下极深印象——找不到合适的词语来形容了）。这部电影中没有棒棒糖，但有非常性感撩人的吃比萨画面，然后还有《脱离掌控》（*Beyond Control*）。电影开头第一分钟展现了80年代野孩子代表德鲁·巴里摩尔（Drew Barrymore）往嘴里送入一颗醉樱桃。就像在《爱情的伤亡》中一样，巴里摩尔演的埃米问乔伊（Joey）多少岁了。是她采取主动，是她在修车店里推动两人的对话。乔伊告诉她，在她的天平上，他算是“老死了”。对此，她回应说他“作为一具尸体看起来很美”。他再次把她推开：“我的伤疤都比你大。”说什么合不合法，见鬼去吧。这两个人怎么能够抵抗这么有吸引力的打趣呢？他像一片比萨那样折叠起来。

也许对埃米·费希尔最古怪的诠释是《致命洛丽塔》（*Lethal Lolita*）。电影的题名借用了《洛丽塔》书套上常使用的字体。采用的环型字母L让人想起小说开头的段落。《致命洛丽塔》讲的是洛丽塔·费希尔的故事。IMDb网站上总结道：她“把兰迪·韦斯特（Randy West）参议员在他的选区外真正给搞死了”。老实说，我找不到这部杰作的哪怕一个小片段，证明它有可能是色情影片。

等1997年到来时，小说的第二部影视改编不可能成功摆脱此前几十年里对洛丽塔的拙劣改编。没有决定命运的后花园参观，《洛丽塔》版本都不算完整，但在阿德里安·莱恩（Adrian Lyne）的版本中，多米尼克·斯万穿着裙子，趴着读书，被洒水器浇得浑身湿透，就好像她是一朵真花。退一万步讲，这样读纸质书是不切实际的。值得表扬的是，莱恩的电影情节忠实于小说。从夏洛特·黑兹死亡的方式到洛丽塔听到时的反应，所有关键点都考虑到了。这版电影甚至试图解释亨伯特·亨伯特对小姑娘的喜爱。他的初恋安娜贝尔死于斑疹伤寒，而他一直“在寻找她，在我离开自己的童年很久之后”。扮演洛丽塔母亲的梅兰尼格·里菲斯（Mélanie Griffith）堪称选角完美，在扮演一无所知和性上，她无人能敌。

哎，这个版本的洛丽塔前途光明的合理性到此为止了。哀叹彻底缺失纳博科夫式的抒情体根本毫无意义（在小说里，像“我能使用的女性，只是缓解的工具”这样的句子比比皆是）。或者，从一开始就有所期待也是没意义的。然而，多米尼克·斯万扮演的洛出奇地讨厌（但又没那么讨厌，当她坐在他怀里看漫画时，亨伯特依然愿意和她发生关系……当她处于不可信的性高潮的煎熬之中时，镜头切到了吊扇）。在这里，洛丽塔没有试验自己的力量，像小孩那样和成年人讨价还价，测试边界。整个过程没有自然过渡。她并非一步步陷入亨伯特的陷阱。她从一开始就给锁住了。

正如艾丽西亚·希尔维斯通在《一见钟情》中的角色，莱恩的洛丽塔与照片之间的传承关系比与小说原型人物更紧密。当莱恩开拍洛丽塔的时候，他仍在《致命诱惑》（*Fatal Attraction*）的盛名之下。我们因而有了一个不安的想法：这段亨伯特/洛丽塔关系更像标配的怪癖而不是禁忌的性。电影过于想要避开亨伯特的病态和威胁，导致有些场景感觉像借鉴了浪漫爱情喜剧。对于宣称能惊世骇俗的材料来说，我们忍受的却是早已耳熟能详的老调重弹：

一个长大了的洛丽塔，完全掌握了主动权，在美国公路边的休息站之间吮吸着硬糖。

因此，我这一代人既然把洛丽塔视为发育完全的青少年，有能力掌握主动权，能毁灭你的人生，可能还会朝你的脑袋开枪，那下一步漠视法定强奸罪就诡异地自然而然了。在新千禧年，洛丽塔是个马虎的委婉语，表示任何年轻女性和年长男人之间的关系，几乎都可以和“老牛吃嫩草”互换。要不然，洛丽塔成了万圣节装束风格，是整装待发的时尚潮流，包括戴美瞳，装扮成性感的爱丽丝。在HBO频道上超级时尚但有些傻气的电视剧《亢奋》（*Euphoria*）中，一个14岁的角色穿着樱桃印花游泳衣，戴着猫眼太阳镜，躺在沙滩上。一个40岁的男人接近她。我们得知她为他失去了贞操：“回想起来，这似乎有点像强奸，还有点古怪，但老实说，其实她是掌控的那个人。”听起来好像挺合理。90年代的孩子重新收回洛丽塔的标志为己用，就好像重新收回小名或者侮辱语一样。更准确地说，是白人女性在这样做。更确切地说，是那些签了利润丰厚的音乐专辑合同的白人女性。

泰勒·斯威夫特（Taylor Swift）、麦莉·塞勒斯（Miley Cyrus）和布兰妮·斯皮尔斯（Britney Spears）在她们的形象和歌词中美化了小姑娘作为性对象的概念，以此开启了新千年。美国人觉得她们年轻性感，但又不会太年轻或太性感。这些女孩更像安娜贝尔，而不像洛丽塔，永远被困在青春期前的炼狱中（不再是女孩，尚未成年）。至今，布兰妮·斯皮尔斯在《……宝贝再多一次》（*... Baby One More Time*）的MV中的洛丽塔式女学生装扮（短裙子和紧身开衫，马尾辫上扎着小绒球）仍旧是她最深入人心的形象。她之后的任何造型都无法撼动其地位，包括脖子上缠着蟒蛇和在镜头前剃寸头。泰勒·斯威夫特的音乐植根于女性赋权。她早期的作品更多的是吸引女生，而不是男生，但她也在知情的情况下落入了女孩/女人幻想猫咪、蝴蝶和舒适开衫的俗套。就连斯威夫特也逃脱不了在拍照时有人递给她心形太阳镜（还能有什么其他道具呢？）。

有那么一段时间，在效仿洛丽塔上，是迪士尼公主麦莉·塞勒斯打败了这两位。她的成名作包括在15岁时由安妮·莱博维茨（Annie Leibovitz）拍摄的让人遐想的《名利场》封面，加上准确无误直奔主题的歌曲，比如《永远的十二月》（*Permanent December*）：

> **我在每座城市都见一个男孩，没有一个能一直逗我开心**
> **但不要叫我洛丽塔，因为我不让他们进来**
> **因为我把所有的爱都留给某人，那个人就是你**

在这首歌里，洛丽塔不仅完全自主，而且还被描写得有点像妓女。塞勒斯在男孩方面尚且挑三拣四，那洛丽塔呢？她是世界保持敞开的一扇门。歌词读起来有点像荡妇羞辱，因此与小说相去甚远。如果洛丽塔真那么容易被引诱的话，小说可能不到20页就完结了。更重要的是，这首歌清楚表明了爱情只为好姑娘保留。洛丽塔是性对象，其实际效果是把亨伯特衬托成了拥有广泛吸引力的男人。读者们都直接对他倾诉，好像对此信以为真了。不过，纳博科夫的《洛丽塔》并不是关于与一个可以被说服屈从的男人谈的一场禁爱。这是关于一个恋童癖者的故事，**只有**未成年少女才能激起他的性欲。这个不好笑的事实，不仅在塞勒斯的音乐中缺失了，在所有这个主题的流行音乐中都缺失了。

在凯蒂·佩里（Katy Perry）的歌曲《一个兄弟》（*One of the Boys*）中，她在“虔诚地”学习了洛丽塔之后，径直走进“学校，捕捉到了你盯着我看的眼神”。对佩里来说，洛丽塔是密码，能进入成年女性社会的通关密码。歌词里特意提到她第一次读少女杂志《17》（*Seventeen*），还有第一次刮腿毛。歌曲讲的是佩里如何在跟她同龄的男性身上获取支配地位——如果说他们比她更有经验，并不是因为他们比她大25岁。她希望向她的男性朋友证明：她不是“一个兄弟”，她希望被视为“海报女郎”或者“返校舞会女王”。发牌庄家的选择。佩里学习洛丽塔的方式是涂口红。这样她（或者她的音乐形象）可以变得更性感。不过，她并没有读《查泰莱夫人的情人》以达到同样的效果。为什么呢？也许是因为很难把《查泰莱夫人的情人》这个书名塞进一首歌词里吧。

或者，原因也许正如佩里在采访中解释的那样："我对洛丽塔有种执迷。我想是因为她既天真又有点性感猫咪。她在两者之间游走。我觉得，如果你太乖乖女就有些无聊，而如果你一直都是坏女孩的话，你出场时会看起来像个荡妇，所以你必须在两者之间找到平衡。"无论她说的是男性期待女性以某种方式举手投足（白天是淑女/床上是荡妇定理），还是她最渴望自己成为的样子，在这里都无关紧要。与此有关的是，当她说"洛丽塔"时，她指的是成年女性，指的是任何年纪的**成年**女性必须行走的界线。有一次，她在推特上说："现在感到非常洛丽塔。"她还上传了一张自拍。照片里她穿着低胸黑色晨衣，扎着两个小丸子头。对于一个如此迷恋这小说的人来说，如果附的照片是她在偏远的地方给自行车打气会显得更合理些。

在过去的十年里，在一位且仅有一位白人女歌手身上，在音乐界达到了一个极高的洛丽塔顶峰：拉娜·德雷（Lana Del Rey）。拉娜·德雷的声音听起来有点像伟大的摇滚女歌手菲奥娜·阿普尔（Fiona Apple）。仿佛她在1996年钻进一副粉色棺材，在几十年后苏醒了，还有些茫然。与佩里不同，德雷并不执迷于洛丽塔，就好像她俩是不同种类的人；德雷举手投足就是洛丽塔的化身。这是同体论和变体论在流行文化中的差异；或者，对于德雷来说，这是迷恋和情结之间的差异。2012年，德雷发布了歌曲《洛丽塔》的MV。一个低成本制作，里面截取了阿德里安·莱恩的电影片段，穿插着动画片《我的小马驹》(*My Little Pony*)的片段，还包括了洛杉矶马尔蒙庄园酒店（Chateau Marmont）的外景镜头——以这种形式抽象地致敬骄奢淫逸。我们不禁想，假以足够的时间和困惑，音乐界的洛丽塔图解将与女性主义小说《钟形罩》(*The Bell Jar*)纠缠在一起。悲剧、自杀、毒品、性骚扰、女性痛苦、创伤、力量、操控弱点、追逐酷——有什么区别吗？

《洛丽塔》的副歌是这样的：

嘿，洛丽塔，嘿！

我知道男生想要什么，我不想玩儿。

嘿，洛丽塔，嘿！

嘿，洛丽塔，嘿！

你尽情吹口哨吧，但我不会留下来。

这首歌的情节相对忠实于第二部《洛丽塔》电影，而电影相对忠实于小说。也就是说，尽管MV里还有卡通小马镜头，文化的传话游戏几乎起作用了。歌词带有一丝纳博科夫的逻辑。从对叙述者的描述上看，她有点晒黑了，还打着赤脚。她还年轻，意识到自己可以吸引同龄男孩，意识到自己拥有的魅力，还为自己的自主感到骄傲。然而，她对少年的追求没啥兴趣。她只为这首歌的受众拼写爱：L-O-V-E。无论这里还是别处，德雷始终把一件大事搞错了：《洛丽塔》无关爱情。它从来都不是关于爱情。它是关于痴迷，是扎在爱情肋上的刺。

尽管这首歌顶着洛丽塔的名字，但涉及到德雷的曲目时，这仅仅是开端。《寇拉》(*Cola*) 讲述一个年轻女孩和年长的已婚男性之间两厢情愿的关系（似乎取材于她的亲身经历）。《无糖激浪》(*Diet Mountain Dew*) 的歌词里有这一句："宝贝，戴上心形太阳眼镜/因为我们要出去兜风。"《神和恶魔》(*Gods and Monsters*) 是关于一个女孩太早失去纯真。《电脑游戏》(*Video Games*) 里她同时扮演勾引者和受害者。《卡门》(*Carmen*) 提到了第二部电影里的多洛雷斯，不太为人所知。然后就是《去看赛马》(*Off to the Races*)，除了再次提到马尔蒙庄园酒店外（我肯定洛会喜欢在这里逗留，可惜从未发生），还同时采样了小说的语句和第二部电影的意象：

我生命之光，我欲念之火，
宝贝，乖，按我说的做，
我生命之光，我欲念之火，
给我那些金币，
给我币。

接下来还能发生什么呢？就在我们似乎已经竭尽了对《洛丽塔》的所有解释和改编时，还有更多。总会有更多的。自小说出版以来的60年里，解释和改编从来都不甘落后。纳博科夫自己就曾说过："出名的是洛丽塔，不是我。"社会上不是所有的洛丽塔都是虚构的。在我写这篇文章的时候，杰弗里·爱泼斯坦——那个拐骗妇女卖淫且和政界牵连甚广的恶魔，他的私人飞机被小报称为“洛丽塔快车”——刚刚死于狱中。推特上掀起了一场狂欢，试图搞清楚到底是他上吊自杀还是另有其人扭断了他的脖子。然而，多年以后，只有一件事情是很重要的：那就是谁幸免于难。女孩们。女人们。

与此同时，我们迫切想要找到一种方式，让洛丽塔被人接受，迫切想要理解她的故事并应用于我们自己的故事，从而让它不再糟糕。我们还未成功。但也许这就是意义所在。我们不应当成功。不管我们创造出超验的艺术还是彻头彻尾的垃圾，我们能给予小说的最真诚的致敬，就是永远维持在不适的悬置中。偶尔，如果你瞟一眼雪崩似的影视剧和歌曲，你会瞥见纳博科夫故事的复杂性。我个人最喜欢致敬的是一个极小的角色：在斯坦利·库布里克的电影《大开眼戒》(*Eyes Wide Shut*) 中，莉莉·索博斯基 (Leelee Sobieski) 客串饰演了一个戏服店老板不检点的女儿。他的父亲撞见她穿着白色棉内裤，正要与两个大许多的男人做什么不可言说的事情。他朝她怒吼起来。她躲在汤姆·克鲁斯身后，把他当作人形盾牌。不过，在这个镜头里，她创作出了奠定她职业生涯的诡秘之笑。她看他的眼神同时表达了太多内涵：保护我，即使我无法保护你不受伤害；保护我，即使我属于自己。保护我，即使我们都知道今晚对你来说不会有好结果，我的朋友。

1　1993年10月1日，12岁的波莉·克拉斯参加两位同学的过夜派对。晚上10点半，一个男人进了女孩们的卧室，持刀绑架她们。他把两位同学绑了起来，绑走了波莉。警方直到12月初才侦破案件，逮捕了Richard Allen Davis。Davis后来被判死刑，不过至今还未执行。女演员薇诺娜·瑞德拿出20万美元作为寻找波莉线索的赏金。这个形象深入人心。瑞德在2016年大热的电视剧《怪奇物语》（*Stranger Things*）中，饰演了这样一位母亲形象。她的小儿子被怪物抓走，她憔悴却坚毅地寻找儿子，她的动人表演获得许多肯定。——译注

2　Good-touch/bad-touch 是美国家长和学校教导儿童关于防性侵知识的一种说法，即什么肢体触摸是合适的，什么是不恰当甚至属于性虐待的。——译注

谢莉尔·斯瑞德
Cheryl Strayed

亲爱的宝贝

亲爱的宝贝：

65年前，我对自己许下了一个承诺，那就是，如果我能活到2020年，我将说出我人生的真相。我不确定为什么选择了这一年。也许是因为在1955年的时候，2020年听起来遥不可及，属于科幻小说里的东西。跟我这一代的大多数人一样，我怀疑那一天是否还会到来：我们早已推断，在世纪结束之前，世界必将毁于一场核灾难。但我们已经抵达了，2020年1月1日，正巧是我85岁生日。我不禁想到，多年以前的誓言是有先见之明的——事实上，2020这个数字的确唤起了清晰的愿景。凭此愿景，我打算写这封信。

亲爱的宝贝，我写信给你的原因和其他人不同。我没有问题，也不寻求建议。相反，我选择你这个不再写建议专栏的建议作家，是因为我觉得，你那废弃已久、如黑色无底洞般的收件箱是可以让我这封信安全着陆的所在。正是在这洞里，我的这些（我打赌）未读未回的文字将永远安息。然而对我来说，它们服务于一个目的。这封信允许我澄清事实，即使只对我自己澄清。尽管我承认，我希望你也会读这封信。通过你的《涉足荒野》（*Wild*）和专栏文集《亲爱的宝贝》（多亏了本地图书馆管理员的推荐），我了解了一些你的事情。我因此相信，我们有一些共同点。不过，我言之过早了。

我想，你很熟悉作家莉迪亚·约克娜薇琪（Lidia Yuknavitch）吧？几年前，我读了她的书《格格不入的人生宣言》（*The Misfit's Manifesto*）。在书中有这样一话：“我不是你创造的故事。”宝贝，我读到这句话时，我差点从椅子上摔下来。我不得不把书放下。因为它是我读到过的最真实的东西，完全描述了我的处境。**我不是由你编造的故事。**

这就是我为什么今天给你写信。因为我的故事不能假手他人。我准备好说出我的故事，由我自己创造的故事。

我到底要从何处说起呢？

我想，还是从那个差点把我结束了的人开始吧，哪怕只是尽快摒弃他：我管这个男人叫H。他对我犯下的罪行如此卑劣，我拒绝用优雅的语言来粉饰。从我12岁开始，他就开始不断强奸我，直到我14岁时逃脱。这期间，他一直充当我的父亲（还是个鳏夫呢。他的背叛直接导致了那场车祸，使我母亲意外去世）。我最后一次见到他时，我17岁，怀着孩子。他出人意料地出现在我和当时的丈夫迪克曾经短暂居住过的破旧房子里。他不到一个小时后就离开了，走时还塞给我钱（我愉快地收下了，因为我们当时走投无路了）。

接下来那一周，迪克和我搬去了阿拉斯加的一个偏远小镇。我衷心希望再也不用见到H了。我希望能忘却他在我身上犯下的残酷劣迹。在迪克和我向西然后向北的长途之旅上，我想象自己是追求新生的拓荒者。我祈祷，有了孩子之后，我可以抹去我的童年过往（比H抹除我的方式更温柔）。我可以从头开始。

迪克和我租下一间木屋，就在一个叫灰星的小镇边上的一条断头路尽头。我几乎总是独自一人在家。虽然我们是为了迪克的工作搬到这里，但我很快明白，他的工作实际上在几小时车程外的苔原上。那里正在进行一项大型建筑工程。这意味着他一走就是几天，偶尔甚至几个星期。宝贝，在那之前，我从未了解过真正的孤独。我想念迪克，但我更强烈地想要我妈妈。我从未被许可的悲伤——因为H不允许——成了我难以置信的长期伴侣。我梦到了她。我为她而哭泣。我努力在脑海中回忆她的音容笑貌，生怕忘记她的模样和声音。（我试过回忆我父亲，他比我妈妈早几年去世，但这样做感觉并没那么紧迫，因为我对他的记忆更模糊。）

有一天，正当我坐在出租房里的破旧沙发上哭鼻子时，有人敲门了。我开门时，只见门口站着两个女人，手里提着一篮子松饼。贝齐（Betsy）和梅维斯（Mavis）都快60岁了。她俩告诉我，她俩住在离我家大概十分钟路程的一间木屋里。看起来，她们想欢迎我搬进这片社区（尽管我不会用“社区”来描述我们孤单的林间小道）。我从她们手中接过松饼，邀请她们进屋，一边擦了擦脸上的泪水。

我们长达几十年的友谊就这样开始了。这次相遇极有可能拯救了我的生命。

梅维斯和贝齐是退休护士。她们从西雅图搬来阿拉斯加，希望“远离社会”（不过，我很快意识到，这句话的真正意义是有些人不赞成她俩事实上是一对伴侣，而她们想要过平静的生活，与那些往往骇人听闻的评头论足保持一定距离——要知道，这是在1952年）。她们知道迪克总不在家，经常坚持叫我去吃晚饭。有些晚上，我吃完饭后就不回家了，而是睡在她们家木炉子旁边的抽拉式沙发上。我早上醒来吃华夫饼和著名的芝士香葱舒芙蕾——贝齐出品。她们成了我的朋友，却不完全准确。她们就像我失去已久的父母。我敢说，她们也有点把我当作她们的女儿，尽管她们各自都有孩子，现在都30多岁了。十年前，她们把孩子抚养成人后，离开了各自的丈夫，从此为对方而活。

吃完晚饭后，我们会分享彼此的人生经历。有一天晚上，我告诉了她们关于H的事。我不知道是什么战胜了我。他对我做过的那些事给我的羞耻感早已与我的自我交织在一起。哪怕只是谈及于此，也感觉像刮掉我一层皮。然而，就在那个12月中旬的晚上，我大声说出了一切，尽管“大声”也许不是最准确的描述。我低声告诉了她们，因为我说不太准。我低声告诉两位亲爱的女性H对我做过的每一件可怕的事情。直到那时，我才知道那些话是可以说出来的。也许是因为，我直到遇见了梅维斯和贝齐才明白，发生在我和H之间的事情并不是我在不知不觉中自己招惹的。那不是我的错。不是我招致了H的虐待。我受到虐待仅仅因为我存在于自己的身体里。一个女孩的身体。

哦，亲爱的宝贝——对她们倾诉那些话，听着她们对我说着充满安慰和智慧的话，我就像被再造重生了。就好像我一路走来，只为了诉说这个故事。这与我被抹杀完全相反。

圣诞节快到了。我的预产期在一周之后、元旦当天——正巧是我18岁的生日。迪克本该按时回家度假。他已获准休假，可以在家里待到一月底。我期待着他12月23日回来，所以当他在平安夜早上还没到家时，我有些担心。我走路去镇中心的小杂货店，只有那里有电话。我拨通了从迪克的工资单上找到的电话号码——是雇用他的公司的管理部门。杂货店女老板允许我不停拨电话，但是没人接，因为这天是假期。

除了回家等，我无计可施。那天早上，我在小屋子里走来走去。吃过午饭后，我靠在沙发上，试图读一读梅维斯借给我的一本卡森·麦卡勒斯（Carson McCullers）的小说来分心。《婚礼成员》*(The Member of the Wedding)* 直到现在也是我最喜欢的小说之一。快傍晚时，我迷迷糊糊睡着了。很快，我醒了过来，感到肚子很痛。痛感越来越厉害，我号啕大哭起来。痛感最后消退了。我开始分娩了。

梅维斯和贝齐邀请迪克和我那晚上过去吃饭——原本将是他第一次见她们——但我提前到了她们家门口。又一次宫缩带来的剧痛让我呻吟着，我满口胡话，说她们必须带我去蓝星镇找我常去看的医生。蓝星比灰星大，在大约70英里外。我原计划在他小诊所里生孩子。诊所占了他家大房子的整个底层。

我们一行人挤上了她们的车，出发了。梅维斯颇有先见之明，想先给医生打电话说我们在来的路上了，所以她在杂货店停下，使劲敲门，直到女老板开了店门。然而，她回到车上时，带来的消息却是医生今天不坐诊，他要在圣诞节后第二天才上班。我蜷缩在车后座，挣扎在一次次宫缩的阵痛之下。我们唯一的选择是回到梅维斯和贝齐家。

会没事的，她们一遍遍地说。她们在客厅里铺上层层毯子，把我安放在毯子堆里。随着宫缩的节奏开始增快，力度开始增强，她们向我保证，**女人一直都是这样做的**。她们提醒我说她们曾经当过护士，不仅如此，贝齐还曾经是产科护士。她告诉我，她都接生过好几千个婴儿了。她能做到。她们能做到。**我**能做到。

我做到了。午夜刚过不久，圣诞节的第一个小时，我的孩子出生了。一个奇妙的、大声啼哭的棕发女孩。我给她取名夏洛特——

随我妈妈。我在地上的毯子窝里，怀里抱着她，开心地哭了。梅维斯和贝齐都是对的。没事。

当然，有一件事除外。

她们检查完夏洛特后，我抱着她睡了几小时。醒来时，我脑中冒出一个严峻的问题：**迪克在哪里**？此刻他还没到家，已经没有合理的解释了。

梅维斯为了我再次打扰杂货店的女老板，打电话询问有关部门。第二天，我们获得确认，迪克在几天前确实按计划动身回家了。那天之后，郡治安官来问询我。他问迪克是否有可能只是跑了，想逃避作为丈夫将为人父的责任——我对这个假设持怀疑态度。那天之后，郡治安官又来了。只是这一次，在我开门的那一刻，他摘下了帽子——他们找到了迪克的车，翻倒在一条溪流里，就在他开车回家的路边一处陡坡下。车里是他冰冷的尸体。

无论如何想象，他绝不是我的一生所爱，但他算是一个过得去的丈夫。他是我孩子的父亲，是我期望依靠的肩膀。最要紧的是，他是我们小家庭的支柱。夏洛特生命的第一年怎么度过的我现在完全记不起来了，因为我总是睡眠不足，还有对迪克早逝的悲伤，加上自己成了宝妈却没有母亲嘘寒问暖所造成的深深的失落感（况且我自己才十几岁）。还有我经济状况的不确定性。我继承了一小笔遗产，还从迪克的汽车保险那里得到了一笔微薄的理赔（比本应获得的数目少很多，因为尸检报告显示迪克体内有酒精）。不过，慢慢地，我熬过来了——在很大程度上，这要归功于贝齐和梅维斯。在那段时间，她们待我更像家人了。

然而，在夏洛特过完1岁生日后，我知道自己不能再待在灰星了。我必须想办法养活自己和女儿，所以在我19岁生日后不久，我们彻底离开了阿拉斯加，去了旧金山。我在那里找到了一份工作，给一对夫妇的孩子当保姆。夫妻俩都是加州大学伯克利分校的心理学教授。他们属于我们过去说的“垮掉的一代”，但比他们中的大多数都富裕得多。他们是梅维斯儿子的朋友。他也属于“垮掉的一代”，后来成了一位小有名气的诗人。两位教授允许我在照看他们的两个儿子时带着夏洛特一起，让我们住在他们地下室的小套间里，还给我发工资。

空闲的时候，我会把夏洛特放在婴儿车里，在小区附近的山坡上遛弯，或者躺在家庭娱乐室巨大的黄色丝绒组合沙发上。我们母女俩地下室的生活区空出来的部分被娱乐室占据。就在那地下室里，在1955年的一个秋日下午，夏洛特在旁边玩积木。我一屁股坐在组合沙发上，随手拿起咖啡桌上的一本书。乍一看，这好像是我的老板在房子里的每个桌子或书架上都会放的那种书——关于人类各种心理状态的书，都是为心理学家那样的人写的，我大多数时候都没兴趣看。但这本书吸引了我的注意，因为封面上写着“洛丽塔”这个单词。这是我孩提时的小名。

刚翻开书，我得知全名是《洛丽塔，或，白人鳏夫的自白》。令我大为惊讶的是，我意识到这书是关于我的（尽管他们尝试掩盖我的身份，把我的姓氏从梅耶斯改成了黑兹）。这本书是可恶的H写的。让我吃惊和欣慰的是，他在三年多前死了。我告诉梅维斯和贝齐他对我所做过的一切都写进了书里，不过是从H的角度写的。用不着我告诉你，与我自己的角度出入很大。（例如，他说我是他生命中的“光”，却没有承认他是我生命中的“黑暗”。）最让我震惊的是，我得知我也“死了”。至少，据某位叫小约翰·雷博士的说法是这样的。他为此书作了序，说：“1952年圣诞日那天，理查德·F.席勒（她指的是我！）在灰星镇死于难产，生下一女性死胎。”

宝贝，我把这句话读了大约十遍。我头很晕，我浑身颤抖。我只能想象，在迪克去世的消息从阿拉斯加传到马萨诸塞州的过程中，他们正在准备出版这本该死的书，而某些信息在传递过程中搞错了。他们以为是“理查德·F.席勒夫人”去世了，而不是“理查德·F.席勒先生”。至于我的女儿，的确，由于意外在家里生下了她，加上迪克的惨死，我从未抽出时间去填写人口统计表格。有人告诫过我，这些表格很重要，填完后必须邮寄到位于朱诺（Juneau）的保存出生记录的州政府机构。这意味着，不是说她夭折了，而是根据官方资料，她从未出生（几年后，当我给她注册读幼儿园时，我不得不花费好大力气纠正这个错误）。

过了一阵儿，我放下书，看着夏洛特用积木搭建了一座坚固的塔楼。夏洛特，她长大后将成为联合国妇女地位委员会主席（我忍不住炫耀了）。夏洛特，除了那本书里写的东西，她会知道关于我的一切（不过，如果我够勇敢的话，我也许会把这封信读给她听）。夏洛特，她是我生命之光（现在仍然是）。她自顾自唱着《Mr. Sandman》（《造梦先生》）这首歌。就是那句“bung bung bung bung bung”，让她乐不可支。这首歌在前一年风靡一时。贝齐和梅维斯把唱片寄给了我们。夏洛特让我重放了好多次。我不得不承认，她把唱片踩成碎片的时候，我大松了一口气。不过，由于夏洛特的坚持，这首歌继续唱响。在我手里拿着那本令人瞠目结舌的书时，她一遍又一遍地唱着这首歌。

《洛丽塔》这本书会大受欢迎。H的洛丽塔故事会被广为传诵。有几十种语言的版本。在电影和舞台上被改变成戏剧，还作为歌剧和芭蕾舞上演。这本书将成为畅销书榜上的第一名。梅维斯和贝齐会读它，在我们每周一次的电话聊天中极尽温柔地询问这是不是我。因为我爱她们，我告诉了她们真相。也因为她们爱我，下次我去灰星看望她们时，她们在屋后生起了篝火。在一个漫长的夜晚，夏洛特睡着后，我们在火边坐了几个小时，把书撕了，一页一页扔进火焰，作为一种清除仪式。（几十年后，当我读到《涉足荒野》时，我惊愕得倒吸了一口气。原来你为了减轻负担，在太平洋山顶小径上也烧了《洛丽塔》。）

我也减轻了负担，宝贝。我跟贝齐和梅维斯围在篝火旁烧书，是在我第一次看到那本书的几年之后。我现在认为，那是我作为年轻人的最后一次表现。它平息了我在那之前一直抱有的疑问——我是否应该站出来纠正我和夏洛特的死亡记录。这帮助我意识到，我完全不想澄清记录（当然，直到现在）。

你看，允许那个可怜的女孩死去——那个洛丽塔、洛、多丽、多洛雷斯·“黑兹”——我给了自己一条生路。放火烧了她，我释放了自己。我从来都不是由他编造的故事。

我自己书写我的故事。

多洛雷斯·梅耶斯

莉拉·阿扎姆·赞加内
Lila Azam Zanganeh

当我们在谈论《洛丽塔》的时候，我们在谈论什么

当我们谈论《洛丽塔》时，我们谈论的是越界以及那份独特的诱惑——美学上和性欲上的——越界给予我们的诱惑。

当我们谈到《洛丽塔》时，我们谈论的是只有在道德和性的越界形式下才能找到的狂喜。欲望本身就是一个矛盾体：欲望的对象是难以捉摸的，一旦实现了，哪怕只是暂时的，我们便不再渴求它。从这个意义上来说，我认为，与其说《洛丽塔》是关于欲望，不如说是关于狂喜。因为狂喜不需要有客体对象，它是**欲望的另一边**。或者就像纳博科夫在他最辛酸的短篇小说《菲亚尔塔的春天》(*Spring In Fialta*) 中写的那样："在（我们）生活的明朗的北方，一个幸福的岛屿。"

当然，就主题而言，洛丽塔是越界的——它正面描写了20世纪的最后三个禁忌：乱伦、恋童癖以及食人魔；甚至预言了21世纪的禁忌。亨伯特不仅比多洛雷斯·黑兹大25岁，是她的继父，还幻想吞噬她的内脏："我唯一的怨恨就是我不能掏出我的洛丽塔的心，不能把贪婪的嘴唇伸向她稚嫩的子宫，她隐秘的心田，她绚丽的肝脏，她马尾藻式的肺，她相仿的两瓣可爱的臀。"1958年在美国出版时，《洛丽塔》的叙事技巧就展现出了超越性：它是一部立体主义杰作，将电影、艺术和文学的不同元素融合在一起，形成了一幅令人不安的（同时也是美妙绝伦的）镶嵌画。这本书对女孩的心理洞察相对来说比较少。读者几乎只能通过亨伯特烟花般绚烂的语言来感知、崇拜和定义洛。洛丽塔在她的"即将出现的时间的虚渺岛屿"上以梦境般的缓慢逻辑移动。从某种程度上来说，洛丽塔被亨伯特唯我化了。在小说中，洛丽塔并不具有主体性——她完全消泯在亨伯特的幻想中。在小说的关键时刻，亨伯特开车走上了错误的道路——他横穿到另一边去；我相信，每个艺术家都梦想去到那里，也许每个刺客也都梦想去那里。尽管正如亨伯特不无讽刺地指出的："诗人从不杀戮"——这是真正虚构的领域。

纳博科夫的叙事微妙而充满讽刺，与读者的道德假设下了一盘棋。亨伯特用天才般的语言讲述他明知变态却自得其乐的故事，让人有时感到困惑，有时感到震惊，甚至是愕然（因为读者发现自己时不时地忍俊不禁）。纳博科夫确实玩了一场高超的游戏，他的小说就像《透过镜子》（*Through the Looking-Glass*）一样，一切都可能是，又或不是看起来的那样，就好像别人梦里的"某种东西"——正如Tweedledee所说，这部小说既有凄切不已的哀鸣，又有令人捧腹的幽默。当我们谈论《洛丽塔》时，我们谈论的是一部伤风败俗且道德败坏的作品，但它同时又混杂着18世纪那装模作样的道德说教结尾（以及开头那个调皮的监狱设定）："你总可以指望一名杀人犯写出一手妙文。"

大概是20年前，在地中海边度夏时，我第一次读了《洛丽塔》。如今重读《洛丽塔》，我渐渐对它那精妙的句子、喜剧般的情节和宏大主题不那么感兴趣了，反倒是那些关于美国的描写让我惊喜不已："我则沉浸在一个艺术家的梦境中，目不转睛地盯着浓绿的橡树背景上那些汽油装备的明快色泽，或盯着远处的山，拼着命——虽已伤痕累累却仍毫不驯服——从企图侵吞它的开荒地里延伸出去。"正是在这样的句子中，我开始怀着好奇心重新阅读这部小说。令人惊叹的观察由细腻的笔触描绘着这片开阔的领土，“那片富于抒情性、史诗性、悲剧性，但绝对不具有阿卡狄亚[1]性的美国荒野。她们是美丽的、令人心碎的美丽荒野，那种天真未凿、不事歌颂的倔强品质”。20年过去了，这些段落仍然能让我在心里不自觉地歌唱，尽管它们以纯文本的形式诗意地出现在《洛丽塔》的故事肌理中。

这本书里另一个我喜欢的部分，也经常被人以这样或那样的方式忽视的，是这本书极好的后记：《论一本名为洛丽塔的书》(*On a Book Entitled Lolita*)。它总结了纳博科夫小说的核心：

> 一些心肠软的人会认为《洛丽塔》毫无意义，因为它没有教会他们任何东西。小约翰·雷（John Ray）（小说前言的虚构作者）断言，洛丽塔没有道德可言。对于道德说教小说，我既不读也不写。恕我直言，小说存在的意义，就在于它能提供一种美学快感。它让我们在某时某地、与某种存在状态莫名地联结在一起，于是艺术（好奇心、温柔、善良、狂喜）成为常态。这样的书不多，剩下的要么是话题性的垃圾，要么是一些人所谓的“思想文学”。通常，这些话题性的垃圾被装在石膏里，一代又一代地小心翼翼地传下去，直到有人拿着锤子把它们砸碎，就像把巴尔扎克（Balzac）、高尔基（Gorki）、曼（Mann）砸碎一样。

大多数批评家不相信这番话。他们这样做在我看来是不对的。许多人仍试图挖掘《洛丽塔》中救赎式的美德，他们试图找到亨伯特·亨伯特真诚的悔恨，以及纳博科夫本人在他的小说中搭起的道德脚手架。而在我看来，这个脚手架的意义仅在于：让我们可以毫无悔意地进入越界之地，带着狂喜偷偷地瞥一眼、尝一口，那个"愉悦的神经（已）被暴露出来"的地方。换言之，这就是纳博科夫的母语俄语中的blazenstvo，一种没有对象的状态，一种纯粹的快乐状态，一种绝对的极乐状态。这并不意味着这本充满快乐的书里没有平淡，并不意味着美丽的画中没有阴影，并不意味着极乐背后没有痛苦的呻吟和悔恨的嚎叫。然而，当亨伯特描述着"他悄悄走过的温柔而梦幻的地区"，那些"诗人的遗产"，以及"人或怪物所能知道的最长的狂喜里的最后一次跳动"时，我们明知狡猾的叙述者诡计多端、喋喋不休、道德沦丧，却仍选择相信他。当我们谈论《洛丽塔》时，我们谈论的是不适，以及进入禁区的真正快感——仿佛跨进了我们自己心理的层层防护栏一样。这个区域并不一定是恋童癖、乱伦或食人魔，而是在我们严格控制的光天化日之下，那隐约地、秘密地吸引着我们的阴暗角落。

从本质上说，《洛丽塔》向我们提出的道德问题，无论是在艺术上还是在政治上，都让我感到敬畏。什么是对世俗秩序的侵犯？隐喻算是一种越界吗？一个词语算吗？狡猾的文字游戏？对社会成规的颠覆？忘年恋？在许多方面，规则已经开始松动：在世纪之交时，我们都以为自己是性小众人群、是移民，或很快就会成为移民，但我们越来越被一种曾经（有时隐秘地）威胁我们的言辞暴力地排斥在外。民族主义者正坚决地收复失地，边境被越来越严密地封锁，我们被邀请加入大多数人的行列（例如，对于那些在每个国家都仍是移民的我们来说，得陈腐而平庸地在社交媒体上不留下自己的政治倾向痕迹），以及不要冒着生命和生计的危险去对抗那些改变我们的力量。《洛丽塔》是一首关于越界的煽动性诗歌，是一系列动听的文字和场景，时而华丽，时而辉煌，但总而言之，是想象力的自由翱翔，是欲望的无边无际和危险深渊。

尼采写道，确定性是愚蠢的——事实上，道德和政治上的确定常常是驶向暴力的快车道。作为一部激烈的政治小说，《洛丽塔》在当下引起共鸣。《洛丽塔》也同时打碎了我们的确定性，或至少是让它移位了：亨伯特会是一个迷人的、见多识广的、文采斐然的丧心病狂吗？难道只有通过亨伯特那淫荡无比、充满幻觉的眼睛，洛丽塔才配得上艺术吗？这部小说是否包含了我们欲望的编码公式：那无法无天、自由野蛮的终极梦想？我们想把车开到错误的一边，想把车开得远远的直至超出限制的愿望？当我们谈论《洛丽塔》时，我们谈论的不仅是我们所有人隐秘的越界欲望，还有我们越界的姿态。而这种姿态，这种公然的行为，不仅违反了道德准则，也违反了社会惯例——这两者是并行的。在《洛丽塔》里有一系列重叠的地图，她身体的地图和美国的地图，就像现实中真实色彩的多重轮廓一样——小说的大部分内容都与推动这些地图的线条到达那个渴望之中棱镜般七彩的地方有关。它关乎的是不再停泊，旨在消弭密不透风的边界；它关乎的是跨越界限。虽然这本书的主题是爆炸性的，但我猜测，这种姿态、这种驱动力、这种性欲的执着，具有很深的政治性、自由主义和反威权主义色彩。

当下的世界会允许这本书被出版吗？我对此表示怀疑，因为在某些方面，我们比60年前更加道德保守。亨伯特可能是亨伯特太太吗？对此我同样表示怀疑。在这个时代，厌女盛行，毫无遮掩，父权秩序持续胜利。我相信，在集体无意识中，人们会把一个女恋童癖看成比男恋童癖更可怕的怪物。

今天，《洛丽塔》向我们展示出，小说作为一种体裁（不受其规范的束缚），是一种越界的形式，而且应该继续如此。因为写作，就像任何真正的艺术行为一样，几乎总是一种超越极限的行为，用数学的思维来理解，就是有“开放的尽头”。如果幸运的话，我们能够通过艺术家的创作来体验狂喜，从而使这种体验成为我们自己的体验。

我认为市面上那些关于《洛丽塔》的回忆录、书籍和小说都没有真正理解这部小说。《洛丽塔》从来不是一部关于心理现实主义的小说，它的终极目标也不是对罪人的惩罚。纳博科夫自己可能有越界的幻想［用范·维恩（Van Veen）在《阿达或爱欲》中的话说，“我们不知道，我们也不在乎”］，但纳博科夫不是恋童癖。诗人从不杀戮，尽管他们肯定会嘴上说着他们要这么干，而且还说得天花乱坠。《洛丽塔》正是将变幻无常的幻想清晰地描摹出来了。《洛丽塔》带领读者进入一个一切都被允许的领域，一个上帝可能并不存在的领域。《洛丽塔》是关于危险的，关于美学的快乐，关于冒险，且这种极乐只有通过冒险才能实现。换言之，只有撕掉道貌岸然的伪装，罔顾公序良俗的限制，才能达到极乐世界。《洛丽塔》是一段禁忌之恋，而且它本质上是一个黑暗的、引起共鸣的，但有时也令人费解的滑稽爱情故事。从12世纪开始，从《特里斯坦和伊索尔德》(*Tristan and Isolde*)的故事开始，爱情就总是需要障碍。在这部20世纪伟大的爱情故事中，纳博科夫选择了我们现代人最后的禁忌，让主角亨伯特用流光溢彩的文字，一个接一个地重温这些禁忌。于是，小说成为探索人类的精妙光学玩具。至此，纳博科夫成功地讲述了一个令人痛心、单向奔赴的爱情故事，同时向我们展示了主体和客体合二为一的那些纸醉金迷、赴险如夷、稍纵即逝的时刻。

当我们谈论《洛丽塔》时，我们谈论的是我们对这种危险的迷恋——在我看来，这是生的愿望，而不是死的愿望（尽管两者当然是交织在一起的）——以及我们想成为亨伯特的愿望，甚至是成为纳博科夫，像他一样在诗歌和散文里为所欲为地写作和渴求。归根结底，诗人和罪犯之间只有一条很细的虚线，而这也是其真正的魅力所在：它既是对社会秩序的威胁，也是我们这些只能在文字中找寻快乐之人不可或缺的必需品。

1　Arcadia，古希腊传说中的一个小岛，人们过着田园牧歌式的生活，类似于我国的世外桃源，是在英语文学里常常出现的一个意象。——译注

汤姆·比塞尔
Tom Bissell

纳博科夫的摇椅——电影中的《洛丽塔》

在弗拉基米尔·纳博科夫的《洛丽塔》接近尾声的地方，亨伯特·亨伯特——撒谎精、儿童强奸犯、即将成为谋杀犯——看着与书同名的女主人公（正式签名是多洛雷斯·黑兹），思考着他的执迷是如何“无可挽回地被磨灭的”。她已经17岁了——而且怀上了另一个男人的孩子。然后，亨伯特回想起洛丽塔曾经想当电影明星的野心。他想知道，她肚子里的婴儿是否“已开始做着成为大人物而且在公元2020年退休的美梦”。好吧，孩子，我们来到了约定的这一年。很抱歉地说，洛丽塔妈妈仍然是在座者中最大的明星。

在小说其他地方，亨伯特说：“无论我们又把《李尔王》翻开多少遍，也不会发现那好心的国王会同他的三个女儿和她们的叭儿狗重聚，饮酒作乐、推杯换盏，把所有的悲哀置于脑后。……无论他们在书页间有了什么样的发展，他的命运早就在我们脑中定了型。”这种戏剧恒定性的看法也逐渐影响了亨伯特和洛丽塔。纳博科夫充分意识到，凭借这本独特的煽动性小说，他创造的人物和情况是偶像般的存在。[1]戏剧恒定性也是《洛丽塔》的核心问题。作为一个故事，我们在想到小说之前，已经被文化的潜移默化所影响了——你无法不带任何偏见地去读它。也许永远都不能。

在斯坦利·库布里克1962年的电影改编中（剧本名义上——仅仅是名义上——是由纳博科夫本人创作的），多洛雷斯/洛丽塔（苏·莱恩饰）发现亨伯特（詹姆斯·梅森饰）在日记中奋笔疾书，里面记录着他对小仙女日益增长的关注。亨伯特注意到了洛，匆匆收走了他的邪恶罪证笔记。洛丽塔笑道:“害怕有人会偷走你的想法去卖给好莱坞吗?”这句话既没有出现在纳博科夫的小说中,也不在他出版的剧本中。真是个顶好的笑话。几乎无法想象,一个中年的法语诗歌教授不顾一切地痴迷于一个12岁女孩,在当时或现在,会成为有市场的电影素材。当库布里克困难重重的改编终于首映时,好莱坞广告商给它装饰了一条古怪的失败主义标语:“他们是如何把《洛丽塔》拍成电影的?”

如果我评论的是另一本小说,那这句话将是优美简洁的过渡。我会把审读的书中的主题、中心思想和人物回填进来。如果你真的需要洛丽塔的梗概,请前往亚马逊Prime,点击阿德里安·莱恩同样颇遭波折的1997年改编的《洛丽塔》故事简介标签[斯蒂芬·希弗(Stephen Schiff)的剧本]。你会读到这句话:“一个男人娶了他的女房东,这样他就可以勾引她的女儿。”好吧,是对的。不过,无论是以书还是电影的形式,《洛丽塔》讲述的是一个任何梗概都不能比拟的故事——梗概只是给这个故事消毒罢了。在50年代中期,当纳博科夫千辛万苦想出版《洛丽塔》的时候,甚至他的一些密友也判定这本书“令人感到恶心”。私下里,纳博科夫称《洛丽塔》为一枚“定时炸弹”,并把手稿锁在办公室里。没有人能想象,当这本书最终于1958年在美国出版时会造成什么样的轰动。纳博科夫自己也没想到,在万圣节那夜开门时,来要糖果的小姑娘会装扮成多洛雷斯·黑兹的样子。

在库布里克的《洛丽塔》中,亨伯特·亨伯特不知何故成了情景喜剧的化身。在克林顿时代的90年代,莱恩的电影努力把亨伯特打造成一个苍白、诡异的悲剧形象。然而，现在呢，亨伯特似乎更让人熟悉了——也更阴险。现在，他象征着一个流传更广的文化噩梦。在这个噩梦中，许多儒雅、受人欢迎、老练的儿童强奸犯就在我们中间自由行走。

*

在各类采访中，纳博科夫总是乐于谈论他强烈厌恶的东西。比如："我碰巧对餐厅和小餐馆有着病态的厌恶。我憎恶人群。"他还憎恶音乐、开车、酒店客房的噪音和打电话。不过，他比自己袒露的更热衷流行文化。他和妻子薇拉是《苏利文电视秀》(*The Ed Sullivan Show*) 的粉丝。而且，据他在康奈尔的一位同事说，纳博科夫偶尔也偷看肥皂剧。纳博科夫的学生艾尔弗雷德·阿佩尔 (Alfred Appel Jr.)——他后来编了《洛丽塔注释版》(*The Annotated Lolita*)——在1953年观看约翰·休斯顿 (John Huston) 的喜剧电影《战胜恶魔》(*Beat the Devil*) 时，就坐在他的教授后面。据阿佩尔说，纳博科夫在看电影时笑得太大声了，引起了其他观众的注意："很明显有两个喜剧力场在剧场里被建立起来了：那些在对着电影笑的人，还有那些在笑对着电影大笑的 (隐姓埋名的) 纳博科夫的人。"这显然不符合纳博科夫在采访和信件中呈现的令人生畏的美学家形象。

在许多方面，《洛丽塔》是一部被电影所萦绕的小说。洛丽塔自己对电影明星杂志很着迷。据夏洛特说，洛"把自己看成大明星"，而夏洛特认为她的女儿是个"结实、健康，但根本不漂亮的毛丫头”。夏洛特悄悄告诉亨伯特这些话，其中漫不经心的残忍更是让人震惊。库布里克和詹姆斯·B.哈里斯（James B. Harris）保留了这句话，让夏洛特（谢利·温特斯Shelley Winters饰）在气头上冲女儿大声说出这句台词。哈里斯担任联合制片人，并帮助库布里克重写了纳博科夫的剧本。在纳博科夫的小说中，亨伯特告诉我们，他为了让洛丽塔频繁逃学而编造了一个谎言：亨伯特的“好莱坞合同”让他当上了“一部以‘存在主义’为题材的影片的首席顾问；那时，存在主义正热闹非凡”。亨伯特和纳博科夫都想让这个谎言听起来很荒谬，但其荒谬程度肯定不亚于一部关于一个男人迷恋他12岁继女的电影。这也许就是为什么库布里克和哈里斯还顽皮地保留这句话作为画外音，尽管纳博科夫在他的剧本里删掉了。在小说中，在亨伯特和洛丽塔还在逃学的路上，洛丽塔停下来盯着张贴在一所无名邮局墙上的“通缉令”海报。亨伯特是这样描述罪犯肖像画廊的：

> 英俊的布赖恩·布赖恩斯基，以及安东尼·布赖恩，还有生一双淡褐色眼睛、皮肤白皙的托尼·布朗，正等着被绑走；一位目光忧戚的老人的罪过是邮件行骗，仿佛这还不够，还有人斥责他畸形驼背；阴郁的沙利文的照片下附有一条警告：若被确认带枪，实为危险。如果你想把我的书改编成电影，就让这里边的一副面孔轻轻化入我的面孔。

几乎可以确定的是，这不是亨伯特的声音（voice）。他对自己所处时代的流行文化丝毫不感冒，对洛丽塔最爱的下午场偶像的名字一无所知。[2]在这极具韵律变化的段落里，我们读到的是弗拉基米尔·纳博科夫本人的声音：作为作家，他以电影镜头语言思考，被电影手法诱惑，但最后却鄙视电影的手法笨拙，内容浅显。

在去谋杀克莱尔·奎尔蒂的路上，小说中的亨伯特路过一家露天汽车电影院，引出了《洛丽塔》最令人萦回不已的段落之一：

> 路过一个露天电影院。在一片塞勒涅的辉光中，与茫无边际的无月之夜形成对比的，是一只巨型的银幕斜斜地悬在沉寂的田野上空，真是神秘极了，上面，一个扁细的鬼怪正举着枪，接着，从渐渐模糊的那个世界歪斜的角度看，他和他的武器全化成了一汪晃动的洗碗水，一会儿，一排树木就把那画面挡住了。

在剧本中，纳博科夫将亨伯特谋杀奎尔蒂的情节移到了电影前面——库布里克保留的他为数不多的叙事选择之一——所以我们从未遇见月光下的露天汽车影院。然而，斯蒂芬·希弗的《洛丽塔》剧本保留了纳博科夫最初的结尾镜头组，并严格遵守了其意图的意象派逻辑：

> **亨伯特的车——驾驶中——夜场**
>
> **车灯中有飞蛾。黑漆漆的谷仓。一家有巨幕的露天电影院，在**

田野间歪歪斜斜。银幕上有个人举起一把黑色电影风格的手枪，准备开枪——然后，后退的树遮挡了观众的视线。 294

或者，考虑一下纳博科夫华丽的结尾中另一个微妙的重要意象：在亨伯特试图谋杀对手时，意外射中的那把摇椅。在小说中，这把椅子在反作用力下"恐惧地自顾自摇晃"。真是个观察细致入微的典型意象。在纳博科夫出版的剧本中，亨伯特的射击"让一把摇椅在楼道上开始表演了"。这足以引人共鸣了——尤其是"表演"这个词——但远远不如小说中的语言精妙。希弗的舞台指示是这样的："亨伯特开枪。子弹击中了一把黑色摇椅，让它剧烈地摇起来。"

现在，就连纳博科夫也懒得精确再现小说中的绚丽意象了，尽管他为了加入摇椅做过一番争取。希弗也争取加入摇椅，但没有利用起来。乍一看，这感觉像是电影编剧悲哀地投降了。但确实如此吗？更有可能的是，希弗认为，虽然摇椅本身是值得的，但读者为了想象纳博科夫意图的方式而花费的精力并不值得。舞台指导需要的不会超过最低限度的生动形象——但至关重要的是，也不会比此少。

尽管摇椅的意象出现在纳博科夫的剧本中，但在斯坦利·库布里克的《洛丽塔》中并没有被误击后表演欲旺盛的摇椅。不过，那把椅子出现在了阿德里安·莱恩的《洛丽塔》中。在这里，杰瑞米·艾恩斯饰演的亨伯特向弗拉克·兰格拉（Frank Langella）饰演的克莱尔·奎尔蒂开了枪。摇椅被击中，摇晃着，然后镜头继续运行下去。摇椅只是一个道具——除了为非常熟悉小说的读者提供一个彩蛋外，它只是个出场原因不明的物品。纳博科夫的摇椅成功概括了电影改编的主要难题：你出于爱而保留某些东西，又迫于必要而破坏它们。

*

在出版的《洛丽塔》剧本序言里，纳博科夫承认："我不是剧作家。"不过，这不十分正确。年轻时，他曾为巴黎的俄罗斯剧院写过话剧。他当时住在柏林，是他漫长而痛苦之旅的第一站。从布尔什维克革命开始，他经历了第二次世界大战开端的战火（他在德国坦克开进巴黎一周前离开了那座城市），最后进入了美国学术界的丛林。纳博科夫不是特别优秀的剧作家。正如许多在这门很难且需小心细致的艺术上饮恨的实践者，他转而愤怒地反击这种艺术形式。在《洛丽塔》中，他让亨伯特将话剧描述为"原始又腐朽"。同时，他承认享受改编《洛丽塔》剧本的经历，并将完成剧本的最后努力描述为"令人兴奋"。

现在都知道，纳博科夫对编剧的兴趣比大家以为的要浓厚。1964年，阿尔弗雷德·希区柯克（Alfred Hitchcock）向他征求故事构思，他回复了一个虚幻故事的梗概，关于一位被"崭露头角的宇航员追求的非一线"年轻女演员。宇航员从太空返回后成了英雄，但"她很快意识到他和太空航行之前不一样了。……时间流逝，她变得担忧，继而害怕，继而恐慌"。[奇怪的是，这基本上是1999年惊悚片《太空异种》（*The Astronaut's Wife*）的情节，由约翰尼·德普（Johnny Depp）和查理兹·塞隆（Charlize Theron）主演。］希区柯克没有让故事构思“往前推进”（业内人士描述电影项目时的用语），但这激起了纳博科夫对一个已流产的科幻项目的兴趣。这个项目叫《地球来信》(*Letters From Terra*)，最终成了他后期小说《爱达或爱欲》（*Ada, or Ardor*）中故事内嵌套的故事。还有一次，纳博科夫受邀把普鲁斯特的《追忆似水年华》(*In Search of Lost Time*) 改编为电影剧本。他显然对此很热心。再一次地，这个项目未修成正果。

出类拔萃的纳博科夫研究学者布莱恩·博伊德（Brian Boyd）指出，在纳博科夫几乎所有作品中，都存在“作者和读者之间背着叙述者的秘密交流”。然而，与其说这是“秘密交流”，不如说是在喧闹的鸡尾酒派对上作者和读者之间的闲聊。纳博科夫的叙述者的耳朵塞满自大和傲慢，不知何故对此充耳不闻。亨伯特经常被称为“不可靠叙述者”，但他并不是——至少在传统意义上不是。他告诉我们，女性无法抗拒他（“我能轻而易举地获得我选中的所有成年女性”）。小说中发生的一切都证实了他的吹嘘：夏洛特迷上了他，洛丽塔自己（以她最初的天真方式）亦如此，更不要提琼·法洛（Jean Farlow）、洛丽塔的朋友莫娜（Mona）和很晚出场的性感女郎丽塔（Rita）。纳博科夫把他不可靠的叙述者们搞得比传递可疑消息的人还要神秘。他把他们塑造成知识分子反英雄。他们都错失了自己存在的意义。你大可嘲笑他们，但你也畏惧他们。他们的盲目——有道德上的，有政治上的，还有伦理上的——在今天是完全可以识别的。查尔斯·金波特（Charles Kinbote）[3]和亨伯特·亨伯特堪称“伪事实”（alternative facts）[4]的始作俑者。不是他们还能是

297 谁呢?

因此，纳博科夫在虚构作品里创造了完全封闭的叙事系统。在那里，连天气都并非偶然。他的世界往往如此独特，如此自圆其说，以至于极少有头脑清醒的导演会想要将其拍摄成电影。[5]这些都意在说弗拉基米尔・纳博科夫和斯坦利・库布里克的冲突结局早已注定：要么成为完美的创作搭档，要么导致乱七八糟的决斗和官司。这两个男人都吹毛求疵且不切实际——一个偏要写无法书写的小说，另一个偏要拍无法拍摄的电影。理想是美好的，现实却无比骨感。

*

1958年，《洛丽塔》的成功改变了纳博科夫的人生，此时他收到了库布里克和制片人詹姆斯・B.哈里斯的一封信，信中寻求购买《洛丽塔》的电影版权。小说在好几个国家依然被禁售。它的美国出版商因为发行了小说，还在担忧潜在的法律后果。电影邀约是否能带来好结果，纳博科夫可能是持怀疑态度的。电影业仍然受制于《电影制作守则》（*The Production Code*）下臭名昭著的审查制度。尽管如此，纳博科夫聘请了好莱坞传奇交易大佬欧文・拉萨尔（Irving Lazar），然后谈判开始了。几个星期后，纳博科夫和《生活》（*Life*）杂志的记者吃午餐。这时电话响了，《洛丽塔》的电影版权以15万美元的价格卖给了库布里克和哈里斯，在今天相当于130万美元。

库布里克第一次读到《洛丽塔》时还在拍摄《斯巴达克斯》

(Spartacus)。他后来放弃了这部电影，说它“什么都有了，就缺一个好故事”。电影的原导演安东尼·曼（Anthony Mann）被炒了。库布里克年仅30岁，履历表上只有一部真正意义上的好莱坞电影。他被迫接棒执导环球影业的《斯巴达克斯》。所有人都说，库布里克成功证明了自己，无可厚非，但这部“剑与凉鞋”的史诗不算他的电影作品。此外，他知道，参与拍摄这部电影使他的职业生涯处于棘手的紧要关头。他和哈里斯决心回到小成本电影制作，但1959年的好莱坞面临来自电视的竞争。电视上盛行讲述“人情”故事，于是好莱坞反其道而行之，几乎全力侧重于史诗级大制作。如果这听起来有些熟悉，你眨眨眼睛就当没听过。《洛丽塔》给了库布里克一个绝佳的机会去拍摄小成本、备受瞩目、极度心理化的电影。让潜在的争议见鬼去吧。

1959年，库布里克正式邀请纳博科夫为《洛丽塔》写剧本。收到邀请时，纳博科夫在亚利桑那。他和薇拉正在进行横跨全国的捕蝶行动。纳博科夫夫妇很感兴趣，驱车前往洛杉矶见库布里克。事态一开始就不顺利。纳博科夫被告知电影版《洛丽塔》必须以亨伯特和多洛雷斯结婚收尾——最好能获得亲戚的祝福。（在小说中，多洛雷斯**没有**其他亲戚在世。她无依无靠是故事设定的关键之处。）纳博科夫当然觉得这个建议愚蠢至极。然而，哈里斯[6]已经开始和代表电影制作公司的美国电影协会（MPAA）进行初始谈判了，讨论如何绕过《电影制作守则》。MPAA提出，亨伯特和洛丽塔的关系在道德上太过惊世骇俗，无法拍摄。哈里斯反驳，在好几个州，像亨伯特这样年纪的男人娶一个12岁的女孩是完全合法的，前提是女方获得父母的支持。（可怕的是，该法律依然存在。[7]）在保证改编《洛丽塔》时会想办法不把他们都送进监狱之后，纳博科夫离开了洛杉矶。一个月后，他退出了该制作，决定不和库布里克和哈里斯创造的东西沾上任何关系。

1959年末，在纳博科夫一家仍在欧洲各地旅行、寻找合适地方定居的时候，弗拉基米尔收到了库布里克的一封电报：

> 你不喜欢结婚这个结局是对的。书是杰作，即使有违公序良俗，都应该严格忠于书。仍相信你是写剧本的不二之选。如果同意报酬细节，你还愿意写吗？

不久，在西西里，纳博科夫获得了他后来描述为“一个源自恶魔的夜间小启示”。他在脑海中某处看到了小说中的“着魔的猎人场景”——洛丽塔和亨伯特第一次在酒店做爱的场景——全彩播放，就像是柯达彩色胶片拍摄的。突然间，他想到了改编小说的方法，让他既能打《电影制作守则》的擦边球，又尊重自己的艺术意图。

到了3月份，纳博科夫一家回到了洛杉矶。很快，弗拉基米尔与库布里克定期见面，讨论如何“电影化”（用纳博科夫的话说）小说。最初几次，他们在库布里克位于环球影业片场的平房里见面。库布里克在监制《斯巴达克斯》的剪辑工作。在《洛丽塔》剧本的序言中，纳博科夫将这些早期的对话描述为“一场建议和反建议的友谊赛……（库布里克）接受了我所有的重要观点。我接受了一些他不太重要的观点”。

等到他和库布里克商定第一幕的大纲后，纳博科夫把他著名的便签卡上的剧本划掉了。在创作《洛丽塔》小说期间，他变得愈发依赖便签卡。纳博科夫后来写到，他心里对创作剧本的疑虑“在完成任务的乐趣中消散了”。他甚至创造出几个新场景，用他的话说：新场景“现在自然而然地被创作出来，就好像小说的内核衍变出了自己的新生命”。

这项苦差事让纳博科夫从3月一直干到6月。于是他延长了在洛杉矶停留的时间。到夏天结束时，他写满了1000张便签卡。薇拉打印的《洛丽塔》剧本初稿长达400页。这引出了哈里斯的名言：“你拍不了它。你拿不动它。”库布里克读完剧本后，拜访了纳博科夫一家。他告诉弗拉基米尔，如果拍摄下来，他的剧本会变成7个小时的电影。在接下来的3个月里，纳博科夫把页数删减到适合拍摄的长度。对纳博科夫来说，尽管这在创作上是最享受的过程，但他也开始意识到自己和库布里克之间合不来。纳博科夫描述了自己遭受的缓慢排挤，任何为电影公司或者导演写过剧本的人都会尴尬地感受到：“在接下来的几个月里，我们很少见面了……批评和建议变得越来越简短……我不确定是库布里克平静地接受了我写的一切，还是无声地拒绝了一切。”要知道，如果你一定要问的话，那就是他们在无声地拒绝一切。

库布里克为什么渐渐对纳博科夫心生不满不是什么大秘密，答案可以在《洛丽塔》剧本的序言中找到。纳博科夫激烈抨击了一些事情：“世上没有比集体活动更让我厌恶的了，就像在公共澡堂子里洗澡，毛发浓密的人和滑不溜丢的人搅在一起，平庸复平庸。”如果你认为合作注定导致平庸，就不该写剧本。当着纳博科夫的面，库布里克和哈里斯说他交出了好莱坞有史以来最好的剧本。所以，纳博科夫因为剧本未被采纳而心生愤恨就不难理解了——他花了10年才完全承认这一点，即使他对电影的看法变温和了。[8]库布里克和哈里斯在之后的几个月里完全重写了剧本——《洛丽塔》在英国开拍几天前，又重写了。有意思的是，纳博科夫和库布里克在创作过程中最大的分歧是，纳博科夫是否会保留出版他自己的剧本的权利。也许库布里克担心的正是这一点，因为他已经知道自己和纳博科夫对电影的愿景是完全不互补的。此外，谁会乐于接受自己成为与弗拉基米尔·纳博科夫现成的比较对象呢？但事实证明，库布里克没什么好害怕的。

*

从剧本的第一页开始，纳博科夫就努力使美化了的《洛丽塔》故事适合“拍成电影”。他煞费苦心描述在克莱尔·奎尔蒂快要坍塌的豪宅里的运镜轨迹。比如，摄像机沿着下水管道“滑下去”，“滑翔绕过”塔楼，甚至“颤抖着”远离一个物体。我们无法猜测库布里克对待纳博科夫的任何摄制建议有多么认真，但值得注意的是，他一个建议都未采纳。在剧本的第二页，你发现一件真正有意思的事：纳博科夫试图将电影版《洛丽塔》的故事构想为一个公益广告的戏仿（parody），以警示亨伯特那样的变态构成的危险。公益广告的主持人正是小约翰·雷博士，他为小说提供了愚蠢昏聩的序言。纳博科夫的舞台提示是这么写的：雷博士看着他桌上的手稿，“坐在他的旋转椅上转向我们”，然后宣泄出整整一页台词。(样本：“作为一个案例，他的自传无疑会成为精神病圈的经典。”)出于好奇，我请一位职业演员表演了雷的话，花了两分多钟才说完。毋庸赘言，在电影开场就把一个演员困在无关紧要的场景，不让做肢体动作，让他正对着镜头一口气说两分钟台词，并非在明智地利用银幕时间。纳博科夫发表的《洛丽塔》剧本大幅度重写了他一度以为的“拍摄剧本”——因此，纳博科夫的剧本显然是供阅读而不是供表演的。无论如何，这表明了纳博科夫原本高度视觉化的文学想象是多么地不适合拍成电影。

在电影的前段，在亨伯特早年生活的衍射片段中响起了他的画外音。一个问题由此出现了。假如说电影被构想为雷主持的反变态公益广告，为什么亨伯特居然有画外音呢？这难道不会打破预期的叙述逻辑吗？纳博科夫的剧本甚至无法统一由谁来念画外音，因为有时是亨伯特，有时又是雷。后来，剧本戴上了另一副不适合的戏仿面具。当亨伯特冲出房子，发现他的妻子夏洛特死在街上时，舞台指导突然把观众的视线转到了一间警察局投影室；去哪里不好，非要去这里。一个叫“教官”的角色冷漠地叙述导致夏洛特死亡的事故，充满了纳博科夫对图标、虚线和撞击痕迹的描述。是有趣的电影片段，但好的导演会让易激动的编剧证明**为什么**引入这样一个打破现实的手法。纳博科夫可能会辩解：这组镜头暗示了亨伯特对妻子的去世无动于衷。然而，肯定有其他不那么抽象的方法能表现同一点。这几组镜头——剧本中有好几组类似的——呈现出我们在小说中极少碰到的纳博科夫的一面：一个似乎在沾沾自喜而不是具有启发性的文体家。

奇思怪想只是纳博科夫剧本中最轻微的问题。整体上说，纳博科夫笔下的角色对白比必要的多三倍，而诗意和艺术性却只达到需求的一半。尽管纳博科夫的剧本中某些片段写得很好，但看着二十世纪最伟大的非韵文体作家在写舞台指导时马失前蹄真有意思——他的舞台指导像模特摆的生硬姿势："夏洛特把一罐护肤霜从更远的垫子（垫子2号）转移到更近的垫子（垫子1号），然后坐在垫子1号上。洛丽塔把漫画版、家庭版和杂志版从亨伯特报纸上拽下来，然后舒舒服服地坐在垫子2号上。"导演，你都明白了吗？很好。现在让我们拦截它。

剧本确实包含了一些真正让人愉快的纳博科夫式华丽辞藻，其中，最能体现这一点的是当亨伯特和洛丽塔迷失在一个人迹罕至的峡谷中，洛丽塔瞅见一个陌生人，建议向"那边那个拿着网的疯子"问路。我还是交给舞台指导吧："捕蝶人。他的名字是弗拉基米尔·纳博科夫。"紧接着，名叫纳博科夫的角色对亨伯特表现得像个学究气的蠢蛋，说着"稀有标本"和"稀有品种"的蝴蝶之间的区别。这向我们展示了真正的纳博科夫在拿自己的名声开玩笑：他对细节的过度注重总能让人火冒三丈。

每当亨伯特和洛丽塔有机会交谈的时候，就是纳博科夫的剧本最精彩的地方。当然，在书里，我们只能从亨伯特的视角看洛丽塔。他的视角必然被他的痴迷所模糊：我们只能听到他让我们听到的对话。当小说里的亨伯特告诉我们"从心理上讲，我发现她是一个令人反感、思想古旧的小女孩"，你得从字里行间去读懂，洛丽塔已经开始反抗俘获她的人了。许多小说读者懒得这样做，导致他们下结论以为洛丽塔正是亨伯特所描述的那样："脾气暴躁、乳臭未干的小女孩。"而剧本展示了不一样的洛丽塔。她更有趣，更活泼，特别是在她和亨伯特之间越来越危险的调情的时候——换言之，当他们在着魔的猎人酒店342号房的灾难性聚会之前。以下这个例子很好地展示了剧本里被侵害之前的洛丽塔是多么的活泼——甚至迷人：

洛丽塔

你告诉妈妈。

亨伯特

为什么？

洛丽塔

哦，我以为你什么都告诉她。

亨伯特

等会儿，洛丽塔。不要蹦蹦跳跳的。一个伟大的诗人说过：停下来，时刻——。你是很美的。

洛丽塔

（假装大喊）

母亲！

亨伯特

即使你在装糊涂的时候也很美。

洛丽塔

那不是英语。

亨伯特

对我来说是英语。

洛丽塔

你觉得这条裙子会让肯尼咽口水吗?

亨伯特

谁是肯尼?

洛丽塔

他是我今晚的约会对象。吃醋了吗?

亨伯特

事实上,吃醋了。

洛丽塔

吃醋到神志不清?像多丽一样疯?

亨伯特

是,是。哎,等等!

洛丽塔

她飞走了。

她跑开了。

然而，尽管纳博科夫的剧本提升了洛丽塔的地位，但可能在小说情绪最激烈的关键时刻，它也辜负了她。跟库布里克的电影一样，小说的关键时刻是在洛丽塔和亨伯特第一次发生性关系的第二天。当时，洛以为他们正在去医院看望夏洛特的路上。到此为止很明显了，洛丽塔对亨伯特的“诱惑”（是他的话）显然是某种恋父情结的权力游戏，因为洛对她母亲的憎恨与她母亲对她的憎恨不相上下。亨伯特不无残忍地向洛丽塔隐瞒了她母亲可怕的命运。在小说中，她直到此刻之前都是个典型的活泼放肆的早熟少女。当洛不耐烦地想要去看她母亲时，亨伯特终于失控了，并告诉了她真相。紧接着是个分节空行，然后场景转换到了一家附近的旅馆。在那里，半夜时分，当两人在不同的房间躺下时，亨伯特告诉我们："她呜咽着投入我的怀抱。”他们开始做爱——随后是亨伯特毫无廉耻、让人脊背发凉的保证:“你要知道，她完全没有其他地方可去。”

洛丽塔十分恐惧地等待着自己和亨伯特的未来，这一点显而易见，但为了逃避自己毁灭性的损失，她逃到了虐待自己的人的怀抱里。在得知夏洛特的死讯之前，洛丽塔也许以为自己能和软弱的继父玩一玩，甚至还能操纵他，但现在她已经落入了这个男人的魔爪，她这才领悟自己为错误估计付出了多么高昂的代价。这是多洛雷斯·黑兹最心碎的时刻，也是亨伯特最可耻的时刻。关于这场戏没有特别的不像电影或者“文学性”。这使得库布里克在电影中或多或少如实再现了小说中的描写。然而，出于某种原因，纳博科夫的剧本从亨伯特告知夏洛特之死的场景跳入一抹“浓厚的蜡笔涂画”，画的是亨伯特和洛穿越“山区里三四个州”的路程。几场戏之后，亨伯特恳求洛丽塔永远不要离开他。她的回答是:“离开你？你很清楚我没地方可以去。”同一句话，同样的情绪，但这已经不是悲剧，而是旅行日程罢了。

薇拉·纳博科夫坚持认为，如果库布里克采用了她丈夫的剧本，他的电影“会更精彩”。然而，在故事里最关键、最发人深省的地方，她的丈夫在运用自己的小说上缺乏戏剧性意识。

*

库布里克似乎至死都视《洛丽塔》为他唯一一部彻底失败的电影。他曾说：“如果我意识到限制会如此严峻，我可能就不会拍这部电影了。”

毫无疑问，《洛丽塔》是一部奇怪的、戴着镣铐跳舞的电影。它的故事是关于虐待儿童的，却没有——更不能——描写任何虐待儿童的镜头。它改编自现代文学中最著名的公路小说之一，却删减了90%的公路小说内容。库布里克的《洛丽塔》总体上是一部非常好笑的电影，但每当它试图模仿小说中好笑的方式时，就一点也不好笑。在整部电影里，无论是戏剧的、喜剧的或者风景的比例都感觉不知怎地不协调。对那些喜爱这小说的人来说，看库布里克的《洛丽塔》时的一般经验是：所有你认为重要的场景都被敷衍了事地一笔带过，而所有明显不重要的场景都变成了固定套路的奢华放送。

对这些不平衡的一种解释与叙述窘境有关，是顽皮的剧作家克莱尔·奎尔蒂造成的。在小说中，奎尔蒂是一个幻影。只有在重读的时候，他不定期的出场才凸显出来。当洛丽塔终于和奎尔蒂私奔的时候，第一次读小说的人根本不知道她去哪儿了或者和谁在一起。亨伯特花费三年时间试图拼凑出绑架洛丽塔的绑匪究竟是谁，最终无果。在小说中，当亨伯特终于追上洛丽塔时，他要求知道那个“偷走”她的男人的名字。洛告诉了他，他说：“没有震动，没有惊讶。很快，融解发生了，一切都豁然洞开，都变成了贯穿这本回忆录中我编织的所有枝杈图案，目的就是让成熟了的果子在适当的时候坠落下来。”然而，奎尔蒂的名字依然未向读者披露。还要等几页。亨伯特声称“聪明的读者”早就猜到了名字，以此来解释延迟披露奎尔蒂的身份的原因，但这不过是纳博科夫狡猾的玩笑罢了。第一次读《洛丽塔》的人，即使聪明绝顶，也没法充分准备好辨识这个“成熟了的果子”。在小说这样的形式中，人物不必被看见才能留下印象，且人物反复出现也不用暴露其身份。小说中的奎尔蒂既无所不在，又哪儿都不在。他是一个独特的文学人物，因为延迟揭露他的身份是一种独特的文学手段。

在库布里克的电影中，奎尔蒂服务于不同目的。那将是由彼得·塞勒斯扮演的人物。角色实际上被加戏了，以迎合塞勒斯的咖位。这惹恼了纳博科夫。库布里克允许塞勒斯即兴创作台词这件事同样如此。[塞勒斯的搭档詹姆斯·梅森（James Mason）也对此不满。他后来抱怨说库布里克“如此痴迷塞勒斯的才华，似乎觉得再多都不嫌多”。] 从奎尔蒂在电影序幕出现的那一刻起——他喝醉了，躺在沙发布罩下往外瞄。不一会儿，他把沙发布罩穿在身上，像古罗马的托加袍一样——我们就知道这是谁的电影大作了。“你是奎尔蒂？”亨伯特问他。“不是，”奎尔蒂说，“我是斯巴达克斯。你来解放奴隶，还是？”通过贬低自己刚刚执导的电影，库布里克在这个虚构的领域中设立了规则，于是，你能够理解为什么纳博科夫后来把观看库布里克电影的体验比作“平躺着的乘客坐救护车兜风，眼中风景如画”。

在小说中，奎尔蒂首次亲自现身是在着魔的猎人酒店带柱子的走廊里。纳博科夫的剧本严格遵循这个场景。洛丽塔在楼上，亨伯特给她灌了安眠药，在等她无法反抗，然后性侵她。当亨伯特转身离开走廊时，一个男人的声音传来：“你从哪个鬼地方把她搞到手的？”亨伯特吓了一跳，让男人重复他刚才说的话。男人重复说：“我说：天气越来越好了。”两人阴险的圆舞似的对话像这样继续下去（“你撒谎——她不是”/“我说：七月很热。”），[9]直到亨伯特抽身离开。两人的相遇在小说里占据了一页之多，而在纳博科夫的剧本里，只有不到一分钟的银幕时间。

在库布里克的电影里，走廊场景长达近五分钟。在这一幕之前，我们在电影中已见过奎尔蒂两次了：在电影序幕中那个衣衫不整的疯子，还有在多洛雷斯学校的舞会上那个精干利落身着燕尾服的滑头。然而，在着魔的猎人酒店的走廊上，他是个口齿不清的废物。塞勒斯的表演主要是他即兴发挥的台词，他模仿了库布里克的纽约市郊区口音和说话的习惯。他的表演技艺精湛，不着痕迹，感觉像从漂浮在他脑海深处调皮捣蛋的小行星上传送出来的。他演的奎尔蒂自称是个警察，就他和亨伯特同为“普通人”的主题喋喋不休：

你今晚入住酒店时，我不禁注意到——这是我工作的一

> 部分——我注意每个人——我注意到你的脸。当看到你时，我对自己说："这个男人，长着一张我平生见过的最普通的脸。"……看到一张普通的脸真好，因为我是个普通人。你知道吧，像我们这样的两个正常人聚在一起，以正常的方式谈论世界大事，真是太棒了。……我可以再跟你说一件事吗？我脑子里真的在想这件事。我一直在想这件事。我注意到，你办理入住手续的时候，带着一个可爱的漂亮小姑娘。她真的很可爱。事实上，现在想起来，她也没那么小。她是个子相当高的小——我的意思是——我的意思是，比小更高些，你明白我的意思吗？但是，哦，——她真的很可爱。我希望我有一个像那样可爱的、漂亮的、高高的、可爱的小姑娘。

许多批评库布里克的《洛丽塔》的人——甚至一些欣赏塞勒斯表演的人——抱怨说：库布里克让奎尔蒂劫持了电影，从而浪费了恰当改编《洛丽塔》的机会。这也许是对的，但考虑到《电影制作守则》的现实情况，这也是库布里克的最优选择。

库布里克的电影并未试图掩饰亨伯特和洛丽塔之间的事。事实上，《洛丽塔》的尺度比赢得的赞许还要大。亨伯特告诉夏洛特他要搬来和她及她女儿住的打算。夏洛特问他："是什么让你下了决心的？"亨伯特斜视着洛丽塔，回答道："你的樱桃派。"洛丽塔用她在夏令营学到的"真正好玩的游戏"挑逗亨伯特的那场戏，毋庸置疑是关于性的，而且的确引向了他们的第一次性接触。然而，不管亨伯特与洛丽塔的关系主要是靠观众自己揣测出来的，还是用喇叭大声吼出来的，库布里克都面临一个真正难题。如果不像小说那样持续不断地进入亨伯特内心，如果不知道亨伯特在想什么，那他的所作所为实际上是不可能被理解的。想象一下，没读过小说的观众第一次看库布里克的电影——他对小说内容毫无概念，很可能把亨伯特视为笨手笨脚的无能的人，认识不到他们正在观看的故事详细描绘了他对一个孩子的恣意毁灭。在库布里克的电影中，纳博科夫最讨厌的地方是，当洛丽塔在折叠床上睡着了，他高雅的反英雄对她做出了巴斯特·基顿（Buster Keaton）式[10]的滑稽举止。这场戏真的很好笑，但你明白为什么纳博科夫的反应如此负面：它是无关紧要的，就像库布里克的电影，顾及了此（洛丽塔）却失去了真的**彼**。[11]

然而电影做到了。它的**彼**是克莱尔·奎尔蒂。在小说中，亨伯特经常承认自己精神不正常（“回到文明世界不久，我的精神失常”），只是读者通常不这么看待他。在他们的记忆中，亨伯特聪明、机智，还是个魔鬼，但不是个疯子。尽管詹姆斯·梅森的长相与纳博科夫描述的亨伯特不可思议地相似（“伪塞尔特人，迷人的猿猴”），但梅森这个演员形象太正派了，以至于你心里最后隐隐支持洛丽塔和他在一起。库布里克把小说中亨伯特的疯狂转移到了电影中的奎尔蒂身上，因为滑腻腻的奎尔蒂象征了他的疯癫。这比大多数读者可能意识到的更忠实于纳博科夫的设想，因为全书中有不少地方暗示剧作家奎尔蒂完全掌控着亨伯特的故事。[12]不然，他如何能知道那么多关于亨伯特和洛丽塔的私事呢？

库布里克还掌握了纳博科夫小说中隐藏很深的一个秘密：《洛

丽塔》的悲剧英雄不只有洛丽塔。准确地说，还有她的母亲。的确，夏洛特·黑兹平庸又黏人。的确，她糟糕的法语和对墨西哥小摆件的喜爱，说明她是德怀特·麦克唐纳（Dwight Macdonald）的“中产阶级文化”品位的典型。的确，她对女儿很残忍。然而，纳博科夫解释了夏洛特为什么是这样的人。我想提一下她在开车送洛丽塔去露营前，留给亨伯特的信。在信中，她掏上了真心，要求她的房客必须离开，因为她无可救药地爱上了他。但是，如果夏洛特返回时亨伯特还在，那她就会知道：“你需要我，就像我需要你：作为白头偕老的伴侣，你已准备好把你的生活和我的永远永远连在一起，并做我小女儿的父亲。”

由于亨伯特是在狱中“写”《洛丽塔》的，他告诉我们他是从记忆中复述夏洛特的信。然后，他坦陈自己“漏过了一个抒情段落，我一直在或多或少跳着读，那一段是关于洛丽塔的弟弟的，两岁时死了，洛丽塔那时4岁，她说要不然我会多么喜欢他”。这就是了：解释了夏洛特悲恸的绝望、洛丽塔古怪的情感，还有母女之间的积怨。两位幸存者失去了父亲和丈夫，这是我们已知的——但还失去了弟弟和**儿子**？不可能有比这更巨大的悲痛了，而亨伯特却略过不表。这完美展现了他的残忍，同时也是纳博科夫更巧妙的一个提醒——他的内心真恶毒。库布里克和哈里斯理解到了这背景故事的重要性，但他们对此进行了翻新改造。当电影中的夏洛特和亨伯特看着她已故丈夫的照片时，夏洛特说亨伯特会多么“喜欢”哈罗德·黑兹——这正是小说中夏洛特跟亨伯特谈起她夭折的儿子时所说的话。而小说中并没有提及她儿子的名字。

饰演夏洛特的谢利·温特斯（Shelley Winters）与库布里克的关系很不融洽。这跟库布里克后来合作过的其他几位女演员的经历是一样的——尤其是谢莉·杜瓦尔（Shelley Duvall）。有一次两人发生争吵之后，库布里克试图在拍摄过程中解雇温特斯。我们应当庆幸他没能做到，因为温特斯的表演在许多方面与彼得·塞勒斯不相上下。她没有看不起夏洛特。她按照夏洛特本来的样子来扮演她：一个心碎不已却倔强乐观的女人，总是努力提高自己，努力缓解自己的孤独。当夏洛特得知关于亨伯特的真相——当她的世界彻底崩塌时——她逃上楼去拥抱丈夫的骨灰瓮。“哈罗德，看看都发生了什么！”她哭诉道。“我一直对你不忠啊。”她乞求已故丈夫的原谅，想知道他为什么离开了她，“我对生活一无所知！”然后这句很过分的话让人惊讶：“下次我要找个让你感到骄傲的人。”

这些都不在小说里。库布里克和哈里斯给夏洛特安排的肾病也不是小说中的，在她死后才披露。我们还得知，即使汽车避开了她，她也活不了多长时间了，从而解释了小说中没有解释的其他东西。哈罗德·黑兹夫人显然欺骗了自己，忽视了亨伯特发出的危险信号，但为什么呢？因为亨伯特确实是夏洛特获得幸福的最后机会。斯坦利·库布里克的《洛丽塔》可能不是忠实原著的改编作品，但却比许多读过小说的人更懂它。

*

1997年阿德里安·莱恩改编的《洛丽塔》被编剧斯蒂芬·希弗（Stephen Schiff）称为“历史上最著名的未上映的电影”。由于无法在传统渠道上映，这版拍摄预算六千万美元的《洛丽塔》最终于1998年8月在Showtime电视台首映。这为其获得了希弗描述的“一项算不上好的殊荣——在美国电视上首映的最昂贵的电影”。阻止《洛丽塔》上映的问题出自1996年通过的一部法案。当时，莱恩的电影还搁置在剪辑室里。犹他州参议员奥林·哈奇（Orrin Hatch）把《儿童色情防治法案》（The Child Pornography Prevention Act）作为补充条款加在了原本并不引人注目的一项预算议案后面。法案旨在打击利用电脑图像和其他数字处理方式模拟与儿童，或者儿童之间的性行为的性反常者。色情法案的第一个问题就是其法律适用范围太宽泛了。法案通过后，描述任何涉及儿童的“看似”属于性的行为突然变成了一种犯罪行为，即使扮演儿童的演员是成年人。因此，严格来说，任何发行或者播放莱恩的《洛丽塔》的人都将触犯法律。[13]

在尝试改编这部小说之前，希弗是电影评论员和文学记者。他把小说称为“一部晦涩难懂、错综复杂的杰作”。他的用词肯定会激怒纳博科夫。1990年，纳博科夫的好莱坞商业大鳄欧文·拉萨尔已经上了年纪。他正在推动将一系列纳博科夫小说“影视化”，包括《洛丽塔》。希弗是被他的朋友莉莉·扎努克（Lili Zanuck）哄骗来改编小说的。扎努克的丈夫理查德（Richard）当时是《洛丽塔》的主要制片人。［电影最终的制片人是马里奥·凯萨（Mario Kassar）和乔尔·迈克尔斯（Joel Michaels）。］希弗写了几页，但在对新版《洛丽塔》的热情熄灭之后，他放弃了。两年后，《致命诱惑》（*Fatal Attraction*）的导演阿德里安·莱恩签约执导《洛丽塔》。这是他梦想已久的项目。他还带上《致命诱惑》的编剧詹姆斯·迪尔登（James Dearden）着手创作剧本。迪尔登最终鼓捣出来的东西太可憎了，简直可以让纳博科夫的好几代先祖气得在豪华墓地里转圈儿了。

关于迪尔登1980年代搞出来的《洛丽塔》剧本，你只需知道，开场时亨伯特在监狱中给他的狱友发放史蒂芬·金（Stephen King）和诺曼·梅勒（Norman Mailer）的小说。莱恩不用督促，直接去找剧作家哈罗德·品特（Harold Pinter）。品特的剧本据说精彩绝伦，但在商业上行不通，主要原因是品特拒绝回避描述亨伯特的堕落行为。就在品特的剧本被拒绝后，最开始资助莱恩的电影公司卡洛可（Carolco）快要破产了。于是，希弗再度作为候选人被提出来，很大程度上是因为他没名气，便宜。然而，莱恩婉拒了，转而聘请了大卫·马梅（David Mamet）[14]写新剧本。马梅将亨伯特与监狱的心理医生之间的系列对谈作为叙述框架。希弗有一个合理的直觉，认为马梅的剧本行不通，所以他重拾曾经放弃了的那几页稿子，继续写，最终把一沓样稿交到了莱恩手中。很快，正如他在剧本序言中写的，他被安顿在比弗利山庄（Beverly Hills）的四季酒店，“过着好莱坞讽刺剧般的日子”。虽然希弗或莱恩都没有不喜欢库布里克版的《洛丽塔》，但他们还是将其视作反面教材。“我的材料来源，”希弗写道，“就是小说本身。”

电影处理奎尔蒂的方式尤为有趣。可以说，他和亨伯特最后的对峙比小说中的更诡异、更可怕。[15]然而，尽管希弗的剧本许多地方写得非常好，但莱恩作为导演也要为一些荒唐的选择负责。

比如，亨伯特第一次溜达着走进黑兹家的后院，夏洛特坚持称之为“游廊”。在小说中，亨伯特伸手拿口袋里的火车时刻表，已经在编造逃离的借口了。此时，“未经半点提示，一排蓝色的海浪便从我心底涌起。在太阳沐浴的一块草垫上，半裸着，跪着”的是年幼的多洛雷斯·黑兹，正从她黑色太阳眼镜上盯着他看。尽管我不是拍电影的，但我也可以想象，如果被委以拍摄这一幕，我很难不感到尴尬。然而，莱恩决定把洛丽塔（多米尼克·斯万饰）安置在喷着水的洒水器旁边。当阳光和水滴结合形成液态金球状喷雾时，当空气中的湿润让斯万的太阳裙紧贴在她的身上时——对14岁的演员来说，这是一个颇为猥亵的画面。的确如此，但我们是通过亨伯特的眼睛在看她：看到这具年幼身体时的狂喜正是其意义，无论那是多么令人不安。你能够理解莱恩的选择。然而，莱恩还是让被淋湿的洛丽塔漫不经心地翻阅电影明星杂志。历史上从未有人拿着本杂志——即使是她不喜欢、故意想要破坏的杂志——环顾四周，发现一个喷着水的洒水器，然后决定：“我想我要去那边看杂志。”这让人感到有些困惑，但同时也发人深省。莱恩和希弗被解放了（至少他们这样认为），能够比库布里克拍摄得更色情。两人致力于实现一种可爱的但往往固执的抒情性，试图在视觉上接近纳博科夫的文字。这版《洛丽塔》的改编在许多方面都比库布里克的要好，但作为电影来说还是差了些。

原因之一在于亨伯特。这需要我们回到小说。正如纳博科夫在《巴黎评论》(*Paris Review*) 上说的：“《洛丽塔》没有道德可言。对我来说，小说作品只有在它提供给我可以直截了当地称之为

‘美学快感’的东西时才有存在的意义。”然而，与其创作主张相反，纳博科夫的《洛丽塔》的确夹带了道德说教。要发现它，你仅需浏览一下小说直白的结尾——在小说开头，偏偏是热心的小约翰·雷博士透露了：“他是变态者。他不是绅士。他婉转的小提琴声总能用魔法召出对洛丽塔的一种温柔，一种怜爱，使我们一边憎恨这本书的作者，一边又为这本书神思恍惚，这有多么神奇！”怜爱……洛丽塔？他不断强奸的那个人？她“猛烈地”挣脱出他的手臂，而“我害怕她的手腕会碎裂；自始至终她用两只冷酷愤怒噙满泪水的双眼望着我”？雷和纳博科夫都不是在开玩笑。相反，他们把读者指引到亨伯特旅程的终点。在多年未见之后，他拜访了17岁的洛丽塔。当然，她怀孕了，嫁给了一个不讨人嫌的工人，叫理查德·席勒。亨伯特来这里是因为洛丽塔给他写了封信：她和迪克缺钱。不过，他也是来杀理查德·席勒的。他以为是这个人从他身边偷走了洛丽塔，而实际上是奎尔蒂。当误会澄清，亨伯特收起左轮手枪。这段场景连贯起来构成了可谓亨伯特的道德觉醒——他意识到“一个名叫多洛雷斯·黑兹的北美小姑娘，被一个狂人夺去了童年”。他直面这个女孩，写道：“我爱你，我是个怪物，但我爱你。”

据报道，纳博科夫在写这一幕时哭了。毫无疑问，其中某些部分是异常感人的。比如，亨伯特注意到迪克·席勒的指甲“黑乎乎，参差不齐”。然后，他对席勒宽宏大量了一些，注意到他“粗大的腕关节”，“比我的强健得多”。这一幕最引人注目之处是洛丽塔展露出来的超凡的优雅和沉着。她有一系列痛苦的经历，远比我们大多数人能够承受的更悲惨，但她不觉得自己可怜，也不寻求报复亨伯特——尽管她完全有权报复他。事实上，她可怜他。亨伯特递给她的钱比她要求的多得多。然后，他要她和他一起私奔。洛丽塔误解了这个提议。“你是说，”她问，“你是说，只要我跟你去一家汽车旅馆，你就会给我们那些钱？”她无法想象亨伯特能有比付钱与她做爱更高尚的追求。她有特别充分的理由不去想象一个**无私**的亨伯特。即便如此，她显然愿意用与亨伯特上床来换钱，这反而证明了**她的无私**——为了保障她孩子的未来，她将忍受最后一次羞辱。亨伯特向她保证他不是这个意思。他希望他们一起生活，真的生活，而不是他所谓的“乱伦”。洛丽塔拒绝了他（“不，亲爱的，不。”）[16]，同时收下了钱。她终于可以自由展示自己被亨伯特否定的品质：一个自主的自我。

奎尔蒂被谋杀后，小说结束了。亨伯特等着警察的到来，聆听着从附近游乐场传来的孩子们的欢笑声。对于欢笑声，亨伯特反思道：“我明白了，那刺痛心肺、令人绝望的东西并不是洛丽塔不在我的身边，而是她的声音不在那和声里了。”我认为，当善意的读者错把《洛丽塔》描述为爱情故事时，他们脑海中浮现的就是这段话。这也是评论家们（几乎都是男性）常常援引的篇章，用来证明亨伯特身上的救赎品质，无论它多么稀少。我的观点是，亨伯特没有救赎品质。他之所以是故事的主角，仅仅因为故事是从他的视角讲述的。纳博科夫想让他的“怪物”被他自己和洛丽塔的经历所感动和改变，但在特朗普、爱泼斯坦和韦恩斯坦的时代（这三个名字连着听起来就像撒旦的私人律师事务所），我们有理由询问一下：是否施暴者真的爱上受害者就能让他摇身一变成为道德典范。弗拉基米尔·弗拉基米尔洛维奇，因为**爱征服一切**似乎就是你夹带的道德。

纳博科夫的《洛丽塔》的结尾并没有冒犯到我。亨伯特不是真实的。纳博科夫已去世多年了——他有那一辈人可预见的过失，尤其在女性方面。然而，无论以哪种标准，这都是个古怪的结局，尤其是对一本纳博科夫的小说来说。在他的小说里，最后的篇章通常乐于揭示另一个奇思妙想的虚假世界的外部运转模式。《洛丽塔》的结尾是纳博科夫在其他情况下会厌恶的结尾类型：简单直接，受顿悟驱使。诚然，纳博科夫成功让我们与一个魔鬼共情，而且他把洛丽塔的成长和成熟描绘得格外出色。然而，如果你从《洛丽塔》的结尾后退两步看的话，你会明白点什么。小说开始时，一个30多岁的学者认识到他不应该强奸儿童，但他确实这样做了，而且结果是他由此爱上一个怀孕的17岁少女。从这个意义上说，即便透过纳博科夫的文字形成的清洁过滤器来看，《洛丽塔》的结尾——一本我喜爱的小说，由我尊重的作家创作——也是一起伦理上的石油泄漏事故。这把我们带回了银幕上的亨伯特，那个可能更可怕的暴君。出于戏剧性需求，他骇人听闻的行径必须**被看见**。也许斯坦利·库布里克60年前就想明白了——银幕上的亨伯特最好不要被设想为悲剧形象，而应该是喜剧形象。

希弗和莱恩的《洛丽塔》最令人沮丧的地方是，他们所暗示的几近于完全相反：亨伯特更像悲剧形象。在小说中，在亨伯特和多洛雷斯驱车离开着魔的猎人酒店时，他心中第一次闪现了可悲的良心。希弗在剧本中是如此呈现这一刻的，和纳博科夫小说中的语言极其相似：

亨伯特

（画外音）

我感到越来越不适。那种感觉是某种十分特别的东西：一种令人窒息的、厌恶的约束——就好像我和一个我刚杀死的人的虚弱鬼魂坐在一起。

这个承认让人震惊——在洛丽塔仍处于他可怖的照料期间，亨伯特并没有表示过几次懊悔。虽然纳博科夫的剧本把画外音当作无差别的油漆枪使用，但希弗颇有见识，知道小说中哪些语句需要分离出去，哪些需要着重强调。然而，如果编剧可以从小说中丰富得有些荒谬的花园里随便挑选台词，那就有无意间让亨伯特显得更高尚的危险。在莱恩的电影前段，我们看见亨伯特在写日记。那是在他和洛丽塔的第一次不那么单纯的肢体接触后不久。亨伯特缓慢庄重地说：“出示一张女学生的集体照片给一个正常人看，要求他指出最可爱的那个，他不一定会选出她们中间的小仙女。你得是一个艺术家、一个疯子，充满羞耻、忧郁和绝望，才能在众人中认出这个致命的小恶魔。”出自这位长相英俊、相当悲惨的老男人口中，这话听起来都挺美好的，不是吗？他只是碰巧喜欢小姑娘而已。纳博科夫小说中与此对应的篇章更长、更疯狂、更精神失常。相比之下，小说中的段落可没有电影里的独白这么自然而然、精美绝伦且脱口而出。电影对台词的选择性使用似乎让亨伯特爱上儿童看起来都合理了起来。

*

在写这篇文章之前，我已经有20年没读过《洛丽塔》了。这是唯一一本我从未重读过的纳博科夫小说，这情形实属罕见。年轻时第一次读《洛丽塔》，我已经不记得它有多么让我感到震惊或不安，但我记得自己的确有些诧异——鉴于其声誉，这本书并不那么露骨。（亨伯特："我根本就毫不关心所谓的'性'。每个人都能想象出兽性的本质。"）

"我现在正面临一项乏味的工作，记录洛丽塔品质堕落的确切情况。"这是亨伯特——也是《洛丽塔》，最恶毒的笑话之一。至少我曾经是这么看的。紧接着，亨伯特讲述洛丽塔成功把"她早晨的义务"武器化了。去掉委婉语的话，就是他开始付钱与洛丽塔做爱了。不能怪我们这些熟悉纳博科夫小说的人，在播放莱恩的《洛丽塔》之前会想说，**他们**不可能**走到那一步**，但他们的确走到了那一步。饰演洛丽塔的多米尼克·斯万出生于马里布（Malibu）。电影拍摄时，她年仅14岁。在经历了长达6个月的筋疲力尽的公开选角之后，她被选上了。斯蒂芬·希弗形容她"天赋异禀——既是狐狸精，又是小女孩"。我们看着斯万的手沿着亨伯特的大腿往上摸。"你喜欢那样吗？"她问，"你想要更多，是吗？我也想要。"在其他地方，我们看见她亲吻亨伯特，一开始就张着嘴，最后还彻底舌吻了。我正面临一项让人反感的工作，记录我看电影的感受。我见证的是一个勇敢可敬的年轻演员，她名叫多米尼克·斯万。她冲着亨伯特·亨伯特大喊道，她的钱是她自己挣的，她想要回她的钱。她得到的是狠狠一巴掌。因为亨伯特就是这样的人。他不只强奸儿童，他还动手打儿童——他在虐待这件事上是全方位的。斯蒂芬·希弗写道："如果这部电影做不到时不时让读者感到极度不适，那我们的工作就没有做到位。"所以我想，他们做到位了。他们完美完成了工作。

"《洛丽塔》文本内植入了对其所描述的东西的谴责。"其中一个捍卫小说的人如是辩称。这句话是对的。小说的确植入了，但也没那么简单。一部小说的优点在于其隐晦。小说仅用语言描述，没有图片——对那些热衷想要改编《洛丽塔》的人来说，图片将永远是个难题。在剧本的序言中，希弗假装对这些问题感到恼火。"在拍摄期间，"他写道，

> 我们遵循了电影的律师能够制定的最严格的规定。任何裸露镜头都需要为多米尼克找成年人当替身。如果多米尼克坐在杰瑞米腿上，他们之间会插入一块板隔开。只要多米尼克在片场，她的母亲和老师就都在场。我发现自己经常让每个人安心：我对天发誓，我们不会被捕的。这不是50年代。我们拍的不是色情录影带。我们改编的是二十世纪文学一部公认的伟大作品。

当我在为写这篇文章整理笔记时，我发觉自己常常想这对洛

丽塔双胞胎：苏·莱恩和多米尼克·斯万。我试着想象自己在14岁的年纪，且被置于扮演这样一个角色的位置——她的名字已成为祸水妞儿的代名词了。我试图联系两位演员，问她们扮演多洛雷斯·黑兹如何影响了她们的生活，但两人都未回复我。仅仅几周后，苏·莱恩去世了。

尽管莱恩的事业在《洛丽塔》上映之初红火了，但她最终很难接到戏。多年来，她一直拒绝接受采访，但我在网上找到了大约20年前的一段采访。这段对话很有意思。当她被问及试镜前是否熟悉纳博科夫的小说时，莱恩透露，在她进组之前，一位比她大的女性朋友读了书的一部分给她听。她说："我们都觉得这非常有伤风化。"无论好坏，莱恩称她很喜欢拍摄《洛丽塔》的经历："我不必和一个老男人发生关系。我只需要拍摄一部这个题材的电影。他们对我的照顾无微不至。他们与众不同。要知道，在我的合同结束后，我和其他人工作过。我很震惊，我曾以为电影行业的每个人都很好……当我发现这个行业有多糟糕时，我感到很受伤。我记得自己感到很受伤。他们太刻薄了。"有多刻薄呢？以下是斯蒂芬·希弗在剧本简介中的描述："（洛丽塔）是一个艰巨而困难的角色。最重要的是，我们想避免库布里克在选苏·莱恩时犯过的错：一个15岁的女孩，看起来倒像个20岁的妓女。"当16岁的苏·莱恩正在为库布里克的电影跑宣传时，她哥哥自杀了。自然，一个好奇的采访者问莱恩，她哥哥是不是因为妹妹扮演了洛丽塔而自杀。"我什么也没说，"她在网上的采访中说，"起身离场了。我懒得搭理那个问题。……我无语了。这就是我无法成为电影明星的主要原因。我永远做不到。”

把一个人生被摧毁的年轻女孩的故事拍成电影，尽管拍得很得体，但其中蕴含的很大一个讽刺是，你知道的另一位年轻女孩的人生可能被摧毁。你可以告诉自己："在片场，我们会对她很好，我们会让她感到舒服，我们会非常棒，我们会在她和每个中年男人的勃起之间塞一块板儿。"在文学里，没人会受伤，因为文学不是实际存在的。然而，电影和电视是有形的。童星在还不理解角色会对他们的人生造成何种影响的时候就承担了扮演某些角色的任务。要记住，洛丽塔也想做爱，至少在一开始的时候。但后来情况变了。

如果我被邀请改编《洛丽塔》——如果明天我被邀请改编《洛丽塔》——我知道我会怎么做——和其他为文学而努力的人没什么两样。我会努力忠实于我喜爱的书。我会忽视我的良心，不去想是我们的作品把一个年轻女性置于如此境地的。我会告诉自己，伟大的艺术值得我们为之冒险。我好奇的是——我真的不明白——到底要过多久，我才意识到，这也是亨伯特的逻辑，就在他决定毁灭多洛雷斯·黑兹的时候。

1 想起来很奇怪，纳博科夫为他的小仙女取的名字最初根本不是"洛丽塔"。这个名字如此深入到文化里，催生了一个完整的色情作品类型。她一直叫弗吉尼亚，直到小说酝酿相对晚期的时候才改变。

2 纳博科夫在这方面表现并没有更好。1960年时，他在制作人（David O. Selznick）家碰到了约翰·韦恩（John Wayne）和吉娜·劳洛勃丽吉达（Gina Lollobrigida）——《击败恶魔》的两位主演，但他完全没认出他们。他十年前看电影时还开怀大笑来着。

3 纳博科夫长篇小说《微暗的火》的主要人物。——译注

4 2017年，美国前总统特朗普的亲信康薇（Kellyanne Conway）在接受采访时使用此委婉语，用来描述在她看来关于时任白宫新闻发言人肖恩·斯派斯（Sean Spicer）的虚假报道。从此以后，"alternative facts"被用来指代falsehoods，untruths，delusions。与当年的年度词语post-fact或者post-truth联系紧密，反映了特朗普时代在美国充斥着假新闻和谎言的现状。——译注

5 然而，还是有一些大无畏的人坚持了下来。除了《洛丽塔》和《黑暗中的笑声》（*Laughter in the Dark*），他的小说《防御》（*The Defense*）、《王，后，杰克》（*King，Queen，Knave*）（由吉娜·劳洛勃丽吉达主演！）和《绝望》（*Despair*）[是著名剧作家汤姆·斯托帕德（Tom Stoppard）改编的] 都被拍成了电影，反响褒贬不一。这还是礼貌的说法。

6 詹姆斯·B.哈里斯还在世。在和库布里克的合作之后，他制作和导演了几部电影，包括改编自詹姆士·艾洛伊（James Ellroy）的小说《浴血之月》（*Blood on the Moon*）。另一个好莱坞有趣的事实：哈里斯的哥哥罗伯特创作了1960年代《蜘蛛侠》动画片那朗朗上口的主题曲，像瘟疫一样流行至今。

7 在美国好几个州（比如得克萨斯）都有"罗密欧与朱丽叶法"（Romeo and Juliet Law）保护成年人和未成年人之间两厢情愿的性关系，但是年龄必须大于14岁，而且两人之间的年龄差不能超过3岁。《变形金刚4：绝迹重生》中就引用该法律解释电影中这样一对关系。——译注

8 这个环在《洛丽塔：剧本》于1974年发表时被闭上了。在序言的末尾，纳博科夫说剧本没有"任性反驳一部慷慨的电影"，而是对"旧小说不一样的活泼的阐释"。

9 这两组英语对话听起来都很接近。第一组是：Where the devil did you get her? 和The weather is getting better。第二组是：You-lie—she' s not 和July is hot。——译注

10 巴斯特·基顿是美国默片时代的喜剧演员，受杂耍和滑稽表演的影响，常常与卓别林相提并论。——译注

11 此处是一个英语习语"neither here nor there"，意思是无关紧要，无足轻重。比塞尔在使用习语时从词源出发，引申出"此"（here）和"彼"（there）的讨论，表示这场戏不重要，不得要领。——译注

12 这是纳博科夫作品中反复出现的一个母题。《庶出的标志》（*Bend Sinister*）的主要人物克鲁格——纳博科夫最伟大、最被低估的小说之一——被逼疯了。当他目击儿子被谋杀时，他意识到自己是一个困在故事里的角色。

13 在《洛丽塔》首映后，没有人对Showtime采取措施。在一个成人娱乐游说团体和裸体主义时尚生活杂志联盟联合发起挑战之后，《儿童色情防治法案》于2002年被美国最高法院废止。

14 关于这点，非常有意思的是，马梅那种皮革般粗糙的美式自然主义对话恰恰是纳博科夫在后记中嘲讽的对象。他想象中，为了确保小说能出版，重写时可采用的方式是："他表现得很疯狂。我们都表现得很疯狂，我猜。我猜上帝表现得很疯狂。"

15 亨伯特与奎尔蒂的最后决战不仅是莱恩版《洛丽塔》里的最佳桥段，还是观看莱恩版的原因。在电影中，弗拉克·兰格拉若无其事地吃下一根香烟。

16 希弗的剧本还在小说中洛丽塔拒绝的基础上增加了一句话："不，亲爱的。我几乎愿意回到克莱尔（奎尔蒂）身边。"当亨伯特问洛丽塔能否原谅他——在小说中他没有这么做——希弗的洛丽塔什么也没说。最后，她轻轻推了推她的狗，冷冷回道："说再见，莫莉。跟我爸爸说再见了。"增加的两句话都非常有效果。

吉尔·卡格曼
Jill Kargman

洛与看见
1

11岁的时候，我自己学会了如何从毛衣袖子里脱下胸罩，因为我看到珍妮弗·比尔斯（Jennifer Beals）在《闪电舞》（*Flashdance*）中这样做。那是在20世纪80年代，我们眼里充斥着各种高度性感化的孩童图片。

所以，当我在高中读到《洛丽塔》时，看到亨伯特·亨伯特把一个孩子如此性感化，对我来说似乎不足为奇——我想要被人那样垂涎；我想要让他们觉得我无法抗拒。当时的我就和洛丽塔一样，大好人生在眼前，一片光明。我爱上了爱情。爱情本身太有吸引力了。不是像火炉边的柔滑爵士乐或抱着一颗心的熊娃娃那样俗气，而是像亨伯特对多洛雷斯着魔那样疯狂地渴望着另一个人，这就是我想要的爱情。我们都想要！去朋友家过夜时，我让我的朋友们给我讲浪漫的爱情故事，然后我给他们讲亨伯特和洛丽塔的故事。

纳博科夫的作品里有错综复杂的激情，仿佛被注入了一种黑暗的狂喜。在我眼里，有个男人迷恋洛到了无法控制的程度，他会珍视她每一根卷曲的发带或是她眨眼时睫毛的颤动。他眼眉低垂，满是对她的欲望。我也想要拥有这样一个男人。我深谙女学生的伎俩——把格子呢制服的苏格兰裙卷得老高，露出大腿，一定要在学校批准的裙摆高度之上——这种事我们比布兰妮早十年就做了。

但我并不是非要很多男人追着我跑来满足我的自尊——我只是想有那么一个人。我爸爸比我妈妈年长很多，而且他们的婚姻长达49年，着实令人惊叹。我总是认为我会嫁给一个年长的男人，他会把我当作他的小仙女一样珍惜，跟他相比我总是显得年轻，永远不老。当我上大学时，我对我的教授非常着迷，从来没有把我们之间14岁的年龄差距放在眼里。不过，我和教授之间什么都没发生。后来我也开始和同龄的男生交往。然而，就像男生总是看年轻女孩一样，我总是会看年长的男人。

在我大二那年，有个大一女孩被《花花公子》选中，为常春藤校版拍照。这组宣传照是一场俗不可耐的视觉盛宴（可以这么说），每个女孩都拿着一堆与她的爱好相关的蹩脚道具矫揉造作地摆造型。如果我没记错的话，我们学校的那个女孩得装作一个演员，于是她抱着本大部头的莎士比亚，戴着喜剧和悲剧的面具。在女权主义风行的耶鲁大学，女性中心（women's center）〔一度被称为womyn中心，因为里面没有“男人”（man）〕在这个女孩的宿舍外举行集会，恳求她不要为《花花公子》拍照。这个女孩反驳说，她需要这笔750美元的报酬。讽刺的是，女性中心立即举办了一场烘焙义卖，用筹集来的资金买通她放弃《花花公子》许诺给她的报酬。可是，我们的兔女郎拒绝了。她对我的朋友说：“想到会有一百万个男人对着我想入非非，我有点喜欢这个主意。”首先，这有点恶心。其次，我可做不到这样。我可以接受一个男人对着我，但我从来不想要什么所谓的对男人的掌控力，尤其还是很多很多男人。

大学毕业后，我一度觉得自己还很年轻，然后很快地，我嫁给了一个同龄人（实际上他比我还小一个月）。没过多久，我就像洛一样，被丈夫的孩子弄得脸色苍白，我被玷污了。我在四年里连生了三个孩子。我对衰老已经无感了。事实上，当我去年不得不做双乳切除手术时，我很怀念我下垂的乳房。我不想要年轻！如果迈克尔·J.福克斯（Michael J. Fox）开着一辆时间机器德罗兰（DeLorean）

车来送我重回青春，我会说：迈克尔·J，谢谢，但我他妈拒绝。[2]

现在，我的儿子弗莱奇（Fletch）12岁了，我的女儿艾薇（Ivy）和赛迪（Sadie）分别13岁和16岁。我们经常旅行，我女儿穿着Love ShackFancy[3]的荷叶边迷你裙，当我走在孩子们后面几步，注意到有些老家伙斜眼瞟我的女儿们，我真是要吐了。我的女儿们现在成了洛丽塔了。她们不像我当年那样饥渴，也许是因为人们强烈抗议把儿童性感化，以及在数字化时代父母们采取了预防措施。女孩们会认为男孩很可爱，甚至很性感，但她们从来没有像我们当年那样流着口水，饥渴难耐——我是说，当年在我看到《关于昨晚》（*About Last Night*）里的罗伯·劳（Rob Lowe）之后，我几乎立马去找楼梯扶手往下滑了。事实上，我和孩子们刚一起看了《圣埃尔莫的火》（*St. Elmo's Fire*），当我告诉他们那个性爱场景让我想后背上戴着珍珠在淋浴间欢爱，他们当着我的面嘲笑我。

在80年代，《洛丽塔》是一部经典的文学作品，它让性变态们看起来都不那么可恶了——整个社会赋予了这本书的粉丝一种复杂的地位，也给了它的叙述者一种艺术的宽恕。在我心中，亨伯特·亨伯特不是恋童癖，而是痴迷青少年的人（似乎每个男人都是）。在我成长的过程中，夏令营辅导员会称性感的露营客为“危险信号”。我总是听到这样一句话：“毛长齐了，就可以上手了。”[4]这让我想吐。然而，当亨伯特·亨伯特说出他的故事时，一切似乎都变得情有可原、可以理解。因为，嘿，罗马人和“东方人”几千年来都是这样做的。亨伯特声称自己不是“对孩子进行猥亵的性变态罪犯”，但你是啊，**你是个变态的混蛋！**

真他妈的！为什么总有很多男人想要找处女或是“爆樱桃”？(不过，开个玩笑，多亏了夏令营的那个人，亨伯特没有得到洛丽塔的第一次。）我们的文化是否已经转变到了把这种行为视作禁忌的地步？我们一边公开鞭挞波兰斯基，但一边却是少女早熟就被强奸。还有，不乏时尚媒体将儿童模特性感化，在他们小小的身体上抹油。你以为那些曾经喜欢辛迪·克劳馥（Cindy Crawford）的男人们，如今已为人父就能控制住自己不对克劳馥的女儿流口水吗？可悲的是，只要TikTok上还有穿绷带裙的13岁少女大跳热舞，就会有变态对着她们想入非非。这不是孩子们的错——她们只是在表达自己——但我希望观看的男人感到恶心。

*

当我是个小孩的时候，我以为我有自由意志。我以为我想得到性。然而，有这种渴望是因为我知道实际上我不可能这么做。洛丽塔就没那么幸运了，她所经历的根本不是性行为，而是强奸。在我长大成人的过程中，人们认为强奸总发生在小巷子里，女性被刀架在脖子上时，强迫发生的性行为——“约会强奸”这个词是最近大学里才流行起来的。即便如此，能够给出性同意的年龄和法定强奸（age of consent and statutory rape）仍然是不断演变的话题，在不同的州也有不同的规则。

对于多洛雷斯和许多受害者来说，很多年后她们才意识到：当年她们太年轻了，发生在她们身上的实际上是强奸。

如果一个小孩自认成熟，她就会自信地认为自己不可能被利用。对于像我这样渴望吸引男人的女孩来说，这一切都是脑海里的一种幻想。小孩嘴上说着大话，但到了紧要关头，当真有哪个男人往身上蹭的时候，大多数女孩——哪怕是像我一样荷尔蒙分泌旺盛的女孩——也绝对会怕得半死。例如，在奥斯卡最佳影片《美国丽人》中，凯文·斯派西（Kevin Spacey）[5]与女儿的闺蜜米娜·苏瓦丽（Mena Suvari）进行了长时间的调情和前戏。在一触即发前的几秒钟，米娜终于承认这是她的第一次，她很害怕。孩子们可能会觉得他们想要获得书本和电影中那样的性爱，但他们不知道这对他们来说有多不好玩。我的女儿们还没读过《洛丽塔》，尽管我在她们的年纪很喜欢这本书，但我还是希望她们现在不要读。

是的，对我来说，《洛丽塔》的文字华丽无比、充满热情。对于当年的我来说，《洛丽塔》是**必要的**，可能对于我的女儿们来说也是如此。然而，在2020年，对作为母亲的我来说，文学分析什么的都滚一边去吧。像亨伯特·亨伯特这样的变态不应该在文学经典作品中永垂不朽，他这可鄙之人只应该被诋毁和唾弃。

1　本文的标题《Lo and Behold》化用了一个英语俗语，里面隐藏了洛丽塔的名字Lo，结合了俗语的同时，表达了本文的主题：对青春期少女的凝视。——译注

2　这里指的是福克斯1980年代的经典科幻电影系列《回到未来》。在第一部，福克斯的角色开着德罗兰飞车回到了过去，遇见了年轻的父母。——译注

3　LoveShackFancy由*Cosmopolitan*前资深时尚编辑Rebecca Hessel Cohen于2013年创立。Cohen从旅行中获得灵感，想要打造轻松休闲的服饰，不仅适合在城市观光，还适宜去海滩度假。LoveShackFancy的服饰单品以甜美清新的风格著称，从法式蕾丝网眼连衣裙、手工制作针织单品到维多利亚风格复古服饰，将时髦态度与百搭格调写入品牌特色。——译注

4　原文是一句低俗的俚语：“If there’s grass on the mound，play ball.”直译为：“如果草地上长草了，就可以玩球了。”——译注

5　在#MeToo运动的席卷下，凯文·斯派西也被揭露曾经性侵过多名演员。——译注

亚历山大·黑蒙
Aleksandar Hemon

学习《洛丽塔》的语言

在遥远的20世纪80年代末的某个时候，我在萨拉热窝一家图书馆里发现了《洛丽塔》。当时是上午，阳光从东窗斜射进来。在这间屋子里，墙上的书架塞得满满当当，声音仿佛都被书吸收了。我被书上的灰尘、螨虫、墨水和图书馆管理员的香烟味淹没了。地板上一块方形油毡的卷角绊了我一跤。我还记得这本书的确切位置，就在一扇装饰着奥匈帝国黄铜把手的白色大门左边中间的书架上。（图书馆大楼如今安置着伊朗大使馆——历史就是这么喜欢讽刺我们。）那个译本的出版日期在60年代。我之前从未见到过。整个记忆都有做梦的感觉，但有什么记忆不像是做梦呢？

在前南斯拉夫，纳博科夫的作品是不易弄到手的，除了他1935年出版的俄语小说《斩首之邀》（*Invitation to a Beheading*）的译本。我有这本书，但没有读过。纳博科夫的作品在南斯拉夫之所以稀缺，也许是《洛丽塔》在国际上的名声太臭；我后来才想到，还也许是因为他精湛的语言，要求极高，很难翻译。我读过关于纳博科夫、《洛丽塔》和斯坦利·库布里克的电影改编的文章。我时不时读到摇滚歌手或电影明星的采访，里面提到了这本小说。出于某种说不清道不明的好奇心，我被纳博科夫的名噪一时所吸引。

《洛丽塔》后来改变了我理解文学文本的方式。它为我的阅读期待提供了一个模板，从而立刻将不少此前备受尊敬的书降格到不值得尊重的二流作品。我读得非常快，无法自拔，以至于现在我只记得那狂喜，而忘了狂喜的具体诱因。我再次读《洛丽塔》时，又感觉是第一次阅读了，就好比一直如初见般的爱情。

此后不久，我（用当记者挣的工资）购买了一套刚出版的纳博科夫翻译作品选集，包括《绝望》(*Despair*)、《防御》(*The Defense*)、《庶出的标志》(*Bend Sinister*)和《微暗的火》(*Pale Fire*)。就好像我当年的渴望为自己创造了目标一样。我也如饥似渴地读完这些书，读了好几遍。即使没有一本接近《洛丽塔》，纳博科夫作为我最爱的作家的地位也稳固了。在波斯尼亚（Bosnia）和南斯拉夫，他没什么名气——比如，不像加西亚·马尔克斯、埃里卡·琼（Erica Jong）、索尔仁尼琴（Solzhenitsyn），甚至拉什迪（Rushdie）。对年轻的我来说，他反而具有了额外的品质——他有些另类，他的难度恰到好处，足以让我感觉自己像品位不错的文学鉴赏家。我的精神生存似乎需要这些，因为我生存的地方和时代被战争前常见的恶俗污染了。

我当时和现在都相信，有些书籍通往人类知识的途径是其他书提供不了的。不想争取做到这一点的书只能算是娱乐。我当时足够年轻，可以通过一系列美学选择来定义自我。这些选择证明了我（自我感知）的鉴赏力，且让我能够获取到其他方式无法获取的知识。我即——或想成为——我所读，我所听，我所见，我所引用和提到的。我的美学为我的思想运作标记了一个领域，在我自我主权和崎岖的灾难之山之间建立了不可逾越的边界。在地壳构造力之下，灾难之山在周围上升，很快会在山崩般的战争中垮塌。我说服自己，在我精心维护的空间内，我是自由的，不受历史及其愚蠢的（但也是灾难性暴力）逻辑的伤害。我以为，在谨慎维系的有限程度内，我可以与其他有相似品位和兴趣的人分享这个空间。在这个空间里，不仅有一种不同的美学占上风，更有不同的伦理。

我在大学学的是文学。一位我最喜欢的老师曾经在开设的《安娜·卡列尼娜》第一堂课上威胁说："那些不喜欢托尔斯泰的人最终会死在绞刑架下！"这种施加在文学上的道德判决总是给我留下深刻的印象。我也相信，那些不喜欢托尔斯泰的人还不如最终亲手搭建绞刑架。此后，我坚持认为，如果你喜欢托尔斯泰、纳博科夫、查理·帕克（Charlie Parker）、帕蒂·史密斯（Patti Smith）、艾米莉·狄金森（Emily Dickinson），或者任何我喜欢的艺术家，包括——承认这让我感到尴尬——约翰·米利厄斯（John Milius）和布莱恩·德·帕尔玛（Brian De Palma），那你在伦理上是安全的（人身安全我就没法保证了）。一个人的伦理总和自己的美学保持一致——我有好品位，因此我是个好人。很快，我明白了，搭建绞刑架的人和他们绞死的人可能都爱托尔斯泰。我也知道了，托尔斯泰尽管如此伟大，却救不了任何人的命。艺术不能改变历史；艺术只存在于历史中。

我现在上年纪了，不会因为年轻时的信仰感到羞耻。这些信仰源自一个古老的观念：接触恰当的艺术能让人的伦理和道德得到提升，或者至少能稳定下来。这个观念源于宗教，因为几个世纪以来，艺术对宗教信仰来说是至关重要的：敬神像就是敬神；读上帝的话就是获得上帝的爱；《圣经》的注解导向精神和道德启蒙。在世俗的中产阶级文化中——在这里宗教和艺术（应当）在不同领域内运作——艺术品中的圣灵被艺术家的精神/心灵（浪漫主义地）取代了。正是这种精神——超越了历史和日常生活中的现实——是读者或者艺术爱好者应该与他人认同或者分享的。这种艺术上的“精神及道德上的必要之事”从根本上是一个浪漫主义概念：在夜莺歌唱的果园里读一首诗，你会被传送到历史领域之外，进入启迪精神的领域。我阅读是为了超越我生命中可怜的限制以及我的生命在这些限制中展开的历史。

1992年春，战争开始之前不久，我离开了波斯尼亚。我最后到了美国，从此在这里定居。波斯尼亚的战争炸毁了我的精神领域以及相关的道德和美学抱负，就像装满了可爱瓢虫的火柴盒。

战争在你注意到之前早已开始了。它偷偷向你靠近，因为你沉浸在自己的现实中，困在你年轻、孤立主义的世界愿景中，还有你自己那套复杂的理念中。这些理念就像安抚玩具，能抚慰你自己，也让你忽视脚下令人不安的轰隆声。也就是说，对每个人来说，战争不是同时降临的。

刚好有个恰当的例子：我读大学时有一位文学教授，我当时认为他才华横溢。他叫尼古拉·科列维奇（Nikola Koljević）。他教一门写作课（我唯一上过的写作课）。他能够轻松用英语引用莎士比亚、艾米莉·狄金森和罗伯特·弗罗斯特（Robert Frost）。他还指导我关于《尤利西斯》(*Ulysses*) 的学士学位论文。他是克林斯·布鲁克斯（Cleanth Brooks）和新批评的专家。新批评美学/批评方法的基本理念是通过文本细读来解释和理解文学作品。因此，解释过程应该忽视作品创作的社会/历史环境，仅专注其内在的逻辑和结构。新批评关于文学文本的独立性，经由我的教授展示，符合我的美学理念：精神体现在作品的内在结构之中。然而，由于战争以及科列维奇教授是个法西斯分子的事实，那个结构在我眼前被炸毁了。我以为他的首要忠诚是对新批评的，但实际上他效忠的是塞尔维亚民族主义阴谋集团的种族灭绝计划。

当波斯尼亚战争爆发时，我流落到了芝加哥，身无分文，毫无规划。我从未打算过留下来，朋友也只能帮助提供简单住宿和劣酒。我必须找工作，弄清楚是否应该继续搞文学；如果继续费心搞文学的话，用哪种语言。战争把我和我的母语波斯尼亚语切开了。说这门语言的人，包括我的家人，过着（如果运气好还活着的话）与我完全不同的生活。在我们战前共享的经历中根深蒂固的语言现在被消除了。我意识到，战争可能会持续很长一段时间，且我有可能在美国度过余生。因此，我决定让自己能够用英语写作。这个决定是我绝望之后的铤而走险。我给自己设了一个随意的目标和期限来实现我的决定：用五年时间写出一篇可以发表的英语故事。唯一能成功的途径是读尽可能多的书，从我已经读过翻译版本的书开始。

《洛丽塔》是我第一批重读的书之一。为了尽快能用英语进行写作，我的总体计划主要是在纸上画出生词，以便随后查字典。我带来美国的词典只有那本破旧的塞尔维亚-克罗地亚语-英语词典——从我7岁父亲给我报英语班时就带着，还有《牛津高阶英语词典》。我的高阶学习装备搞定后，我一头扎进了《洛丽塔》。几页之后，我画线的生词多如茂盛的海草，而我很快就迷失其中了。有些生词我甚至在字典里都找不到——就在第一页，我遇到了perambulate、solecisms、tenacious、cognomen。我读雷蒙·钱德勒、雷蒙德·卡佛（Raymond Carver）或者海明威（Ernest Hemingway）的书时没有这样的困难。这些人言简意赅，并依赖于读者熟知的不言而喻的美国做法。

纳博科夫让我感到深深的绝望。我再也不在《洛丽塔》每一页上都画几十个单词了。这样做只会把书画得密密麻麻读不下去，纸张变得又薄又破。现在我在笔记本上列出单词，频繁停下来查字典。有时候，我会花半天时间去查询图书馆珍藏的大部头词典。我常常只能等待机缘在上下文里邂逅另一个单词，从而帮助我破译它。有些单词我得查十遍。即使我把所有单词的意思都搞懂了，有些句子依然无法解密。纳博科夫式语言发射出来的没完没了的烟花让我着迷，让我困惑，在我冒险运用时，让我显得古怪。有一个不老实的房地产经纪人，我只知道他叫强尼·欧。他付我低于最低工资标准的报酬，让我干些不太合法的活儿。他曾经称赞我说的是“国王英语”，因为我随口用了“so forth”表示“等等”。我第一份合法的工作是为绿色和平组织挨家挨户游说，所以我会胡乱地向募款的人抛出装模作样的纳博科夫式词汇，比如thwart、hirsute、iniquity、scoundrel。他们要么感到困惑，要么干脆把我拒之门外。通常来说，如果从书本上而不是口语中学习词汇，许多单词的发音都是错的。我就是这样的，很长一段时间里，我都把单词akin读成了achin’。

我当时非常痛苦。战争迅速地改变了我。远离家乡、家人、朋友、母语，我很孤独。我深陷移民身份的申请中不能脱身。美国人总会问：“你哪儿来的？”我不得不解释我自己以及波斯尼亚的战争来满足他们出于本能的好奇心。这也让我很恼火。

我开始相信，作为一个因为战争而流离失所的人，在一个自己不是特别喜欢的国度里挣扎求生，我经历的创伤性精神崩溃，早已打破了成长于单一语言文化的思维中可能对外语产生的任何抗拒。早期，我在说英语的时候经常体验到一种双重的感觉：有个内在的我，试图阐明自己痛苦的想法和复杂的情感；然后有个外在的我，用充满错误、疏漏和错误发音的外语，向陌生人谈论上述想法和情感。我一直都意识到，在跟我对话的人面前，我表现得与内在的我想要或希望成为的那样不同。在看电影时，我体验到了一种惊恐的似曾相识：在大卫·柯南伯格（David Cronenberg）的电影《裸体午餐》（*Naked Lunch*）中的一幕，我发现彼得·威勒（Peter Weller）的台词明显和他的嘴型不一致。在我所说的和他人听到的之间，在我心中的自己和外人眼中的我之间，总是存在着一条痛苦的鸿沟，而我找不到办法填补它。内在的我是波斯尼亚人；外在的我完全是另一个人，一个有着我的容貌的陌生人。我也不是美国人，因为我从未全身心投入美国生活的现实。然而，我没有其他生活可以过了——我无家可回。

在我奇形怪状的外国脑袋中有更多奇怪的事情发生：我开始用英语做梦。在梦里，会有来自波斯尼亚我曾经认识的人们说着英语。因为仍处于梦境中，我对他们不说我们共同的语言感到很困惑。更奇怪的是，我现在用英语回忆起在波斯尼亚与朋友或家人的谈话。我现在明白，新的语言正在入侵我的潜意识，而且流离失所已经让我的潜意识破防。冲锋在前的正是《洛丽塔》里勇敢无畏的语言。

入侵语言还需要一段时间才能在新的领土上完全安定下来。我开始用英语写作。在我发誓三年后，我写出了一篇可以发表的故事。故事题为《索尔济的间谍网》（*The Sorge Spy Ring*），收录在我的第一本书《恐怖分子》（*The Question of Bruno*）中，于2000年出版。书的宣传文案暗示，我是通过阅读《洛丽塔》学习英语的，还暗示我用英语创作的壮举可以与纳博科夫相媲美。事实上，不管是我，或者任何未以几种语言创作四十本书的作家，都没有资格与纳博科夫相提并论。尽管如此，我逐渐感觉和他的投契不在于词汇量或者词汇的巧妙使用。在流离失所和用英语创作超过25年之后，我明白，对于我们这些找不到家园生存感的人来说——不管是在旧的还是新的世界——唯一的出路是存在于**语言中**。为了让这成为可能，必须重造和拓展语言，必须无视和违犯其历史——在弗拉基米尔进入英语、圈出属于自己的领地之前，他在莎士比亚的语言中没有位置，更不要说在雷蒙们或者海明威们的语言中了。他不得不拖进来他所有的难民包袱，他所有的记忆和损失，他多维思维的所有形状，所有在他思维中形成的语言。他唯一的选择是界定一片语言领土。在那里，他可以重新获得因为流离失所而被剥夺的能动性。他厚颜无耻、不请自来地对语言进行暴力改造。只有这样，他背井离乡的多语言自我才能找到容身之处。这就是为什么纳博科夫所有的书——不仅是他用英语写的，还有他用俄语写的，然后和他儿子迪米特里一起翻译的——本质上都是多语言书。没有比《洛丽塔》更是如此的了。这就是为什么他永远不能依赖于母语作者可用的不言自明的语言，也是为什么他永远承担不起按照文化的表面意义来看待文字和事物。他不断改变英语，因为他无处可去。只有在永恒陌生的异世界及其陌生的语言中他才能找到归处。

纳博科夫的书里充满二重身和“无护照的间谍”。书中人物身边的当地人都无视他们的全部人性——或者，就亨伯特·亨伯特的情况而言，非人性。他们在这个世界无处容身，因此可能显得很可怕，且只能完全存在于纳博科夫提供的语言空间里。他的语言广大无际，至高无上，甚至能容纳亨伯特·亨伯特这样的反社会者。亨伯特的病态恰恰是他永久流离失所的原因。如果像亨伯特·亨伯特那样的人都能在语言中找到一席之地，那几乎所有人都可以。因此，《洛丽塔》所成就的不啻幸福的奇迹了，但为此付出的代价是亨伯特可怕的唯我论和多洛雷斯的沉默。 342

《洛丽塔》的任务不是为了呈现强奸犯的心理过程，也不是以挑逗的方式传达二十世纪中叶美国的性病理学。其任务是为一位流离失所的作家在极度陌生的语言里创造一片主权领土。《洛丽塔》向我展示的不是如何与英语这头野兽争吵，而是一种可能性：通过改造语言，那种无休止的身在异乡的感觉——无论我身在何处，我永远不在家——能够得到缓解。对于我们这些每日挣扎着用非母语写作的人来说，（至少）二十世纪最伟大的美国小说是一个背井离乡的外国人写的。这个事实意味着，有那么一个空间，我们可以在里面存在且持续存在下去。

在我的英语写作生涯刚起步的时候，我向当时的妻子展示我的故事。她太美国人了，她的父系先祖可以追溯到清教徒时期。她觉得我的错综复杂的语言很古怪，说："我们不这样说。"而我会说："嗯，现在我们这样说了。"如果没有《洛丽塔》，我永远不会有足够的傲慢和勇气说这出样的话。嗯，现在我有了。

杰西卡·沙特克
Jessica Shattuck

夏洛特的怨诉

亲爱的，我该怎么称呼你？亨伯特？大骗子？或是你“日记”里其他那些可笑的名字？还是用我所认识你时你的名字，那个你说是我们的小秘密的名字？或者——上帝保佑——我是不是应该把作家和叙述者结合起来，叫你亨伯托夫？或者纳博特？我是一个受过教育的女人，我可以想象你会对这种混为一谈表示强烈抗议。那好，我尊重你作为作者的权利，也承认作者和他作品之间的界限。然而，亨・亨（H.H）（我喜欢这个充满象征意味的形状——就像你一样凸起且随时准备被崇拜），我要指出那些你提出的问题，也是你的创造者提出的问题。就这么着吧。

那么，让我们开始吧。

先从愤怒说起。在我看来，《洛丽塔》的重生就应该从2020年开始。在当下，愤怒是如此明确、明亮和容易理解；也许跟当初它激起的复杂情绪相比，愤怒不那么让人费劲了（但也许却更令人厌烦了？）。愤怒是我们每个人的个体挫败之后的共同体验。然而，在我所处的时空里，对于我这样的女性来说，愤怒从来都不在我的选项当中。有太多东西被窒息和被践踏，有太多东西在死亡中等待着我。因此，我的命运本来就是成为一个愤怒的幽灵：无力改变过去，只有渺茫的希望：当与其他那些被历史不公正对待的女性携手时，我们能对未来产生一些影响。尽管如此，这并不是我曾经为自己设想的生活。我想要的是沐浴在灿烂的阳光里，坐在一把摇椅上慢慢摇，关上纱门，小外孙惊叹于我玩占卜板的技艺……但是我没法得到这样的温柔和快乐了。亨・亨——都是因为你，我才命丧黄泉，沦落至此。对于人生会经历什么样的严峻考验，我们无法选择。我们能选择的只有在悲剧过后的残骸中留下什么。

令我愤怒的是：

首先，显而易见的是：我被骗了，以最离奇、最可怕的方式被利用了。你向我求爱，然后我们结婚了（竟然结婚了！）。这一切都是你阴谋诡计的一部分！这个诡计的目的就是一场暴行；如果要我来评价你的阴谋诡计，不管我做到多么理性，不管我怎么激活我大脑里最理智的部分——这都是最恶劣的暴行。我的大脑也根本没法理性了，里面充斥着可怕的、古老的情绪。归根结底，你和我结婚只是为了强奸和猥亵我的女儿。

我可怜的孩子失去了自己的父亲，后来又失去了自己的弟弟，而你试图毁掉我女儿的童年，还要剥夺她在经历这些悲剧之后少得可怜的轻松和快乐！当我们到达拉姆斯代尔（Ramsdale）时，未来像一块飞毯一样，慢慢地在她面前展开。就在她准备登上飞毯去往未来的时候，你毫不留情地扯下了她的飞毯。对一位母亲来说，没有什么比自己的孩子受到虐待更大的侮辱、更痛心的折磨了。（你没有给我留下任何东西，除了你的一堆废话。你颠倒黑白，把自己的淫欲说得跟诗歌一样，把强奸和乱伦描绘成爱情——爱情！关于这一点，我还有更多的话要说，你给我等着——我先谈谈我的愤怒和忧伤。这些情绪远没有你的淫欲有趣，远没有你的变态让窥淫者们感到刺激，更没有你的内疚那么耐人寻味。一个母亲的悲伤没法写成精巧的预言和复杂的故事。我怀疑这也是为什么你碰都不碰的原因。没有读者会对我的经历感兴趣，聪明的大学生才不会想要深究我的经历。一个生活在郊区的中年妇女的悲剧，就像一具被冲上海滩的腐烂尸体一样。）

但我现在依然愤怒，我要来进行一些道德说教了。你留给我的冷酷无情的理由，只能排在这个单子的末尾。而排在前面的，对未来的读者来说非常重要的，是我的声音。你根本不记得它了，对吧？因为你从来就没有好好听过我的声音。我的故事、我的观点、我的人性，对你来说只不过是一个个障碍，就像地上的绊脚石一样让你感到不方便。我只是夏洛特·黑兹，你那“不知疲倦的女房东”，你那拥有“高贵的乳头和粗壮的大腿”的妻子……“大母牛黑兹”，“爱管闲事的黑兹”，你那可笑的、可悲的、缺爱的、淫荡的、伤感的、重新布置家具的妻子。一只笨拙的、穿着泳衣的母牛，你幻想着我会溺水死亡……

我无法想象自己曾经认为你爱过我！我竟然以为你想跟我做爱！做我的人生伴侣！我以为我了解你，因为我不像你，我倾听你。我认真听你倾诉，听你说你在里维埃拉的童年，你对波德莱尔的热爱，你的牙疼、膝盖痛，和你对杜松子酒和酸橙汁的热爱。天呐，我对你是多么地全神贯注，我为你而心烦意乱：我对你是多么感兴趣啊！比我对我自己都更感兴趣。我现在终于认识到，这一切是多么愚蠢和可怕了。我渴望拥有人生伴侣和灵魂伴侣，我渴望有个人能缓解我的孤独，而这造成了我的悲剧。如果我有一个爱好或者几段持久的友谊……在后来的女性杂志和自助书籍中，有一百万种处理我的困境的处方。但在我一生中，所有通往幸福的路似乎都是从找到一个丈夫开始的——而且丈夫越帅越好。而你恰巧长得很帅！我以为这就够了。我知道这是我的错。认识到我的盲目和我的懦弱、以自我为中心、需求过度让我羞愧万分。你写下的侮辱我的东西，我每次读到都会感到震惊。

最后，你写下这本可怕的“日记”。在这些黑暗时刻里，你重现了你对多洛雷斯的所作所为，我可怜的多丽啊。你带着温柔回到她身边，把她完整地呈现出来——毕竟她是一个人，而不只是你欲望盛宴中一个闪闪发光的道具。你给自己的戏来了个下半场。你变成了一个悲剧性的、满是悔恨的人物，被负罪感所折磨，被你自己的人性所裹挟——以一种真实而非怪诞的方式呈现出其中的丑陋。但我呢？我被你孤立无援地困在点彩画中，由你的最初幻想扭曲而成。这是一幅关于一个满是嫉妒的褪色美人的画——灰姑娘的继母，白雪公主故事里那个精神错乱的女巫。我仍然被困在你的叙述美学里，也就是你“日记”的前半部分。用现代的话说，你希望读者对这部分感到不舒服而退避三舍。我不够有趣，不足以让你回首往事；我的中年痛苦和悲伤称不上美丽如画，不值得你关注。你不为我感到半点悔恨。我就像车检时地上垫着的破毯子，你碰都不想碰。

我可以想象，来世的你读着这篇文章，高高在上，趾高气昂，对我的愚蠢直摇头：这是你作为叙述者和作家的特权。谁能说所有的角色都是生而平等的呢？你在试探主观叙事的界限，为自己的不可靠而沾沾自喜，对未来的读者使眼色，暗示他们：在你创造出来的作品中，我只不过是个为了达成喜剧效果的道具罢了。你如此大胆，如此嚣张地漠视我。在你叙述的世界里，道德从来都不在中心位置。毕竟，你在描绘这个故事中的每个人时，都不在乎他们的感受，也许你关心美和智慧，但你完全不在意他们的敏感。

退一步来说，如果我们都是被你用笔钉在不朽书页上的脆弱蝴蝶，我拒绝你毫无同情心地给我披上粗野的蛾子做外衣。

我有我自己的故事。

作为一个女人，我得收敛自己放纵的语言，我得克制自己无边的幻想，我得收起我的狡猾、我的智慧、我的聪明。相反地，我必须做到把握分寸，不多不少，恰到好处。我从小就被教导要乖乖地做个金发女孩。对我那个时代的女性来说，试图找到那个难以捉摸的“恰到好处”，就是我们生活的永恒目标，也是我们终其一生的诅咒。更重要的是，我将试着提供情感上的，也许还有——如果我敢的话——道德上的真相。也许你会问：就这么点儿吗？跟亨伯特相比，我的故事是不是不够复杂精巧，不够难以捉摸，不够阴险狡诈呢？

我在俄亥俄州的一个小镇上长大。我父亲是个木匠，母亲是钢琴老师，母亲教我法语和德语，并试图激励我广泛地阅读。然而，我恐怕让我母亲失望了；我只读小说，而且就喜欢浪漫的。如果要追根溯源的话，这可能是我悲剧的开始。读了太多的浪漫小说，我开始追寻意义、满足和体验。但不管怎样，你吸引我的原因可以归咎于我对浪漫和“欧洲情怀”的热爱。你可笑的口音和紫色的吸烟服（葡萄果冻色的天鹅绒，下垂而破旧，更像是疗养院的老爷爷会穿的），你的法语表达和你张口就来的我没听过的作家名字……当时的我觉得这种知识分子生活和旧世界的气息应该会得到我母亲的认可。

第一天，你坐在我们小后院的躺椅上，带着那种哀伤的、小狗一样的表情，当时我真的感觉到了一种亲情！我想象着我们都对Weltschmerz[1]有感觉。这个词我一直很喜欢，但在英语中没有任何对应的词。字面直译可以是世界的痛苦，但这显然相形见绌。Weltschmerz更多地指的是对人生悲剧的深层次理解——欣赏人类奋斗的美丽和徒劳，以及作为凡人的痛苦与可爱。我以为你也能明白这种感受。但事实上，你看起来一副忧伤的模样，只是因为你对我女儿起了色心和邪念。

为了满足我那垂死的母亲，我遂了她的心愿，去莎拉·劳伦斯那里念了个英语文学的学位——读了更多的小说！不幸的是，我也追随她的脚步，过早地坠入爱河，嫁给了教我维多利亚时期诗歌的教授哈罗德。我不想把这个可怜的人牵扯进这肮脏的咆哮中。我只想说，他是一个好人，我们相遇时他是一个鳏夫，有两个成年儿子。我们的婚姻没有什么激情。结婚时我才21岁，当时的我并不了解自己能驾驭多深的欲望（不仅是身体上的，还有情感上的以及对人与人联结的深切渴望）。

哈罗德去世的时候，我陪在他身边——太快了，可怜的人，他离开时才65岁。我几乎没怎么见到多洛雷斯。她小时候只能和保姆待在家里，而我的时间全用来照顾哈罗德了。后来我自己也病得像条狗一样，还怀着多洛雷斯的弟弟。这个小男婴是在他父亲去世后出生的。她的弟弟啊！我失去了那个男孩，那个金色的婴儿，圆圆的脸颊，卷卷的头发，我抱他在胸前，他是那些黑暗日子里的希望。多丽和我一样爱他！他是个天使宝宝——充满阳光，咿咿呀呀，乖乖地喝奶，趴在我肩上睁大眼睛环顾四周，嘬着自己肥嘟嘟的大拇指，然后安然睡去——幸福地睡着，一睡就是三个小时的午觉；晚上也能睡整觉，只会醒一次需要我喂奶。

好景不长，事故发生了。那件可怕的事将我的生命一分为二。而在你那看似无限善意的叙述里，这件事一句话就匆匆带过了。

那是一个艳丽的秋日，明亮而温暖，公园大道中央开满了菊花，仿佛一条好看的金项链。当时哈利还不到两岁。我们刚从面包店里出来。我穿着新的秋季靴子，哈利在他的婴儿车里吃东西。他胖乎乎的小手打开又合上，黄油薄片全粘在他的指尖上。

如果我没有停下来，如果我们继续排队，如果我再往左走两步——如果，如果，在那之后的几年里，我的脑海里有无数个如果，没完没了……我甚至没有看到砖头掉下来，因为我正在翻我的手提包。一阵风吹过，一座古老的建筑，一个两磅重的石头从十层楼高的窗台上摇摇晃晃地掉下来……菊花仍然很美丽，只是不再是项链，而成了葬礼的花圈。

你居然荒唐地建议，我可以用更多的“小哈罗德”来取代他的位置，我从来没这么想！我只想让他回来！我的宝贝！对你来说，我亲爱的孩子是个笑话，但他是我一生的挚爱。

沉溺在悲痛中的我，对于亲爱的多丽来说，是个糟糕的母亲——相信我，我心里很清楚这一点。在拉姆斯代尔的头几年，我精神恍惚，浑浑噩噩。我的耐心被彻底耗尽了，整日疲惫不堪。我对什么都提不起精神。有时我整天躺在床上，把多丽扔给严苛的保姆。她太孤单了，我可怜的小家伙。我辜负了我的小多丽，我最后悔的就是这一点。

但当你出现的时候，我正从这一切中走出来。我早上能梳头打扮了，也亲自做早餐。我开始关注多丽有没有适合的衣服，有没有刷牙，有没有合脚的鞋子。也许这听起来微不足道，但这些都是我的进步！我开始专注于抚养她长大。只是随之而来的也有担忧——也为你那本可怕的书埋下了伏笔。多丽太固执，太任性！完全以自我为中心！我一直在担心，可能我的丧子之痛使她在情感上出现了缺陷。我的疏忽导致了她的自私吗？我常常谴责我自己。她的暴躁情绪、过分要求和不管不顾能把我逼疯。我恼羞成怒，神志不清，吹毛求疵——但我并没有像你经常说的那样心怀恶意。我并不嫉妒，只有男人才会这样想。多丽是个漂亮的女孩，我把多丽当成孩子，而不是情敌！

有时我会想，她在那间可怕的公寓里，独自坐在桌子旁吃着保姆热过的肉馅饼和土豆。我想起自己穿着未洗的睡袍，闷闷不乐、蓬头垢面地从卧室里走出来。那是黄昏时分，阳光没那么暖和了，在黑暗彻底降临前，有一闪而过的紫色光芒。下面传来马路上的声音：出租车的喇叭声和公交车的轰鸣声。"你不会喜欢这样的，"她对身边的空座位说，"它没被切开。"当她看到我的时候，脸上掠过一种困惑的表情。

"你在跟谁说话？"我问。

她停顿了一下，想了想，然后低下头，略显尴尬地说："哈利。"她抬起头来，直视着我，带着挑衅的神情，"我和他一起分享。"

我盯着她，屏住呼吸。

“他说他爱你，妈妈。”她几乎是害羞地说出来，就好像向我伸出一个橄榄枝。

她善意的话语和细小的声音划破了笼罩着我的迷雾。

我们俩都因为失去至亲而感到无比痛苦，同时也因此紧密相连，这种共有的情绪充盈着整个房间。我试着让多丽感受到我的爱，用我的爱来武装她保护她。我以为这样就足够了。每当我想起这些，我的心都要碎了。

*

这是我怨诉的核心所在。

在你那扭曲的、忧伤的作品结尾，你竟然还厚颜无耻地声称你爱我的女儿。而你和她在一起的时候，你甚至从来没有假装过自己爱她！她是你的小仙女，但当她长大成女人之后你就会立马抛弃她。现在，身在潮湿的监狱里，突然你就变了，说自己曾经深爱她。你以为这样就能洗清你的罪名吗？你以为如果你宣称自己对一个未成年孩子的淫欲是出于爱情，你就会得到宽恕吗？我不得不相信，在你对着神父忏悔了那么久之后，现在你至少开始不太认真地考虑宽恕了。你，亨·亨，最相信语言的力量。“爱是凡事包容，凡事相信，凡事盼望，凡事忍耐。”你以为这里面还包括“爱是凡事宽恕”吗？这忏悔者自己精神错乱了吧？如果一个强奸犯宣称他爱自己的受害者，我们就该放过他吗？你以为在你堕落史后面加上这个结束语，你就会被原谅吗?

还有，你事无巨细地描写自己的悲伤——你那充血的眼睛、破旧的毛衣、失眠的折磨……狡猾如你，试着让我们相信所有的悲伤都有同样的重量。你的悲伤和我的悲伤是一样的，只要你的悲伤和我的一样强烈。你用语言编织魔法，你的读者就像顺从的狗一样，注定要为这共同的不幸而流下眼泪。他们追随你到奎尔蒂的豪宅，欣赏你残忍和暴力的滑稽动作，赞叹你敏锐的观察力，你的堕落之美。你是未来所有“暴力美学”的鼻祖。塔伦蒂诺(Tarantino)和德·帕尔玛(De Palma)这样的导演要求我们运用头脑中最冷静、最理智的部分去观看强奸、谋杀和暴力——将我们的价值观置于美学而不是同情当中。我们真的已经进化到毫不费力就能做到这样吗?我们难道不用为此付出任何代价吗?如果我们学会把你这样的残暴视为有趣、聪明、可爱，那我们不就打破了文明对残暴筑起的那堵脆弱的墙吗?

你的悔改能抵消你的残暴吗？你称呼我们为“陪审团的先生”，你请求我们对你下评判。如果没有这个语境，你的日记就只是一场美化丑恶的巧言令色。谢谢你提出这个问题。

眼睛能看见东西，没有它我们就会失明，我们需要它。难道我们必须要废掉一只眼睛才能证明我们已经知道的东西吗？继续，你们自己讨论吧，亨・亨，你这变幻多端、千人一面的叙述者。你的悔改对我毫无意义。你的悲伤跟我的没法比。洛丽塔和我才是受害者，而你是加害我们的罪犯。作为一个愤怒的鬼魂，我没有兴趣在道德真空中审视你的悲叹。别管我的愤怒，我在公众面前的丑态，我孤身一人时的悲哀。我只有一个要求：任何读过你那巴洛克式叙事的人，请花一点点时间想起我吧：夏洛特・黑兹，洛丽塔的母亲。

1　该词为德语，表示厌世，悲观主义。——译注

埃里卡·L.桑切斯
Erika L.Sánchez

在触发预警时代的《洛丽塔》

我一直在寻找被禁止的东西。小时候我是个充满好奇心的孩子，永远在寻找界限去跨越。书籍是我寻到的可以去反叛、去享受自由、去探索的空间。我一直想窥探人类心灵最黑暗的地方。我第一次知道自己想成为一名作家是在六年级读了埃德加·爱伦·坡的诗时。诗中有些东西萦绕在我心头——意象带有的奇异性、音乐性和优雅性。诗中的讲述者邀请我感受他们的脆弱。我还感觉到孤独和害怕。和他们一起共处于那些空间里让我安心。我很快意识到，我想要写让人同时感到害怕、惊奇、不安和高兴的那种诗歌和故事。写作是最能让我感觉自己还活着的事情。

我什么书都读，荤腥不忌，特别是那些主题被视为少儿不宜的书。我父母是墨西哥移民，不会说也不会读英语，所以他们从未察觉到我在读什么。对我来说，没有话题是禁区。这一切的“为什么”总是令我着迷。比如，我读过几本关于恶魔崇拜的书，因为我想知道是什么驱使一个人选择这条路。因为害怕批评和惩罚，我总背着别人如饥似渴地读这些书。

通过阅读满足好奇心和激情至今仍然是我作为一个人和作者的重要部分。我一直想理解人们的动机。在20多岁的时候，我读了萨德侯爵（Marquis de Sade），随后陷入了对他的人生和作品的研究旋涡。再一次，我想知道是什么使这样一个男人的存在成为可能。

《洛丽塔》一读便令人陶醉不已。对于一个痴迷于语言的人来说，小说开头几句话是一种绝对的快乐。我一边狼吞虎咽地读着书，一边感觉既恶心且惊奇。其精妙的语言让我感到困扰，因为故事本身是如此的残忍。我怎么能享受阅读一个关于受害儿童的故事呢？正是这个悖论促使我读下去。

我认为，人们之所以误解《洛丽塔》，是因为他们认为我们必须同情亨伯特·亨伯特。澄清一下：我的的确确不同情他。亨伯特是一个恶心的掠食者。亨伯特的任何行为都没有任何形式的正当理由，尽管他的文笔优美，尽管他提到自己孩提时的悲伤瞬间，尽管我们对他的心灵有所理解。这些都不是重点。我不认为纳博科夫期待读者会对亨伯特感到任何喜爱或同情。我们不应该支持亨伯特。客观地讲，他很可怕。让他这个角色有意思的是他的妄想和权力。我对他为了犯罪而对自己说谎很感兴趣。比如，他是如何能说服自己一个12岁的孩子在试图勾引他？这个文本是关于厌女症、性虐待和白人男性权力的研究。在书的封底，《名利场》杂志称赞《洛丽塔》为“我们的时代最令人信服的爱情故事”。这不是一则爱情故事，而是一个女孩被本应保护她的人强奸的故事。这本书直视压迫，并追问缘由。

“洛丽塔”这个词现在指的是性早熟的女孩。为什么亨伯特没有特别的词语呢？这是谁的错呢？我们的厌女文化吗？在新闻中不定期地就会出现亨伯特这样的人，数都数不清。我坚信，小说没有以任何形式浪漫化这段关系。事实上，很难搞懂为什么有人会同情如此骇人的叙述者。通过亨伯特的第一人称叙述，洛丽塔完全被噤声了。我们目睹了她深重的苦难、她的屈辱和随后的逃离。她年轻的生命以贫穷和绝望终了。她的童年被偷走了。

我认为问题不在于故事本身，而在于故事如何被解读。有人把书当爱情小说来读，难道是纳博科夫的错吗？对我来说，这个文本显然是一则警世故事。这是对允许此种侵犯行径发生的强奸文化的审视。

谁是亨伯特？一个阴柔、唯我论、教育程度很高的欧洲男人。他没有真的使命感，没有道德罗盘。一个能够随心所欲活着的人。虽然他曾经是教授，但在小说里，他靠继承的遗产在美国生活。他不必工作，自视为知识分子。他依附于女人，像寄生虫一样摧毁她们。他的人生中有如此多的特权，以至于没人质疑他和儿童之间存在明显不正当的关系。直到他伤害了另一个男人，他才被追究责任。如果亨伯特·亨伯特是有色人种，他早就被逮捕了。怎么会有人注意不到这令人不安的关系呢？正是他的白人身份让他能带着一个明显受了伤害的儿童跨越了好几个州。

我一般不赞成审查或者禁书。我认为，当个人或者某个委员会或者宗教机构决定人们应该读什么时，这对社会构成了威胁。我对谁有权决定什么书是合适的或是有价值的深感担忧。当然，我认为有些文本并没有文学价值，比如希特勒的自传《我的奋斗》(*Mein Kampf*)和其他仇恨和暴力的宣言，但我的确认为了解仇恨和压迫的根源非常重要。仇恨和压迫是如何被准许显化的？是什么条件促成了纳粹的崛起？是什么在为白人至上主义的激增添柴加火？为什么那么多男人胆大包天地侵犯女性？社会背景和环境总是至关重要的。有哪些书在探索和挑战这些可怖的意识形态？作为一名读者、学者和作家，只有我自己才有权力决定我读什么书。

从一个作家的角度出发，因为我的小说主题沉重，有些学校拒绝教授它，我对此感到担忧。我认为这是专断的，几乎是法西斯的。归根结底，这是对那些正在经历小说中描述的悲剧的孩子们的损害。难道我们不应该让年轻人自己选择什么会伤害或治愈他们吗？难道他们没有被看见的权利吗？我们有什么资格为他们做决定？当他们读一本书时觉得被伤害了，难道他们自己不会停下来不看吗？我们不都是这样吗？这些论调在推特上给我惹了麻烦。有一次，我在反思现在随处可见的触发预警。我发推说我个人是反对触发预警的，因为我觉得世上太多东西都带有触发性。然后，我提出了一系列问题：被触发是什么意思？谁来决定什么是触发？如何表达触发预警？书里应该自带警告吗？如果记者和新闻机构写了棘手的话题，应该要求他们预警读者吗？当涉及到可能会让人不安的书时，书商应该预警读者吗？有没有一种汇编预警信息的方法，还得让这些信息与书和作者分离开？能否设立一个网站，读者在上面分享内容的时候，能够警告其他读者将有敏感的内容？责任在于谁？作者吗？出版商吗？读者吗？在今天，像《洛丽塔》这样的书会包含触发预警吗？还是根本就被禁止出版了？

我试图在推特上进行对话，却招致许多愤怒的回复，其中一些令人难以置信地尖刻。这让我感觉很讽刺。为了捍卫人们免于读到让他们不适的内容的权利，这些人自己在厉声传播仇恨信息。极端的强烈反弹是我从未预料到的。早知如此，我会在互联网之外尝试进行这种对话，因为线下有更多机会来探索不同观点之间的细微差别。

我不想生活在一个我的阅读和创作都被监管的世界。

一提到书籍，我感觉自己有一种深刻的主动意识。如果一本书让我非常难受，我有能力放下它，休息休息，或者有必要的话完全不读了。但是，我凭什么来决定其他人的阅读局限呢？

我认为，对于这些有争议的文本的恐惧部分原因是因为人们把主角和作者混淆在一起了。我觉得把作者和人物混为一谈是不公平的。这是一种极其简单的看待文学艺术的方式。我们能否把写作行为视作一种探索的过程、一个满足好奇心的地方、一个考虑另一种视角的机会，无论这个视角多么成问题？

介于两者之间的灰色地带一直都最令我着迷。这就是为什么我会如此沉溺于《洛丽塔》。我发觉自己问了许多问题。在亨伯特的凝视之外的洛丽塔是谁？除了有机会仅仅当个孩子，她还想要什么？她的希望和梦想是什么？我想，她感到了无休止的恐惧和深深的孤立感和困惑。她肯定非常渴望当一个普通的女孩，有父母爱她，保护她。她遭受的剥夺和榨取会如何影响她的余生和后代呢？还有谁该为此事的发生负责？其他所有人怎么成了这种剥夺和榨取的共谋？

作者创作了争议性作品，我们不能通过封杀作者或者毁灭他们的生活和事业来惩罚他们。我认为，互联网确实有能力做到这一点。创作犯罪主题的作品不是犯罪。当我们读到的人与我们不一样时——无论是品德高尚、道德高超，或都不是——我们被迫考虑我们自己和世界中需要处理解决的问题。洛丽塔们和亨伯特们就在我们中间。假装看不见是自欺欺人，会造成真正的伤害。

凯特·伊丽莎白·罗素
Kate Elizabeth Russell

小仙女之家

作者的话：因为互联网的短暂性，我在文中描述的网络空间已不复存在。我尽我所能试图重现那些虚拟空间里已失落的文字和通信记录。

“对了，你是在哪儿认识她的来着？”在爱达荷州某地，我当时的男朋友问道。我看着没有灯的路。夕阳照在连绵起伏的小山上。小山如此荒芜，看上去就像沙丘。狗在后座上呜咽着。她厌倦了闷在车里。我们都厌倦了。旅程本来就很长，来这里又增加了一天，但去见尼娜是值得的，非常值得。

我们驶入越来越深的夜色。我太紧张，感觉脑子不正常了，四肢颤抖，牙在打战，情绪操控着我的身体，就像我又回到了青少年时期。也许这是描述我的感受的最佳方式：青少年。我们认识的时候，我19岁，尼娜14岁。我们的友谊一直感觉属于青春期。我们的友谊深厚。我们通过手机短信分享秘密，因为我们没有语言将其大声说出来。虽然我称之为友谊，但我有时感觉自己在骗人。这才是我们第一次面对面相见，我怎么能称之为友谊呢？她和我之间所拥有的是无法解释的。如果我试着去谈论它，我就会安静下来，蜷缩起来，沮丧和羞耻纠结成无言的一团。

我们在哪里认识的？我男朋友等着我的回答。

“互联网。”我说，好像那个简单的词解释了一切。

*

乍一看，这个网站毫不起眼：一个朴素的网站，零星点缀着些白色、粉色和红色。然而，仔细观察之后，令人不安的细节浮现出来了：背景的壁纸是一幅插图，一个女孩从心形太阳眼镜里往外窥视，无限铺陈，沿着侧边栏往下拉还有一些问题，旨在引诱我们进入。

你咀嚼
棒棒糖杆儿，
狼吞虎咽热软糖
圣代和
电影杂志吗？
你渴望
一切无法企及的东西吗？
仅仅躺在别人的臂弯里
你就能把他变成一个罪犯吗？
你是个小仙女吗，
你爱小仙女吗，
你想成为小仙女吗？
这个空间献给多洛雷斯、
多丽、洛拉、洛。
在这里痴迷吧。

我从不知道该如何称呼这个网站。留言板、论坛、一群青少年迷失的灵魂。网站有个正式的名称，是一个对多洛雷斯那个名声烂大街的名字的双关语，但大多数时候我们只是称之为“社区”。也许最恰当的描述是“粉丝页面”，因为这就是它的本来面目：一个专为小众话题或兴趣提供庆祝和交友的地方。在当年，在互联网还很新鲜的时候，这类网站随处可见。我心里想说，整件事完全正常。

简单来说，直言不讳的话，这是致力于讨论洛丽塔的网站，由少女创建、被少女占据、由少女管理。社区活跃了好多年，每天都有帖子和讨论。我们谈论多洛雷斯·黑兹和亨伯特·亨伯特，还有关于小仙女的一切和我们自己——老实说，大部分帖子是关于我们自己的，以及在我们自己生活中瞥见的属于洛丽塔的那一面。回过头来看，社区让人不安，也很奇怪。即便在当时，参与其中都会隐隐感到危险，但我能说什么呢？我们还只是孩子，在网上胡闹罢了。

*

我加入社区的时候，已经痴迷《洛丽塔》多年了。第一次读的时候，我14岁，读了前五十页，我就深深迷上了它。我对它的喜爱占据了我的全部。如果我不在读小说，就在看阿德里安·莱恩的电影，或者在听杰瑞米·艾恩斯朗读的有声书，或者只是在想象具体的场景、画面和典故。小说提供了一个让我心甘情愿迷失其中的迷宫。它让我的内心挣脱束缚。读到某些篇章让我感到欣喜若狂，让我获得自由。简而言之，这本书让我兴奋不已。

现在成年以后，回过头来看，这可以说是我作为作家成长的一部分：找到这本书，我找到了理想职业，但我也曾是个阅读《洛丽塔》的14岁女孩。我和多洛雷斯之间没有太大分别。她来自新英格兰，我也是。她喜欢大吃甜食，饱览电影杂志，我喜欢一罐接一罐地喝无糖可乐的同时看MTV，一看就是好几个小时。这其中的逻辑不难理解：如果亨伯特可以在多洛雷斯身上看到不同寻常之处，也许有个男人也能在我身上看到什么。最重要的是，我希望被看见、被关注，从人群中被挑选出来。

十几岁时，我沉溺于消极的幻想。我不想做任何事情让自己值得爱。我甚至不想有身体上的亲密。我只想凭自己的存在而被远远地崇拜。在某种程度上，《洛丽塔》前一百页概述了我理想的场景：亨伯特渴望洛，在日记里记满对她的爱慕之情，爱慕她的步态、肤色、粘在她大脚趾上的胶带、她非凡的力量。一想到被如此强烈地看见，我便觉得目眩神迷、向往不已。

跟我同龄的男孩不能为我做到这一点——他们根本没怎么注意到我——但洛丽塔向我展示了，合适的老男人兴许能做到。我在网上找到了他们，通过搜索AOL个人简介，在聊天室联系。这些男人跟我很像：孤独，寻找联系，希望被看见。有些人很有意思，有些人很无聊。有些人跟我谈论文学和艺术。有个人向我介绍了莱昂纳德·科恩（Leonard Cohen）。另一个人告诉我，说我看起来像那种能欣赏巴尔蒂斯（Balthus）的画的女孩。他们全都知道我是青少年——对此我一直很坦率。这从未吓走他们。

等到我16岁的时候，我已经积累了不下12个这样的人：我可以在即时通讯工具上和这些男人聊天。他们总会愿意听我说话，倾听我说的每一个字。如果我对他们厌烦了，他们会祈求我的原谅。如果我拒绝回复信息，他们会恳求我告诉他们到底哪里做错了。我在好友列表里把他们单列出来，建了名为“亨伯特们”的子群。这样我就可以轻易地一键静音并忽视他们。这感觉像是在炫耀权力，尽管我从未真的考虑过这些男人收集了多少女孩，或者他们给我这样的女孩设了什么标签。

到这里，我感觉我应当说我被这些男人迫害了。也许我是受害者，但话又说回来，也许我并不是。网上的东西算数吗？我可以肯定的是，当时我挺喜欢的。或者我以为我喜欢。然而，如果在我35岁时，给自己添加“受害者”这个限定词，意味着什么呢？对我十几岁的自己有任何意义吗？我当时是喜欢的：那些男人，他们的关注，他们在我电脑屏幕上的文字，还有，如果他们证明自己值得信任的话，他们在电话里传来的声音。我父母说网费太贵，说我在网上花太长时间。我很高兴这些男人提议为我支付网费。有个住得离我家不远的男人，声称爱我，愿意单程开车两小时，只为了有机会来接我放学，能陪我一小会儿。这让我很高兴。只要我说一声，他就会屁颠屁颠地来到我身边。我喜欢这样。这感觉像权力，而我相信我的感受。

然而，我很孤独。尽管网上的男人帮我缓解了我的孤独，但他们也加剧了我的孤独。因为我知道我不能告诉任何人关于他们的事，也知道他们仅仅和我说说话就是在干坏事。他们经常说类似这样的话：**我不应该这样做。我不敢相信我在这样做。**“你什么意思？”我会说，“我们什么都没做啊。”我迫切想减轻他们的负罪感。我知道，如果我不这样做，他们可能会沉默然后消失。

第一次偶然发现洛丽塔社区时，我17岁。我如释重负地哭了——我明白了，我终归不是孤单一人。那时，我的下一个生日快到了，大大的18岁。我在社区发的第一个帖子表达了心中对即将达到合法年龄的矛盾心态：“我敢肯定我满18岁那天会哭死。当严格说来你是个成年人的时候，很难感觉自己还像个小仙女。不清楚任何人是否觉得这讲得通。哈哈。”

在我隔一阵回社区查看帖子时，许多评论在等着我：

我完全懂你的意思。

我也很害怕我的18岁生日。

就我个人来说，不管我到了什么年龄，我都要尽力永远做一个小仙女。

在我加入时，社区已经上线几个月了，有几十名活跃成员，只有女孩，至少一开始是这样的，而且我们大多数都是西方白人——或者，也许那只是我想象的，因为我就是西方白人。这样想比较容易，把你自己投射到每一个与你在网上互动的化身身上。你感觉社区每一位成员都与你志趣相投。我们以其他人都无法做到的方式理解彼此。

你无法理解我们找到彼此有多开心。我们的帖子表现得欣喜若狂，充斥着惊叹号和全是大写字母的爱的宣言。我们所写的与洛丽塔有关，但还有感觉到孤独和被误解，以及超常的成熟和被黑暗所吸引。躲在匿名的用户名背后，我们坦白了自己“武器库”里最可耻的事情——我们从未跟任何人分享过的事情。

从我记事开始，我就痴迷年长的男人，特别是坏男人。13岁时，我开始给关在监狱的杀人犯写信，但我不得不停下来，因为这开始消耗我的生命。

我有一份长长的名单，上面是我自己的亨伯特们（简称“亨们”）。目前为止：我的钢琴老师、我在网上认

识的一个住在几小时路程外的人、我彻底爱上了的我朋友的爸爸（他知情）。

我脑子里想的都是老男人。他们占据着我脑子里的每个念头。这快把我逼疯了。这也许是为什么我认为H.H.让人如此容易理解。他像我一样痴迷。

也许用不着说，我们在社区里做的一切都出于自愿，但我想确保你真正理解这一点。你还要相信这一点。是我们输入了关键词并点开了链接。是我们选择了我们自己的用户名、身份、网络化身。是我们输入了帖子，那些文字出自我们自己的脑子。当我们给自己贴上洛丽塔的标签时，我们充满了主动性。没有胁迫。弄清楚这一点很重要。

*

网络上的女孩通常被当作警世故事展示给我们。网络上的女孩天真却倾向于冒险行为，脆弱却毫不掩饰自己对关注的渴望。她们一失足，就要为此付出代价。她们过度暴露自己，过于轻信。她们把性感自拍照和自白诗贴出来。她们把自己的裸照发给男孩们。男孩们把照片转发给朋友和同学，直到照片传遍全校。虽然大家明白男孩们的做法是错误的，但老实说，女孩应该更聪明才对。她们期待会发生什么呢？

网络上的女孩屈服于孤独。她们需要不断感觉自己很特别。她们和陌生男人网恋。她们经受不住蛊惑去偏僻的地方与这些男人会面。她们上了皮卡车，被拉到别州去。她们出现在半个国境以外的沃尔玛超市监控屏幕上。她们从此杳无音信。

在后女权主义的语境下，网络上的女孩很容易被刻画为自我毁灭。[1]后女权主义状况给女孩施加压力，让她们展现自己的性感却不能性感化，让她们拥抱新自由主义下的自强与自给自足的理念，并让她们必须用选择和成就来讲述自己的人生。在《女权主义的后果》(*The Aftermath of Feminism*) 中，女权主义学者安吉拉·默克罗比 (Angela McRobbie) 借用朱迪斯·巴特勒 (Judith Butler) 的理论，将女孩们的网上行为与一种年轻女性的忧郁原型联系起来——她们都不羞不臊地曝光自我。西方流行文化从她们身上获得挑逗和娱乐。默克罗比说，年轻女性在网上公开表演自我辱骂，导致大众"更难以区分以下这两种情况：到底是女孩在自我宣扬她们的疼痛、焦虑和自我厌恶的同时发挥着自己的主动性，还是所有商业媒体预先部署了一个框架让顾影自怜和无病呻吟成了女孩们逃不出的制度"。[2]也就是说，要区分网络女孩到底是主动地自我表达还是被动地呈现病态，几乎是不可能的任务。

*

偶尔，会有不明所以的人闯进我们的社区。侵入者会回复我们的帖子，责备我们没能理解小说，把虐待浪漫化了。“你才是没有理解的那个人。”我们反驳道，“我们只是一些赞美文学作品的女孩儿。我们没有伤害任何人。”

我们坚守阵地，直到侵入者放弃道德说教并承认失败，给我们留下了最后一通训斥：**你们这些小姑娘亟须帮助。我真诚希望这个世界永远不会教你们《洛丽塔》的真相是什么。**

在2016年为《犁头杂志》（*Ploughshares*）写的一篇博客文章里，作者米什卡·胡森[3]（Mishka Hoosen）讨论了汤博乐（Tumblr）上的“小仙女博客”。不出意料，这个洛丽塔饭圈网络社区让我想起了我曾经所属的社区。对于有人批评运营洛丽塔博客的女孩们在浪费青春，胡森的回应主张对自称小仙女的人持有更深入、更富同情心的理解：“如果我们看看洛丽塔博客更广泛的社会政治背景，其中，年轻女孩的身体反复被占有、痴迷、诋毁，那么一个年轻女孩会理解一个有同样遭遇的小说人物就说得通了——不仅在小说中说得通，而且在小说出版多年以来的流行文化中也一样。”

胡森对小仙女网络文化的观点如此宽宏大量，逐渐在我心中灌输了一种迟来的正义，一种为我年轻的自己辩护的渴望。我梦想穿越时光，用胡森的话让所有那些道德说教的侵入者闭嘴。现在是谁没有理解小说，嗯？事后诸葛亮会提供这样的安慰。在2000年代早期，我无法清晰表达这些概念，但在2019年，我准备好了。我有智慧和博士学位。我成年之后的人生都花在学习和创作上。那些对年轻的我抱有的任何误解和低估，我都可以表述为被性别歧视遏制过的成年人的后女权主义缺点——她们内化了的厌女症阻止她们认真对待青春期少女们的生活体验。胡森说，女孩重拾洛丽塔标签是一种颠覆行为。这句话我喜欢听：这个网络社区事实上是激进的，而我们都曾是朋克。我们超越了我们所处的时代。我们作为女权主义者的方式是那个年代的女权主义者尚不能理解的。

因为，尽管我们只是在网上发流行歌词和戴心形太阳眼镜自拍的女孩，但我们也很早熟，甚至很聪明。我们是读纳博科夫为乐的青少年。我们一起冒险超越了洛丽塔，回到其前作《魔术师》(*The Enchanter*)，再到其他小仙女小说《黑暗中的笑声》，有爱摆布别人的玛戈(Margot)；大部头《爱达或爱欲》，有迥异的维恩(Veen)姐妹——爱达代表闷热的夜晚，而卢塞特代表明亮的白天。我们在帖子里分析比较角色。我们还构建了纳博科夫式的理论，认为多洛雷斯·黑兹不是一个单一角色，而是在一本本小说中轮回转世的女孩精神体。还有维维安·达克布鲁姆(Vivian Darkbloom)。她不只是个变位词[4]，可能还是跟亨伯特·亨伯特一样黑暗和异常的女孩原型。她不仅是小仙女还是自愿的小仙女，一个同谋者。我们的大脑中各种念头嗡嗡作响——我们天才少女的蜂群思维。洛丽塔、洛丽塔、洛丽塔，重复直到满屏。我们比任何人都更喜爱这部小说，无论是男人还是学者，可能比纳博科夫本人更喜爱。认为我们不理解洛丽塔故事内涵的想法是可笑的。我们与它一起活着，我们呼吸的是它——故事、文字。洛—丽—塔。我们可以背诵第一章。我们的舌尖从上颚往下轻轻滑落敲击，就像发帖时我们的手指敲击键帽。洛。丽。塔。

也许这一切都是艺术练习，一出网络表演。在我们社区在线分享的“真实”故事中——我们写的关于自己和生活中的老男人的帖子，展示我们所谓堕落的帖子，还有我们与亵渎之间的眉来眼去——谁知道其中有多少故事是真的。当我们描述我们自己的亨伯特们的时候——姻亲叔叔们、暑期打工的老板们、老师们和我们最要好的朋友的爸爸们——我们把这些老男人都刻画为深陷痴迷之中。他们无法将目光从我们身上移开，会找任何借口触摸我们，有时候甚至坦白他们可耻的欲望。他们都无能为力；我们都很强大。我们用俗气的华丽辞藻堆砌而成的文章，写出的场景由我们和亨伯特们主演，读起来像小说一样。也许仅此而已。也许其中有真理的内核。也许真碰到了一个姻亲叔叔，但不一定是调情，可能只是在感恩节时，他把我们堵在走廊角落里，捏着我们的肚子，呢喃道：“还是有点婴儿肥，是不？”也许我们朋友的老爸并不性感，而是很可怕的，就像我们暑期打工时的老板一样。也许我们只是知道如何用花哨的写作风格来掩饰丑陋的真相。毕竟，我们是专家：我们已经读过洛丽塔那么多遍了。

*

尼娜和我都带了男朋友，这让聚会显得尤为普通：两对异性恋人在廉价酒吧喝啤酒。我们坐在卡座，桌子两边各一对。我们的男朋友握手后立马开始聊天。他们都是搞学术的，都很友善、健谈。他们聊天的时候，我看着桌子下的手。我太害羞了，不敢看她的眼睛，完全不敢看向她。

“我喜欢你的围巾。”尼娜说。

我抬头看她。她的表情充满了紧张和希冀。她微微一笑，大白牙一闪。我喜欢你的围巾。女孩就是这么做的：当我们不知道说什么的时候，就互相赞美。我和她之间能对彼此说什么呢？尼娜和我很亲近，远远超过了社区的界限。我们十几岁的时候交换了网名，常常聊天到深夜。每次注册新的社交网站，她都是我愿意添加的第一个人。我们依然保持联系，几乎每天都说话。我俩彼此太了解，有些事情连我们的伴侣都不知道，但既然我们面对面在一起了，不知道我们是否可以承认这一点。我俩的亲密关系盘桓在我们头顶；或者，它也许在我们脚下，一个共同的基础。不管是哪一种情况，它就在那里，看得见却摸不着。

我谢过尼娜的赞赏。我们俩都松了一口气，笑了笑，但我们没有猫着腰，像十几岁的好朋友那样开始窃窃私语。我之前有想象我们会这样。我们转向身边的男朋友，加入他们关于学术、音乐和电影的谈话。这个夜晚是健康向上的、正常的。几年之后，我们在另一次公路旅行途中再次见面。同样简单的快乐。我们没提社区，也没提洛丽塔，一点都没有。然而，我看着她——这个和我有着一段共同过往的人，这个我仍然努力理解的人——我迫切想问她：她是否能解释清楚我们为什么会那样，为什么会说服自己我们想要那些东西。

你对回忆中曾经的自己有多宽宏大量呢？你对她总是很宽宏大量吗？有时候我是真的很残忍的。你对十几岁的自己感到失望吗？我对十几岁的我肃然起敬——也怕她。有时候我感觉自己像亨伯特，总是阴森森地笼罩着她，色眯眯地看着她，拒绝放过她。你允许自己对她有多少种不同的感觉呢？你会偶尔怀念当年的感觉吗？因为我怀念。我一直都怀念。

*

在她的文章《复苏洛丽塔》(*Reviving Lolita*) 中，阿丽莎·哈拉德 (Alyssa Harad) 勾勒出了洛丽塔原型：一个异常性感的女孩，一个阴森的阈限存在，徘徊在孩童和女人之间、在这个世界和下一个世界之间，一个具有孩子般的漂亮和情色的潜质的结合体，一个既吸引又喜爱老男人的女孩。尽管哈拉德描述的是小说角色，但她谨慎指出，这个角色“很容易把自己置于真实身体（真的女孩）和任何看着那具身体的人之间，包括女孩自己”[5]。也就是说，尽管这个原型是建构出来的，但体现该原型的女孩们都是血肉之躯。“我打赌你的初中至少有一位洛丽塔。”哈拉德写道，把她的目光转向读者，“她那么受欢迎，没人真的理解她……沉默中的她令人生畏、性感……或者，也许她就是你。”

洛丽塔的角色的关键似乎是孤独，而她的沉默和秘密是相互依赖的角色组成部分——一个出于性侵的需求而塑造的角色。如果她无法承受那个重量，她就成不了一个洛丽塔。

但是想象一下，如果她们有属于自己的房间，一个让她们放下防备，最终开口说话的空间。想象一下，多洛雷斯·黑兹、布兰妮·斯皮尔斯、《双峰》里的劳拉·帕尔默（Laura Palmer）、《恋人》（*The Lover*）里的女孩——她们全都藏在紧闭的门后，交换秘密，分享笔记。她们的力量都联合起来了，经由汇集的故事和经历、推荐的书和电影、精心维护的“小仙女歌曲”歌单、藏有能从中看见自己的故事的图书馆。你有自由去大声说出黑暗真相，说出成年男人对你说过做过的事情；说出你有时候喜欢它，有时候讨厌它。但无论如何，你无法想象你的人生没有它；一想到满18岁就让你难过，因为一个女孩不再年轻她还有什么用呢？想象这样一个地方，在这里，没人浪费时间来训斥你早已知道，而且一直知道的事情——这些男人对你做的事情是道德败坏的；你是受害者，而他们是坏人。相反，在这里只有共情、理解和同情。你能想象那会是什么感受吗?

哈拉德认为，女性主义是“一种觉醒、一种意识的形成”，是通过理解个人与其他女性生活之间的联系，以及更广大的政治和社会结构来实现的。哈拉德主张，一个女孩为了成为女性主义者，必须感受到这些联系的真相，她必须达到能够聆听另一个女孩的故事的地步，然后思考：**那就是我。我知道那是什么感觉。其原理就是这样的**。所以，也许我的女性主义诞生于网络社区。也许我和其他女性、被沉默的声音和艰难的真相产生联系的方式，可以追溯到一个网站——那里住着喜欢戴心形太阳眼镜、自称小仙女的女孩。

我们有时说起要买一所房子，大到我们所有人都能住进去。这是个犯傻的白日梦。我10岁的时候和最要好的朋友有过同样的幻想：当我们长大后，我们会一起住，然后我们将真的形影不离，而且没人可以告诉我们该做什么。在社区里，我们把梦想中的房子命名为“小仙女之家”。为了用图显示房子的室内装潢，我们把《处女之死》(*The Virgin Suicides*)中里斯本姐妹的卧室的剧照发到了网上：乱七八糟的淡色调房间，中午光线暗淡，女孩们躺在长毛地毯上，四肢缠绕在一起。

总有一天我们所有人都会在一起的，我们写道。我们在开玩笑。我们知道这永远不会发生，但那渴望是真实的。

*

尽管我成长时的互联网在很大程度上是法外之地，但我不认为在脸书和推特之前的互联网有多危险，那时候反而有表演和探索的空间。与今日相比，90年代末期和2000年代初的互联网感觉广大无边。现在，我们都去同样几个网站——甚至不是网站而是APP，跟以前相比这些都只能算是小儿科而已。现在的网络到处人满为患，都实名上网，暴露过度，毫无隐私。在我成长时期的互联网上，真实只是选项之一。我们分布很广，且是匿名的，能自由创建我们自己的身份。在许多方面，那时候感觉更安全。

当代学术研究支持这个观点，把早期互联网描述为创造力和创新的场所。在这里，女孩们可以突破界限，承担更自信的角色，“用比线下的社会风险更小的方式来测试性别规范的界限”。[6]人身风险也更小。即便女孩们在洛丽塔粉丝网上挥舞着我们的脆弱，我们处于真的危险之中吗？即便老男人确实找到了网站，即便他们渗透进来对我们图谋不轨，他们又能真的对我们做什么呢？我们安稳地在屏幕后面，该做的就是保持头脑聪明，保护好自己，永远不要让他们靠得太近。

*

在社区里，我们认为，成为小仙女并不取决于你的外貌或者年龄。这是你选择体现的一种心态。我们觉得，亨伯特太执着于身体、柔韧的四肢和蜂蜜似的肩膀等等。我们主张，亨伯特从未真正理解他如此痴恋的女孩们。他甚至承认这一点。他承认了自己对洛的想法一无所知，且放弃了她内心可能拥有曙光和花园。这些“朦胧可爱的区域”[7]禁止他入内。我们决定，在那些朦胧可爱的区域内存在着小仙女王国的真理：你可以是任何年龄或体型，只要你能散发某种老男人钟意的气场。

尽管如此，我们一次次贴出来的“理想”小仙女典范的明星，几乎总是苗条的白人，总是符合传统审美的美人。同样的，在贴出自拍照的社区成员中，那些瘦、白、美的人获得了最好的赞美（“天啊，你真是完美的洛丽塔”，而不是礼貌性的“我喜欢你的裙子”）。当老男人开始出现在社区时，这种等级制度变得更加明显。他们在自我介绍的帖子里自称“小仙女的仰慕者”，还承诺会尊重我们。

我们给他们定了规则。其实，就一条规则：一旦他们表现得太吓人，他们就会被封禁。除了“禁止儿童色情”之外，“太吓人”从未被明确定义。我们不想被关停。我们已经收到了来自留言板平台管理者满怀担忧的询问，问这个社区究竟是怎么回事。有时候，我们开玩笑说社区处于“FBI的监测”之中。不管如何，我不确定我们曾经是否真的封禁过任何男人。

大多数情况下，我们只是在互相比拼，想要获得他们的关注。我们蜂拥到他们的自我介绍帖子，留下评论：“热烈欢迎！我们很高兴你来到这里！”如果这个男人口才不错，我们会赏赐他一条关系更进一步的道路——我们的电子邮箱和AIM即时通信用户名。这些男的自称是律师、医生，且受过良好教育。他们说自己有博士学位，是教授。我们对此很喜欢。

你曾迷恋过你的学生吗？我们问道。

当然，男人们说。那是不可避免的。

好吧，那我呢？我们边问，边给他们发我们的照片。如果我是您的学生，您会对我动心吗？

*

整个大学期间，我一直在网上和男人聊天，尽管我觉得自己老了些，他们对我的需求得不到满足，尽管我有和我差不多大的男朋友。他们告诉我关于他们曾经爱过的女孩，他们无法忘怀的青少年梦想。有个人给我发整段整段的信息，长达好几千字，都是关于他邻居的14岁女儿。我不相信他的话（我为什么不相信他呢？），但仍旧觉得自己窥见了他的想法是怎样运转的，进而由此推及所有男人的想法。我开始想象所有男人内心都有这种程度的黑暗——他们全是一路货色。

在我上大三的时候，社区里一个男的摸清楚了我的全名，我在哪里上学，还有我的地址。我的校园信箱里开始出现各种各样的东西：卡片、信、书、手写诗。他给我寄的东西我全都扔了。我感到尴尬，感到恼火，还有隐约的恐惧——尽管害怕似乎有些夸张了，网上的这个男人真能对我做些什么呢？他什么都不是，很可能是无害的，但肯定是可悲和孤独的，而且住在好几个州以外。那时，我20岁，不是个孩子了。我已经长大了，可以照顾好自己，可以和任何我选择的人在一起。

当然，给我寄东西的这个男人也给其他女孩寄东西。他利用各种渠道悄悄接近我们——电话号码、电子邮箱。我记得有好几个月时间，常常早上醒来，发现收件箱里有他的意识流疯话。这些邮件极少是特地给我写的。大多数邮件列出了十几个其他收件人，全是女孩。

但他确实对不同的女孩有不一样的对待。我们花了几年时间交换信息，才意识到其程度之深。我们中有些人的信箱里收到了诗歌，而其他人收到了包裹，里面有空啤酒瓶和用瓶子自慰的说明书。想想都让人不寒而栗。他肯定在密切观察我们之后才决定以哪种特定的方式对待特定的女孩，但在我这里，他还算不上高手。我们在网上放了太多关于自己的信息，在他面前毫无保留——在任何人面前都无保留——让他占便宜。对他来说，轻而易举。

事情水落石出时，正好是社区开始安静的时候。日益受欢迎的社交网站引诱了许多人，他们离开了社区。对我们那些留下的人来说，对洛丽塔的热情渐渐变成了别的东西：怀疑、沮丧、愤慨。我们开始重估这一切。我们会想，多丽·席勒死于生孩子与其说是悲惨，还不如说是因为他人愚蠢的残忍导致的。她被欺骗了。我们想知道，我们是否也同样被骗了。怀疑的情绪不知不觉在我们的帖子里滋生了。有人描述她的亨伯特：**我开始觉得他只是个变态**。当NBC电视台的节目《猎捕掠食者》(*To Catch a Predator*)火了之后，有人发了一篇戏仿剧本，想象亨伯特也在被捕之列。有人在回复里评论说：**我一直期待在那个节目上看到我前男朋友**。我们都回复：放声大笑（LOL）。然而，这是句玩笑话吗？有人问：**难道这不会让你觉得有点悲伤吗**？"这"指的是社区，我们正在做的事情，还有我们自己。当亨伯特坐在公园长椅上，周围都是小仙女时，他的愿望是什么？她们永远不要长大。他需要她们保持懵懂无知的状态，但我们变聪明了。

大学毕业后，我不再每天上那个网站了，频率减少到每周，然后每个月，最后完全不上了。稳定的讨论速度放缓了，最后社区看起来像一片荒原。时隔六个月后有个帖子问，有没有人有老音乐剧《洛丽塔，我的爱人》(*Lolita, My Love*)的歌词——没有回复。随着人们开始删除用户，曾经的帖子也跟着慢慢消失。渐渐地，网站看起来像经过编辑修改的文档，有时候一整页都被涂满黑线——网站成了一座鬼城。

*

在艾米·多布森（Amy Dobson）的后女权主义网络文化专著的导论里，她构想了她的研究：调查女孩如何“在后女权主义下自处，建构女性自我，以帮助她们获得人际关系和同伴支持、社会认可，以及勉强维系生活所需的乐趣”。[8]这个问题交织着同理心，承认了少女时期的强烈需求和社区存在的必要性。在书的后半部分，多布森提出，“女孩和年轻女性在互联公众里创造和传播的自我展现直接产生自……主流对少女时期的理解”。[9]也就是说，网络上的女孩们在她们所拥有的条件下做到了最好，即便她们的行为令人遗憾、有些冒险。我们不能脱离了文化中无情的、不可避免的性别歧视，孤立地看待女孩们令人不安的失策和错付的信任。多布森的同理心与胡森的有些相似。我试图将其转向内在，应用到我自己身上。社区只是一群尽其所能的女孩。我不过是个试图从既定的命运里创造出些许美的女孩罢了。

在我30多岁读博的时候，我住在一所高中附近。下午，我会出来遛狗，在几个街区外的公园里看见逃课的孩子抽大麻。他们在野餐桌上用马克笔画满涂鸦，都是脏话和图画，还在整条长椅上写满“420”[10]，一遍又一遍重复。当我们路过一群女孩时，我的狗挣着狗绳，希望受到她们的抚摸。女孩们都画着眼线，背着低垂的书包，无疑就是小孩子罢了。当我意识到一件显而易见的事时，我变得口干舌燥——我在十几岁的时候也是这副打扮。

有时候，我想起我们曾梦想拥有的房子——小仙女之家。当我开始教本科生，第一次看到高大的女生联谊会宿舍的时候，我想到了小仙女之家。当我丈夫离家出城的时候，我想到了小仙女之家：孤独的我回到了青春期的自己，看着阿德里安·莱恩执导的《洛丽塔》里她直接从罐子里吃花生酱，把化妆品扔得满地都是。我还给尼娜发信息：**我希望你在我身边**。当我读到最近新闻满天飞的恋童癖者和被他关在豪宅里的少女的时候，我想起了小仙女之家。我在一篇文章里读到一句话，描写这些女孩"一直靠吃麦片和喝牛奶活着"。我内心涌起一阵恶心。她们都是孩子。（我的胃疼，我的心疼，我的喉咙开始难受。）只是孩子啊。

1　Amy Shields Dobson, *Postfeminist Digital Cultures: Femininity, Social Media, and Representation* (New York: Palgrave Macmillan, 2015), 40.

2　Dobson, *Postfeminist Digital Culture,* 116.

3　Mishka Hoosen, "When Dolores Have Gets a Tumblr: Online '*Nymphet*' Culture and the Reclaiming of Lolita," *Ploughshares*, 2016, https://blog.pshares.org/when-dolores-haze-gets-a-tumblr-online-nymphet-culture-and-the-reclaiming-of-lolita/.

4　组成Vivian Darkbloom名字的字母完全来自于Vladimir Nabokov.——译注

5　Alyssa Harad, "Reviving Lolita; Or Because Junior High Is Still Hell," in *Catching a Wave: Reclaiming Feminism for the 21st Century*, ed. Rory Dicker and Alison Piepmeier (Boston: Northeastern University Press, 2003), 87.

6　Dobson, *Postfeminist Digital Cultures*, 44-45.

7　主万译本，上海译文出版社，2005年，第456页。——译注

8　Dobson, *Postfeminism Digital Cultures*, 5.

9　Dobson, *Postfeminism Digital Cultures*, 48.

10　420表示的是吸大麻。据记载，1971年时美国加州的5个高中生相约4点20分一起去吸大麻，后来他们用420作为吸大麻的暗号，让老师和家长听不懂。自那以后，很多人沿用了这个暗号，并在4月20日聚在一起吸大麻庆祝。——译注

基拉·冯·艾切尔
Kira von Eichel

棒棒糖屋

弗拉德，弗拉德儿，弗拉基米尔。你到底做了什么？你已经通过（主要是）美国的流行音乐机器矩阵的鼓点，进入了我们的血液。你的女孩，洛——哦，不是你的，是亨伯特的——她在音乐里成为不朽的符号，一遍又一遍地被歌唱。

在流媒体音乐网站上，有200多首名为《洛丽塔》的歌曲。再加上一些关于洛丽塔（Lolita，韦氏词典对这个词的定义是："早熟性感少女"）或小仙女的歌曲，那可就数不清了。其他的文学悲剧主角没有一个能与之媲美。罗密欧与朱丽叶（Romeo and Juliet）也许位居第二。1967年，Cream乐队推出了《勇敢的尤利西斯故事集》（*Tales of Brave Ulysses*）；格温娜维尔（Guinevere）和奥菲利亚（Ophelia）有舞台剧，但仅此而已。

当我们听洛丽塔的音乐时，她已经不是12岁了。她徘徊在16到18岁之间，接近能够给出性同意的法定年龄，让人容易接受。

洛丽塔出现在各种歌曲当中：高科技歌曲、美国流行歌曲，法国流行歌曲、西班牙流行歌曲、俄罗斯流行歌曲、日本流行歌曲，在1962年库布里克电影原声乐里的爵士片段里，重金属、头发金属、死亡金属、经典摇滚、朋克摇滚、独立摇滚。这些歌曲有的胡言乱语，有的带有悲剧色彩，但更多的带有色情意味。

我花了数小时、数天、数周的时间听这些音乐。

我不推荐它们。我费力地听这些糟糕的音乐（大多数都是），而且还得忍受着恶心，忍受着别人肮脏的幻想、痛苦、伤害，甚至是愚蠢所带来的不适。

举个例子吧：

The Veronicas（女性）唱道：

我是你的洛丽塔
尼基塔女郎（法语）
当我们在一起
你会永远爱我
你属于我
你迷恋我
不要跟我说“永远不”
你会爱我永远

永远跟我在一起
别想着离开
我保证我将守着
我们的秘密（秘密、秘密）

Lord of the Lost，（男性）死亡金属乐队，吟咏/咆哮/唱：

黑色洛丽塔，你不是上帝的创造物
黑色洛丽塔，你从黑暗中来
黑色洛丽塔，你勾引和陷害
黑色洛丽塔，你是伊甸园里被捆绑的苹果

Knee High Fox，一个17禁的流行歌手（女性）唱：

看我的嘴唇舔棒棒糖
看我的短裤和背心
希望这个独立夏天永远不会结束
我喜欢我的男人年龄够大
他们活儿好
我喜欢他们投降的样子

把白人女孩灌醉
都他妈的打扮成邻家女孩
热得要化了，跟地狱一样
让，让，让我自我介绍

The Red Aunts（女性）贡献了这首朋克：

她是致命的洛丽塔
没有人比她更甜
你从一开始就知道
如果你聪明就会躲开
她会让你心碎
她会把你的心撕成一片一片
她会烧了你

诸如此类。令人作呕。

我们淹没在早熟、危险而好色的少女和想要得到她们的男人的歌声中。自1981年MTV首次登台以来，伪少女们（青少年的梦想，将将合法的年纪）就像野猫一样蹑手蹑脚，噘着嘴唇，眼睫毛忽闪忽闪（说着：谁，我吗，爸爸？）。这些成年女性全都穿得像啦啦队一样，或是身着小一号的天主教学校校服。她们的眼神里仿佛写着：**我对你来说很危险，老头，因为你对我的欲望会毁了你自己。**男人们，这些男人们说她才17岁，还是个少女皇后，有男人说要**摇动那爱情的摇篮**，而另一个说：**别站得离我这么近，否则我会颤抖咳嗽，就像纳博科夫的亨伯特一样。**

亨伯特·亨伯特37岁，多洛雷斯·黑兹12岁。亨伯特·亨伯特37岁，多洛雷斯·黑兹12岁。亨伯特·亨伯特37岁，多洛雷斯·黑兹12岁。重要的事情说三遍。

对于吟唱洛丽塔的男人们来说，她既不是女人，也不是女孩；她是一个物体，一个迷恋的对象。洛丽塔的风格不是一成不变的，她可以是引诱你犯罪的诱饵，你避之不及；也可以是野性的尤物，你忍不住想要驯服她。幸运的是，流行歌手Prince（算是）属于前一类。他在歌曲《洛丽塔》（*Lolita*）中唱道，**“哦，你让兄弟有麻烦了，女孩”**，并保证无论她的魅力有多诱惑人，她都诱惑不了他。

比利·爱多尔（Billy Idol）带着他标志性的冷笑，但没有明确使用洛丽塔（Lolita）的名字。他向他的听众们抛媚眼，鼓励他们**“摇摆爱的摇篮/是的，爱的摇篮不容易摇摆”**。更早一些时候，在滚石乐队的《流浪猫蓝调》这首歌里，米克·贾格尔（Mick Jagger）对他的猎物歌唱。虽然她不叫洛丽塔，但也是洛丽塔这样的女孩，从她上楼梯时的高跟鞋声音咔嗒咔嗒就能听出来她在假装成熟。**“我可以看出，你十五岁/不，我不想要你的身份证……我打赌你妈妈不知道你这样。”**

这些歌的共性在于，男人的欲望和十几岁女孩早熟狂野的偏好完美地匹配上了。我记得我第一次有意识地听懂《流浪猫蓝调》里的这几句歌词是在16岁左右，当时的我感觉自己因此而口干舌燥。我自己也被这种幻想所吸引。虽然我从不渴望与年长的男人发生关系，但他们身上的欲望和权力让我神魂颠倒。

对于听这些音乐的男人们，我只能想象他们的样子。他们似乎在说，我只是想让自己感觉像个男人：高大、强壮、聪明、有男子气概。而且你知道吗，雄性果蝇和其他的一些物种，在基因的驱使下，都倾向于把自己的种子传播到一个健康的、新的、未被接触过的雌性身体里。科学证明这是真的。还有，我控制不住自己，她太有吸引力了。这些男人中的大多数人，头发日渐稀薄，只能边戴着耳机或随身听，在边推着割草机穿过他们郊区房子的草坪上时进行片刻的意淫和幻想。他们对于少女的渴望，其实是对自己曾经年少岁月的一种怀念，那时候的他们不谙世事，还没有踏入平凡而单调的成年人生活。

歌手斯汀（Sting）曾在他的乐队The Police的单曲《别站得离我太近》（*Don't Stand So Close to Me*）中表达了这种心境。这首歌其实并不是在宣扬和青少年做爱有多么光荣。歌曲里描绘着一间又一间酒吧，令人不安的音乐逐渐升到高潮，一遍遍地警告诱人的女高中生，让她离开。我认为歌曲里的男老师也是难辞其咎的。谁都不会有好下场。当我听到这首歌的时候，我并没有觉得有什么不对。20世纪80年代，一个坐在车后座上的小孩，一定会被年轻性感的青少年吸引——这是无法避免的。神秘莫测的最诱人。歌曲开头节奏紧凑，充满不祥的预感，叙事歌词层层深入。无论你怎么看押尾韵的“cough”和“Nabokov”——人们对此有很多看法——它确实有点意思。它给听众带来紧张感——1980年的时候，我当时只有十几岁——听着这首歌我彻底被迷住了。被禁止的欲望是最性感的。在20世纪80年代，对青少年的我来说，被渴望被垂涎让我觉得自己无比性感。故事的背景，同样是她，一个高中生，主动出击，魅力四射，强大有力。

亨伯特·亨伯特37岁，多洛雷斯·黑兹12岁。亨伯特·亨伯特37岁，多洛雷斯·黑兹12岁。亨伯特·亨伯特37岁，多洛雷斯·黑兹12岁。重要的事情说三遍。

在纳博科夫的小说中，多洛雷斯从来都没能当一个普通的高中生。那个洛丽塔根本就不存在。

那些女歌手们唱的歌？所谓的少女皇后和黑马歌手，她们都只是拿洛丽塔当卖点罢了。这是某种弗洛伊德式的强迫性重复，是对叙事和权力的重演，还是只是为了赚钱？抑或是两者兼而有之？

流行歌曲是一种文化上的狗哨，常常让未成年忸怩作态、卖弄性感。流行音乐几乎全是关于渴望的——青春期狂热的欲望、觉醒，以及性。像布兰妮、凯蒂·佩里（Katy Perry）、妮琪·米娜（Nicki Minaj）的女歌手们一路唱到盆满钵满。她们身穿短袜、戴着蝴蝶结，故意引诱那些对她们流着哈喇子的男人。这些男人已经深陷欲望的泥潭。少女的胸部微微隆起，却成为最强大的诱惑者。她的力量就在于她能使一个成年男人变成向欲望低头的懦夫。

当布兰妮·斯皮尔斯和她的小伙伴们在高中走廊里翩翩起舞、睫毛忽闪忽闪地抛媚眼的时候，她们是否因为自己所驾驭的欲望而感到被赋予了力量？这是某种硬通货吗？还是她们陷入了一个走不出的循环？

其他女歌手，比如席琳·迪翁（Céline Dion）和艾莉亚（Aaliyah），唱的是跨越年龄的沉重爱情。加拿大歌手席琳创作了一首忧郁的法语歌：《洛丽塔（太年轻而不能爱）[*Lolita*（*Trop jeune pour aimer*）]》，记录了发生在她事业早期的故事。她12岁时遇到了她未来的丈夫兼经纪人，他38岁；她25岁时嫁给了他。在这首歌里，席琳低吟浅唱道：不该因她年轻而阻止她对爱人的渴望。艾莉亚在1994年为比自己年长的爱人，后来堕落成性侵犯者的R. Kelly[1]演唱了《年龄只是一个数字而已》（*Age Ain't Nothing But a Number*）。那一年，他们结婚了，她15岁，他27岁。他们已经到了可以爱和被爱的年纪。对他们来说，洛丽塔和他们一样，是一个悲剧性的**浪漫**人物。

我们这些女孩，就像洛丽塔一样，是不是只习惯于去承载电影或流行音乐中男人的欲望？我们是狂欢式的男性凝视下的镜中之物吗？

亨伯特告诉我们，洛仰面迎接他的亲吻。这毫无疑问是受到了黑白电影的启发，那些捕捉狂喜的拥抱和臣服的时刻。洛丽塔扮演着一个角色，作为一个孩子，一个被需要的女人，一个被渴求的欲望客体。如果我们假设亨伯特的叙述在某种程度上是真实的，我们就能理解。她虽然是一个孩子，但是她想要被渴望、想要被亲吻，就像电影里的一样。然而，这并不意味着她想要走向完全的屈服。

亨伯特不停地告诉我们：她是如何和他调情的；她贴着一张男演员的海报，那个男演员和亨伯特很像；她是如何在着魔的猎人汽车旅馆主动和他做爱的。

我们信了。

而现在我们在这里听着各种歌曲，所有的成年女性在表演流行文化中的洛丽塔。不过，即使是她们所扮演的洛丽塔，对亨伯特来说也太老了。这可是他亲口告诉你的。

流行文化从亨伯特的“纠缠不清的痛苦心史”里掐了一点点尖儿，就拿去大做特做文章了。电影里（没必要去读原著！）以及它那无处不在的宣传海报里，稍微大一点的洛丽塔戴着心形太阳镜，噘起光泽诱人的嘴唇，用勾引的眼神看着你（没必要去看电影！）。如果这些流行文化作品能够给予同意，赋予洛丽塔一些主动性和危险的诱惑，我们大概就能够更轻松地处理其中的混乱了。我们大概就能不上当了。没有强奸，没有什么可看的。免费的挑逗，至少在情感上是免费的。

我想大多数人都没有读到《洛丽塔》的一半就放弃了。他们从来没有坚持看到当她以为他睡着了然后一个人哭泣的段落。

讲述**那个**故事的歌曲通常都在播放次数最多的热门歌曲列表的底部，无人问津、默默无闻。这些创作歌手们自己曾被一个老男人偏执的欲望所折磨。也有一些例外。菲奥娜·阿普尔（Fiona Apple）在她1996年畅销的首张专辑《潮汐》（*Tidal*）中，披露了自己12岁时被强奸的惨况：

他们不知道我曾经航行在宁静的大海深处
但他把我冲上岸
他夺走了我的珍珠
我只剩下一个空壳

即便如此，她既被抨击，也被垂涎。在她的歌曲《犯罪》中，她身着内裤，两手和膝盖着地，爬来爬去，一副诱人的少女模样。“纠缠不清的痛苦心史。”

但这方面的体验通常不是卖点。痛苦和苦难只能在边缘地带徘徊，成为另类音乐，过去被称为大学摇滚、独立音乐。即使在这里，那些将自己定位为比传统流行音乐更有思想或更叛逆的艺术家们，似乎把洛丽塔包装成了他们自己想象出来的形象。在朋克摇滚中，长期以来有一种倾向，就是把洛丽塔包裹在一个复仇幻想中，把她变成一个野兽，不可亵玩。黛比·哈里（Debbie Harry）和Heads合唱团，“Riot Grrrls”暴女朋克，科特妮·洛芙（Courtney Love）涂着口红，穿着娃娃裙，还有前面提到的“红阿姨”（The Red Aunts），以及其他许多人，打造出一个肩扛火箭筒的冷酷洛丽塔形象。这值得称赞，但他们把真正的洛丽塔遗忘了。相反，苏珊娜·维格（Suzanne Vega）——毫无疑问是出于好意——对着洛丽塔说教，教她走出她所处的虐待关系，说得好像她可以做到一样。

流行音乐以及摇滚音乐的消费者，他们想要的是刺激，而不是悲伤或说教。角色扮演才是卖点。

更阴暗的是那些撩起衣衫，展现伤疤、疾病、冲突、权力、欲望和堕落的歌曲。这引发了我们对性趣和道德的不适。他们在玩弄诱惑的同时，把镜子举到最腐烂的地方。

拉娜·德雷（Lana Del Rey）唱这类歌。她让人想起了美国的黑暗面，比如破败的加油站和混乱的情事。在很多方面，她就活在亨伯特的美国公路之旅中。她的靡靡之音，无所不知，无所不晓。第一次听她的歌《洛丽塔》，你可能会认为她误读了小说，她和那些相信亨伯特的傻瓜们一样。许多人带着这种印象离开。如果你一遍又一遍地听，你就会胆战心惊。当流行少女天后们歌颂意乱情迷，忧伤的歌手们悲叹纯真不再时，德雷的歌曲唱的是破坏和威胁。撩人的低语，有如在耳边呼吸吹气般的吟唱，拼读出P-A-R-K听起来充满悬疑和令人心碎。这不是一首性感的歌。这是一首用迷人的洛丽塔的声音唱的歌，但掺杂着虚假的诱惑和恐惧。小和弦飙升，在四周滑动。在一段业余风格的视频中，德雷将库布里克和莱恩改编的《洛丽塔》中的场景、日本shojo风格的动漫女孩和迪士尼《幻想曲》中仙女嬉戏的场景拼接在一起，她戴着不合适的假发和吊带衫，唱着“嘿，洛丽塔，嘿！/我知道男孩们想要什么……今晚在P-A-R-K公园吻我……”。迪士尼的人物形象让我们想起了一个时代，那时美国隐藏着丑陋，幻想着健康和无忧无虑的天真。这是针对欧洲衰落的一剂彩色微笑解药。这部动画让人想起了这一类型的黑暗角落，有一双黑瞳的女孩角色，有时会被卷入强奸幻想、性虐故事情节，以及粗制滥造的童话故事。

权力和受害者合二为一。德雷的表情平淡无奇，假发给人一种遭到破坏的感觉。她正看着你，我，他。她在挑战他，你和我，让他们也盯着她看，让人想要她，即使她已经陷入了欲望的混乱、权力的幻觉和恋父情结中。

事实上，摇滚乐和流行音乐的核心就是性，但《洛丽塔》这本书并不是关于性。它讲的是一个非常（非常、非常）操蛋、自恋的男人，把他的欲望当作必然的真理，把实现这些欲望看作是自己不可剥夺的权利。他把我们锁在车里，和他一起在路上高速飞驰。他用一切来证明追求那个欲望是合理的。这是一本杰出的书，不是因为它探索了禁忌，而是因为它精确地轰炸了我们的头部、内脏和腰部，把我们和亨伯特一起困在一个温室里。它像一个万花筒一样千变万化，美到虚假，生机勃勃，直击人心，令人厌恶，让人害怕——在大多数情况下，我们都失败了——我们都被亨伯特·亨伯特所蒙骗了。

如果不是亨伯特的叙述，根本就没有洛——她根本不存在。然而，我们和她私奔过，男人女人都有。

关于洛丽塔的歌，我们无法停止歌唱。弗拉德，你让我们被她的幻觉所摧毁，我们想要她，我们表现出她的样子，或者是她年老的版本，我们想要被需要，想要被强大的欲望包裹，像亨伯特那样病态和吞噬的欲望。

流行音乐就好像快速着色的宝丽来照片，告诉我们是谁，我们想要什么。当我们唱《洛丽塔》的时候，我们是在进行角色扮演。我们走进了一个叫作洛丽塔的性爱俱乐部的房间，门上挂着一个红色的棒棒糖，而我们都用厌恶和渴望的你进我退的方式来看待自己的欲望和渴望。这就是摇滚乐和流行音乐的特点，他们使人松开缰绳。也许审查人员试图把镜头从猫王的臀部移开的时候并不是完全错误的。也许这是一种入门级的毒品。如果我们承认性、欲望和渴望，我们是否也打开了通往最黑暗角落、恋童癖的大门？甚至对它的幻想，不断拉扯的力量和顺从——她有；他有；不，她才有；不，他才有。

一种集体的咆哮从女性和女孩的低语中浮现出来，感觉就像缓慢而强大的潮汐浪涌。有时它是一种钝器，以改变的名义粉碎细微差别，但有些东西已经改变了。

在某种程度上，比莉・艾利什（Billie Eilish）颠覆了我们对青少年流行音乐的假设。同样是用性感的声音歌唱，但她却穿着大号的裤子和衬衫，不露肚脐，也没有天主教女孩的校服。她不会和亨伯特和他的同类有任何关系，她似乎对向任何人兜售性幻想都不感兴趣。在排行榜顶端的她仍然是一个异类。

布兰妮今天还会穿学生装吗？这种传统似乎一直在继续。爱莉安娜・格兰德（Ariana Grande）、赛琳娜・戈麦斯（Selena Gomez）

和麦莉·塞勒斯（Miley Cyrus）从迪士尼（Disney）和尼克国际儿童电视公司（Nickelodeon）的“小女孩工厂”毕业，她们戴着闪亮的大蝴蝶结，继续这项拿禁忌当卖点的伟大传统，尽管她们已经快30岁了。日本流行音乐和韩国流行音乐也都充斥着洛丽塔主题，在可见的未来应该也会一如既往。

今天的主流唱片公司会不会明确拒绝比利·爱多尔的《爱的摇篮》（*Cradle of Love*）[2]呢？当被问到这个问题时，一名音乐公司的高管笑了笑说：现在哪怕是在性方面打擦边球的歌曲，他们都不敢碰。

现实在慢慢好转了。这种欲望被反思和质疑、被指出是错误的、被责怪是带有迫害的，但在iTunes里的音乐歌曲里，洛丽塔还风头正盛。女歌手们还在舔着棒棒糖、穿着及膝袜，用一种危险的、脆弱的洛丽塔形象来贩卖音乐，尽管她们都不是12岁。

弗拉德，你把我们都害惨了。你愚弄了我们所有人。

亨伯特·亨伯特37岁，多洛雷斯·黑兹12岁。亨伯特·亨伯特37岁，多洛雷斯·黑兹12岁。亨伯特·亨伯特37岁，多洛雷斯·黑兹12岁。重要的事情说三遍。

1　2021年9月，前美国歌手R. Kelly被联邦陪审团判定有罪，罪名包括诈骗、贿赂、性侵未成年少女，还有组织妇女性交易。——译注

2　比利·爱多尔的歌曲《爱的摇篮》MV中展现了一个中年男性正在家中的电脑边工作，邻居家的少女突然来访，想要借他的音响播放磁带。她播放音乐之后，开始在他的公寓里大跳艳舞。中年男子忍受不了诱惑，最终和少女激吻。歌手比利·爱多尔的影像出现在公寓墙上的装裱画中。——译注

克莱尔·德德尔
Claire Dederer

反恶魔

纳博科夫是恶魔吗？当你眯起眼睛看时，他的确有几分恶魔的味道。尽管纳博科夫写了三部伟大的作品，一些很棒的小说，以及一个又臭又长的大部头，但他最为人所熟知的还是那部描绘了恶魔亨伯特·亨伯特的作品。亨伯特·亨伯特这个儿童强奸犯，被纳博科夫刻画得入木三分，太过完美，以至于人们总把亨伯特和作者纳博科夫混为一谈。因为只有恶魔才能如此了解恶魔，而《洛丽塔》肯定是一面镜子。

纳博科夫是恶魔吗？第一次读的时候，我会举双手赞成。当时的我13岁，只知道《洛丽塔》是一部重要的经典作品，主角是个和我一样年纪的女孩。这本书简直太适合我了。当时的我刚刚读完《了不起的盖茨比》，自认为是个大人了，志得意满地觉得可以试试《洛丽塔》了。我把它从书架上拿下来，放到我的吊床上。我的阅读吊床悬挂在两棵树之间，这两棵树就在普吉特海湾边上。这个危险的位置正好和纳博科夫《说吧，记忆》（*Speak, Memory*）的开头不谋而合："摇篮在深渊上方摇着。"

说实话，当时我被《洛丽塔》吓着了。书里大部分内容都让我感到厌恶，哪怕是不讨厌的部分也是让人悲伤的：**"在早晨，她就是洛，普普通通的洛，穿一只袜子，身高4尺10寸。穿上宽松裤时，她是洛拉。在学校里她是多丽。正式签名时她是多洛雷斯。可在我的怀里，她永远是洛丽塔。"**为什么洛丽塔有这么多的名字？她几乎看起来不像个人。你永远得不到关于她的真实信息。你永远读不到她自己的**观点**。洛丽塔，多丽，洛——亨伯特一直在说她，但是你却永远不知道她究竟是什么样子。洛丽塔像是一个永远都到不了的终点，仿佛芝诺悖论里永远都追不上的女孩。而且，为什么亨伯特·亨伯特的名字念起来就像口吃一样重复两遍？为什么他一直说个不停从**不闭嘴**？为什么这本书明明以她命名，但是读了一整天之后，我却只认识他呢？

当时的我还很年轻，我试图在书里寻找我自己的影子。我津津有味地看着老亨伯特如何给他的小仙女划定年龄界限：“我是想让读者把‘9岁’和‘14岁’看作界限——如镜的沙滩和玫瑰色的岩石——一个到处出没着我的小仙女们的幽灵的魔岛的界限，那海岛就镶嵌在一片雾气腾腾的汪洋之中。”（这让人会想起亨利·达戈（Henry Darger）反/乌托邦式的小女孩的世界）。从年龄来衡量，我自己就是一个小仙女，但并不尽然。我发现，小仙女还具有一些并不是所有人都注意到的必要条件：纳博科夫称之为“一些难以形容的标志——如猫一般的优雅颧骨，长着细密茸毛的纤细胳膊，以及其他一些绝望、羞愧以及因柔情而留下的眼泪不允许我列出的指标”。而当时的我，笨手笨脚，个子很高，头发粗糙，整天只想着撒着巧克力酱的香草冰激凌，我对自己的小仙女身份产生了怀疑。然而，我仍然感到一种冲动，想要找到一个自己能认同的角色。因此我只能看向这个跟我同龄的女孩，在亨伯特对她的描述中，我发现……什么都没有。除了无尽的黑暗，一片漆黑之外，只有空洞的华丽辞藻，描述着她的种种，比如她的肩胛骨。

这一切都很讨厌。第一天读《洛丽塔》的时候，我内心充满了厌恶，对亨伯特，对纳博科夫，对我在书中看到的对这个女孩的单一描写。洛丽塔并不是我所想象的真实角色，这让我很生气。

我的反应很情绪化：我为洛丽塔在《洛丽塔》中的缺席感到难过。

当时我没问出的问题是：**为什么**纳博科夫要让她消失？

*

十几岁的时候，我把亨伯特·亨伯特和弗拉基米尔·纳博科夫当作同一个人。这种混淆可能是深谙阅读心理的纳博科夫所希望达到的效果。《洛丽塔》是用虚构回忆录的口吻来讲述的——主角亨伯特直接对读者说话。通过第一人称的视角——这个讲述者的自白——亨伯特变成了这本书的作者。纳博科夫故意留下“亨伯特·亨伯特就是我”的印象。

如果说艺术家的生平会影响我们看待他作品的方式，那么作品也会反过来影响我们如何看待一个作家。亨伯特和纳博科夫的欲望之间到底有多少重叠之处呢？

从他早期的作品《魔法师》(*The Enchanter*)一直到他死后出版的小说《劳拉的原型》(*The Original of Laura*)，纳博科夫向我们展示了一系列男人和非常年轻的女孩发生性关系的故事：男人试着发生性关系，或是男人试着克制住自己，虽然他们并没有真的很努力忍住。然而，并没有证据表明纳博科夫的内心深处藏着一个恋童癖。当然，纳博科夫对于这种猜测完全嗤之以鼻、不屑一顾。甚至这种揣测纳博科夫内心的做法都有点怪怪的。有的读者可能会怀疑纳博科夫是不是只顾着写小说而没有心灵。不管怎么样，纳博科夫不赞成用作品去揣度作者的做法，他更倾向于只看作

品：“作家一生中最好的东西不是他自己的经历，而是他留下的故事。”[1] 404

那么，纳博科夫为何能如此完美地理解亨伯特呢？下一个问题也跟着冒出来：纳博科夫是恶魔吗？虽然我没说出来，但年轻时的我一直对此感到疑惑。这个想法在我的脑海里一直挥之不去，我总觉得是纳博科夫把自己的兽性和变态灌输到亨伯特身上了。

*

回忆往昔，年少无知的我认为：亨伯特就是纳博科夫。与此同时，我认为纳博科夫就是恶魔这种阅读方式大概也是幼稚的。这样做显然有失偏颇，把思想和行为混淆是错误的，而谴责一个有这种想法并编造了一个关于这种行为的故事的作者也是不当的。

我认为——或者更准确地说，我感觉——是题材使纳博科夫成了一个恶魔。

*

我们不应该因为艺术家创作的题材而惩罚他们。

然而，我们就是这样做的。我们一直都因为艺术家的创作题材来惩罚他们，现在更是如此。《洛丽塔》这本书在今天能出版吗？它能被写出来吗？我对此表示怀疑。这是一个连环捕食者的故事，他抚养一个年轻的女孩，绑架她，带她公路旅行横跨全国，每天晚上强奸她，每个早晨也强奸她，并阻止她的每一次逃跑。然而我们却只能读到**他的**一面之词？我们不可能知道这本书在当下到底能不能出版，但是我们不难想象，这本书如果出版必定会触犯众怒。

我们所知道的是，纳博科夫把这个恶魔的主题变成了他自己的主题。《洛丽塔》是一本恋童癖小说，穷凶极恶、不顾一切的恋童癖（即使归类为一般小说也十分冒犯人）；很难说清楚我们为何需要另一本这样的书。

我们想知道：为什么纳博科夫花这么多时间在亨伯特身上？

把纳博科夫的作品当作传记去读而问这个问题，显然是错误的。换句话说，我们要问的问题不是关于纳博科夫本人，而是关于作为作家的纳博科夫。我们必须问——就像我们在文学课上学过的那样——当我们发现自己手里攥着一杯热的白葡萄酒，被困在没完没了的读书会里，而作者的意图像个谜一样的时候，我们渴望问出：作者为什么选择这样做？**这本书里究竟发生了什么？为什么？**如果我们企图从作家的生平找答案，那就等同于向一堵墙发问。至少就纳博科夫而言是这样的。唯一的答案就是美学的答案。换句话说：为什么纳博科夫，这个拥有现代英语中最美丽、最柔和、最简单而有趣的散文风格之一的作家，要在这个混蛋身上倾注那么多时间和精力？

*

也许答案可以从另一个混蛋罗曼·波兰斯基（Roman Polianski）

的话中找到。当罗曼·波兰斯基强奸了13岁的萨曼莎·盖默(Samantha Geimer)(原名萨曼莎·盖利Samantha Gailey)之后被媒体采访时，他说自己想和年轻女孩做爱是世界上最普通的事情。“我意识到，如果我**杀**了人，媒体就不会这么感兴趣了。但是……你看，干那些年轻女孩就不一样了。法官想上年轻女孩。陪审团想上年轻女孩——每个人都想上年轻女孩！”

波兰斯基向我们展示了一点：强奸儿童的欲望并没有那么不寻常。纳博科夫为什么要讲亨伯特的故事？因为，正如波兰斯基告诉我们的，这是一个普通人的故事。这个故事着实可怕，不可想象，令人震惊，但它一直在发生。这也使它成为作家创作的合适题材。把波兰斯基的话完全当真显然是荒谬的，但是在某种情况下，他似乎是对的。统计数据表明，多达四分之一的女孩在18岁之前会遭受性暴力。[2]

然而，亨伯特的罪行并不像《洛丽塔》所**公开**讲述的那样平凡。从亨伯特的观点，也就是这本书的观点来看，他对洛丽塔的爱是独一无二的。我们知道亨伯特和他的爱是不同寻常的，因为他用华丽诱人的文字夸夸其谈，长篇大论。只有“一个艺术家和一个疯子”——绝非普通人——才能真正看到和热爱小仙女。亨伯特不只是在人群之外，而是在人群之上。

亨伯特就像一个进步预科学校的学生，他**很特别**。事实上，亨伯特不止一次地用“特殊”这个词来形容他自己。他强调自己的独特性，称自己的恋童癖是“与生俱来的奇癖”。

亨伯特的内心生活高于一切——毕竟，这本书是一本回忆录。

如果回忆录永远都在与自我陶醉的标签做斗争，那么亨伯特就是终极的回忆录作家，他对自己的犯罪行为自我陶醉。最糟的回忆录往往是一个人对自己的独特之处的长篇大论。

不仅是体裁，语言也证实了亨伯特的独特之处。亨伯特的语言宣扬着自己的卓越；仿佛背后有一支优秀的公关团队。亨伯特有句名言：“你总可以指望一名杀人犯写出一手妙文。”他的语言旨在将亨伯特与其他人区分开来，以显示他非凡的地位。

事实上，正如波兰斯基所指出的，亨伯特并不特别——他不是一个“特殊的”恶魔，而是一个普普通通的虐待儿童者。

亨伯特一遍又一遍地告诉我们他对洛丽塔的爱是多么特别，但这种爱并不特别。亨伯特认为洛丽塔是他命中注定的——是众神选中的——的想法甚至在他见到洛丽塔之前就被颠覆了。亨伯特先到洛丽塔的家乡拉姆斯代尔寻找住处；他已故叔叔的一个雇员的表兄，麦库（McCoo）先生，提出可以给亨伯特提供一个房间。这位麦库先生写信给亨伯特，说他碰巧多一个房间，而且还有一个12岁的女儿——在亨伯特看来，后者更加赏心悦目。当亨伯特听说了麦库有女儿之后，他一边向拉姆斯代尔飞奔过去，一边发出了几乎是卡通片里的尖叫：“我和他们通了几次信，他们对我的良好习惯很满意；于是，我就在火车上过了充满幻想的一夜，幻想着我将用法国方式训练、用亨伯特方式抚爱那个像谜一样的小仙女的全部细节。”当亨伯特到达拉姆斯代尔时，迎接他的是刚刚被烧成平地的麦库家，亨伯特心里想“……可能是整夜在我心头蔓延的熊熊大火”导致的。那个房间——还有那个麦库家的小仙女——都不见了。

但是，就在几小时后，小说里的四页纸之后——“国王喜极而泣，小喇叭响个不停”——亨伯特遇到了洛丽塔。“我发现要恰如其分地表现一刹那的那种战栗、那种动了感情的碰撞，真是最为困难。”

亨伯特的说法（他坚持这么说）是洛丽塔触动了他的灵魂，因为她让他想起了他童年时期的初恋。那麦库家的女孩呢？整夜在心头蔓延的熊熊大火难道不是说明亨伯特早已做好准备，要猛扑那个女孩——**任何一个**女孩——然后来一场“那种动了感情的碰撞”吗？

如果麦库家的房子没有被烧毁，那亨伯特和麦库家的女孩是不是就要来一场一模一样的命运般的相遇了？

那这一切又有什么特别之处呢？

*

另一方面，在某种程度上，洛丽塔的确很适合亨伯特。洛丽塔是完美的，因为她没有受到适当的保护。她的完美恰恰在于她弱不禁风，她来者不拒，**她唾手可得**。

这些都是最普通的罪犯和变态所追求的受害者特征。

*

事实上，亨伯特最终意识到了他自己的平凡。与此同时，亨伯特也意识到他摧毁了洛丽塔。就在和奎尔蒂（Quilty）打架的那一幕之前，亨伯特突然停下来想："我对多丽做了什么，也许就像1948年那个50岁的机械师弗兰克·拉萨勒（Frank Lasalle）对11岁的萨莉·霍纳（Sally Horner）做的那样？"这个问题不言而喻。亨伯特并不比弗兰克·拉萨勒特别。

随后进入关于克莱尔·奎尔蒂的段落时，纳博科夫立刻强调了亨伯特的非特殊性这一主题。在这里，亨伯特和奎尔蒂被融合在一起，合二为一。奎尔蒂穿着一件紫色浴袍，纳博科夫说，"非常像我穿过的那件"。两人在决斗时合二为一："他压住了我，我压住了他。我们压住了我。他们压住了他。我们压住了我们自己。"我们有理由认为奎尔蒂不是真人，而是虚构的——如果是这样的话，他的存在说明了这一点：亨伯特·亨伯特终究不是那么独特。

洛丽塔自己似乎也意识到亨伯特的平凡。在他第一次强奸她之后，洛丽塔自己把这称为普通罪行："'你这笨蛋，'她甜甜地对我微笑，'你这个令人厌恶的家伙。我本是雏菊一样鲜嫩的少女，看看你都对我做了些什么。我可以去找警察，控告你强奸我。噢，你这肮脏的，肮脏的老家伙。'"

还有什么能比一个肮脏的老男人更普通的呢？亨伯特和他奇特的散文风格被简化为几个字的典型人物。没什么特别的。

*

亨伯特的平凡对纳博科夫意味着什么？

这意味着洛丽塔的受害是一场悲剧，正是因为它并不是独一无二的。洛丽塔也许是孤立无援的，但她不是个案。

每个人都想上年轻女孩。

*

自打出版以来，《洛丽塔》就收到各种辩护。人们说纳博科夫在一个怪物身上找到了人性。说这本书重新定义了亨伯特，并将亨伯特的自我中心重新定义为超越平凡。但纳博科夫显然在说一些不同的东西——事实上，亨伯特平凡如泥。他是每天从你身边走过的恶魔，只不过在这本书里，他用一种优美的散文风格把自己伪装起来了。

亨伯特并不特别。亨伯特再平常不过了。他是弗兰克·拉萨勒。他无处不在。

如果亨伯特是普通人，那么洛丽塔也是。她也无处不在。她就在我们身边——那个生活被毁掉的女孩。因为恶魔无处不在，所以受害者无处不在。纳博科夫关注的正是**她的**无处不在。

线索在标题中。这本书实际上正如它的标题所说：仅仅是一个女孩。

我们看不到她正是故事的一部分。她在我们的视野里被遮蔽了。我们只看到亨伯特想看的——或是他想让我们看的。亨伯特给洛丽塔披上了一层滤镜；或者，更准确地说，是只留下他自己对她的看法。尽管如此，纳博科夫还是偷偷摸摸地，尽管不是很经常，向我们展示了洛丽塔真实的生活经历。

我们时不时地透过亨伯特式的玻璃暗暗地瞥见她的内心生

活。在这里，亨伯特回忆起他们的越野公路旅行："我总认为我们漫长的旅行不过是用一条迂回蜿蜒的黏土路亵渎这个迷人、诚信、梦幻般广阔的国度，回想起来，它对于我们，不过就是破旧地图、毁坏了的旅游书、旧轮胎以及她夜里的哭泣的一份收集——每夜，每夜——在我假装睡着了的时候。"这是一个女孩内心生活的一瞥；它一直隐藏在那里，而纳博科夫却一直让亨伯特闲聊。

这本书当然非常有情节——公路旅行，强奸，甚至谋杀——但作为一个成年人重读它，我发自肺腑地感觉到真正的情节是亨伯特对洛丽塔人格的逐渐认识。他之前一直对他正在摧毁的那个人熟视无睹。我们也是一样。我们也脱不开关系；我们同样也忘记了洛丽塔是一个人，直到我们惊恐地记起来。

亨伯特在洛丽塔和她的一个小朋友身后走来走去时，用典型的滑稽怪诞的方式讲述了他的顿悟，因为孩子们的靠近，他总是感到兴奋不已（这让人恶心，但是很贴切）："这话震动了我，两只膝盖机械地上下移动着；我简直根本不知道我的小宝贝脑子里都转些什么，而且，很可能，在那幼稚的陈词滥调的背后，她心中还有一个花园，一道曙光，一扇宫殿的大门——……是明确、彻底被禁止在那片区域以外的。"

猜测中有一个花园、一道曙光、一扇宫殿的大门，但是我们永远都不会看到了。亨伯特承认它们"可能"存在，这只会提醒我们还没有了解到的洛丽塔。我们渴望在他的视角之外一睹她的风采。洛丽塔所在学校的女校长普拉特小姐（Miss Pratt）把亨伯特叫来开会，并向他详细介绍了老师对这个女孩的所有意见和观察。这些没有受到亨伯特影响的关于洛丽塔的描写让我们感到兴奋。

亨伯特对洛丽塔人格的担忧丝毫没有影响他的行为。他对自己怪异的认识日益加深，这就是亨伯特所经历的全部救赎。我们总是期望救赎和治愈是一回事。但是亨伯特永远不会痊愈——甚至在接近尾声的时候，在危急关头的亨伯特说："见鬼，真是难以理解，我体内古老的兽性又在窥探穿薄衣衫的女孩儿。等谋杀结束，什么都无关紧要，什么都可以不必在乎之时，我或许能把她们搂在怀里，紧紧地抱一会儿。"他的欲望从来没有停止过，但他最终认识到，洛丽塔是一个真实的孩子，存在于他对她的利用之外——或者说，在他摧毁她之前，她曾经真实地存在过，而现在，她的存在已成为过去时。

洛丽塔的内心生活被亨伯特忽视了，似乎也被纳博科夫忽视了。然而，她的无声成为整个小说中闪闪发光的、令人心碎的缺席。这本书最终不是（或不仅仅是）一幅恶魔的肖像，而是一幅女孩被摧毁的肖像。

而平凡普通这一主题提醒我们：不只是一个女孩的毁灭，而是满世界的洛丽塔，被满世界的亨伯特摧毁，不仅是肉体上的毁灭，还有存在意义上的毁灭。

*

强奸儿童不仅仅是性行为，也是对其童年的抹灭。人格的消亡是这一行为留下的可怕痕迹。

*

在小说中最著名的一段中，亨伯特站在一个小镇上方的山坡上，就在他失去洛丽塔后不久，他听到了下面小镇的喧闹声。

> 我所听到的不过是正在玩耍的孩子们的欢闹，不过如此；而空气是这般明澈，在这混杂的音响雾气里，洪亮的和微弱的，遥远的和神奇般眼前的，坦率的和神圣般莫测高深的……我站在这高高的斜坡顶上，倾听那微微的音乐般的震颤，倾听那轻轻的嗡嗡声中间或迸出的欢叫声，然后我明白了，那刺痛心扉、令人绝望的东西并不是洛丽塔不在我的身边，而是她的声音不在那和声里了。

洛丽塔再也不是孩童，只有儿童才能不假思索地拥有童年这片栖息地。如果亨伯特不是特别的——如果他和弗兰克·拉萨勒一样普通，如果每个人都想上年轻女孩，如果这是一项**普通的罪行**——那么我们可以把洛丽塔想象成另一群不那么幸运的孩子中的一员。

洛丽塔在这本小说中的缺席正是这些孩子们发出的声音。如果在《洛丽塔》中，纳博科夫站在沉默的受害者一边，那是否意味着他同情所有沉默的受害者？马丁·艾米斯（Martin Amis）认为纳博科夫将亨伯特的恋童癖与大屠杀事件联系在了一起——在纳博科夫的道德世界里，大屠杀事件与亨伯特的恋童癖是平等的。

洛丽塔的失声是沉默的和声；是所有以这种极其普通的方式被偷走了童年的孩子们的沉默的集体和声。

*

当我还是个小女孩的时候，读这本书让我感到不安，因为当时八年级的我在语言艺术课上学习了“人物角色发展”，于是立马在阅读中实践，然而我找不到洛丽塔的“人物角色发展”。当时的我吓坏了。时过境迁，我深知女孩总是会在日常生活中被垂涎，这再平常不过了。现在的我重读《洛丽塔》，再次感受到她的缺席。

这一次我觉得这种缺席是正确且真实的。在我长大后的阅读中，洛丽塔谜一样的存在贯穿了整本书——还有她的沉默——这不仅仅是从文学角度来说很恰当，也很符合现实。这让我想起了我小时候作为一个小女孩的体验。

13岁时，我对《洛丽塔》的愤怒和厌倦实际上是完全正当的。当然，把纳博科夫和亨伯特混为一谈是不对的。然而，对于洛丽塔在这本书里的缺失，我确实有切身的体会和感触。

我当时读到的其实是这世界上把女孩抹去的最熟练的描述。也许它吓到我了，因为我和许多女孩一样，以一种更微小、更安静的方式生活在这个故事里。

*

去认同书中一个角色这样低俗的事情纳博科夫肯定是不赞成的，但我有一种奇怪的认同感，那就是认同一个无声的存在。

*

这一点显而易见，但也需要一些说明：我之所以读到女性被抹去的描写而感到眩晕、害怕并引发深思，是因为纳博科夫是以**恶魔的口吻**来写作的。为了让读者看到和感受到洛丽塔的毁灭，他不得不冒着与亨伯特合而为一的风险。这就引出了一个问题：纳博科夫是个恶魔吗？他是否对亨伯特的所思所想都感同身受？

如果纳博科夫真的有这些想法和感受，那真的很可怕吗？还是只是普通的变态想法罢了？毕竟，思想并不是行动。故事不代表犯罪。

事实上，人们怀有各种各样无用的、可怕的、反常的感情。例如，每次坐渡船，我都有一种奇怪的欲望，那就是我想把我的汽车钥匙扔出去。此外，我偶尔会有想把**自己**扔到海里去的冲动。我并没有因为这些感觉而采取行动——根据现存的每一本传记，纳博科夫也没有因为他可能（或可能不）怀有的任何感觉而采取行动。

然而，只有真的进入一个有这些感受的人物角色，他才能写出《洛丽塔》。每一位优秀的艺术家都知道，最好的作品必须这样才能写出来。只有对自我进行一些掠夺才能创造出这样的佳作。

你走进去，环顾四周，带回来一些可能会让人们不舒服的东西，然后你把它写下来，即使它很糟糕，即使人们不想听，即使它让作为艺术家的你看起来像个怪物。

因为伟大的作家相信：哪怕是最古怪的、最可怕的感受也并不是独一无二的。

*

伟大的作家知道，即使是最黑暗的想法也是普通的。

*

但这并不意味着你要把这些想法付诸实践。

纳博科夫和强奸儿童：文字是存在的，而行为从来没有——这是不是意味着文字取代了行为？纳博科夫可能有着恶魔般的欲望，并将这些欲望投射到自己的作品中。这并不是说他的作品是从治疗或宣泄的角度来写的，而是说他有伟大艺术家的冲动，能够靠近自己最可怕的一面，而不是远离它。

思想不是行动。创作不代表犯罪。

纳博科夫拒绝接受这个公式：天才并不是放纵的通行证。

伟大并不意味着你可以做任何你想做的事。（不过，我们没有证据表明，与儿童发生性关系是纳博科夫想做的事情。）纳博科夫杜绝了自己恶魔的一面成为犯罪事实的可能性。他从未成为那种孤注一掷的恶魔。

《洛丽塔》一出版，纳博科夫就被蒙上了怪物的阴影。这就是他所冒的风险——被当成一个普通罪犯的风险——这样他才可以讲述好这个特殊的故事。

*

在这本书的最后，亨伯特掂量着自己手中的手枪，并回想起多年前他学会使用手枪的时候。他记得和邻居法洛（Farlow）以及一位名叫克雷斯托夫斯基（Krestovski）的前警察一起走进树林射击时的情景："我常与法洛在人迹罕至的林中漫游，法洛是一个非凡的射手，他用那支0.38口径的手枪成功击中了一只蜂鸟，尽管我必须说，拿不出足够的证据他做到了——只有一点点虹色的羽毛。"

而那正是《洛丽塔》。为了向我们展示被摧毁的东西。

纳博科夫实际上是反恶魔的。他愿意让全世界把他想成最坏的人。通过这样做——通过讲述最糟糕的故事并让自己被卷入这个故事——纳博科夫创造了一种方式，让我们理解并感受童年被偷走的沉重。

这本书看起来是一幅恶魔的肖像，但纳博科夫做了更奇妙的事。他抓到了一些虹色的羽毛——用来证明一个普通的生命被毁灭了。

1　*Vogue*，访谈，1969年12月特别版。

2　数据来源：美国国家性暴力研究中心（NSVRC）。

达尼·夏皮罗
Dani Shapiro

在疫情封锁期间重读《洛丽塔》

在社会隔离或者说保持社交距离的第一个月里，我居家办公。我感觉我的母亲回来看我了。她离世已经快17年了，但突然间我能听到隔壁房间里传来她的声音。我拐进厨房，她就站在狗狗常站的地方，凝视着窗外。她的姿势是完美的。虽然我看不见她的脸，但我知道她生气了。

我和我的丈夫、儿子和狗都在居家隔离。我们每个人都结束了各自的冒险旅程回到了家。我丈夫之前在洛杉矶导演一部电影。儿子在伦敦上学，现在也回家了。为了我最近的一本回忆录，我进行了长达一年的宣讲旅行。当计划、活动、读书会、主题演讲一个接一个地被取消，一切像多米诺骨牌一样倒下时，我惊讶地发现，我的日程突然变得一片空白，我自己也跟着松了一口气。当然，导致这一切的原因很糟糕。整个世界都在为之颤抖。我们被一种看不见的病毒袭击了。**全球大流行**。虽然我知道它的意思，我还是搜索了一下这个词。谷歌告诉我，关于COVID-19的常见问题包括：

什么是瘟疫？

冠状病毒是瘟疫吗？

疫情期间我能从康涅狄格州的餐馆买酒带走吗？

现在，我面前有无尽的时间，但我却很难集中精力。就连翻阅一本杂志都很困难。我之前没有好好照顾自己。我睡得不好。我在推特上花了太多时间。我没有及时补充水分，除非龙舌兰也算。大多数日子里，时间一分一秒地流逝，而我在努力完成最简单的任务——回复一封电子邮件，烤一片面包。但是我决定回到我在疫情之前看的书：我在重读《洛丽塔》。

在疫情来袭之前，我20年来第一次经历了恐慌症发作，现在感觉像是前传了。我刚在一个周末休养所上完课，当我走向我的车准备开车回家时，我感到一只看不见的大手把我推到一边。然后那只看不见的大手又把我推到另一边。我一个人在停车场，跌跌撞撞。就在片刻之前，我还感觉很好。当然，恐慌症发作的一个特征便是你不知道它是恐慌症发作。我一边摸索着走向我的车，一边才意识到自己刚刚经历了什么。

但究竟是什么在困扰着我呢？不管是什么，读《洛丽塔》显然于事无补。我死去的妈妈又出现是在我读《洛丽塔》之前还是之后？在我妈妈死后17年，她变成了怪物。她变形了，长出毒牙，变成了一只昆虫。她着火，融化，张开大嘴向我尖叫。其他时候，她也有那么一刻表现得像个人类，这令人心碎，但这一直是她所擅长的。

我几乎不记得我第一次读《洛丽塔》的情景了。那一定是我高中三年级的时候。“洛丽塔，我生命之光，我欲念之火。我的罪恶，我的灵魂。洛—丽—塔。”在我接受教育的那个年代里，老师们教《洛丽塔》时还没谈论什么是政治正确，“扳机”（trigger）这个词指的仅仅是手枪的构造。那个满脸通红的青春期少女（尽管对亨伯特来说已经太老了）会读一本与她最终成为的女人（按照亨伯特的标准，是个老妪）截然不同的书。

如今，我人到中年，被我所爱的两个男人包围着，焦虑不安，与世隔绝，我重新回到亨伯特的世界。我一直拒绝进入他那堕落的心灵，但现在我因为疫情在家待着哪也不能去。他的心灵——他的羞耻、痴迷、自我厌恶——使我产生了一种反常的感觉。我认识亨伯特们。我对他的内心世界已经没有第一次读的时候那么感兴趣了。我意识到，虽然现在我已是个老女人，但我曾经是洛丽塔。更重要的是，洛丽塔不是天生的；相反，我们是被制造出来的。我的母亲也是洛丽塔的母亲那样的人。

> 噢，她简直恨她的女儿！我认为特别残酷的是，她勤勉地回答了她自己的一本芝加哥出版的蠢书（《子女发展指南》）上的各组问题。那些胡言乱语重复了一年又一年，而妈妈好像在她孩子的每个生日都必须填好一份。1947年1月1日，洛12岁那天，夏洛特·黑兹，即贝克尔，在“您孩子的个性”一栏的40个形容词中的10个下面画了线：好斗、暴烈、爱吹毛求疵、不可信、没有耐心、易恼怒、好管闲事、无条理、消极反抗（画了两道线），以及固执难管。

在高中的时候，我还无法将我的母亲和夏洛特·黑兹相提并论。你必须到一定的年龄才能去检视你母亲是否恨你。我母亲讨厌我。写下这些话很不舒服，我收回这些话吧。毕竟，一个被自己的母亲憎恨的人，一定也有什么可怕的问题。她也爱我，但她的爱是扭曲的，被她自己的需求和欲望，以及她所保守的秘密所扭曲。她嫉妒我。她创造了我，然后她想成为我。也许她想让我成为她。和夏洛特·黑兹一样，我母亲也有一本拥有者手册。她去世后，我发现了一个盒子，里面装着我童年的一些物品：放在蜂蜡信封里咯咯作响的乳牙、一绺头发，还有幼儿园时候的作品，一幅画作：上面有个长着又大又吓人的红嘴巴的母亲，一个小小的女儿，而父亲只不过是寥寥的几笔。

死去的人会去哪儿？我从未见过我父母的尸体，但我知道他们都被埋在地下。是我用铁锹把土撒在他们朴素的松木棺材上。多年来，我探访过他们的墓地，看着他们刻在石头上的名字，但他们仍与我同在。我父亲在很大程度上是一个仁慈的人。我相信他是祝福我的。我生命中没有他的时间比有他的时间多，但他精神上的温暖依然存在。与其说是我看到了他，不如说我能感觉到他。困扰我的是我的母亲。在我写这篇文章时，她都气得声音发抖地冲我尖叫：**你怎么敢？**

亨伯特这样描述夏洛特·黑兹对女儿的感情：**嫉妒和厌恶。悲惨的顽童。**为什么黑兹太太如此讨厌她的女儿？因为她羡慕洛丽塔的美丽，她的年轻，她的冲动，她的毫无畏惧，以及她没受过欺负的人生。（但这一点被亨伯特改变了。）母亲嫉妒女儿本身就是一种变态。女儿无法辨识出这种嫉妒，也无法把这种情感称为嫉妒，因此，女儿也变态了。她活在母亲的嫉妒中。她成了嫉妒的化身。

到目前为止，我已经四次使用"变态"（perversion）这个词了。我在万能的谷歌上搜索过了。变态/反常是指改变某物的原有路线。

人们还会问变态的根源是什么。拉丁语单词pervertere的字面意思是"转身"或"推翻"，甚至在拉丁语中也有推翻、毁灭、腐坏等意思，这是名词perversion的基础。

有时我会突然看到一张自己12、13、14岁时的照片——亨伯特所痴迷的少女的年纪，年轻得让人觉得危险。我几乎可以，但不能完全，接近我少女时代的内心骚动。我意识到我的年轻和美丽的力量。这种力量是我母亲赋予我的，但也导致了她的嫉妒。毕竟，嫉妒意味着被嫉妒的对象拥有权力。嫉妒意味着渴望剥夺对象的权力。

在我们住的新泽西郊区的一条街上，有一家人，他们的大儿子——一个成年男子回到了家乡。他应该有30多岁了。他皮肤黝黑，经常赤裸上身，留着整齐的黑胡子，一双冷冷的蓝眼睛。他经常被人看到在外面抽烟，或者修剪他们家的院子和我们家的院子之间的树篱。当我在附近骑着自行车转悠，或者遛狗的时候，我能感觉到他的目光追随着我。我没有从他的目光中感觉到危险，但其实我应该感觉到的。相反，我感到很兴奋。我站得更直，骑得更快，意识到自己的臀部、裸露的双腿和刚发育的微微隆起的乳房。没过多久，他示意我去他家里。

现在很可能洛丽塔会被指控说，她是自找的。没有孩子会主动要求被性侵。作为一个孩子，成为欲望的对象本身就是一种抹去。这个孩子是受害者。即使这个孩子狡猾、喜欢操纵别人、有自知之明，即使这个孩子错误地认为是她在掌控一切。

哦，洛丽塔！当我第一次遇到你时，我不知道你是我的姐妹，一个志趣相投的人。我甚至看不到你。我看不到你，就像看不到镜子里自己的脸一样。我的高中英语老师很可能会把这部小说介绍为史上最伟大的爱情故事。我会把它当作爱情故事来读——因为我已经是一个被老男人牵着走的女孩了。我把这些男人找出来，我把自己想象成无所不能的狐狸精。如果我妈妈要嫉妒我，我就给她一些让她羡慕的东西。

你怎么敢？在家里的寂静中，我听到了她的声音。在这几个月的隔离期间，她的声音变得越来越大。早上，我一个人在床上辗转反侧。［我丈夫已经在楼下重读加缪（Camus）的《瘟疫》（*The Plague*）了，或许在疫情期间选择这本书更应景。］童年的记忆以及感觉都回到了我的脑海，仿佛世界的崩坏撕裂了我的某处伤疤。我感到害怕，畏缩不前。我从来不相信自己能和她相媲美，可我还活着，她却死了。洛丽塔在以她的名字命名的小说中永远活着，而夏洛特·黑兹永远死了。在故事里一场巧妙安排的事故中，亨伯特得到了黑兹的女儿。当然洛丽塔最终逃脱了亨伯特的控制。然而，逃脱是什么意思？我们真的能永远地逃脱吗？

变态/反常：使某物偏离原来的过程。洛丽塔们后来都怎么样了？Pervertere：**转到了错误的道路上**。我比洛丽塔运气好。我出生的时间和地点允许我犯更多的错误，有更多机会可以重来。我跌倒了，然后又站了起来。我在和老男人的纠缠中浪费了很多年。但是，不像17岁的洛丽塔，我没有做一件无法挽回的事。当亨伯特最终再次找到洛丽塔时，他告诉读者："她很明显是怀着身孕，肚子很大。"她戴着一副粉红镶边的眼镜，两颊凹陷着，穿着一件棕色的无袖棉布裙和一双脏兮兮的拖鞋。她不爱她的丈夫，对他也不诚实。她以“一种强烈而欢快的音调”或“一种响亮而强烈的声音”说话，亨伯特觉得这个声音“完全是陌生的、新异的、苍老的、悲哀的”。一个让人想起夏洛特·黑兹鬼魂的声音。

我没有变成我的母亲，这可能是我唯一且最大的成就。尽管她是我的母亲，我最终还是成为了一名作家、一名教师，最终成为了一名妻子和母亲。我没有她那种自我炫耀的癖好，没有她那暴怒的性格，也不像她那样认为自己在任何争论中都占据优势，也不像她那样从来不道歉也不原谅。我身上没有什么能让我想起我的母亲，除了我短暂地一瞥自己的面容：颧骨的棱角以及我的下巴，特别是当我变老之后会更像她。我知道我是她的女儿。我是从她那里来的。

病毒是看不见的，我们对它仍然知之甚少。它有不同的形式，感染病毒的人受一系列令人困惑的症状折磨，有的轻微，有的致命。就像我母亲一样，病毒也在不断变化：一会儿平庸无奇，毫无威胁性，一会儿又变得恶毒无比。我们中谁能幸免呢？为何能幸免？因为我们都戴着口罩。几个月过去了，我对星期和日期渐渐失去了辨别能力。我住在舒适的家里，这是我为自己的小家庭建造的。没有计划，也没有了掌控一切的幻觉，我意识到我必须时刻保持警惕。我妈妈在这里。她的女儿也在这里。**洛—丽—塔**。在寂静中，缓缓地，我看到她们舞动的轮廓，就像墙上的影子一样。

你怎么敢？

我敢，妈妈。我每天都敢。

玛丽·盖茨基尔
Mary Gaitskill

欧椋鸟说，我出不去

这爱就像双手无休止地搓着，就像灵魂跌跌撞撞穿过绝望和懊悔的无限迷宫。

——弗拉基米尔·纳博科夫，《微暗的火》

这可能是亨伯特·亨伯特在毁掉洛丽塔和他自己的人生后而为之痛苦，但并非如此。这是传说中的赞巴拉国王查尔斯·金波特，怀着伤感的漫不经心，在思考他年轻、美丽、不被疼爱、不受待见的妻子，迪莎（Disa）。在醒着的时候，他对她没有任何感情，除了“友善的冷漠和暗淡的尊敬”；在梦中，这些干巴巴的情绪都饱和了，肿胀了，直到他们“在情绪格调上，在精神的激情和深度上，[超过了]他曾在自己的表面存在中经历过的任何事情”。[1]在生活中，他漫不经心地、几乎是不经意地折磨她；在梦中，他满怀懊悔地崇拜她。

在《微暗的火》里，迪莎是一个次要角色，在长达301页的书中仅占可怜的几页纸。然而，她凭借悲伤的辛酸和凄切照亮了《微暗的火》的核心——妄想的梦、荒谬的长诗、平凡的现实和稀奇古怪的理想之间崩塌的桥梁、饱受折磨的理想坚持不懈不惧浑身浴血（“全是桃子糖浆，经常泛着淡蓝色的涟漪”），即使它正沉入泥泞。如果说金波特（尽管他是国王）得不到他真正想要的，那亨伯特·亨伯特可以：在《洛丽塔》中，做梦的人操控一切，现实被打破了，而且是被精神错乱的梦打破的。亨伯特“很少”梦到洛丽塔，即使在他失去了她以后。可是他梦到她了。在他那些恶心丑陋的梦里，洛丽塔以她令人作呕的母亲夏洛特的样子出现，还以亨伯特同样令人厌

恶的前妻瓦莱里亚(Valeria)的样子出现。这两人都令人作呕地爱他:

> 她闹过我的梦境，但她的样子像是瓦莱里亚和夏洛特奇异又滑稽的装扮，或二者交融。那个捉摸不定的鬼魂朝我走过来，一步一步泪流不止，气氛是那样令人伤感，令人厌烦；她做出一副挑逗的模样，懒懒地靠在一条窄木板或一张硬靠椅上，身体半裸着。我还会发现自己在一间骇人的堆满了家具的卧室里牙根碎裂、绝望透顶，我被邀去参加一个解剖活体动物的聚会，这样的聚会冗长乏味，并且结局总是夏洛特或瓦莱里亚偎在我血淋淋的怀抱里哭泣，接受着我像兄弟一样的嘴唇温情地亲吻。梦境是那般无序：被拍卖的维也纳人旧货，可怜、孱弱、刚刚喝醉酒的悲惨老妇人，棕色的假发。

我肯定读了《洛丽塔》五遍之后，才注意到这丑陋至极的华丽段落。这段糟糕的旁白把被致命地鄙视的女人与被致命地渴望的女孩联系起来。《洛丽塔》的力量部分在于其极端的对立：即使是亨伯特对小多丽狂热的单方面欲望，也因鲜明的风格对立变得更好玩。这些对立包括她的“二重性”，“我的洛丽塔身上混合了温柔如梦的孩子气与一种怪异的粗野，是从广告和滑稽画片上那些狮子鼻的扭捏作态学来的”，属于她女性存在的“白璧无瑕无与伦比的温柔混杂在一起，渗入麝香味的草丛和泥土”——老实说，属于任何存在的。亨伯特对女性近乎色情的厌恶/他对女孩瘴气般的欲望，以及他人性的绝望/他魔鬼般的喜悦，这两者之间的张力甚至更加强烈。这场梦悲剧性地将这些两极对立联合起来，暗示着，一极一直都是另一极的重写本。

*

我在2013年时写下这些段落，是一篇关于《洛丽塔》的文章的开头，具体来说，是关于小说惊人数量的各种封面。小说自1955年出版以来就存活在这些封面之间。那时，我很自然就写下了这些文字。我没有想到，我也许不应该开篇引用《微暗的火》中的一段与情感虐待相关的秘恋，然后进一步将其与文学中最著名的恋童癖/谋杀犯联系起来。现在我**会**想到这一点是因为，尽管《洛丽塔》仍然（上次我检视时）用这个简介被宣传——“本世纪唯一令人信服的爱情故事”，但客气点说，一个恋童癖有可能爱上他痴迷的对象的想法，过时了。其次是关于语气（tone）的问题：就像许多纳博科夫的超级粉丝在写关于他们的“国王陛下”（指纳博科夫）的文章时所做的那样，我似乎用一种格外空洞、略微刻意修饰和押头韵的声音（voice），在模仿最可敬的枢机。我指的是诸如此类的表达：“怀着伤感的漫不经心”和“亨伯特对小多丽狂热的单方面欲望也因鲜明的风格对立变得更好玩。这些对立包括她的‘二重性’”。句法与我平常的风格没有**那么**不同，但它的不同足以让我可能在看过之后会扪心自问：我为什么想让自己的风格与另一种风格保持完全一致，而且那种风格在文化上和艺术上都比我的风格更强大？我不难想象有人可能像公诉人那样质问：“**恕我冒昧**？你认为恋童癖的欲望到底被……什么东西变得‘更好玩’来着？”

我自己的问题很容易回答：**我只是在打趣闹着玩。好吧，这有点傻，但谁不想向如此美好的东西看齐呢（就一分钟而已！）？**然而，首先是语气，其次是内容。这两者冲突**看起来**太激烈了，以至于我的答案也许会进一步激怒可能提出第二个问题的人。尽管这些愤怒的人一直都在场，但现在他们爆发出很强的气势，让人望而生畏。因为他们让人生畏，我禁不住想承认，这样的问题是合理的。可是事实上，我认为并非如此。如果亨伯特·亨伯特是一个真实的人，把他的欲望描写为“有意思”我自己也会感到义愤填膺。但是，他不是真实的人。他是虚构的：也就是说，他是一个强烈的幻觉，一种对想法、本能、感觉和身体现象的精妙的模仿/载体，如此完美无瑕，以至于我们对他的反应就好像他是真实的人类。但他不是人类。所以我的答案将会是：是的，对我来说，亨伯特·亨伯特的欲望——其极端、其敏锐力、其炽热的梦，伴随着欣喜若狂的意象，如此惊人地悲惨和崇高——**就是**好玩的。这不仅是好玩的，而且强有力而深刻地把不可能的对立统一起来。最引人注意的是，亨伯特对女性病态的厌恶结合了他对爱慕——对爱——的反常需求。对我来说，这就是关键，在宣传语中如此自由地表达出来。那句宣传语出自格列戈尔·冯·雷佐里（Gregor von Rezzori）1986年在《名利场》上的书评：“本世纪唯一令人信服的爱情故事。”我并不认为《洛丽塔》是个“爱情故事”，主要因为这个措辞暗示了相互性。不过，我确实认为小说与爱情有部分关系：残破的爱，或者仅仅是畸形的爱，通过适应某种无法理解的命运，在潜意识下沾染了与爱人毫无关系的畏惧、耻辱和愤怒。事实上，这是我在2013年写文章时背后的主要想法。我当时没有想到我应该为这样的想法“辩护”，但现在我想到了，或者说是我在向一位朋友描述这篇文章时想到的。她严肃地说：“你必须为之辩护。”然而，在我辩护之前，正如人们所说的，我想要解释一下前因后果。

时至2020年，也许我没必要说明我认为谁可能是我假设的提“检察官”问题的“愤怒”的人。不过，为了清晰起见，我还是说一下。他们就是共同组成伟大的#MeToo运动的数百万像素，并且造就了#MeToo时代，即本书标题中所指的“重生”（afterlife）的人。同样是为了清晰起见：尽管我对#MeToo运动的感情很复杂，我相信其往往有非常有益的目的和效果。运动的存在是为了纠正真实的人犯下的社会和法律上的罪行。运动的战士有时候开枪过火，偶尔射杀了人畜无害的怪咖或者有点莽撞的浪漫分子。尽管这的确是个真的问题，但他们阻止了一些真实的坏蛋。

但是，要把一件应该是很明显的事情说清楚：就像亨伯特·亨伯特不是真实的人一样，艺术也不是真实的生活。就比如，你在右翼网站上看到一个恶毒的白痴在提倡白人至上加男性至上加和未成年女孩做爱；假如你用同样的方式看待小说的作者或者小说中的角色，那是断然错误的。（不幸的是，我没有在瞎编故事。我指的是一个叫Château Heartíste的网站。大约一年前，在很长一段丑恶、可笑的在线时期之后，网站被关停了。）然而，这本质上就是一群热烈的女性主义者/道德家所做的或者尽力做的事情——比如，在2017年，姐妹们流传一份几千人署名的请愿书，要求纽约大都会艺术博物馆撤掉2017年开始举办的巴尔蒂斯回顾展上的一幅年轻女孩的画（《做梦的特丽莎》*Thérèse Dreaming*），理由是“有性暗示”。（称这幅画“有性暗示”轻描淡写得有些荒谬；它毫不掩饰地性感。它描绘的是一个坐着的小女孩。她的脸向上，侧过头，闭着双眼，就好像在回应明媚的大太阳以及欢快活跃的思想。她的胳膊放在脑后，双腿张开，一只膝盖抬起，露出白色的内裤。她与众不同，年幼矮小，充满了一种不带个人色彩的力量。她似乎沉浸在其中，而你感受到了这个寻常时刻的深度和广度。）

坚持艺术应该是道德的观点很古老了：在1857年，《包法利夫人》被认为是“对公共道德的侮辱”。纳博科夫创造了一个滑稽的儿童猥亵犯。他花了几十年时间保护自己免受指控。他的学术粉丝从那之后费心费力让他免受指控，基于的理由有时候非常深奥难懂——举个例子，《洛丽塔》实际上根本不是关于恋童癖，而是关于……时间。

但是，#MeToo运动为这个古老的讨论增添了新力量和无所不在的关注度。#MeToo运动还把讨论性别化和政治化了。它很有可能通过近乎潜移默化地影响了我对《洛丽塔》的解读。确实，在我23岁第一次读这本书的时候，我并未关注到受剥削的女孩的困境。我意识到了这是故事的一个主要方面。我也意识到了这是道德错误——其实，正因为我理所当然地认为这是道德错误，从戏剧角度来说，我不觉得故事有多大意思；因为，如果你已经看出某件事情明显是错误的，为什么还要读一本似乎完全是为了向你阐明其错误性而创作的小说呢？不过，无论如何，大多数时间里这不是我关注的地方。整体来说，我进入了亨伯特的视角，因为是他在讲述故事；也因为，通过他观察的力量，他的声音才是我能认同的。

我所说的“观察”，指的并不是他的观点或者想法，而是他看待和改变世界的能力——比如，酒店大堂、树丛或者零售店：

> 在那些大商店里，有一种神话般令人迷魂的气氛，根据广告所说，一个职业女子可以买到全身时髦的工作套服，小姐妹可以梦想有一天，她穿上紧身羊毛衫能让教室后排的男孩垂涎三尺。像真人那么大的狮子鼻儿童塑料模型，暗褐色、绿色、棕色带点、农牧神似的脸飘浮在我的身边。我发现我是那家阴森恐怖的商店里唯一的顾客，像条鱼走动在淡蓝绿色的水族馆里。我感觉到那些萎靡的店员脑中奇异的思绪，它们正护卫我从一个柜台移向另一个柜台，从岩石边移向海草，而我挑选的腰带和手镯也仿佛从海上女妖的手里落入透明的水中。

23岁的我没有词汇或者技巧来描述这样的场景，但我出于本能意识到，我可能在十几岁逛商场时有过这样古怪却又司空见惯的经历。这语言令人印象深刻，但对我来说，还证实了某些事情。最不同寻常的是，这语言对作者来说似乎很自然。这样的东西竟然能存在，是多么的奇妙啊！

也许因为#MeToo运动，我最近**的确**在想，我对亨伯特声音的认同是否是与男性视角的某种无意识和“受文化”适应的结盟。我必然将其视为最有意思的视角，以至于很长一段时间里，我只是附带了解了洛丽塔的那一半故事。我认为这有一定的道理，尽管大多数男性叙述者确定不会自动博得我的仰慕。当我在写关于纳博科夫的文章时，我有更多考虑自己为什么在文体上模仿他的声音。艺术家受他仰慕的艺术的影响也许是不可避免的，而且开玩笑似的炫耀其影响也是挺自然的。然而，纳博科夫的艺术之美**很强大**，而通过模仿来借用他人的艺术力量在艺术上是薄弱的。但我不太确定，这种无法摆脱滋养了你的东西的影响总是一件坏事。特别是在我还年轻时，纳博科夫的语言给我一种不常找到的精神滋养和肯定，对我作为人的滋养，而不是专门作为作家——我敢肯定，在这方面我并不孤独。

我并不怀疑，我的这一宣言会让有些人想要把这本书扔了！怀有敌意的批评家们不断用纳博科夫自己的语言之美来针对他，称其遮掩或者分散了对“真相”的注意力，或者是让你和亨伯特“同谋”犯罪的一种手段。早在#MeToo运动之前，加尔文·特里林（Calvin Trillin）等人就忧虑过——他是小说的粉丝。《洛丽塔》的语言，通过其“文雅”绅士的声音，也许是个诱饵，会让你分心，但它也是其他东西：这门语言及其创造的世界**就是**“真相”，而且与故事线同等重要。

我越熟悉那些田园风光的基本模式，看它们就越觉陌生。在平原农耕地以及像玩具一样的一排排小屋顶以外，总会缓缓散漫开一幅无用的可爱景象，一个低斜的太阳，泛着金白色的光芒，将温暖、像剥了皮的桃肉的颜色撒遍一片二维空间；鸽子灰的云层边缘，云和遥远处多情的雾融在一起。或许还有一排高大的树林，在地平线、在苜蓿荒野之上炎热而纯净的正午衬景中形成剪影，克劳德·洛林(Claude Lorrain)之云被绘入远处雾迷迷的天空，只有它们堆积的部分在浅灰色昏暗的背景中凸现出来。要不然也可能是伊尔·格列柯(El Greco)凛峻风格的地平线，孕育着黑沉沉的狂风暴雨，一些怀抱农具的农夫一闪即逝，四周是波光粼粼的水和涩口的绿玉米……

看看每天在我们眼前却视而不见的自然世界吧。你越靠近，它看起来的确越出奇地陌生。在物体、颜色和现象(云、屋顶、树林、玉米)等方面，描写逼真、富有诗意、敏锐而精确。这些描写还极有活力，充满了我们看不见的行动和完整的世界，它们以不同的形式在意象中挥洒自如——例如，那个小农具无疑还是个脖子。这描写是散漫的，是多情的，是浅灰色昏暗的，孕育着丰富意义。玉米**是涩口的**。无数时间段(正午)悬浮在杂草荒野上。在其变化多端的外衣下，荒野的**辽阔**是愉快的，却又不可知。无限的沃野在《洛丽塔》全书中展开。亨伯特透过“晶光璀璨的玻璃窗”惊鸿一瞥，以为自己看见一个年轻漂亮的女孩在梳着她好似梦游仙境的爱丽丝的头发，结果“她”实际上是“一个袒胸露背的胖男人在读报纸”。亨伯特穿过黑兹妈那片发育不足的“衰败的黑丛”时绝望大吼。他的人类的心脏乏力地试图在老虎的两次心跳之间彰显自己。一个“野性的天使”躲在洛丽塔背后看着他。死去的夏洛特在女儿的香烟雾中爬出了坟墓。小说中密集的意象、巧合和双关语图案表明“一个神奇的咒语和诡计系统”在模仿自然世界的复杂性[2]——这影响了我们的人生，有时候在我们不知情的情况下感动了我们。在这个幽默、快节奏和多义性的系统里（如此单纯可爱，如此诡异阴险），各个人物（黑兹夫人、多洛雷斯和亨伯特）倾尽他们所有的微小力量努力实现某种主动性、善意和快乐，或热切，或可笑，或可怜，或自私。最后，他们不顾一切，是非不分，堕落为邪恶——表现得跟真实的人类一样。的确，故事的黑暗（残忍）并没有被语言之美通过艺术对比让力量遮掩，而是**增强**了。这种对比让人印象深刻，让读者感到地球上人类生活的不协调是野性的，且往往是可怕的。这种不协调——美丽和破坏、善意和掠食性的吞噬、残酷和温柔的自然共存；在这个世界里，无数虐待者的马匹在无数的树上给它们"无辜的臀部"[3]挠痒——这是人生的核心谜团。而那谜团是《洛丽塔》的真正核心。

回到《洛丽塔》是关于爱情的观点。这是我在2013年写的：

> 但是，封面上的宣传语比图片更令人不安，因为它真心实意地宣告《洛丽塔》——在书中，女主角被勾引、绑架和粗暴地对待。她的母亲被长期羞辱后死于非命。引诱者自己被击垮。他的对手被谋杀。女主角最终随着她夭折的女儿一起离世——根据宣传语，这场死神（Thanatos）离奇的狂欢是"本世纪唯一令人信服的爱情故事"！！！有人会说这样的话并不让人惊讶，特别是考虑到这个人是格列戈尔·冯·雷佐里，在为《名利场》写东西。但是，一家主流出版商竟然选择将其放在封面上，这就让人愤怒得说不出话了……怎么会有人把

这个自私、吞噬和毁灭的疯狂抢食行径称作“爱情”呢？然而，想想纳博科夫关于亨伯特都说了什么：尽管作为作者，他能够因为角色的所作所为把他打入地狱，但他允许亨伯特每年从地狱里出来放一天风，漫步在“天堂里的绿色小道”。之所以会有这个假释，是因为亨伯特对洛丽塔怀有的真爱散发着发光的粒子。

尽管我一开始觉得冯·雷佐里的话令人生厌，甚至有些沾沾自喜，但如果你重写这句话时去掉“唯一”和“本世纪”这两个单词，我的态度就变了，我就必须同意他的说法了。《洛丽塔》是关于痴迷和自恋的欲望，还有厌女症和轻蔑的拒绝，不仅拒绝女性，而且拒绝全人类。然而，它也关于爱情。如果不是的话，这本书将不会美好得让人心跳停止。当亨伯特找到他离家出走的“性奴”时，她已经17岁，且结婚怀孕了。他是这样评论的：

你可以嘲笑我，可以威胁逐出法庭，但我仍要高喊出我的真理，直到让我窒息，将我掐得半死。我一定要让世界知道，我是多么热爱我的洛丽塔，这个洛丽塔，苍白的、被玷污了的、怀着别人的孩子已显出身孕的洛丽塔，但仍然是那灰色的眼睛，仍然是那黑亮的睫毛，仍然是金褐色的皮肤，仍然是卡门西塔，仍然是我的洛丽塔……纵然她的眼睛黯然如近视的鱼眼；纵然她的乳头肿胀，溢出乳汁来；纵然她那美丽、年轻、鲜嫩、天鹅绒般纤软的三角区被玷污了，被撕裂了；纵然这样，我只要看一眼你那忧郁的面容，

听一听你那年轻沙哑的声音，我仍会万般柔情翻涌，我的洛丽塔。 438

这份爱伴随着痛苦的呐喊，因为爱情被挤进痛苦花园里布满荆棘的角落——但这依然是爱情。感情的纯洁必须在我们迷糊、妥协、堕落和破碎的心中的肮脏花园里生存和呼吸。爱本身并不自私，不吞灭一切，也不残忍，但在人类世界，爱却与这些可怕的特征共存；还和一众较温和的邪恶共存，比如，愤恨、嫉妒、误解、心理投射。有时候，这些互相对立的特征紧密复杂地共存，以至于恋人们无法把它们区分开来。不仅对情爱来说如此，对父母和子女、兄弟姐妹之间，甚至朋友间的爱也如此。在大多数人心中，这种矛盾永远不会像亨伯特·亨伯特心中流于华丽的形式那样呈现。然而，这种不合情理的、炼狱般的结合存在于我们所有人心中，而且我们知道这一点。《洛丽塔》描绘这类人类状况时如此极端，如此真实，对，正如冯·雷佐里所说，如此令人信服——这是这本书最惊人的品质。这就是为什么它永远不会被遗忘。

我不知道我是否能够或者愿意为这些话“辩护”。在我看来，这些话意思很明显。我很难理解有人会不同意。不过我想，同不同意取决于你对“爱”的定义。对我来说，爱主要意味着一种情感。可能是温柔的情感，或者互相吞噬的情感［想想大岛渚1977年的电影《感官世界》（*The Realm of the Senses*）］。可能两种情感都是，不过在同一个人身上不同的时段显现出来［想想托尼·莫里森的《所罗门之歌》（*Song of*

Solomon）］。当我们说“爱”，我们可能包括了甚至无法向自己解释的经历，除了感觉很棒。或者很可怕。我知道许多人会说，如果爱感觉很可怕，或者它不是相互的，或者它让你表现糟糕，那这“就不是真的爱”。可是，我不知道，怎么有人能以如此不拖泥带水的方式，如此确信别人的感受如何。我和大多数人没什么不同。当我想到爱时，我首先想象的是爱的理想状态：在这个人面前的快乐感；能把哪怕最不讨喜的性格沐浴在理解和谅解的光芒之下的感觉；希望那人幸福；用你的脸磨蹭在他们脸上的简单愿望。如果我们运气好的话，我们**确实**会体验到爱的理想状态，至少有时候吧。这是世间最美妙的感觉——但就像所有感觉，爱极其善变，而随着爱变得越深入越亲密，就变得更难以成功通过（negotiate，在这里“通过”是地形中的“通过”，而不是谈判价格中的谈判），因为爱有更多层次。爱转而依附于其他情感和性格。我们并未真正意识到自己拥有这些情感和性格，直到我们以有时自己无法充分控制的方式流露出来。这让哪怕最强大的人也感到非同寻常地脆弱。也因此，渴望爱的同一批人可能的确会害怕爱。每个人都有对他们爱的人不好的时候；每个人都有恨他们爱的人的时候，或者对他们表现得咄咄逼人的时候。套用亨伯特所说的，有时候激情的梦会弄巧成拙，陷入噩梦。这就是为什么“婚姻是一项苦差事”的观念是文化上的既定事实——理想状态无法每天都维持着。

亨伯特·亨伯特甚至不能维系一段有严重缺陷的婚姻。他的“理想状态”是性变态。但是，即使他的理想是扭曲的（部分**原因**是他想将它维持在谬误的静止位置上——不变的青春和完美），然而他只能以自己能够做到的唯一方式想象爱。他以倒挡的方式接近了他那丁点儿的爱。起初，他所经历的爱几乎完全无视爱人的人性。他爱她的方式就好像喜爱特别可口的甜品那样。随着小说推进，在他闭塞的心允许的情况下，他逐渐看见了她的真实的面目，甚至在她拒绝他时**尊重**她的愿望。这份尊重，甚于情感的语言，让我相信他那丁点儿的爱是真实的。到现在，我肯定读者已经扔了好些书了，但我仍然认为，这个虚构的怪物、这个载体、这个非人类的艺术形象与我们人类有很多共同之处，无论我们是男的还是女的还是非二元性别，即使我们一生中从未有过恋童癖冲动。这可能是他最让人不舒服的地方。

我们当中有些人还和另一个艺术形象有诸多共同之处：多洛雷斯·黑兹。有些女性经历了和年长男人的诱惑或者暴力关系——那些说过他们坠入了爱河而且自认为在说真话的男人——她们尤为崇拜《洛丽塔》。她们的理由定然不尽相同，但我认为，我从核心层面上能理解她们。我之所以这样认为，是因为我自己在5岁时遭受猥亵的经历——是的，我也，me too。两者之间的联系也许并不明显——一个5岁孩子的心理和青少年的心理非常不同。那个猥亵我的男人和他的妻儿就住在我家这条街上。他还和我父亲是同事，经常来我家做客。我对自己曾考虑过他对我的感觉是什么持怀疑态度。我可能以为他喜欢我，因为他老想带我去公园玩耍。我没有能力分析那种事情，也无法理解正在发生什么。尽管如此，我知道他知道自己在做一件坏事。我能从他脸上看出来。我感觉，在令人惊讶和困惑的程度上，无论如何，他的行为是被**某种东西**驱使的。就在我面前，那种东西把他变成了某种无法辨认的**东西**，一个充满饥饿、痛苦和耻辱的怪物。我把这个怪物吸收进了我的身体。在我吸收完之后，他恢复了自我。由于年龄的原因，许多细节我不记得了，甚至发生了多少次都不记得。我记得清楚的是，都发生在公园里，光天化日之下。他的儿子有时也在场。虽然我们肯定躲藏在他人的视线之外，但至少有一次，我能听到风中人们微弱、欢快的声音。我确信这些记忆，因为我的母亲佐证了。他有时候会带我去公园，偶尔还带上和我同龄的儿子。她还佐证，我当时告诉了她发生的事情。她并不相信我，因为她不相信一个有家室的男人会做那样的事情。

正因为他是邻居和家人的朋友，我才信任他。他从来没有对我进行身体上的伤害，所以我从未害怕过他。即使他在我面前变成一个陌生人，我也没有害怕。我很震惊，但不害怕。因为没有害怕，我无法抵抗自己的身体对性的感知，而且我感到非常兴奋。我无法抵抗孩子的天然共情。所以，伴随着兴奋感，我还感受到了他的痛苦，巨大的痛苦。我提他的痛苦不是拿来作借口。任何人都不应该让别人的痛苦像那样被发泄在自己身上，更不用说一个5岁的孩子。我只是在陈述一个事实。我知道，在猥亵了我的几年之后，那个男人自杀了。然而，即使我不知道这一点，我也知道他很痛苦，因为我感受到了——我感受到了痛苦，也和痛苦建立了关系。

（让我们暂停一下。我意识到上面写的这些可能读起来很可怕——对我来说，这读起来都很可怕。在一篇关于艺术作品的文章中写这些东西似乎不协调，而且读起来可能让人感到不愉快，甚至恶心。如果真这样的话，我很抱歉——我是真诚的。但是，我可以忘记这有多么令人不愉快，因为，就像亨伯特一样，就像许多真正的人一样，这一直是我生活中的一部分，再加上日常生活中普通的忧虑。所以，让我们暂停一下，承认这一切。现在回到文章。）

也许因为这个经历，我对虚构的亨伯特的虚构感受有着过分的移情反应。也许我在练习——即使作为一个读者！——某种我已练习了很久的远古时代的生存策略，某种过早在日常生活中遭遇了邪恶之后产生的复杂的斯德哥尔摩综合征反应——在公园里、在阳光下、在家庭之间。我不能确定，当我说“也许”时，我真的是在说不确定。不过，有一点我确信：在读《洛丽塔》时，我喜欢它，部分原因是它罕见地承认美和邪恶、正常和邪恶，甚至爱和邪恶的关系具有可怕的复杂性，而我对此深感满意，甚至深感安慰。我并不是因为纳博科夫使用“花里胡哨的字眼”——被用来蔑视他的文体的愚蠢术语之一——或任何其他东西给欺骗了才这样想。甚至在我知道自己辨认出的是什么之前，我就靠直觉辨认出来了。尤其是在《洛丽塔》结尾的地方，当亨伯特恳求多洛雷斯回到他身边的时候，我认出来了。她说：“不，不，亲爱的，不。”他敏锐地注意到：“以前，她从没叫过我亲爱的。”这一幕很扎眼，因为我们感受到了她对他的同情——但这是被伤害玷污了的同情，源于她不加选择地接近自己的绑匪的痛苦。在这里，她作为孩童天生的同感能力与她自己的牺牲不幸地联系在一起，对她的意志造成了伤害。

也许还是因为这段经历，我对保护纳博科夫免受喜欢道德说教的黑粉们伤害而进行的善意尝试感到兴奋。他们的理由是，《洛丽塔》并不是真的有关恋童癖，书中的恋童癖主题实际上是一个隐喻或者智性建构。这种论调的一个优雅、有说服力的例子是布鲁斯·斯通（Bruce Stone）的网络文章，《纳博科夫的免罪：〈洛丽塔〉的起源和天才》（*Nabokov's Exoneration: The Genesis and Genius of Lolita*）[4]。在花了好几页梳理反对此书的各种说教理由后（包括一群俄罗斯狂热分子编造的"理由"。他们朝圣彼得堡的纳博科夫博物馆的窗户扔酒瓶子，还殴打了一个话剧导演），斯通最后论述了自己的观点。虽然有断章取义之嫌，我在这里还是想尽量公平地展现他的观点：

> 在我看来，《洛丽塔》的真正主题，其正确的母题，不是不道德，而是**不朽**。……亨伯特对小仙女的追求，他对住在那"时间的虚渺岛屿"的渴望，似乎是一场更大的存在主义危机的狂热的实例化。……从定义上看，小说对恋童癖的处理是**哲学的和美学的**，而不是**实践的**。……纳博科夫对主题的描绘透过了艺术棱镜，既不利用读者也不剥削犯罪的受害者，而是发掘材料的美学可能性。为此目的，亨伯特的执念被形象化为艺术想象的危机。这让事实和虚构之间的界限变宽松了，让时间起锚准备起航了：小仙女们和她们神话中的岛屿并不存在，但自欺欺人的亨伯特相信他们存在——这是酿成悲剧的秘诀。

我绝对同意，此书的深刻主题是渴望时间暂停——给它"施魔法”，创造让它免于流逝的领域。我甚至认为，狂热痴迷于年轻之美除了有那种“存在主义”冲动，还有……另一种不同的冲动。我甚至认为，暂停时间的意志有一种精神暴力的元素——妄图击溃我们生命有限这一朴素事实的傲慢渴望。就其自身来说，这在本质上并非恋童癖，但恋童癖欲望的故事对它来说是一个完美隐喻。但是，坚称任何人处理恋童癖的方式有可能“从定义上是哲学的”似乎很荒谬。这个主题的确太深奥、太原始、太野蛮了。而且，尽管这样说也许过时了或者让人不舒服，但对非常年轻的女孩的渴望也很普通，就好比亨伯特对成熟女性的厌恶——很普通，且过于本能，无法纯粹从美学方面来谈论。尽管男性批评家们感到惊骇，啧啧不已，但很明显，许多男性内心或多或少在一定程度上都纠结着好几种这些情绪，即使他们并不采取行动。如果他们没有的话，《洛丽塔》也不会成为（哪怕有其文学的庄严）一个长达几十年的全世界通行的黄色笑话。

除了其主题上综合的美学之美之外，《洛丽塔》之所以感染力很强，是因为其结合了智性之力和艳俗、超道德的本我之力，同时心怀恐惧和幽默地承认躲在我们自己天性中的偷窥怪物的脸庞（惊不惊喜！）。这个怪物就站在阳光下：“他的多毛的大腿滴落着晶莹的水珠，他浸湿的紧身黑色游泳裤鼓着，精气胀裂，一副肥硕的胸，后背像一面软垫的盾，盖住他正面的兽性。”这个“怪物”（大魔王克莱尔·奎尔蒂）在这里倒颇有阳刚之气，但他肯定与女性气质相关。正如多洛雷斯的母亲无可救药地爱着亨伯特，多洛雷斯自己爱着那个有“肥硕的胸”的恶心男人——他比她“爸爸”更变态。

是，是，我知道，那不是“真爱”，因为那是“不健康的”。但在这里，我们回到了小说核心的谜团，或至少是一个要素：如此多的人把这种“不健康的”体验当成爱——甚至包括像多洛雷斯·黑兹一样善良、本质上精神正常的人。（有人也许会说，考虑上下文，洛丽塔在她人生的这个阶段所谓的爱是一种尤为可怜的错觉。但对我来说，她的爱不仅是合理的，还展示了一种健康，**特别**是考虑其上下文——换句话说，她已经习惯了的东西。奎尔蒂是亨伯特的高级版。这个强大的成年人给了她大量关注，运用的方式包括活泼的对话、接受、理解，以及对更美好生活的承诺。要记得，他是一位颇受尊敬的剧作家，而她是在出演他的话剧时遇见他的。还要记住，他被揭露是性无能的，所以对她来说，她从他那里得到的关注也许看起来是浪漫的，而不纯粹是性欲的。她尚且不知道色情影片。）

大家都知道，纳博科夫曾写道，《洛丽塔》的灵感的“最初颤抖”来自他因神经痛卧床修养时读到的一篇新闻报道。新闻讲的是一名科学家试图教一只困在动物园的猩猩用木炭画画。这只可怜的动物除了垂直线条，什么都没有画——画的是它的牢笼的栏杆。对那些不相信隐喻的人来说，这个逸事也许是与事实不符的混淆视听。然而，对我们这些认为隐喻是自然的观察方式的人来说，纳博科夫的逸事立刻具有可怕的意义。亨伯特·亨伯特被囚禁在自己的执迷中，所以他只能无休止地描述其最直接的表现：他对洛丽塔的渴望，也就是说，他的牢笼的栏杆——更确切来说，这将成为她的牢笼的栏杆。这种囚禁赋予了这本具体的小说中的人物以绝妙的具体性。但是，这个隐喻超越了小说，以无尽的同心圆向外扩张：即使是完全适应了环境的人类，有时候也在身体、文化、年龄、健康和能力的限制下体验到一种被囚禁之感。现在超过它，往前走几步：你知道自己渴望的东西是极其错误的，但你对其他任何事情都毫无欲望，以至于受其驱使；被这个欲望支配，你有什么样的感觉呢？无论我们多么厌恶恋童癖者，依然很难不为他们的困境感到可怜，因为，谁能想象任何人会选择成为他们那样子呢？他们遭人鄙视，避你不及，而且无法拥有“正常人”认为理所当然的基本满足感——这些满足感，正常人不用破坏恋童癖者们都可能真诚地信仰的道德和社会法则就能拥有。亨伯特的诡辩术和癫狂幽默给了他狂热的巴洛克外表。在这些外表背后，是一个痛苦的人类灵魂挥着翅膀，抵抗这个角色的艰难、精巧的建构。这个角色就像亨伯特诗里的欧椋鸟一样，“出不去”。[5]

哎，可怜的欧椋鸟——但在现实生活中，像亨伯特·亨伯特这样的人应该被终身监禁；那个猥亵了我的男人本应该进监狱。没有合理的方式坚持要求别人在法庭上怜悯这种人，或者，如果我们心中确实自然而然地生发了怜悯，期待这种怜悯应该导致宽大的判决。我5岁时不幸遇见了现实生活中的恋童癖者。无论好坏，我不禁对他感到了现实生活中的怜悯。可是，我希望在我告诉我妈之后，他被阻止了；我希望他被关起来。他自杀了，我不感到遗憾，因为这样至少他不能再伤害更多孩子了。

但是，艺术中的道德不同于社会中的道德和公平。后者至少在某种程度上是从实际出发的。当纳博科夫（可能出于十足的恼怒）说他“对公共道德不屑一顾”[6]时，我不相信他的意思是他不在乎道德。（对任何读过他的《文学讲稿》甚至他的书信的人来说，他的道德感显然很强。）

我认为他的意思是，道德不像在法庭或任何社会场景中那样应用于他的小说。无论有意无意，他让读者有可能看到——或者，如果不愿意看到，则**感受到**——他精心想象的怪物和真实的普通人类之间的共同点；而且通过他，让读者看到/感知到处于我们存在的核心中的神秘关键。在这里，对爱、欢乐和团结的最纯粹和自然的愿望，与同样自然的自私、残忍和对原始优势的渴望互相冲突，且错综复杂地交织在一起。如果虚构有任何道德意义，它不是给与我们答案或者解决方法，而是让我们面对我们自己最深刻的不可知性，不仅作为个人，还作为物种。我们与无数互相竞争的他者存在于世间。这是为了提醒我们，在这种神秘面前需要心怀谦卑，甚至当我们在行动中必须表现得很有把握的时候也要这样。因为道德自满也是一种牢狱，即使个人、群体、政治派系和实际上整个国家都可能骄傲地处于牢狱中——这种骄傲让监禁他人的行为看起来非常符合道德。

1 Vladimir Nabokov, *Pale Fire* (New York: Vintage Books, 1989), 209–10.

2 纳博科夫在他的《文学讲稿》(*Lectures on Literature*) 中使用的表达。

3 引用的是W.H. 奥登的《美术馆》(*Musée des Beaux Arts*)。

4 Bruce Stone, "Nabokov's Exoneration: The Genesis and Genius of Lolita," *Numéro Cinq* 4, no. 5 (May 2013), 10–11, http://numerocinqmagazine.com/2013/05/01/nabokovs-exoneration-the-genesis-and-genius-of-lolita-bruce-stone-2/.

5 这里提及的是劳伦斯·斯特恩 (Laurence Sterne) 的《感伤之旅》(*A Sentimental Journey Through France and Italy*)。

6 "Vladimir Nabokov, *The Art of Fiction No. 40*," interview by Herbert Gold, *The Paris Review* 41 (Summer–Fall 1967), https://www.theparisreview.org/interviews/4310/the-art-of-fiction-no-40-vladimir-nabokov.

珍妮·明顿·奎格利
Jenny Minton Quigley

致谢

感谢我的家人——感谢丹（Dan）、山姆（Sam）、葛斯（Gus）和里欧·奎格利（Leo Quigley）。你们是我生命中的光。我很感谢丹给我的导论提出的绝佳建议，也很感谢山姆、葛斯和里欧给予的大力支持。

我要感谢我杰出的第一读者们：希瑟·克雷（Heather Clay）、乔·克利里（Joe Cleary）、南希·克利里（Nancy Cleary）、阿什利·金格瓦（Ashley Gengras）、罗宾·金格瓦（Robyn Gengras）、卡罗琳·霍尔（Caroline Hall）、克丽丝·基冈（Kris Keegan）、林恩·明顿（Lane Minton）、金布瑞尔·邦·莫里斯（Kimbrel Bunn Morris）、乔丹·帕夫林（Jordan Pavlin）、梅根·奎格利（Megan Quigley）、丽莎·史蒂文森（Lisa Stevenson）和基拉·冯·艾切尔（Kira von Eichel）。十分感谢你们在过去的两年里和我谈论这本书。

感谢纽约公共图书馆的亨利·W.和阿尔伯特·A.伯格（Henry W.和Albert A. Berg）、英美文学收藏馆可爱的图书管理员林德西·巴恩斯（Lyndsi Barnes）。

我非常感谢海蒂·霍伊尼克（Heidi Hojnicki）和金斯伍德牛津中学（Kingswood Oxford School）的十一年级大学英文预修课邀请我参加关于《洛丽塔》的精彩讨论。感谢维拉诺瓦（Villanova）大学的卡姆兰·贾瓦迪扎德教授在研究方面提供了帮助。布莱恩·博伊德（Brian Boyd）的《弗拉基米尔·纳博科夫：美国岁月》*(Vladimir Nabokov: The American Years)* 和史黛西·希夫 (Stacy Schiff) 的《薇拉 (弗拉基米尔·纳博科夫夫人)》[*Véra (Mrs. Ladimir Nabokov)*] 都是我编辑此书至关重要的资源。我个人要感谢史黛西在这个项目上给予我的宝贵帮助和指导。

对于进一步的阅读，我推荐丽贝卡·索尔尼特 (Rebecca Solnit) 的文章《男人向我解释〈洛丽塔〉》*(Men Explain Lolita to Me)*[1]、马丁·艾米斯 (Martin Amis) 的《弗拉基米尔·纳博科夫与地狱中的问题》*(Vladimir Nabokov and the Problem from Hell)*[2]，和本杰明·西格尔 (Benjamin Seigle) 的《亨伯特·亨伯特和现在的孩子们：在高中课堂上教〈洛丽塔〉》*(Humbert Humbert and the Kids These Days: On Teaching Lolita in a High School Classroom)*[3]。

感谢安德鲁·怀利 (Andrew Wylie) 和怀利经纪公司允许我们查看纳博科夫收藏，特别是塔克·史密斯 (Tucker Smith)；金奥 (Jin Auh)、亚历山德拉·克里斯蒂 (Alexandra Christie) 和伊丽莎白·普拉特 (Elizabeth Pratt)，感谢他们邀请了多位出色的作家参与到此书当中；感谢Massie & McQuilkin的Jade Wong Baxter；还有哈尔·伦纳德 (Hal Leonard) 的戴夫·贝克多尔特 (Dave Bechdolt)。

感谢希拉里·艾伦 (Hilary Allen)、米妮·艾姆斯（Minnie Ames）、海伦·布莱尔（Helen Blair）、霍莉·戈登（Holly Gordon）、戴安娜·蒙哥马利（Diana Montgomery）、莉莉·奥茨（Lilly Oates）、玛格特·皮尔斯（Margot Pearce）、林赛·汤普森（Lindsay Thompson）和弗吉尼亚·范·戴克（Virginia van Dyk）。

衷心感谢卢安·沃尔特（LuAnn Walther）、艾莉·普里切特（Ellie Pritchett）、詹姆斯·米德（James Meader）、萨尔·鲁杰罗（Sal Ruggiero）、朱莉·恩特（Julie Ertl）、安妮·洛克（Annie Locke）和凯拉·欧服贝（Kayla Overbey）。卢安是最具洞察力和善良的编辑，她有着绝妙的、阴谋般的笑声，她超越了我，陪伴我完成了音乐剧《洛丽塔，我的爱》（*Lolita, My Love*）的大部分表演。艾莉是一个令人愉快的编辑奇才：一个心胸开阔的读者，有极好的想象力和艺术洞察力。

虽然沃尔特并不太喜欢文学经纪人，但珍·马歇尔（Jen Marshall）可能是那个能让他改变主意的人，我可以想象他甚至会建议我去为她工作。珍想出了这本书的名字，从始至终都陪伴我一起出谋划策。她是一位出色的经纪人，也是一位真正的朋友。感谢她在Aevitas Creative Management的同事：大卫·库恩（David Kuhn），珍妮特·西尔弗（Janet Silver），尤其是玛姬·库珀（Maggie Cooper）。

我要感谢我优秀的兄弟姐妹们，感谢他们对

这个项目的祝福：帕梅拉·明顿（Pamela Minton）、安德鲁·明顿（Andrew Minton）、大卫·明顿（David Minton）、威尔·明顿（Will Minton）和凯蒂·明顿·艾森纳（Katie Minton Aisner）。

我珍惜和尊敬本书里所有的特邀撰稿人，他们现在都是我的朋友。和这些神奇的作家一起工作是多么快乐啊！他们在宣传等方面也很慷慨地付出他们的时间。

我永远感谢兰德·理查兹·库珀（Rand Richards Cooper），如果他没有采访沃尔特和玛丽恩（Marion）数小时，如果他没有写下《沃尔特·明顿谈用〈洛丽塔〉赚的钱建的房子》（*Walter Minton on the House Lolita Built*）、在2018年1月8日的《纽约客》的《街谈巷闻》（*Talk of the Town*）栏目发表，就不会有这本书[4]。

谢谢你，玛丽恩·明顿（Marion Minton）。尽管你经常休息、打电话、散步、吃午饭，但你是这个星球上最聪明、性价比最高的编辑。爸爸告诉兰德说："我和玛丽恩结婚后，如果不生这些孩子，我会给她安排普特南公司的一个部门，然后说'你来经营那个部门'，我们一定会非常成功。我们就能得到别人不曾得到过的好东西了！”

无论如何你做到了。

这对我来说意义重大，桑尼·梅塔（Sonny Mehta）读了《洛丽塔重生》的提案，并签了这本书，我最后一次见到他时，他告诉我，他认为这是一个很好的提案。当我第一次告诉沃尔特这个项目的时候，他对这个项目能有多大的读者群持怀疑态度。但在近年，他尽可能多地回答我提出的问题，他听玛丽恩给他读散文。去年当我去看望他的时候，他问我最近在做什么，我提醒他我在做这个《洛丽塔》选集。他说："哦，是的，没错。"他看上去不再评判，好像他已经朝另一个方向出发了，把过往留给我们。

1 Rebecca Solnit, "Men Explain *Lolita* to Me", Literary Hub, December 17, 2015, https://lithub.com/men-explain-lolita-tome.

2 Martin Amis, "Vladimir Nabokov and the Problem from Hell", in The Rub of Time (New York: Alfred A. Knopf, 2018), 9–21.

3 Benjamin Seigle, "Humbert Humbert and the Kids These Days: On Teaching *Lolita* in a High School Classroom", Schools: Studies in Education 14, no. 1 (Spring 2017), https://doi.org/10.1086/691255.

4 Richards Cooper' s "Walter Minton on the House *Lolita* Built" is accessible online at https://www.newyorker.com/ magazine/2018/01/08/walter-minton-on-the-house-lolita-built

关于编辑

珍妮·明顿·奎格利（Minton Quigley）是一名作家和编辑。她是《年度最佳短篇小说系列：欧·亨利奖获得者》的系列编辑，并著有回忆录《早起的鸟儿》。她是沃尔特·J.明顿（Walter J. Minton）的女儿。明顿是著名的G.P.普特南出版社的前社长，他1958年敢于在美国首次出版弗拉基米尔·纳博科夫的《洛丽塔》。明顿·奎格利曾是兰登书屋（Random House）旗下几家出版社的图书编辑，她与丈夫、儿子和狗生活在康涅狄格州的西哈特福德。

关于本书撰稿人

★ **克里斯蒂娜·贝克·克兰**（Christina Baker Kline）是《纽约时报》八部最畅销小说的作者，包括《流亡者》（*The Exiles*）、《孤儿列车》（*Orphan Train*）和《一片世界》（*A Piece of the World*）。她的著作已在40个国家出版。她的小说获得了新英格兰小说奖（New England Book Award for Fiction）、缅因州文学奖（Maine Literary Award）和巴诺书店发现奖（Barnes & Noble Discover Award）等奖项，并入选数百个社区、大学和学校的"一书一读"（One Book，One Read）活动。她的文章和评论发表在《纽约时报》《纽约时报书评》《波士顿环球报》《旧金山纪事报》《文学中心》《今日心理学》《诗人与作家》和《沙龙》等出版物上。她是杜克大学的Studio Duke项目的艺术导师和石溪大学的BookEnds项目的艺术家导师。

★ **宾度·班西娜斯**（Bindu Bansinath）的作品曾出现在《纽约时报》、《纽约杂志》、《弹弓》（*Catapult*）、《电子文学》和《巴黎评论》上。她住在纽约市，拥有哥伦比亚大学的艺术硕士学位。她正在写她的处女作小说。

★ **汤姆·比塞尔**（Tom Bissell）于1974年出生在密歇根州的埃斯卡纳巴，写过很多书，最近的一本是《创造性类型和其他故事》(*Creative Types and Other stories*)。有几部电影都源自他的作品，包括詹姆斯·弗兰科(James Franco)的《灾难艺术家》(*The Disaster Artist*)和维尔纳·赫尔佐格(Werner Herzog)的《盐与火》(*Salt and Fire*)。作为编剧，他为苹果电视(Apple TV)合作编写了根据保罗·塞洛克斯(Paul Theroux)的小说改编的《蚊子海岸》(*The Mosquito Coast*)的试播集，并为NBC环球(NBC Universal)编写了根据大卫·库什纳(David Kushner)的小说改编的《末日大师》(*Masters of Doom*)的试播集。他与妻子特丽莎·米勒(Trisha Miller)和女儿米娜(Mina)住在洛杉矶。

★ **亚历山大·奇**(Alexander Chee)是小说家和散文家。他最近的作品是散文集《如何写一部自传体小说》(*How to Write an Autobiographical Novel*)。他获得过怀丁奖、兰迪·希尔特同志非小说奖和全国文学协会散文奖。他是《VQR》的自由编辑和《洛杉矶时报》的自由评论家。他的文章和批评发表在《T》杂志、《纽约时报》、《纽约时报书评》、《Slate》、《耶鲁评论》和《塞瓦尼评论》上，最近还被选入2016年和2019年的《美国最佳散文》。他是达特茅斯学院英语和创意写作专业的副教授。

★ **苏珊·崔**(Susan Choi)著有五部小说，最近的一部是《信任练习》(*Trust Exercise*)，这部小说获得了2019年国家小说图书奖。她还获得了亚裔美籍小说文学奖(Asian American Literary Award for Fiction)、美国笔会(PEN)/W. G.泽巴尔德奖、兰巴文学奖，以及国家艺术基金会和古根海姆基金会的奖学金。她曾入围普利策奖和美国笔会/福克纳奖。2019年，她出版了自己的第一本儿童文学书《老虎营》(*Camp Tiger*)。她在耶鲁大学教授小说写作，现居布鲁克林。

★ **斯隆·克罗斯利** (Sloane Crosley) 是散文合集《我听说会有蛋糕》(*I Was Told There'd Be Cake*) 和《看起来还活着》(*Look Alive Out There*) 的作者（这两本书都入围了瑟伯美国幽默奖Thurber Prize for American Humor)，以及著有《你是如何得到这个号码的》(*How Did You Get This Number*) 和小说《扣环》(*The Clasp*)。她曾担任最佳美国旅行写作系列的编辑，并入选美国图书馆的50位最有趣的美国作家。她是《采访》(*Interview*) 杂志的特约编辑，《乡村之声》(*The Village Voice*) 和《纽约观察家》(*The New York Observer*) 的专栏作家。她是《名利场》(*Vanity Fair*) 杂志的特约编辑，她的第二部小说《邪典》(*Cult Classic*) 将于明年出版。她住在曼哈顿。

★ **克莱尔·德德尔** (Claire Dederer) 著有两本回忆录，《爱与麻烦》(*Love and Trouble*) 和《装时髦》(*Poser*) 曾是《纽约时报》的畅销书。德德尔正在写《怪物》(*Monster*)，这是一本研究坏人所创作的优秀艺术作品的纪实书。这本书是基于她2017年在《巴黎评论》(*Paris Review*) 上发表的一篇文章《我们该如何对待怪兽般的男人创作出的艺术？》(*What Do We Do with The Art of The Monstrous Men?*)。这篇文章在全球走红，被Longform评为年度最佳文章，并被多次引用，被认为是关于#MeToo运动最有影响力、最有洞察力的文章之一。德德尔是《纽约时报》的长期撰稿人。她的文章、批评和评论出现在《巴黎评论》《大西洋月刊》《国家》《Vogue》《纽约杂志》《Slate》和许多其他出版物上。她是Lannan Residency奖学金的获得者。

★ **安德鲁·德布斯三世**（Andre Dubus III）的七本书包括《纽约时报》畅销书《沙与雾之家》（*House of Sand and Fog*）、《最后日子的花园》（*The Garden of Last Days*）和他的回忆录《小镇》（*Townie*）。他的最新小说《久别离》（*Gone So Long*）获得了《出版商周刊》和《图书馆杂志》的星级评论，并被列入了许多最佳书籍清单，包括《波士顿环球报》（*The Boston Globe*）2018年20本最佳书籍、2018年最佳书籍和亚马逊（Amazon）的100本最佳书籍。德布斯入围了美国国家图书奖的最终名单，并获得了古根海姆奖学金（Guggenheim Fellowship）、国家杂志小说奖（National Magazine Award for Fiction）和两项Pushcart奖。他是美国文学艺术与文学学会奖的获得者。他的著作以超过25种语言出版，他在马萨诸塞大学洛厄尔分校全职教学。他和他的妻子方丹（Fontaine）以及他们的三个孩子住在马萨诸塞州。方丹是一名现代舞演员。

★ **伊恩·弗雷泽**（Ian Frazier）是《纽约客》的专职撰稿人。他自1974年以来一直为该杂志撰稿，当时他在《街谈巷闻》（*Talk of the Town*）发表了自己的第一篇文章。一年后，该杂志刊登了他的短篇小说《阿波罗的布卢姆茨伯里文化圈》（*The Bloomsbury Group*

Live at the Apollo)。从那以后，他发表了许多短篇小说、非虚构作品，并在杂志上《呼喊与低语》(*Shout & Murmurs*) 和《街谈巷闻》(*Talk of the Town*) 栏目发表了文章。他是11本书的作者，包括《大平原》(*Great Plains*) 和《家庭》(*Family*)，前者是该杂志的三集记者系列，讲述了他的家庭在美国的历史，从早期殖民时期到现在，重现了两百年来中产阶级的生活。他的其他著作包括《约会你的妈妈》(*Dating Your Mom*)；《没有人更好》(*Nobody Better*)，《比没有人更好》(*Better than Nobody*)；*Coyote v. Acme; On the Rez*；《鱼的眼睛：钓鱼与户外散文》(*The Fish's Eye: Essays about Angling and the Outdoors*)；《去纽约：城市冒险》(*Gone to New York: Adventures in the City*)；《圣父的哀歌》(*Lamentations of the Father*)；《诅咒妈妈的日子之书：一部小说》(*The Cursing Mommy's Book of Days: A Novel*)；以及最近出版的《狂野：精选报道》(*Wild: Selected Reporting Pieces*)。他正在写一本关于布朗克斯的书。

★ **玛丽·盖茨基尔** (Mary Gaitskill) 是小说《两个女孩，胖和瘦》(*Two Girls, Fat and Thin*)、《维罗妮卡》(*Veronica*) 和《母马》(*The Mare*) 的作者。她还写了三本故事集，《坏行为》(*Bad Behavior*)、《因为他们想》(*Because They Wanted To*) 和《不哭》(*Don't Cry*)。她的小说和随笔曾出现在《纽约客》《哈珀杂志》《格兰塔》《美国最佳短篇小说》和《欧·亨利小说奖故事集》上；她的文集《拿着小锤子的人》(*Somebody with a Little Hammer*) 于2017年4月出版。她于2004年获得古根海姆奖学金，并于2010年获得卡尔曼研究奖学金。她最近出版的中篇小说是《这是快乐》(*This Is Pleasure*)。

★ 罗克珊娜·盖伊（Roxane Gay）的作品出现在2014年最佳美国悬疑小说榜单，2012年最佳美国短篇小说榜和2012年最佳性写作，以及*The Public Space*，*McSweeney's*，*Tin House*，《牛津美国人》，《美国短篇小说》，《弗吉尼亚季刊评论》等文学杂志上。她是《纽约时报》的专栏作家。她是《阿伊提》（*Ayiti*）、《蛮荒之国》（*An Untamed State*）的作者。她的作品《坏女权主义者》（*Bad Feminist*）是《纽约时报》的畅销书，《艰难的女人》（*Difficult Women*）是全国畅销书，《饥饿》（*Hunger*）也是《纽约时报》的畅销书。她同时著有《黑豹：漫威的瓦坎达世界》（*Black Panther：World of Wakanda for Marvel*）。她有几本书即将出版，同时也在从事电视和电影项目。

★ 罗宾·纪凡（Robin Givhan）是《华盛顿邮报》的时尚评论家。2006年，她的专栏获得了普利策批评奖。她写过有关文化和政治的文章，也写过前第一夫人米歇尔·奥巴马（Michelle Obama）以及入住白宫的第一个非裔美国家庭所引发的文化和社会变化。2010年至2012年，她担任《新闻周刊》/《每日野兽》的时尚和文化特约记者。2014年，她回到了《华盛顿邮报》。纪凡的作品曾出现在《时尚芭莎》、《Vogue》、《Vogue意大利版》、《Vogue英国版》、《Essence》、《Elle》（伦敦版）、《纽约客》（*The New Yorker*）等杂志上。她参与写过几本书，包括《天桥疯狂》（*Runway Madness*）、《无汗：时尚、自由贸易和服装工人的权利》（*No Sweat：Fashion，Free Trade，and the Rights* *of Garment Workers*)、《看希拉里的三十种方式：女作家的反思》（*Thirty Ways of Looking at Hillary: Reflections by Women Writers*）。她和《华盛顿邮报》的摄影工作人员共同撰写了《米歇尔：她担任第一夫人的第一年》（*Michelle: Her First Year as First Lady*）一书。她的第一本个人著作《凡尔赛之战：美国时尚闯入聚光灯下创造历史的那一夜》（*The Battle of Versailles: The Night American Fashion Stumbled into the Spotlight and Made History*）于2015年3月出版。这本书记载了1973年法美时装秀的文化史，那场时装秀改变了时尚业的发展轨迹。纪凡住在华盛顿特区。

★ **劳伦·格罗夫**（Lauren Groff）是一名小说家和短篇小说作家，最近的作品是故事集《佛罗里达》（*Florida*）和小说《命运与复仇》（*Fates and Furies*），这两部小说都入围了国家图书奖的决赛。她是故事奖、法国Héroïne大奖赛和古根海姆和拉德克利夫奖学金的获得者，并被选为格兰塔最佳美国青年小说家之一。她的作品曾出现在《纽约客》《大西洋月刊》和《Haper' s杂志》上，以及文学选集中，包括Pushcart奖、欧·亨利奖故事集和五版美国最佳短篇小说中。她和家人住在佛罗里达州的盖恩斯维尔。

★ **亚历山大·黑蒙**（Aleksandar Hemon）是《拉扎勒斯工程》（*The Lazarus Project*）、《制造僵尸战争》（*The Making of Zombie Wars*）和《我的父母：介绍/这本不属于你》（*My Parents: An Introduction/This Does Not Belong to You*）的作者。他在普林斯顿大学任教。

★ **摩根·杰金斯**（Morgan Jerkins）是《纽约时报》畅销书《这将是我的毁灭》（*This Will Be My Undoing*）和《漫游异乡》（*Wandering in Strange Lands*）的作者。她是ZORA的资深编辑和哥伦比亚大学艺术学院的访问教授。她的第一部小说《卡尔宝贝》（*Caul Baby*）于2021年4月出版。她住在哈莱姆区。

★ **吉尔·卡格曼**（Jill Kargman）是一名演员兼作家，她创作了《怪妈出街》（*Odd Mom Out*）一书，共写了11本书。她和丈夫以及三个十几岁的孩子住在纽约市。

★ **维克托·拉瓦勒**（Victor La Valle）是七部小说和一本漫画书的作者。他最近的一部小说是《换子疑云》（*The Changeling*）。他曾获得古根海姆奖学金、怀丁奖、世界幻想奖和The Key to Southeast Queens奖。他的漫画书《破坏者》（*Destroyer*）获得了Bram Stoker奖。他的作品发表在《纽约客》《纽约时报书评》和《巴黎评论》等许多杂志上。他现在在哥伦比亚大学教授创意写作。

★ **劳拉·利普曼**（Laura Lippman）是《纽约时报》畅销书作家，著有二十多部犯罪小说和一本散文集。她还为《华尔街日报》、《华盛顿邮报》、《纽约时报》、Longgreads、Slate.com、Glamour.com和Real Simple撰稿。她住在巴尔的摩和新奥尔良。

★ **艾米莉·莫迪默**（Emily Mortimer）是一名英国演员、导演、编剧和制片人，她最近出演了迪士尼的电影*Mary Poppins Returns*和2020年圣丹斯电影节备受好评的突破性电影《圣物》(*Relic*)。她在伦敦长大，在牛津大学学习俄语和英语。在她杰出的职业生涯中，艾米莉曾与传奇电影导演和编剧合作，包括马丁·斯科塞斯（Martin Scorsese）、伍迪·艾伦（Woody Allen）、罗伯·马歇尔（Rob Marshall）、莎莉·波特（Sally Potter）、凯瑟琳·哈德威克（Catherine Hardwicke）、艾伦·索尔金（Aaron Sorkin）和大卫·马梅（David Mamet）。艾米莉因电影《赛点》(*Match Point*)、《穿越西伯利亚》(*Transsiberian*)、《禁闭岛》(Shutter Island) 和《雨果》(*Hugo*) 而闻名，她还因电视节目而闻名，如HBO的《新闻编辑室》(*The Newsroom*) 和她与朋友多莉·威尔斯共同创作的《玩偶和艾米》(*Doll &Em*)。艾米莉和她的丈夫亚历山德罗·尼沃拉经营着电影和电视制作公司King Bee Productions。目前，她正在为BBC和亚马逊 (Amzon) 撰写并执导由南希·米特福德 (Nancy Mitford) 的小说《追寻真爱》(*The Pursuit of Love*) 改编的三部曲。

★ **凯特·伊丽莎白·罗素**（Kate Elizabeth Russell）是一名来自缅因州东部的作家。她的处女作《我黑暗的瓦妮莎》(*My Dark Vanessa*) 曾登上《纽约时报》和《星期日时报》的畅销书榜。它将被翻译成25种以上的语言。

★ **埃里卡·L.桑切斯**（Erika L. Sánchez）是墨西哥移民的女儿。她是一名诗人、散文家和小说作家，著有青少年小说《我不是你完美的墨西哥女儿》(*I Am Not Your Perfect Mexican Daughter*)，该书于2017年入围国家青年文学图书奖（National Book Award for Young People's Literature）决赛，并迅速成为《纽约时报》畅销书；诗集《除名课》（*Lessons on Expulsion*）入围美国笔会公开图书奖（PEN Open Book Award）。她最近获得了国家诗歌艺术捐赠基金，是2017—2019年普林斯顿大学艺术研究员。她目前是德保罗大学的索尔・胡安娜・伊内丝・德拉克鲁兹（Sor Juana Inés de La Cruz）主席。她的回忆录《在浴室里哭泣》（*Crying in the Bathroom*）即将出版。

★ **史黛西・希夫**（Stacy Schiff）是《薇拉（弗拉基米尔・纳博科夫夫人）》[*Véra（Mrs. Vladimir Nabokov）*] 一书的作者，并因此获得2000年普利策传记奖。她还著有《伟大的即兴创作：富兰克林、法国和美国的诞生》（*A Great Improvisation：Franklin，France，and the Birth of America*），并获得了乔治・华盛顿图书奖。她的最新著作《埃及艳后：一生》（*Cleopatra：A Life*）和《女巫：塞勒姆，1692年》（*The Witches：Salem*，1692）一直位居畅销书榜首。除了其他荣誉，希夫还获得了古根海姆基金会（Guggenheim Foundation）、国家人文基金会（National Endowment for the Humanities）和卡尔曼学者与作家中心（Cullman Center for Scholars and Writers）的奖学金。她的文章发表在许多出版物上，包括《纽约客》《纽约时报》和《纽约时报书评》。作为美国艺术和文学学院的成员，她被法国文化部授予2019年艺术和文学骑士勋章。

★ **达尼・夏皮罗**（Dani Shapiro）是小说家、回忆录作家和散文家。她的最新作品是《纽约时报》畅销回忆录《遗产》(*Inheritance*),这本书获得了国家犹太图书奖（National Jewish Book Award），并入围温盖特奖（Wingate Prize）和Goodreads选择奖（Goodreads Choice Award)。她的散文、短篇小说和新闻报道发表在《纽约客》《VQR》《格兰塔》《时代》《纽约时报书评》和许多其他出版物上。她是流行播客《家庭秘密》(*Family Secrets*)的主持人和创作者。她是意大利波西塔诺塞伦兰（Positano,Italy）作家会议的联合创始人。她和家人住在康涅狄格州的利奇菲尔德郡。

★ **杰西卡·沙特克**（Jessica Shattuck）是小说《城堡里的女人》(*The Women in the Castle*)的作者，该书是《纽约时报》畅销书，并获得新英格兰图书奖。她也是《完美的人生》(*Perfect Life*)和《良好教养的危害》(*The Hazard of Good Breeding*)的作者，后者曾被《纽约时报》(*New York Times*)评为著名图书，被《波士顿环球报》(*Boston Globe*)评为年度最佳图书，并入围2003年PEN/Winship奖。她的作品曾刊登在《纽约客》《魅力》《开放城市》《纽约时报》《琼斯母亲》和《波士顿环球报》等刊物上。她与丈夫和三个孩子住在马萨诸塞州的布鲁克莱恩。

★ **吉姆·谢泼德**(Jim Shepard)写了七部小说，包括《阿伦之书》(*The Book of Aron*)，该书赢得了Sophie Brody犹太文学奖，PEN/新英格兰小说奖，和克拉克小说奖。谢泼德还著有五部短篇故事集，包括《好像你明白似的》(*Like You' d Understand*)、《不管怎样》(*Anyway*),

后者入围国家图书奖和故事奖。他的七篇小说被选为美国最佳短篇小说，两篇入选美国笔会/欧·亨利故事奖，还有两个Pushcart奖。他还获得了国会图书馆/马萨诸塞州小说图书奖和美国图书馆协会的亚历克斯奖。他在威廉姆斯学院教书。

★ **谢莉尔·斯瑞德**（Cheryl Strayed）著有《纽约时报》畅销回忆录榜首《荒野》（*Wild*）、《纽约时报》畅销书《美丽的小东西》（*Tiny Beautiful Things*）和《勇敢的人》（*Brave Enough*），以及小说《火炬》（*Torch*）。《荒野》（*Wild*）被奥普拉·温弗瑞选为奥普拉读书俱乐部2.0的首部读物，之后被改变成由瑞茜·威瑟斯彭（Reese Witherspoon）主演的奥斯卡提名电影。《美丽的小东西》由尼亚·瓦达洛斯（Nia Vardalos）改编为舞台剧，由托马斯·凯尔（Thomas Kail）执导，已在全国各地的剧院上演。斯瑞德的文章曾发表在《美国最佳散文》（*The Best American essays*）、《纽约时报》（*The New York Times*）、《华盛顿邮报》（*The Washington Post*）、《时尚》（*Vogue*）、《沙龙》（*Salon*）等杂志上。她是《纽约时报》播客Sugar Calling的主持人，并与史蒂夫·阿尔蒙德（Steve Almond）共同主持Dear Sugars播客。她住在俄勒冈州的波特兰。

★ **基拉·冯·艾切尔**（Kira von Eichel）是住在纽约的一名作家。

她的文章发表在《Vogue》《观察家》《Bare》《女性书评》和美国国家公共广播电台。

★ **萨拉·魏恩曼**（Sarah Weinman）是《真正的洛丽塔》（*The Real Lolita*）一书的作者，也是《不可言说的行为：犯罪、谋杀、欺骗和痴迷的真实故事》（*Unspeakable Acts: True Tales of Crime, Murder, Deceit, and Obsession*）选集，和《犯罪小说女作家：20世纪40年代和50年代的八部悬疑小说》（*Women Crime Writers: Eight Suspense Novels of the 1940s & 50s*）的编辑。魏恩曼曾为《纽约时报》（*The New York Times*）、《华盛顿邮报》（*The Washington Post*）、《名利场》（*Vanity Fair*）和《纽约》（*New York*）等媒体撰稿。她住在纽约市。

★ **莉拉·阿扎姆·赞加内**（Lila Azam Zanganeh）是一位法裔伊朗作家。她曾在哈佛大学教授文学和电影，并担任2017年布克奖和2020年笔会/纳博科夫奖的评委。莉拉是《巫师》（*The Enchanter*）一书的作者，该书用13种不同的语言出版，并获得了罗杰·沙特克奖（Roger Shattuck Prize），该奖项由小说中心颁发。她是弗拉基米尔·纳博科夫文学基金会的理事，也是无国界图书馆的全球大使。她的新书《情人和其他疯子》（*Of Lovers and Other Madmen*）即将出版。她会七种语言，现居纽约。

版权致谢

谨此致谢允许本书转载以下此前出版过的材料：

ABKCO音乐公司（ABKCO Music，Inc.）：米克·贾格尔（*Mick Jagger*）和基思·理查兹（Keith Richards）创作的《流浪猫蓝调》（*Stray Cat Blues*）节选。版权所有归ABKCO音乐公司（1968年），保留所有权利。经ABKCO音乐公司（www.abkco.com）许可转载。

阿尔弗雷德音乐和哈尔·伦纳德有限责任公司（Alfred Music and Hal Leonard LLC）：由麦莉·塞勒斯（Miley Cyrus）、克劳德·凯利（Claude Kelly），和约翰·尚克斯（John Shanks）创作的《永久十二月》（*Permanent December*）的文字和音乐。版权所有归华纳（Warner），塔穆雷（Tamerlane）出版公司，Studio Beast Music，Seven Summit Music，Tondolea Lane Music Publishing，Tone Ranger Music，和Sony/ATV Tunes LLC（2010年）。所有权利归自己和华纳和塔穆雷出版公司管理的Studio Beast Music，保留所有权利。转载经阿尔弗雷德音乐和哈尔·伦纳德有限责任公司许可。

红阿姨乐队（The Red Aunts）的德比·马丁尼（Debi Martini）：由"红阿姨"创作《致命的洛丽塔》（*Lethal Lolita*）的片段。由红阿姨乐队的德比·马丁尼许可转载。

格尔凡德，瑞内尔特和费德曼有限责任公司（Gelfand，Rennert & Feldman，LLC）：节选自Fiona Apple的《忧郁的女孩》（*Sullen Girl*）。

版权所有归FHW音乐（ASCAP）（1996年）。保留所有权利。由Gelfand Rennert & Feldman，LLC. Hal Leonard LLC. 许可转载。

阿尔弗雷德音乐和哈尔·伦纳德有限责任公司（Alfred Music and Hal Leonard LLC）：由伊丽莎白·格兰特（Elizabeth Grant）、利亚姆·豪（Liam Howe）和汉娜·罗宾逊（Hannah Robinson）创作的《洛丽塔》的部分文字和音乐的摘录。版权由EMI音乐出版德国有限公司，索尼/ATV音乐出版英国有限公司，和本土歌曲有限公司所有（2012年）。百代音乐出版德国有限公司在美国和加拿大的所有权利由EMI四月音乐公司控制和管理。由索尼/ATV音乐出版有限公司管理的索尼/ATV音乐出版英国有限公司的所有权利。由环球Polygram国际出版有限公司控制和管理的美国和加拿大本土歌曲有限公司的所有权利。国际版权受到保护。

摘自伊丽莎白·格兰特（Elizabeth Grant）和蒂姆·拉坎布（Tim Larcombe）的“Off to the Races”歌词和音乐。版权所有归德国百代音乐出版有限公司和伦纳德街歌曲有限公司所有（2012年）。在美国和加拿大由百代四月音乐公司控制和管理的所有权利。国际版权保护。

摘自伊丽莎白·格兰特（Elizabeth Grant）和迈克·戴利（Mike Daly）的“Diet Mountain Dew”歌词和音乐。版权由EMI Music Publishing Germany GMBH，Chrysalis Music，和psyp-ops Music，LMT所有（2012年）。百代音乐出版德国有限公司在美国和加拿

大的所有权利由EMI四月音乐公司控制和管理。Chrysalis Music和PsyOps Music的所有版权由BMG版权管理（美国）LLC管理。

由马克斯·马丁创作的“...Baby One More Time”选段。版权所有归GC-MXM（1988年）。所有版权由Kobalt歌曲音乐出版社管理。

由Toby Gad，Laura Pergolizzi，Jerssica Origliasso和Lisa Origliasso创作的“Lolita”。版权归EMI四月音乐公司，Gad Songs LLC，BMG Platinum Songs US，Primary Wave Beats和tcbinflashsongs所有（2012年）。代表由Sony/ATV音乐出版有限责任公司管理的EMI四月音乐公司和Gad Songs LLC的所有权利。代表由BMG版权管理（美国）有限责任公司管理的BMG Platinum Songs US、Primary Wave Beats和tcbinflashsongs的所有权利。

摘自大卫·沃纳（David Werner）和比利·爱多尔（Billy Idol）的《爱的摇篮》（*Cradle of Love*）歌词和音乐。版权EMI四月音乐公司，大卫·韦伯音乐，蝶蛹音乐，Boneidol音乐，和TCF音乐出版（1990年）。所有权利代表EMI四月音乐公司和David Werner音乐管理索尼/ATV音乐出版LLC.所有权利代表Boneidol音乐管理Chrysalis音乐所有。国际版权保护。

由克里斯·哈姆斯（Chris Harms）和艾克·弗里斯（Eike Freese）创作的《黑色洛丽塔》（*Black Lolita*）歌词和音乐节选。版权所有归Layer Cake，Edition（GEMA）所有（2012年）。所有权利由BMG权利管理（美国）有限责任公司管理。所有权利保留。经哈尔·伦纳德有限责任公司许可再版。

怀利代理有限责任公司（The Wylie Agency LLC）：弗拉基米尔·纳博科夫《贝格收藏》（*Berg Collection*）节选。版权所有 ©1957-1958，作者Vladimir Nabokov。摘自弗拉基米尔·纳博科夫的《洛丽塔》。版权© Vladimir Nabokov 1955，版权由Vladimir Nabokov Estate于1983年续签。摘自《洛丽塔：弗拉基米尔·纳博科夫的剧本》。版权© 1974。经怀利代理有限责任公司许可转载。

图片

Ix（第8页）：蝴蝶插图，“一束。诗歌”和“诗（1929—1951）”，1952年题写（铅笔、钢笔和墨水在纸上），纳博科夫，弗拉基米尔（1899—1977）/私人收藏/照片©克里斯蒂图像/布里奇曼图像。经Bridgeman Images许可转载。

Xxxviii（第37页）：Robert Kirsch的“书和人”图像。版权所有归洛杉矶时报（1958年）。1958年3月23日最初发表于《洛杉矶时报》。经《洛杉矶时报》许可转载。

Xxxix（第37页）：1958年9月22日《辛辛那提问询报》刊登的“图书馆禁止《洛丽塔》”图片。版权所有©今日美国网。经今日美国电视网许可转载。

39（第81页）。索尔·斯坦伯格（Saul Steinberg）的《天堂小木屋》（*Paradise Cabins*）图像，约1976年。彩色铅笔纸（$8\frac{1}{8}$英寸×11英寸）。伊恩·弗雷泽的收藏。版权所有©索尔·斯坦伯格基金会/艺术家权利协会（ARS）纽约。经索尔・斯坦伯格基金会许可转载。

撰稿人致谢

艾米莉・莫迪默的《辩方证人：我的父亲和〈洛丽塔〉》。版权所有©2021，Emily Mortimer。经作者许可印刷。

史黛西・希夫的《薇拉和洛》。版权所有©2021，作者Stacy Schiff。经作者许可印刷。

伊恩・弗雷泽的《与亨伯特和〈洛丽塔〉一起在路上》。版权所有©2021，作者Ian Frazier。经作者许可印刷。

罗克珊娜・盖伊的《恶之美》。版权所有©2021，Roxane Gay。经作者许可印刷。

苏珊・崔的《荣誉勋章》。版权所有©2021，Susan Choi。经作者许可印刷。

劳拉・利普曼的《观赏侦探》。版权所有©2021，Laura Lippman。经作者许可印刷。

亚历山大・奇的《〈洛丽塔〉日记》。版权所有©2021，作者Alexander Chee。经作者许可印刷。

劳伦・格罗夫的《罪念之乐》。版权所有©2021，Lauren Groff。经作者许可印刷。

摩根・杰金斯的《〈洛丽塔〉与我》。版权所有© 2021，作者Morgan Jerkins。经作者许可印刷。

安德鲁·德布斯三世的《〈洛丽塔〉、法国夏蒙尼，2018》。版权所有©2021，Andre Dubus III。经作者许可印刷。

萨拉·魏恩曼的《发现〈洛丽塔〉的歌舞女郎》。最初于2018年11月26日在“文学中心”以略有不同的形式发表。版权所有©2018，Sarah Weinman。经作者许可再版。

罗宾·纪凡的《〈洛丽塔〉时尚——脆弱、颠覆和白人女性气质的颂歌。版权所有©2021，作者Robin Givhan。经作者许可印刷。

吉姆·谢泼德的《〈洛丽塔〉和共情想象》。版权所有©2021，作者Jim Shepard。经作者许可印刷。

宾度·班西娜斯的《〈洛丽塔〉把我从我的亨伯特手中解放出来》。文章最初发表于2018年2月16日的《纽约时报》。版权所有©2018，Bindu Bansinath。经怀利经纪有限责任公司许可转载。

克里斯蒂娜·贝克·克兰的《陪审团的女士们、先生们》。版权所有©2021，Christina Baker Kline。经作者许可印刷。

维克托·拉瓦勒的《色令智昏》。版权所有©2021，Victor La Valle。经作者许可印刷。

斯隆·克罗斯利的《他们永葆青春》。版权所有©2021，作者Sloane Crosley。经作者许可印刷。

《亲爱的宝贝》，谢莉尔·斯瑞德著。版权所有©2021，Cheryl Strayed。经作者许可印刷。

莉拉·阿扎姆·赞加内的《当我们在谈论〈洛丽塔〉的时候，我们在谈论什么》。版权所有©2021，Lila Azam

Zanganeh。经作者许可印刷。

汤姆·比塞尔的《纳博科夫的摇椅——电影中的〈洛丽塔〉》。版权所有©2021，作者Tom Bissell。经作者许可印刷。

吉尔·卡格曼的《洛与看见》。版权所有©2021，Jill Kargman。经作者许可印刷。

亚历山大·黑蒙的《学习〈洛丽塔〉的语言》。版权所有©2021，Aleksandar Hemon。经作者许可印刷。

杰西卡·沙特克的《夏洛特的怨诉》。版权所有©2021，Jessica Shattuck。经作者许可印刷。

埃里卡·L.桑切斯的《在触发预警时代的〈洛丽塔〉》。版权所有©2021，Erika L. Sánchez。经作者许可印刷。

凯特·伊丽莎白·罗素的《小仙女之家》。版权所有©2021，Kate Elizabeth Russell。经作者许可印刷。

基拉·冯·艾切尔的《棒棒糖屋》。版权所有©2021，Kira von Eichel。经作者许可印刷。

克莱尔·德德尔的《反恶魔》。版权©2021，阿尔弗雷德·A.克诺夫于2022年秋季出版。经阿尔弗雷德·A.克诺夫的许可，克诺夫双日出版集团的一个印记，企鹅兰登书屋有限责任公司的一个部门版权所有。

达尼·夏皮罗的《在疫情封锁期间重读〈洛丽塔〉》。版权所有©2021，Dani Shapiro。经作者许可印刷。

玛丽·盖茨基尔的《欧椋鸟说，我出不去》。版权所有©2021，作者Mary Gaitskill。经作者许可印刷。

译名对照表

人名

Aaliyah艾莉亚
Aisner，Katie Minton凯蒂 · 明顿 · 艾森纳
Allen，Hilary希拉里 · 艾伦
Allen，Steve史蒂夫 · 艾伦
Allen，Woody伍迪 · 艾伦
Ames，Minnie米妮 · 艾姆斯
Amis，Martin马丁 · 艾米斯
Amy艾米
Annabel安娜贝尔
Appel，Alfred艾尔弗雷德 · 阿佩尔
Apple，Fiona菲奥娜 · 阿普尔
Ashley，Laura劳拉 · 阿什利
Ashrafi，Romina罗米娜 · 阿什拉菲
Auh，Jin金奥
Balch，Earle厄尔 · 鲍尔奇
Balthus巴尔蒂斯
Bansinath，Bindu宾度 · 班西娜斯
Barb芭布
Barnes，Lyndsi林德西 · 巴恩斯
Barrette，Elizabeth伊丽莎白 · 芭蕾特
Barrymore，Drew德鲁 · 巴里摩尔
Baskin，Josh乔希 · 巴斯金
Bateman，Patrick帕特里克 · 贝特曼
Beatrice Portinari贝缇丽彩 · 坡提纳里
Bechdolt，Dave戴夫 · 贝克多尔特
Behrani，Massoud Amir马苏德 · 阿米尔 · 本哈尼
Berg，Albert A.阿尔伯特 ·A.伯格
Betsy贝齐
Bialystock，Max马克斯 · 比亚里斯托克
Blair，Helen海伦 · 布莱尔
Bloom，Harold哈罗德 · 布鲁姆
Bowdler，Thomas托马斯 · 鲍德勒
Boyd，Brian布莱恩 · 博伊德
Brodsky布罗茨基

Brooks，Mel梅尔·布鲁克斯
Brown，Bill比尔·布朗
Bueller，Ferris费里斯·布莪勒
Bulgakov布尔加科夫
Buttafuoco，Mary Jo玛丽·乔·布塔福科
Byrd，Admiral Richard E.理查德·E.伯德
Cain，James M.詹姆斯·M.凯恩
Camus加缪
Carlucci，Tony托尼·卡卢奇
Carroll，Lewis刘易斯·卡罗尔
Carter，Angela安吉拉·卡特
Carver，Raymond雷蒙德·卡佛
Cather，Willa薇拉·凯瑟
Chandler，Raymond雷蒙·钱德勒
Choi，Susan苏珊·崔
Christie，Alexandra亚历山德拉·克里斯蒂
Churchill，Winston温斯顿·丘吉尔
Clairmont，Claire克莱尔·克莱蒙
Clay，Heather希瑟·克雷
Cleary，Joe乔·克利里
Cleary，Nancy南希·克利里
Cohen，Leonard莱昂纳德·科恩
Coixet，Isabel伊莎贝尔·克赛特
Cooper，Maggie玛姬·库珀
Cooper，Rand Richards谢兰德·理查兹·库珀
Cosby，Bill比尔·科斯比
Covici，Pascal帕斯卡尔·科维奇
Cozzens，James Gould詹姆斯·古尔德·科曾斯
Crawford，Cindy辛迪·克劳馥
Cronenberg，David大卫·柯南伯格
Crosley，Sloane斯隆·克罗斯利
Curtis，C. Michael C.迈克·柯蒂斯
Cyrus，Miley麦莉·塞勒斯
D' Anthès丹特士
Daimler，Harriet哈里特·戴姆勒
Darkbloom，Vivian维维安·达克布鲁姆
de León，Concepción康塞普西翁·德·里昂
De Palma，Brian布莱恩·德·帕尔玛

Dearden，James詹姆斯·迪尔登
Del Rey，Lana拉娜·德雷
Depp，Johnny约翰尼·德普
Dewey，John约翰·杜威
Dickinson，Emily艾米莉·狄金森
Dion，Céline席琳·迪翁
Disa迪莎
Dmitri德米特里
Dobson，Amy艾米·多布森
Don唐
Dr. Jekyll杰科医生
Dubus III，Andre安德鲁·德布斯三世
Duke Of Windsor温莎公爵
Duvall，Robert罗伯特·杜瓦尔
Duvall，Shelley谢莉·杜瓦尔
O' Dwyer奥德怀尔
Earhart，Amelia阿米莉亚·埃尔哈特
Elwes，Cary加里·艾尔维斯
Epstein，Jason杰森·爱泼斯坦
Epstein，Jeffrey杰弗里·爱泼斯坦
Ertl，Julie 朱莉·恩特
Farlow，Jean琼·法洛
Farlow法洛
Faulkner福克纳
Ferger，George乔治·弗格
Fisher，Amy埃米·费希尔
Fitzgerald，Penelope佩内洛普·菲茨杰拉德
Flanagan，Caitlin凯特琳·弗拉纳根
Fletch弗莱奇
Fox，Michael J.迈克尔·J.福克斯
Franklin，Dan丹·富兰克林
Frazier，Ian伊恩·弗雷泽
Fritz弗里茨
Frost，Robert罗伯特·弗罗斯特
Gailey，Samantha萨曼莎·盖利
Gaitskill，Mary玛丽·盖茨基尔
Gaston加斯东
Gay，Roxane罗克珊娜·盖伊

Geimer，Samantha萨曼莎 · 盖默
Gellatly 格拉特利
Gengras，Ashley阿什利 · 金格瓦
Gengras，Robyn罗宾 · 金格瓦
George，Susan苏珊 · 乔治
Girodias，Maurice莫里斯 · 吉罗迪亚斯
Givhan，Robin罗宾 · 纪凡
Glenn，Janey珍妮 · 格伦
Godfrey，Arthur亚瑟 · 戈弗雷
Gomez，Selena赛琳娜 · 戈麦斯
Gordon，Holly霍莉 · 戈登
Graham，Lindsey林赛 · 格雷厄姆
Grande，Ariana爱莉安娜 · 格兰德
Greco，El伊尔 · 格列柯
Green，Florence弗洛伦斯 · 格林
Greene，Graham格雷厄姆 · 格林
Groff，Lauren劳伦 · 格罗夫
Grundy格伦迪
Guinevere格温娜维尔
Haber，Joyce乔伊斯 · 哈珀
Hall，Caroline卡罗琳 · 霍尔
Harry，Debbie黛比 · 哈里
Hatch，Orrin奥林 · 哈奇
Hemingway，Ernest欧内斯特 · 海明威
Hemon，Aleksandar亚历山大 · 黑蒙
Hertmans，Stefan史蒂芬 · 赫特曼斯
Hitchcock，Alfred阿尔弗雷德 · 希区柯克
Hoffman，Dustin达斯汀 · 霍夫曼
Hojnicki，Heidi海蒂 · 霍伊尼克
Holmes，Charlie查理 · 福尔摩斯
Holt，Henry亨利 · 霍尔特
Hoosen，Mishka米什卡 · 胡森
Horner，Sally萨莉 · 霍纳
Houseman，Frances“Baby”弗朗西斯 · 宝贝 · 豪斯曼
Huston，John约翰 · 休斯顿
Irons，Jeremy杰瑞米 · 艾恩斯
Ivy艾薇
Jagger，Mick米克 · 贾格尔

Jameson，Mireille Daval麦勒 · 达瓦儿 · 詹姆逊
Janeway，Elizabeth伊丽莎白 · 珍威
Javadizadeh，Kamran卡姆兰 · 贾瓦迪扎德
Jerkins，Morgan摩根 · 杰金斯
Johnston，Bret Anthony布雷特 · 安东尼 · 约翰斯顿
Kargman，Jill吉尔 · 卡格曼
Kassar，Mario马里奥 · 凯萨
Kavanaugh，Brett布雷特 · 卡瓦诺
Keaton，Buster巴斯特 · 基顿
Keegan，Kris克丽丝 · 基冈
Kenickie肯尼基
Kerr，Jean琼 · 克尔
Kharms，Daniil丹尼尔 · 哈尔姆斯
King，Stephen史蒂芬 · 金
Klaas，Polly波莉 · 克拉斯
Kline，Christina Baker克里斯蒂娜 · 贝克 · 克兰
Koljević，Nikola尼古拉 · 科列维奇
Krestovski克雷斯托夫斯基
Kubrick，Stanley斯坦利 · 库布里克
Kuhn，David大卫 · 库恩
Langella，Frank弗拉克 · 兰格拉
Lasalle，Frank弗兰克 · 拉萨勒
Lauer，Matt马特 · 劳厄尔
La Valle，Victor维克托 · 拉瓦勒
Lazar，Irving欧文 · 拉萨尔
Lee，Annabel安娜贝尔 · 李
Leonard，Hal哈尔 · 伦纳德
Lermontov，Mikhail 米哈伊尔 · 莱蒙托夫
Levin，Harry哈里 · 莱文
Lippman，Laura劳拉 · 利普曼
Locke，Annie安妮 · 洛克
Lollobrigida，Gina吉娜 · 劳洛勃丽吉达
Loos，Anita安妮塔 · 露丝
Lorrain，Claude克劳德 · 洛林
Louis C.K.路易 ·C.K.
Love，Courtney科特妮 · 洛芙
Lowe，Rob罗伯 · 劳
Lyne，Adrian阿德里安 · 莱恩

Lyon，Sue苏 · 莱恩
Mailer，Norman诺曼 · 梅勒
Malcolm，Donald唐纳德 · 马尔科姆
Mamet，David大卫 · 马梅
Mandelstam，Nadezhda娜杰日达 · 曼德尔施塔姆
Mandelstam，Osip奥西普 · 曼德尔施塔姆
Mann，Anthony安东尼 · 曼
Margot玛戈
Marshall，Jen珍 · 马歇尔
Marx，Groucho格劳乔 · 马克思
Mason James詹姆斯 · 梅森
Mavis梅维斯
May，Julian朱利恩 · 梅
McAdams，Dan P.丹 · 麦克亚当斯
McCoo麦库
McCullers，Carson卡森 · 麦卡勒斯
McRobbie，Angela安吉拉 · 默克罗比
Meader，James詹姆斯 · 米德
Mehta，Sonny桑尼 · 梅塔
Merla，Patrick帕特里克 · 梅尔拉
Metcalf，Stephen史蒂芬 · 梅特卡夫
Michaels，Joel乔尔 · 迈克尔斯
Milano，Alyssa艾丽莎 · 米兰诺
Milius，John约翰 · 米利厄斯
Miller，Norman诺曼 · 米勒
Minaj，Nicki妮琪 · 米娜
Minton，Andrew安德鲁 · 明顿
Minton，David大卫 · 明顿
Minton，Lane林恩 · 明顿
Minton，Marion玛丽恩 · 明顿
Minton，Melville梅尔维尔 · 明顿
Minton，Pamela帕梅拉 · 明顿
Minton，Walter J.沃尔特 ·J.明顿
Minton，Will威尔 · 明顿
Mitchell，John约翰 · 米切尔
Mona莫娜
Montgomery，Diana戴安娜 · 蒙哥马利
Morris，Kimbrel Bunn金布瑞尔 · 邦 · 莫里斯

Morrison，Toni托尼 · 莫里森
Mortimer，Emily艾米莉 · 莫迪默
Mortimer，John Clifford，Sir.约翰 · 克利福德 · 莫迪默爵士
Nabokov，Véra薇拉 · 纳博科夫
Nabokov，Vladimir弗拉基米尔 · 纳博科夫
Ned内德
Nicholson，Jack杰克 · 尼科尔森
Oates，Lilly莉莉 · 奥茨
Ophelia奥菲利亚
Othello奥赛罗
Overbey，Kayla凯拉 · 欧服贝
Owens，Iris艾里斯 · 欧文斯
Palmer，Laura劳拉 · 帕尔默
Parker，Charlie查理 · 帕克
Parker，Dorothy多萝西 · 帕克
Pavlin，Jordan乔丹 · 帕夫林
Pearce，Margot玛格特 · 皮尔斯
Peckinpah，Sam山姆 · 派金帕
Perkins，Maxwell麦克斯韦 · 帕金斯
Perry，Katy凯蒂 · 佩里
Phelan，James詹姆斯 · 费伦
Pinter，Harold哈罗德 · 品特
Poe，Edgar Allan爱伦 · 坡
Polianski，Roman罗曼 · 波兰斯基
Polly波莉
Pratt，Elizabeth伊丽莎白 · 普拉特
Prescott，Orville奥维尔 · 普雷斯科特
Pritchett，Ellie艾莉 · 普里切特
Puzo，Mario马里奥 · 普佐
Quigley，Jenny Minton珍妮 · 明顿 · 奎格利
Quigley，Megan梅根 · 奎格利
Quigley，Minton明顿 · 奎格利
Quilty，Clare克莱尔 · 奎尔蒂
Ramsdale拉姆斯代尔
Raskolnikov拉斯柯尔尼科夫
Ray，John约翰 · 雷
Rebecca Solnit丽贝卡 · 索尔尼特
Renfield任菲尔德

Rhys，Jean简 · 里斯
Ridgewell，Rosemary罗斯玛丽 · 里奇维尔
Ripley，Tom汤姆 · 瑞普利
Rita丽塔
Roosevelt，Teddy泰迪 · 罗斯福
Rosalind罗莎琳德
Rose玫瑰
Ruggiero，Sal萨尔 · 鲁杰罗
Russell，Kate Elizabeth凯特 · 伊丽莎白 · 罗素
Ryder，Winona薇诺娜 · 瑞德
Sadie赛迪
Salinger，J.D. J.D.塞林格
Saro萨罗
Schaller，Victor维克多 · 夏勒
Schiff，Stacy史黛西 · 希夫
Schiff，Stephen 斯蒂芬 · 希弗
Sebald，W. G.温弗里德 · 塞巴尔德
Selby，Hubert Jr.小休伯 · 塞尔比
Sellers，Peter彼得 · 塞勒斯
Sharp，Becky贝琦 · 夏普
Shepard，Jim吉姆 · 谢泼德
Shields，Brooke波姬 · 小丝
Shrimpton，Jean简 · 诗琳普顿
Silver，Janet珍妮特 · 西尔弗
Silverstone，Alicia艾丽西亚 · 希尔维斯通
Simpson，O. J. O. J.辛普森
Sirin西林
Smith，Patti帕蒂 · 史密斯
Smith，Tucker塔克 · 史密斯
Sobieski，Leelee莉莉 · 索博斯基
Spears，Britney布兰妮 · 斯皮尔斯
Spence，June琼 · 斯彭斯
Steinberg，Saul索尔 · 斯坦伯格
Stern，Bert伯特 · 斯特恩
Sterne，Hedda赫达 · 斯特内
Stevenson，Lisa丽莎 · 史蒂文森
Sting斯汀
Stone，Bruce布鲁斯 · 斯通

Stoppard，Tom汤姆 · 斯托帕德
Stravinsky，Igor伊戈尔 · 斯特拉文斯基
Strayed，Cheryl谢莉尔 · 斯瑞德
Styron，William威廉 · 斯泰伦
Swain，Dominique多米尼克 · 斯万
Swift，Taylor泰勒 · 斯威夫特
Sybil西贝尔
Tarantino塔伦蒂诺
Terry特里
Theron，Charlize查理兹 · 塞隆
Thompson，Lindsay林赛 · 汤普森
Tolstoy托尔斯泰
Tralala特拉拉
Treisman，Deborah德博拉 · 特瑞斯曼
Trillin，Calvin加尔文 · 特里林
Trilling，Lionel莱昂内尔 · 特里林
Tyutchev丘特切夫
van Dyk，Virginia弗吉尼亚 · 范 · 戴克
Veen，Van范 · 维恩
Vega，Suzanne苏珊娜 · 维格
von Eichel，Kira基拉 · 冯 · 艾切尔
von Rezzori，Gregor格列戈尔 · 冯 · 雷佐里
Vreeland，Diana戴安娜 · 弗里兰
Waddell，Laura劳拉 · 沃德尔
Walther，LuAnn卢安 · 沃尔特
Wayne，John约翰 · 韦恩
Weinman，Sarah萨拉 · 魏恩曼
Weinstein，Harvey哈维 · 韦恩斯坦
Weller，Peter彼得 · 威勒
West，Randy兰迪 · 韦斯特
West，Rebecca瑞贝卡 · 韦斯特
White，Edmund埃德蒙 · 怀特
Whitehorn，Marion Joan玛丽恩 · 琼 · 怀特霍恩
Winters，Shelley谢利 · 温特斯
Wylie，Andrew安德鲁 · 怀利
Yuknavitch，Lidia莉迪亚 · 约克娜薇琪
Zanuck，Lili莉莉 · 扎努克

地名

Beverly Hills比弗利山庄
Canary Islands加纳利群岛
Carolco卡洛可电影公司
Chateau Marmont马尔蒙庄园酒店
Chukotka楚克奇
Flagstaff弗拉格斯塔夫市
Hudson River哈德逊河
Ithaca，Cornell纽约州伊萨卡
Jardin des Plantes巴黎植物园
Montreaux蒙特列
Old Bailey老贝利街英格兰和威尔士中央刑事法院
Portal，Arizona亚利桑那州波特尔镇
Port-au-Prince海地首都太子港
Sonoran Desert索诺拉沙漠
Tenerife特内里费岛
Tok Junction，Alaska阿拉斯加托克
Tucson，Arizona亚利桑那州图森市
Virginia弗吉尼亚
Winslow温斯洛市

专有名词

A Separate Peace《战争下的和平》
Ada，or Ardor《阿达或爱欲》
An Untamed State《蛮荒之国》
Anchor Review《铁锚评论》
Beloved《宠儿》
By Love Possessed《情铸》
cancel culture取消文化
Carolco卡洛可电影公司
Chicago Tribune《芝加哥论坛报》
Christie佳士得
Cradle of Love《爱的摇篮》

DeLorean德罗兰
Disney迪士尼
Flashdance《闪电舞》
G.P.Putnam G.P.普特南
House of Sand and Fog《沙雾之屋》
Kingswood Oxford School金斯伍德牛津中学
Lifetime network Lifetime频道
Little House on the Prairie《草原小屋》
Lolita Express洛丽塔快车
Lord of the Flies《蝇王》
McGraw-Hill麦格劳–希尔
My Ántonia《我的安东尼亚》
The New York Times Book Review《纽约时报书评》
Random House兰登书屋
Scribner' s斯克里布纳出版社
Spring In Fialta《菲亚尔塔的春天》
St.Elmo' s Fire《圣埃尔莫的火》
Standard Oil标准石油公司
Straw Dogs《稻草狗》
Talk of the Town《街谈巷闻》
The Baltimore Sun《巴尔的摩太阳报》
The Bookshop《书店》
The Catcher in the Rye《麦田里的守望者》
The Christian Science Monitor《基督教科学箴言报》
The Great Gatsby《了不起的盖茨比》
The Great Santini《伟大的桑蒂尼》
The Plague《瘟疫》
The Sound and the Fury《喧哗与骚动》
Through the Looking-Glass《透过镜子》
Traveller' s Companion旅行者之友
Vermont Studio Center佛蒙特工作室中心
Villanova University维拉诺瓦大学
War and Peace《战争与和平》
Whiting（Writer' s）Award怀丁作家奖

译后记

我的博士论文研究的是英国当代作家佩内洛普·菲茨杰拉德（Penelope Fitzgerald，1916—2000）。以前在美国念写作课程期间，我读完她的历史小说《蓝花》（*The Blue Flower*，1995）后回味无穷，又找来她早期获布克奖的小说《离岸》（*Offshore*，1979）。写作课程其实是一群文学青壮年，加上和我们关系最紧密的英语系研究生，大家常常在各种聚会场合交流读书心得，我于是不遗余力地推荐她。言谈中，我以粉头自居，称她佩妮（Penny）。就在那几年，英美掀起一股佩妮热，英国作家赫敏·李（Hermione Lee）为她作的传陆续在大西洋两岸面世。而我对此一无所知，所以不清楚她在亲友中的昵称是Mops。不过佩妮独属于我。对一个文学老青年来说，佩妮非常励志。她年近六十才开始创作长篇小说，四部入选了布克奖短名单，大器晚成不过如此。

佩妮的小说家生涯起步晚，但起点高，第一部严肃文学《书店》（1978）就进入布克奖短名单。对她的职业生涯起重要作用的头号拥趸是评论家弗兰克·克默德（Frank Kermode）。克默德在英美文学界影响力非常大，几乎所有她的新作品出版，他都在《伦敦书评》上评论推荐，不吝赞美之词。在1979年的布克奖公布短名单后，他预言《离岸》理应获奖，甚至认为头一年《书店》就该得奖的；相比之下，后者“更深刻、更能产生共鸣，更完整”（“Booker Books”）。这话说得有点早。

佩妮的众多知名作家大粉都认为，她后来四本风格迥异的“历史小说”成就更高。

《书店》有一条关键的支线情节：寡居多年的弗洛伦斯新开了一间书店，生意不见起色，经过深思熟虑后订购了一本据说广受好评的小说，书名《洛丽塔》（*Lolita*）。《书店》设定的年份是1959年，也就是纳博科夫的争议小说最终得以在英国出版的那一年。受《淫秽刊物法令》的制约，《洛丽塔》在英国出版比美国还晚一年。之前，《洛丽塔》遭到美国四家主流出版社拒稿后，薇拉·纳博科夫于1955年在巴黎为其找到了“禁书”出版专业户奥林匹亚出版社。然而，小说很快被法国、英国、加拿大、澳大利亚等国禁售。这段曲折的出版史现在人尽皆知了，在我们翻译《洛丽塔重生：再读二十世纪最骇丽小说的冒险》（*Lolita in the Afterlife: On Beauty, Risk, and Reckoning with the Most Indelible and Shocking Novel of the Twentieth Century*）中，好几位作者的文章里提供了新鲜的视角和信息。

如此重要的互文文本线索，无疑是在向熬夜赶论文的我招手：这里有宝藏。就像亚历山大·奇（Alexander Chee）在《洛丽塔重生》中的文章里写的那样，我见宝山而不入。然而，令人尴尬的真实原因是，我没有读完《洛丽塔》，更没有打算再读。况且，我那时还迷失在《存在与时间》和《知觉现象学》这种大部头哲学著作里。不过，为自己辩护的话，我并非没有尝试过。我真的努力过。我从美国邮寄回来的《洛丽塔》就摆在书架上，我的Kindle里还存着电子书。可是，跟亚历山大一样，我每次尝试都是翻几页就以失败告终，从未超过十页。

我在《洛丽塔》面前屡屡受挫，原因并不是它“臭名昭著”的情节和题材：一个恋童癖中年男人痴迷、囚禁、强奸他12岁的继女，直到她15岁时自己策划了越狱才逃离他的魔爪。老实讲，经过无数人几十年来过于热情的普及和辩护，如今少有人仅把《洛丽塔》视为色情文学。然而，在刚出版的那几年，恋童癖题材的确导致好几个国家禁售它，纳博科夫说有出版社拒绝出版的理由就是害怕和他一起进班房。为了说明自己最满意的英语小说不是色情小说，纳博科夫在附录《关于一本题名〈洛丽塔〉的书》（*On a Book Entitled Lolita*，1956）里给色情文学下了定义：

在现代，“色情”这个术语意指平庸、商业化，以及一些严格的叙述规则。淫秽必须和平庸配对，因为，所有类型的美学享受都得完全被简单的性刺激所取代；简单的性刺激要求使用表达动作的传统词汇直接作用于接受者。……在色情小说中，情节必须局限于陈词滥调的交媾。风格、结构、意象绝对不能干扰读者的欲望。小说中，性描写场面必须交替组合。性描写之间的章节必须缩减为意义的连贯、最简单构思的逻辑沟通、简要的说明和解释，读者很可能跳过这些不读，但必须知道其存在，才没有被欺骗的感觉。……此外，书中的性描写场面必须遵循一条渐入高潮的线索，有着新变化、新组合、新性爱，而且不断增加参与的人数（在萨德式的游戏里可能叫花匠加入了），所以在小说结尾时，必须比最初几章充斥更多下流淫秽的故事。

精辟。不愧是受过剑桥大学教育的文学批评教师、世界最顶级的小说大师。一段话道尽所有色情文学的叙述规则，顺带讽刺了自己在《洛丽塔》中戏仿的侦探小说。读过《五十度灰》（*Fifty Shades of Grey*）的人也许会怀疑，詹姆斯（E. L. James）是不是参照了这个模板。另外，狂迷玄幻修仙小说的你（还有我）也能发现自己追更的爽文的真相：你只需把性描写替换为斗法场面即可。

《洛丽塔》的结构和描写完全不符合纳博科夫对色情文学的定义——它吸引人的地方在别处。如果你带着猎艳的心态去读它，你难免会大失所望。书中不但一个脏字都没有，所有私密部位的名称和敏感的动作都是双关语、隐喻、意象、借代。哪怕是那几个经常被引用的不可避免的“名场面”（比如在着魔的猎人酒店里亨伯特对洛丽塔下药），亨伯特也会一笔带过，往往陷入痴迷的癫狂，进入咏叹模式。直白的色情描写被华丽词章本身带来的极致快感取代了。朦胧是高雅；直白是低俗。

事实上，感官体验是小说着重探索的主题之一。在序言里的第一段，虚构的作者小约翰·雷博士自称受邀编辑《洛丽塔》手稿的原因是他曾写过获奖文章《感觉功能有意义吗？》(*Do the Senses Make Sense?*)。这个细节隐晦地提醒读者警惕亨伯特的描写带来的丰富感官体验，不能不假思索地接受其表面意思。当然，这是对待任何（后现代主义）文本应该保有的态度：在理解文学作品的意义和内涵上，一个单纯的读者多半会产生误读。这里要指出的是，sense是个多义词，不同的译者对其有迥异的解读。比如，于晓丹译为“意思”，主万译为“理性”。不过，这两种翻译似乎都不符合雷博士的文章内容——他讨论的是“几种病态的状况和性变态”。纳博科夫在附录中既然讨论过“色情”的定义和“性刺激”，而且指出无法从意义和边界上区分sensuous和sensual两个单词，所以似乎把senses译为“感官”更恰当。

可以说，通过纯粹语言之美以及直白的性描写（简称为“白描”）给人的快感从某种程度上是相通的。这也是《洛丽塔》令众多读者痴迷的地方。在《洛丽塔重生》中，艾米莉·莫迪默（Emily Mortimer）、摩根·杰金斯（Morgan Jerkins）和苏珊·崔（Susan Choi）都信誓旦旦说读《洛丽塔》里的文字激起了她们身体的反应，给她们的感官带来愉悦。有国内的评论者，如梁鸿和易丹，认为语词和风格自身就是《洛丽塔》的意义。语言的感官快感体现了。在纳博科夫的作品中，艺术形式和语言才是真正的主题。纳博科夫声称他对艺术的终极追求不是说教或者其他形式的意义，而是美学快感，也就是他强调的“艺术独创”（artistic originality）。

白描和语言之美的张力聚焦在文学对现实的呈现。小说的译者于晓丹曾写道,《洛丽塔》在艺术上动用“想象力的契机探寻现实最大的可能性”(《〈洛丽塔〉:你说是什么就是什么》,1995)。文学中的现实/真实,用法国哲学家保罗·利科(Paul Ricoeur)的模仿理论(Mimesis)分析,包含三个层次。前两层是相对容易理解的叙事学层次。第一层是作家看到的文本以外的现实,是艺术创作的原材料。虽然纳博科夫着力于艺术想象力,但他并不否定现实,反而,他直言优秀的作家应该认真用艺术家的眼光观察身边的现实。他在演讲《好读者和好作家》(“Good Readers and Good Writers”,1948)中说:

> 写作艺术如果首先不意味着把世界看作是潜在的小说的一种艺术,那它将是徒劳无功的。这个世界的物质材料也许足够真实(就现实而言),但完全不是作为被接受的整体而存在:它是混沌,而作者对此混沌说‘出发!’,从而允许世界闪光、交融。

作者让世界的现实闪光、交融是现实的第二层次,通过各种结构和技巧形成完整的作品。换句话说,这是纳博科夫创作的文学作品《洛丽塔》所呈现的内在现实。

第三层模仿是最直接、最个人化的现实。在经过前两重的迂回后,现实回归到读者身上,是读者在欣赏和理解文学作品的过程中结合自身经验所形成的现象学体验。这是文学(包括其他艺术)带给受众的超验体验,也是我们阅读的根本原因——通过纳博科夫精心设计的美学快感来理解自身的存在。换句话说，我们吞噬（consume）艺术，使其成为我们自己的一部分。在读《洛丽塔重生》中的29篇文章时，也许给我们最大的感受就是这一点：《洛丽塔》是每一位作者不可分割的一部分。

我们在《洛丽塔》中体验这个审美极乐付出的代价不菲，因为必须阅读亨伯特用诗的语言美化自己对洛丽塔的摧残，加上他的巧舌如簧，试图为自己脱罪。我们可以把亨伯特的魔鬼本质权宜地看作艺术原创的寓言。玛丽·盖茨基尔（Mary Gaitskill）在描述自己5岁时被性侵的经历时，以受害者的视角象征地表达了这种审美体验：

> 我没有能力分析那种事情，也无法理解正在发生什么。尽管如此，我知道他知道自己在做一件坏事。我能从他脸上看出来。我感觉，在令人惊讶和困惑的程度上，无论如何，他的行为是被某种东西驱使的。就在我面前，那种东西把他变成了某种无法辨认的东西，一个充满饥饿、痛苦和耻辱的怪物。我把这个怪物吸收进了我的身体。

也许，我们可以从象征意义上把“怪物”（恋童癖）理解为纳博科夫追求的艺术原创。他认为，艺术原创才是文学的成规和陈词滥调的“谋杀者”。

艺术想象的现实远比白描更具诱惑性，有时候甚至不需要文字。让我举个留白的例子。我在重庆永川读高三时(2003年的我尚未接触万维网)，偶尔步行去渝西学院那条林荫路上的小书店“买参考书”。我装作漫不经心地晃到放置古代十大禁书的书架前，开始探秘。我记得那是伪线装本，靛蓝色的书皮，书脊上印着白线，但我从未得到过干货。每次一读到关键处，就是好几竖排空白方格子。你说我从县城一头走到另一头，在店里偷偷摸摸翻书，顶着被老板驱逐的风险，硬着头皮读古代白话文——这些书的文笔是大大不如《西游记》的，我图了什么？让我无语的是，每次的方格子数量还不一样，好像的确删除了真实的描写！刽子手，你是要我根据格子数来还原原文吗？然而我有什么办法呢？只能依靠遐想和幻想在那些空格子之间寻求快感了。似乎古代禁书大都属于“世情小说”那一类——可不是世情吗？

说到这里，我不得不想到留白的诱惑也是靠想象实现的。或者靠幻想更确切些。我的一位硕士同学有藏书癖。他人生的一大憾事是未收藏到全本《金瓶梅》，总问我能否从国外搞一套回来，大有当年美国人去巴黎买《洛丽塔》偷过海关的意思。我在密西西比上学时，出于“研究”目的，推荐图书馆购置了芝加哥大学教授芮效卫(David Tod Roy)花30年翻译完成的五卷本鸿篇巨制。的确无删节。不过五本书加起来3672页，注释比正文长，也许更适合“《金瓶梅》不同英译本比较研究”的学者。这部新译本饱含一位资深教授的毕生心血，展示了他精湛的学术研究功力，有极高的学术价值。现实问题是，作为普通读者，换了种语言，我几乎无法感受到兰陵笑笑生的文笔。语言本身，就算不是文学最重要的要素，至少是第一条要素吧。为什么某些外语文学经典（以及几乎所有的诗歌）翻译之后很难让人欣赏？

《洛丽塔》让我望而却步的真正原因恰恰是其华丽、精美、准确、癫狂的语言。它之所以在英语小说史上有如此地位，可以说亨伯特的语言和纳博科夫的风格居功至伟。但是，我一直无法享受亨伯特·亨伯特的叙事语言——通俗一点说，就是太油腻了，用亚历山大的话说，“感觉就像醒来时浑身是亨伯特的头油和几位陌生人的鲜血”（*Lolita Diary*）。读亨伯特的文字，感觉不像小说，而像诗歌……

破案了。我无法欣赏诗歌。除了韵脚外，我读不懂。我在美国读写作的三年期间，认识和遭遇至少一百个诗人，还和一个诗人做室友并成了朋友，但我的品位依然没有提高。是我的问题。

但是，因为亨伯特的华丽辞藻而不喜欢《洛丽塔》是说不过去的。我的英语学位是根正苗红的，一路以来主修英美文学，研究兴趣是小说，所以《洛丽塔》在英语小说史上的地位我再清楚不过了。1998年，兰登书屋现代文库征集投票选出了“20世纪百大英文小说”。在理事会榜单上，《洛丽塔》位列第四，排前三的依次是《尤利西斯》《了不起的盖茨比》和《青年艺术家的画像》。纳博科夫仅在乔伊斯和菲茨杰拉德之后，在赫胥黎和福克纳前面。如果只看排名的话（尽管这有点肤浅），他超越了康拉德。这位同样以非母语创作的波兰裔现代文学大师排位最高的是《间谍》（*The Secret Agent*，这部1907年的小说里有恐怖主义、间谍和特勤机构，在21世纪的今天读一点都不过时），在第46位。当然，康拉德以量取胜，他以4部小说成为上榜作品最多的作家。

纳博科夫出生于俄罗斯。他最具情感的初始创作语言是俄语，发表过诗歌、小说和话剧，尽管都未得到广泛关注。对于放弃母语转而用“二流水平”的英语创作小说以在美国立足，他自己深表遗憾。当然，这句话有一定水分。他贵族出身，4岁时家里按照上层社会的习俗请了英语家庭教师。英语是他学习的第一门语言。在剑桥大学期间修罗曼语和斯拉夫语文学，继续创作俄语诗歌。移民美国后，在常春藤大学教文学。

作为根正苗红的英语学生，我的眼光很挑剔（其实是文学势利眼）。小时候在农村，家里没有藏书，后来上学比较憨，只看过小人书、课本和报纸。除了《围城》和《西游记》，我几乎没有读过书，更从未涉猎过翻译的外国文学经典。结果是，我的文学启蒙是大学时期从图书馆借的英语小说。那时我21岁了。传说，康拉德21岁时第一次到达英国，只会说几句英语。

别人读书是文学爱好，我读书是补课。由于词汇量和精力有限，我的策略是典型的“文学势利眼”。我只读最经典的作品，18、19世纪的诸如奥斯丁、勃朗特姐妹和乔治·艾略特就不提了，20世纪的小说我直接从“20世纪百大英文小说”里挑，还参考《时代》杂志选的“1923年以来的百大英文小说”。我曾发下宏愿，读完全部100本。我新建了一个文档，每读完一本，就从榜单上划掉一本。这不是恰当的读书态度，但那时的我盲目自大。有乔伊斯这座勃朗峰，我怕是永远无法如愿了——《尤利西斯》，爱过，努力过，死心过。奥德赛之旅，一语成谶。从2006年寒假以来，我在榜单上划掉了将近半数。现在的我明白，排位高的经典小说并不一定是读者喜闻乐见的，以至于在密西西比上学期间，一些老师和同学都没听过我说的书。去年，我的宏愿缩水了——尽快读完前20本。我已经完成了15本。

*

我不喜欢《洛丽塔》的理由终归无法说服自己。虽然纳博科夫读中学时就自费出版诗集了，但他到底是以小说家立足的。对我来说，与《尤利西斯》相比，《洛丽塔》难度不大。这当然有自吹自擂之嫌了。甭说我一个13岁才开始学Good Morning的重庆人，就连《洛丽塔重生》中好几位美国作者都说他们读《洛丽塔》时得查字典。来自南斯拉夫的作家亚历山大·黑蒙（Aleksandar Hemon）回忆说，有些单词在字典上都没有收录，因为不少单词是纳博科夫自创的，而且不少词语真的进入了字典——比如，nymphet小仙女。作为自我检测，我在读《洛丽塔》的时候，把碰到的生词记录下来，最终有大约360个不认识或不熟悉的英语单词，平均每页一个。恍惚间，我回到用金山词霸取词啃英文版《罪与罚》的大二寒假了。

督促我再次尝试攻坚《洛丽塔》的理由很多，除了和刘海平老师合作翻译《洛丽塔重生》之外，主要有三点：

首先是法语，事关我的虚荣心。亨伯特的成长背景是法国，移民到美国后，别有用心地当上了洛丽塔的法语家庭教师。他的回忆录里点缀着许多毫无必要的简单法语词汇，而我学了三年的二外是法语。大三选二外的时候，我放弃了从初中就喜欢的日语，因为法语和英语在词源和文化上关系更紧密，还因为欧洲人一直觉得法语很高级，是世界上最美的语言。他们的作品里有许多法国文学的影响，间或迸一个法语以彰显自己的文化和阶级地位，可以说是凡尔赛文学的鼻祖了。事与愿违的是，我学得极差的法语从未用过：我的兴趣是现当代文学，凡尔赛法语水平不流行了。乔伊斯自我流亡法国，所以他只能说古罗马拉丁语了。美国三位现代主义大师也在巴黎自我提升，但他们的平均学历是高中文凭。菲茨杰拉德因为失恋而荒废了学业，从普林斯顿退学了。可见高学历是美国现代主义小说的杀手。不知道为什么，好多当代作家即使会说法语，也假装不会。现在读《洛丽塔》，我终于可以大展拳脚了。

需要指出的是，法语的运用并不仅仅因为亨伯特的成长背景是法国。说法语是亨伯特的狱中回忆录里精心树的人设。他的第一任妻子瓦莱里亚（Valeria）是个来历不明的波兰人，因为操不标准的法语而被他嘲笑（还有她的身材、长相、年龄等等）。亨伯特移民美国后，凭着他过人的长相和一副学者派头，洛丽塔的母亲夏洛特·黑兹对他产生了好感。为了在从古老的欧洲过来的学者面前好好表现，夏洛特经常使用不标准甚至错误的法语。这也成为亨伯特讽刺夏洛特的火力点。当然，最重要的是，法语是亨伯特和洛丽塔之间的秘密语言。两人在私底下交流时常常用法语表达羞于启齿的内容（比如亨伯特不用英语说吹，而用法语souffler），法语甚至成为他们在外人面前掩饰不正当关系的摩斯密码。

第二个让我重拾《洛丽塔》的原因是同理心。跟我一样，小说的作者和叙述者都是学文学的。除了迫害儿童，亨伯特和纳博科夫的学术经历有许多重叠之处。亨伯特尽管年幼丧母，但家境优渥。他的父亲虽然没有尽到责任，但没有让他的教育缺失，送他去读英式走读学校。去伦敦和巴黎读大学时，他起初想修心理学（讽刺弗洛伊德是小说的主题之一），后来改念英国文学，在英语系里有“许多失败的诗人最后都成了穿苏格兰呢、抽烟斗的教师”。他自己果然步其后尘，也写蹩脚诗歌。在意外继承美国的遗产之前，为了糊口，他教过成人英语。他还是搞比较文学的，“为英美学生编写法国文学手册（附有与英国作家的比较）”，直到被捕前才出版完最后一卷。在美国，他的遗产虽然不多，但可以让他过得很惬意，能负担起他带着洛丽塔周游美国的旅馆费用和换取她服务的费用。洛丽塔逃离后，他曾经在一所学院当老师。亨伯特充其量只能算个潦倒文人，但他最后摇身一变成了艺术家，而令他永垂不朽的作品就是在监狱里写的忏悔录，是洛丽塔和他的“艺术的避难所”，他俩“能共享的唯一的永恒”。

第三点是佩妮的《书店》，也是最重要的一点：我读《洛丽塔》是还债来了。读完之后，小说中许多我以前没有理解或者没有留意的地方，现在关注到了。弗洛伦斯寡居多年，为了证明自己的存在价值而开了一间书店。可惜她遇人不淑。一个她原本当作好朋友的年轻男子，结果是敌人派来的卧底，直接导致她的书店倒闭，因此被赶出小镇。那个男的叫米洛。我以前尽管留意到了米洛的卧底身份，但忽略了他和《洛丽塔》的关系。我没有注意到，是米洛向弗洛伦斯推荐了《洛丽塔》。当时，他腋下夹着奥林匹亚出版社那本绿色封面的书，也就是1955年在巴黎出版的第一版。米洛向她保证，《洛丽塔》不仅是非常优秀的文学作品，而且会让她发一笔大财。他确实没有说谎。《洛丽塔》1958年在美国出版后成为超级畅销书，纳博科夫赚了许多钱，在1959年就足以辞掉康奈尔的工作举家迁往瑞士，和沙俄贵族们住在酒店里。

弗洛伦斯对《洛丽塔》拿不准。在米洛的不断催促下，她和小镇一位德高望重的隐居老人探讨是否值得售卖这本小说。经过详谈后，两人一致同意，尽管《洛丽塔》的话题的确有争议，小镇居民甚至可能读不懂，但这本书毫无疑问对居民有极大益处。弗洛伦斯大受鼓舞，一口气订了250本《洛丽塔》。这使她的书店生意有了起色。可惜，《洛丽塔》成为她失败的导火索。她自己的律师写信提醒她："我们应该停止销售V. 纳博科夫被人抱怨，且过于耸人听闻的小说。"好笑的是，停售的原因不是它的争议性题材，而是因为小说吸引了太多顾客，导致交通堵塞。那是谁在抱怨呢？加马特夫人。可以说，弗洛伦斯的书店成也《洛丽塔》，败也《洛丽塔》。

我以前也没有注意到，当弗洛伦斯看到作者纳博科夫的名字时，她觉得听起来像个俄罗斯名字。佩妮是个十足的俄罗斯迷，她热爱俄罗斯文学，还去旅游过。她的第一本小说《黄金孩子》（*The Golden Child*，1977）是不太严肃的疑案小说。滑稽的情节涉及到莫斯科间谍和博物馆谋杀案。她的第七本小说《早春》（*The Beginning of Spring*，1988）围绕生活在莫斯科的一家英国人展开，故事的主要部分发生在1912—1913年之间的莫斯科，也就是纳博科夫的青少年时期。

米洛和《洛丽塔》的关系不止于此。《书店》里也有一位预备小仙女。她名字叫克里斯汀，"一个10岁的小姑娘，面色苍白，身体瘦弱，有着非同寻常的金发"。她虽然学业不太好，但工作能力很强，是弗洛伦斯的得力助手和忘年交。小说非常隐晦地展示了米洛和克里斯汀之间的性张力。以下是两人在小说里最后一次对话。米洛总是捧着一本诗集。他在书店里对着她吟诵了几句诗，取自英国诗人詹姆斯·厄尔罗伊·弗莱克（James Elroy Flecker，1884—1915）的《茉莉》（*Yasmin*）：

洒下你的爱，啊，炙热的光明！因为不在今晚
就在另一晚，
园丁将身穿白衣光临，而采集的
鲜花都已枯萎，茉莉（Yasmin）。

米洛把原诗中的名字茉莉改成了克里斯汀。这其实是一首求爱诗：有人向麦加圣城祈祷，但白衣园丁祈祷能爬上茉莉的床。而且，诗的设定在中东，是亨伯特尤其羡慕的文明之一；因为在那里，即使在当今，中年男人都可以和幼女合法结婚。米洛显然明白自己在想什么，也知道自己内心的欲望，因为他说克里斯汀“要么是个孩子，要么是个女人”。克里斯汀只有10岁，符合亨伯特对小仙女的定义，也就是9至14岁之间的少女。

我终于读完了《洛丽塔》，而我的感受是“真香”。尽管查字典非常辛苦，但我悬搁了对小说名声和争议题材的执着。我自认为无法用华丽的辞藻赞美纳博科夫的语言，所以我借用厄普代克的话（叹一口气，又一位大作家的小说我拿起多次又放下了）：“他的句子断章取义的时候读起来是美的，而在上下文中读起来则是双重的美。他写散文方式，也是

唯一应当的方式——欣喜若狂。”（*Grandmaster Nabokov*）《纽约客》的撰稿人马尔科姆（Donald Malcolm）还写道，纳博科夫的语言风格“巧妙地调和了抒情语言和幽默诙谐，迅速诱使读者进入了某种很像自愿共谋的境地”（*Vladimir Nabokov's Lolita*）。

纳博科夫/亨伯特欣喜若狂的精妙语言确实具有诱惑性，甚至让读者同情魔鬼亨伯特，但读者真的成为亨伯特的共谋了吗？谈及《洛丽塔》，也许我们首先想到的是恋童癖。“洛丽塔”这个词本身被污名化了（我每次听到“萝莉”这个词，仍浑身起鸡皮疙瘩）。实际上，小说的内容包罗万象，不同的人可以从中读到完全不一样的方面。于晓丹就指出：“小说的意图是一个复杂的话题，甚至可以说是一个百科全书式的话题。”

我们绝对不能忽视小说中的恋童癖书写，否则《洛丽塔重生》里大多数遭受过性侵的作者的文章就毫无意义了。《洛丽塔》的双重性自出版以来就从未脱离过读者的视野：其作为伟大的文学作品以及叙述者禽兽不如的行径。在不忘记这一点的前提下，我们阅读任何像《洛丽塔》这样具有争议的文学作品都不应采取单纯的态度。就像《书店》里的隐居老人坚决支持小镇居民应该阅读《洛丽塔》：“他们不会明白这本小说，但这都是为了他们好。易于理解让头脑懒惰。”

我第一次看到《洛丽塔》，是在我高中同桌的桌子肚里。我的同桌是个美丽的女孩子，还有美丽的舞姿，当时学校里有很多男孩被她迷倒，想尽一切办法追求她，但是她根本不把那些小男生放在眼里。她总是在思想政治课或者数学课上津津有味地读村上春树或纳博科夫，她戏称那本浅黄色封面的《洛丽塔》为“黄书”。她偷偷读这些书的时候，总是把它们一半隐藏在桌肚里，一半放在大腿上。如果说村上春树能让女高中生们面红耳赤呼吸急促，那么纳博科夫则是带着少女们遨游在中年大叔的欲海编织的精美文字里。

少女时期的我也迷恋过大叔。不知道为什么，《这个杀手不太冷》里胡子拉碴的杀手让·雷诺，《变脸》里深沉忧郁的反派角色尼古拉斯·凯奇，都曾让我心动不已。我的室友也沉迷于“君生我未生，我生君已老”的忘年恋不能自拔。当然，这些中年男人一定要好看。《洛丽塔》里的亨伯特是这样描述自己的外貌的：“我的长相涵盖了所有能让小女孩心动的特点：棱角分明的脸、清晰的下颌线、有肌肉感的手、低沉而浑厚的嗓音，以及宽大的肩膀。”这些撩人的描述在1997年的《洛丽塔》电影版中得到了淋漓尽致的体现。高中时看完电影的我，甚至觉得电影的男主演杰瑞米·艾恩斯（Jeremy Irons）才配得上这段描述：“纵然这样，我只要看一眼你那忧郁的面容，听一听你那

（年轻）年老沙哑的声音，我仍会万般柔情翻涌，我的洛丽塔（亨伯特）。”

对于少女来说，能被成熟的中年男人垂涎，不仅是一种幻想，甚至成了一种可炫耀的资本。苏珊·崔曾跟自己的女性朋友讨论，在自己的成长过程中，她们是如何看待自己被老男人追求过的。摩根·杰金斯耸耸肩，说道："这是一枚荣誉勋章。"老男人和少女的爱情故事几乎是一种俗套的设定了："要拒绝它们惬意的熟悉感是多么的困难：经验丰富、体贴入微的老男人，早熟的年轻女孩，多么浪漫。"可能是因为我长相普通，我的成长过程一帆风顺。除了一两个情窦初开的少男给我递过纸条和情书，从来没有大叔盯上过我。这一点跟这本书里的摩根·杰金斯是相似的。在做作者调查的时候，我读到她的一篇文章《对男性目光的渴望》（*A Hunger for Men's Eyes*），其中她写道自己从小到大几乎没有被男性凝视过："大部分时间里我都不觉得自己是个女人，我感觉自己更像是一个漂浮在风景如画的校园里的大脑。"如遇知音，相见恨晚。我们都与小仙女洛丽塔差了十万八千里，我们都对自己的幸运浑然不觉。

《洛丽塔重生：再读二十世纪最骇丽小说的冒险》这本书集结了美国当红的29位作家，一起在当下重读《洛丽塔》，去描述和谈论这本曾经见不得人的小说带给他们的阅读体验和感想。因为翻译这本书，我不得不重新翻开《洛丽塔》，我的记忆里无法控制地涌起一些我从来没有告诉任何人（甚至包括我的妈妈）的事情。读小学时一次放学回家的路上，我遇到过一个开三轮出租车的中年男人，他速度极慢地驾驶在我的旁边，突然从裤裆里掏出一小团肉让我看，当时的我不明白那是什么，我以为这是个身体有问题的人。他脸上有一种诡异的微笑，我隐隐感觉他从裆部拿出来给我看的肯定不是什么好东西。我当时看了几眼之后，觉得这个人脑子应该是坏了，就匆匆跑开了。这件事情我从来没有跟任何人提起，包括我的妈妈。为什么我会对这件事情从来都闭口不谈呢？直到很多年后我知道什么是露阴癖之后，我才算大概明白当年到底发生了什么，而这并不是我遇到过的唯一的露阴癖。

读小学的时候还发生过一些我从来没有告诉过别人的事情。当时有个玉树临风的老师总是在随堂小测验时把班里的一个女生叫到最后一排。在好奇心的驱使下，我不止一次回头看过，我看到老师把自己的大手从那女生的脖子后面伸到她的衣服里面，有的时候是从后腰部伸进去。那个女生脸上有一些不情愿的表情，但是也没有发出声音，老师还会同时小声地给她讲题。当时的我认为老师只是手太冷了，想捂一捂暖一点。但是夏天的时候他也这么做了。班里好多女生都回头看过，有些女生甚至嫉妒为什么老师只给她一个人单独讲题呢。这件事情我也从来没有跟任何人提起，包括我的妈妈。为什么我会对这件事情从来都闭口不谈呢？

小学的时候，我们学校唯一的性教育是护舒宝公司不请自来地给女生们讲解如何使用卫生巾，讲解的时候男同学全都被赶到了另外一个教室去。他们离开教室时一个个笑意盈盈，比我们还要兴奋和激动。当我在这本书里读到在宾度·班西娜斯的《〈洛丽塔〉把我从我的亨伯特手中解放出来》时，我发现这种关于性的语言和知识的匮乏是共通的：

> 妈妈认为我内心的“美国性”是危险的，尤其是在性方面，但他（叔叔）对此抱以同情。当我的朋友们都在学习两性基本知识时，妈妈却不让我用卫生棉条。直到我来了月经，我才知道什么是月经。成为成年女性遥遥无期，是降临在别人身上的紧急状态。我们装作就好像男人不存在似的。

而12岁的宾度·班西娜斯后来被她那53岁的“叔叔”在数不清的宾馆房间里“性教育”了：

> “冷静下来，”他会说，把他湿漉漉的大手放在我的大腿上，“每个人都被教会如何做那事儿，如何接吻。我从中得不到任何快感。你的描述有误。”

这段话让我想起2020年我看到过的一个新闻视频，标题大概是上市公司男高管性侵14岁养女小兰长达四年。我清楚地记得，在那个声音被加工处理、图像被马赛克的视频里，受害人女孩说了这样一段话：遭遇侵犯之后，男人给她看了一些儿童色情的影像，对她说：“你看大家都是这么做的，国外也是这么做的。别人家都是这样，只是没有告诉你而已。”这句话是多么地似曾相识。每个人都会这样做，别大惊小怪的。

我忍不住留意了一下，男高管48岁，班西娜斯的叔叔53岁，李国华50岁，这三个“亨伯特”竟然让《洛丽塔》里37岁的亨伯特显得年轻和稚嫩了。但更年轻的是14岁的李某某，12岁的班西娜斯，13岁的房思琪，12岁零7个月的洛丽塔。对，亨伯特把她的年龄精确到了月份。收养李某某时，男高管还嫌14岁太大了，不够小。用MV选女主角和工作室签约新人的借口“选妃”时，吴姓男星要求的是00后或是在高考中的未成年女孩，面对一个95年的女孩，吴姓男星嫌了一句：“年纪这么大了啊！”李国华去新加坡红灯区狩猎的时候，18岁的妓女他嫌老，换了一个不超过15岁的，他才勉强同意。我目睹老师把手伸进女同学衣服里的那一年，还在上小学，应该还没有到12岁。我够小吗？

当我在《房思琪的初恋乐园》里读到下面这一段时，我知道自己跟思琪比，太幸运了：

> 房思琪对妈妈说：“我们的家教好像什么都有，就是没有性教育。”妈妈诧异地看着她，回答：“什么性教育？性教育是给那些需要性的人。所谓教育不就是这样吗？”思琪一时间明白了，在这个故事中父母将永远缺席，他们旷课了，却自以为是还没开学。

至少，我的妈妈在小时候告诉过我很多次：遇到坏人一定要大声呼救，千万不要单独一个人走夜路。虽然我妈妈的口吻和语气也让我隐约地明白如果万一这件事情发生在我身上，那我就是被玷污了、蹂躏了、毁掉了。我需要抱着一万个小心去防止去杜绝这件事情的发生。

自那之后，我就一直做一个“漂浮在风景如画的校园里的大脑”，“装作就好像男人不存在似的”。直到读研究生的时候，有个女同学跟我提起她小时候差点被一个补习男老师性侵的事。用“差点”这个词，不如用“未遂”更合适。她告诉我她从来没有跟她的父母说过这件事情，因为他们和那个补习老师是朋友，他们还住得很近。我会把这件事情告诉我妈妈吗？应该也不会。

2019年那一年，我30岁了。那一年我成为了母亲，平安地成为了“便利商店的常客、粉红色爱好者，女儿、妈妈，和永远的幸存者”。那一年，我读了林奕含的《房思琪的初恋乐园》：

> 我下楼拿作文给李老师改。他掏出来，我被逼到涂在墙上。老师说了九个字：“不行的话，嘴巴可以吧。”我说了五个字：“不行，我不会。”他就塞进来。那感觉像溺水。可以说话之后，我对老师说：“对不起。”有一种功课做不好的感觉。

林奕含甚至没有写完整这个句子，“掏出来”什么？这个后面看不见的东西更让我触目惊心，如鲠在喉。就是我小学时被迫看到却不能言说的那个东西啊。对啊，那个东西啊。当时的我们可能不知道用什么词语来指代那个东西，即使知道我们也不被允许描述和讨论这种见不得人的东西。得体的“好女孩”怎么能把这种东西挂在嘴边呢？如今的我敢说了吗？

翻译这本书迫使我拿出《洛丽塔》那本曾经只能收在抽屉肚里偷偷读的“黄书”光明正大地好好读一读。“我的手顺着我小仙女单薄的后背缓缓移上去，透过她那件男孩子式衬衣感觉到她的皮肤。”我似乎听到了小学时那个男老师内心的声音。“我起誓，在她可爱的小仙女的大腿上确有一块黄紫色的淤伤，我用粗大、满是汗毛的手按摩着它，又缓缓掩住它——而且正由于她穿着非常敷衍了事的内衣，以至于就好像没有什么东西能阻止我肌肉发达的手指触摸她——……当时我压住她的右臀，这是男人或鬼兽所知道的，最长时间狂喜的最后颤动。”这似乎是我直接目睹抑或是间接听闻过的，所有那些我无法言说的，那些见不得人的事里的男人的声音，每个文字里都鼓胀着欲望。他们好敢说，好敢写啊，我为什么却连提都不敢提呢？

亨伯特在强奸洛丽塔之后对她说：“如果我是你，亲爱的，我就不和生人说话。”我也清楚地记得在李某某拍摄的一个视频里，发现李某某跟别人说了他们的事之后的男高管，赤裸着上身嘶吼道：“就不能不说吗？沉默是金啊！”让李国华迈出那一步的，恰恰是他算准了房思琪绝对不会说出去：“一个精致有自尊心的女孩子是不会将李国华对她的所作所为说出去的，因为这会让别人都取笑她，觉得她脏。”套用林奕含的话，自尊心往往是一根伤人伤己的针，对房思琪以及所有不敢言说的我们而言，自尊心这根针让我们缝起了自己的嘴巴，没有向任何人提起过我们所遭遇所经历所目睹所听闻的暴行。

林奕含在2017年接受访谈时说：“如果任何人看这本书，看不到诱奸和强暴的话，那他一定是在装聋作哑。”如果因为语言的艰深晦涩，看《洛丽塔》的人可能坚持不到后半部分亨伯特所写到的“她夜里的哭泣——每夜，每夜——在我假装睡着了的时候”。如果我们像亨伯特一样对洛丽塔超过七百次夜间爆发的哭泣充耳不闻，如果我们对思琪“每个晚上隔着墙都可以听见她把脸埋在枕头里尖叫。棉絮泄露，变得沉淀的尖叫”也视若无睹的话，我们应该是被训练成装聋作哑了，尤其是对洛丽塔和房思琪的痛哭充耳不闻、视若无睹、装聋作哑。但更可怕的是，我们被训练得容许亨伯特、李国华、男高管这种人为所欲为，还让他们畅所欲言。

亚历山大・奇在他的《〈洛丽塔〉日记》中回顾了他少男时代被比自己年长30岁的男子性侵的事。记住了，洛丽塔并不总是女性，小仙男也是存在的。亚历山大提醒我们：“总会有一个亨伯特，但真正的反派是我们的不作为，不作为把我们变成为他放行的人。无论《洛丽塔》是否是不道德的，我们的不作为是不道德的。”林奕含在上吊自杀前两周的访谈里提醒我们：“书里的李国华并没有死，也不会死，这样的事情仍然在发生。”正如林奕含所说，人类历史上最大规模的屠杀是房思琪式的强暴，那么，人类历史上最大规模的“平庸的恶”大概就是我们目睹了房思琪式的强暴，然后我们选择了“沉默是金”。

翻译完这本书之后，我终于跟我的妈妈说起：“你知不知道我小时候遇到过露阴癖？”妈妈很惊讶：“啊？！我没听你说过啊。”我又说：“我还有一个小学老师性骚扰班上的一个女同学。”“啊？！这个你也没跟我说过啊。”……说完之后，我告诉妈妈，我决定将这件事写进译后记，我的妈妈皱起眉头：“那不行，这样会让人知道那个老师是谁的。”思考了几天之后，我决定违抗我的妈妈，我把《房思琪的初恋乐园》拿给她看，我把林奕含在小说的最后，对那些不曾经历过“房思琪式的强暴”的女子们说的一段话，就像她自杀前的遗书读出来给我的妈妈听：

> 你有选择，你可以假装世界上没有人以强暴小女孩为乐；假装从没有小女孩被强暴；假装思琪从不存在；假装你从未跟另一个人共享奶嘴、钢琴，从未有另一个人与你有一模一样的胃口和思绪，你可以过一个资产阶级和平安逸的日子；假装世界上没有精神上的癌；假装世界上没有一个地方有铁栏杆，栏杆背后人人精神癌到了末期；你可以假装世界上只有马卡龙、手冲咖啡和进口文具。但是你也可以选择经历所有思琪曾经感受过的痛楚，学习所有她为了抵御这些痛楚付出的努力，从你们出生相处的时光，到你从日记里读来的时光。你要替思琪上大学，念研究所，谈恋爱，结婚，生小孩，也许会被退学，也许会离婚，也许会死胎。但是，思琪连那种最庸俗、呆钝、刻板的人生都没有办法经历。你懂吗？你要经历并牢牢记住她所有的思想、

思绪、感情、感觉、记忆与幻想，她的爱、讨厌、恐惧、失重、荒芜、柔情和欲望，你要紧紧拥抱着思琪的痛苦，你可以变成思琪，然后，替她活下去，连思琪的份一起好好地活下去。

急于说服妈妈的我，告诉她我觉得《房思琪的初恋乐园》就是洛丽塔的发声。虽然我的妈妈没有读过《洛丽塔》，在我给她介绍了故事梗概之后，我的妈妈说："我不这么认为，因为纳博科夫可以虚构出这样一个变态，但是林奕含却自己经历了这么痛苦的事，才能写出《房思琪的初恋乐园》。其实我希望林奕含是像纳博科夫一样，虚构了这么一个故事。"

是的，对纳博科夫来说，这一切也许都是"巧言令色"，但是对于林奕含来说，这是血淋淋的纪实文学。我的妈妈问我："这是林奕含的处女作和遗作，而那个纳博科夫肯定还写了很多书吧？"是的，书里的洛丽塔难产死了，书里的房思琪疯了，书外的林奕含饱受精神病折磨上吊自杀了，书外的洛丽塔们沉默是金。而亨伯特呢，李国华呢？他们活得潇潇洒洒，畅所欲言。

翻译《洛丽塔重生：再读二十世纪最骇丽小说的冒险》这本书的初衷之一，正如《洛丽塔》前言里那个小约翰·雷博士（实则是纳博科夫的声音）所说："《洛丽塔》应当使我们所有人——家长、社会工作者、教育者——以更大的警觉，更远大的抱负，为在一个更安全的世界中抚育更为出色的一代人而贡献自己。"比起洛丽塔，我更希望现实生活中不再有任何一个"林奕含"。亨伯特·亨伯特的"纠缠不清的痛苦心史"可以有，洛丽塔可以重生，但是房思琪应该只是虚构文学。林奕含在书里藏了一段话，在这里我引用她，送给所有不敢言说的得体的“好女孩”们：

> 你可以把一切写下来，但是，写，不是为了救赎，不是升华，不是净化。虽然你才十八岁，虽然你有选择，但是如果你永远感到愤怒，那不是你不够仁慈，不够善良，不富同理心，什么人都有点理由，连奸污别人的人都有心理学、社会学上的理由，世界上只有被奸污是不需要理由的。你有选择——像人们常常讲的那些动词——你可以放下，跨出去，走出来，但是你也可以牢牢记着，不是你不宽容，而是世界上没有人应该被这样对待。……忍耐不是美德，把忍耐当成美德是这个伪善的世界维持它扭曲的秩序的方式，生气才是美德。怡婷，你可以写一本生气的书，你想想，能看到你的书的人是多么幸运，他们不用接触，就可以看到世界的背面。

感谢林奕含，因为你，我终于能够在翻译这么多字之后，躲在她人的发声之后发出我自己一点点微弱的声音，甚至做好了我的发声可能会被噤声的心理准备。但是我要“替她活下去，连思琪的份一起好好地活下去”，而且我要“把一切写下来”。你呢?

说明和致谢

最后，交代一下翻译的分工：我和秦老师分别负责了书里约一半的篇幅。我们分别各自完成，然后交换互相校对和修改。关于谁来译谁的文章，起初我考虑由我来翻译女性作家的，由秦老师来翻译男性作家的，但是后来发现这本书里撰稿人的性别比例不均衡。因此我们按作家的类别分为虚构类写作和非虚构类写作，由文学和创意写作专业出身的秦老师负责虚构类作家，而人类学社会学出身的我负责非虚构类。

详细分工如下：

秦贵兵：1、3、5、6、7、8、13、14、15、16、17、18、20、22、24、25、30。

刘海平：导论、2、4、9、10、11、12、19、21、23、26、27、28、29、致谢、封底、版权说明等。

需要说明的一点是，这本书是由30个作者的文章组成的，所以我们没有刻意去统一这30篇文章的语言风格和文字特色，而是尽量让每一篇文章的风格忠实于英语原文。所以，你会在有的文章里读到"操蛋""真他妈的""去他妈的"这类不文明用语，这是因为原文的确是使用了语气较重的脏话。有些文章里原作者在刻意营造一种愤怒的情绪，比如《夏洛特的怨诉》中，作者用洛丽塔死去的母亲夏洛特·黑兹的口吻来控诉亨伯特，所以翻译出来的文字充满了情绪饱满、短促有力的口语化表达，以及看起来数量过多的感叹号。不过，本书中也有一些文章使用了大量的长句，或是较为艰深难懂的学术分析（如《与亨伯特和〈洛丽塔〉一起在路上》《欧椋鸟说，我出不去》），这类型的文章我们在翻译时并没有去追求给读者带来毫无负担的阅读体验，因为原文读起来就不是那样的。

为了能更好地完成这个翻译工作，在每翻译一篇文章之前，我会先查一下作者的背景，作品简介，看一下作者长什么样。如果有视频更好，对作者的音容笑貌、说话风格、语气语调等等有个了解，让我可以在翻译时尽量呈现原作者的风格。关于翻译，我个人的立场是越贴近读者，越符合中文的表达习惯越好，所以我尽量避免“翻译腔”。当然，因为文中提到的社会事件和新闻热点，以及美国的文学作品或电视节目等等，对读者来说不一定都是熟悉的，所以我们加了译注，同时也尽量平衡内容的陌生感和语言的熟悉感之间的张力。此外，文中所有引用《洛丽塔》原文的地方，我们沿用了于晓丹老师的翻译（2000年，时代文艺出版社）。

关于翻译工作，我和秦老师在此要特别感谢人民文学出版社的编辑付如初老师，付老师的仔细修改和温柔敦促让我们在翻译这本书的过程中获益匪浅。最后，请容许我借此机会感谢我的家人，尤其是我的妈妈，帮我分担育儿的重担。没有她的耐心付出，就没有我不受打扰地安静翻译的时刻。感谢我的丈夫支持我把“自我”放在“妈妈”和“妻子”的前面。最后感谢我两岁半的儿子，每天给我带来欢笑和惊喜（当然也有烦恼和惊吓）。希望所有小朋友都能在一个更安全的世界里长大。

2022年2月 深圳

Lolita in the Afterlife: On Beauty, Risk, and Reckoning with the Most Indelible and Shocking Novel of the Twentieth Century / edited by Jenny Minton Quigley.
This translation published by arrangement with Vintage Anchor Publishing, an imprint of The Knopf Doubleday Group, a division of Penguin Random House, LLC.

图书在版编目（CIP）数据

洛丽塔重生 ：再读二十世纪最骇丽小说的冒险 / （美）珍妮 · 明顿 · 奎格利编 ；刘海平，秦贵兵译 .—北京 ：人民文学出版社，2023
ISBN 978–7–02–017771–4

Ⅰ . ①洛…　Ⅱ . ①珍…　②刘…　③秦…Ⅲ . ①长篇小说—小说研究—美国—现代　Ⅳ . ① I712.074

中国国家版本馆 CIP 数据核字（2023）第 067517 号

责任编辑　付如初
责任印制　王重艺

出版发行　人民文学出版社
社　　址　北京市朝内大街166号
邮政编码　100705

印　　刷　河北新华第一印刷有限责任公司
经　　销　全国新华书店等

字　　数　343千字
开　　本　880毫米×1230毫米　1/32
印　　张　16.375
印　　数　1—6000
版　　次　2023年6月北京第1版
印　　次　2023年6月第1次印刷

书　　号　978-7-02-017771-4
定　　价　88.00元